Ava Draw

SI ME DICES QUE NO

wattpad
by Montena

El papel utilizado para la impresión de este libro ha sido fabricado a partir de madera procedente de bosques y plantaciones gestionadas con los más altos estándares ambientales, garantizando una explotación de los recursos sostenible con el medio ambiente y beneficiosa para las personas.

Penguin Random House Grupo Editorial

Si me dices que no

Primera edición en España: abril de 2022
Primera edición en México: abril de 2022

penguinlibros.com

ISBN: 978-607-381-352-5

Impreso en México – *Printed in Mexico*

A las lectoras que me acompañaron en este viaje

1

—Joder, esto está petado —protestó Martín al entrar en El Ariel.

Era habitual que los fines de semana el bar estuviera a rebosar de gente. De almas con ganas de comerse el mundo que solo podían permitirse un par de copas. Hambrientos de historias de amor que caducaban al amanecer, de exaltadas declaraciones de amistad, de esa euforia que duraba un estribillo; hambrientos también de conflicto, de drama, de cualquier cosa que les hiciera sentir vivos. La música acallaba sus problemas, sus inhibiciones se ahogaban en alcohol y la oscuridad se tragaba sus complejos. Una oscuridad que muchos aprovechaban para perderse en otros labios y cometer deliciosos errores.

Las paredes tenían tantas capas de pintura que podías rascarte la espalda frotándote con las irregularidades. Estaban vestidas con carteles de los grupos de metal y rock favoritos de los dueños, entre ellos Lamb of God, The Mars Volta y Gojira. Resultaba irónico que, aunque sonaran grupos similares, los de los carteles rara vez se pincharan en El Ariel. Había pegatinas de todo tipo repartidas por las paredes, la barra y los baños. Del techo colgaba una enorme tela que rezaba: Ariel, resto de alguna campaña de publicidad del famoso detergente. En realidad, el bar se llamaba Alameda, pero todo el mundo se refería a él como El Ariel por aquel antiguo trapo. Era un tugurio donde nadie miraba al suelo por temor a lo que podían encontrar ahí abajo. Olía a aire acondicionado sucio, tabaco y sudor. Sonaba Machine Head.

—Qué va, está bien. —Iker se quitó la sudadera.

—Acabamos de entrar y ya me estoy asando —dijo Martín saludando hacia el fondo del garito.

Había tanta gente en aquel oscuro bar que, a pesar de sus pequeñas dimensiones, era muy complicado llegar al extremo del local.

Allí estaban los baños, así que, si ibas por la calle con ganas de orinar, El Ariel no era la mejor opción.

—Que no, está perfecto —insistió Iker, despreocupado.

—Es todo ese pelo —Martín señaló con un gesto de la mano la fosca melena y la descuidada barba negra de Iker—, te protege de las inclemencias meteorológicas.

—Deberías probarlo, y quitarte ese peinado de jugador del Atleti.

—Se llama Pompadour y a Paula le gusta.

Iker le miró con preocupación. Le había visto quitarse los *piercings*, deshacerse de sus camisetas de grupos *hardcore* y vender su guitarra en internet, pero seguía sin acostumbrarse a verle mutar por aquella chica.

—Lo que tú digas. Vamos a por una copa. Hay que celebrar, tío. —Le dio una palmada en la espalda.

A Martín le habían tocado en un sorteo seis entradas para un concierto de Metallica en Bilbao. Estaba en paro, así que solo habría podido permitirse comprar una si hubiese dejado de comer durante medio mes. Lo sabía porque había hecho cuentas y se lo había planteado. Le gustaba comer, pero Metallica le gustaba aún más. Haber ganado ese sorteo no solo le permitiría cumplir el sueño de ver a uno de sus grupos favoritos, sino que podría llevarse a su pareja y sus amigos con él. Ese era el verdadero lujo y quería celebrarlo por todo lo alto.

Fueron a la barra donde Sami, la camarera, se afanaba en servir bebidas. Los saludó con un gesto de la cabeza. Tuvieron que esperar a que acabara de servir al resto de los clientes para que los atendiera.

—¿Qué os pongo? —les preguntó mientras llenaba de hielos tres vasos a la vez.

—Roncola —dijeron Martín e Iker a la vez.

—Un vodka con naranja, Sami —pidió una voz a sus espaldas.

—A Hugo no le sirvas —Martín señaló al chico que acababa de hablar—, que ha llegado tarde.

—No me habéis esperado, cabrones —les reprochó Hugo.

—Te hemos estado esperando quince minutos en el metro —le reprochó Iker.

—He llegado a y dieciséis y ya no estabais. —Hugo alargó la mano para coger la copa que Sami acababa de dejar en la barra para él—. Eh, Sami, ¿te has enterado de que nos vamos a ver a Metallica?

—¿No estaban agotadas las entradas? —preguntó Sami mientras les cobraba.

—Mart ha ganado un concurso en Twitter y le han dado seis —respondió Hugo.

Martín le dio un codazo disimulado.

—Enhorabuena, Mart. —Sami le guiñó un ojo—. Oye, hay que celebrar. Venga, que os invito. ¿De qué queréis el chupito?

Tras tomarse el trago, se fueron los tres a su esquina, cerca de la máquina de tabaco.

—Creo que nos ha invitado para que la invitemos a ella —murmuró Iker.

Martín se dirigió a Hugo.

—No digas cuántas entradas son, tío. Que la peña se acopla.

—¿No os molaría que se viniera Sami?

Martín e Iker se miraron. Sami era la diosa que reinaba en aquel bar. Tenía tatuajes que nacían en sus hombros, recorrían sus flacos brazos y salpicaban sus dedos; media docena de *piercings* en la cara que, a pesar de su número, no destacaban tanto como sus oscuros ojos, maquillados con una raya tan negra que seducían e intimidaban por igual. Decenas de rastas de color rosa caían desde su cabeza hasta su perfecto trasero, parecían señalar aquellas curvas generosas que ya de por sí destacaban en su delgado cuerpo. Además, era simpática y se manejaba bien con los clientes pesados. Rezumaba tal seguridad que no parecía diez sino cien años mayor que ellos. Estaba demasiado bien y eso los intimidaba.

—¿Estáis saliendo o qué? —Martín trató de indagar.

—¿Quienes? —preguntó Hugo.

—Sami y tú.

—¿Qué dices? —Hugo se rio—. Solo nos liamos en Halloween.

—Y en el cumpleaños de Nuria —puntualizó Iker.

—Y en el cumpleaños de Nuria —resopló Hugo, hastiado—. Pero que no os montéis pelis, yo paso de salir con nadie. Al principio muy bien, pero luego son todas unas locas. Por cierto, ¿se viene tu piba?

—Sí. —Martín respondió algo contrariado. No estaba seguro de por qué, pero eso le había ofendido.

—¿Conduce? —preguntó Hugo.

—No. ¿Por?

—Joder, pues sigo sin puntos en el carnet y paso de movidas. Además, a mi furgo siempre la paran.

La pintura desgastada, los arañazos y las abolladuras en la carrocería del vehículo llamaban a menudo la atención de la policía.

Martín e Iker se miraron preocupados. Ninguna de las personas a las que Martín había invitado al concierto podía conducir, y este se celebraba al día siguiente, así que tenían poco tiempo para encontrar a un conductor. Cualquier otro medio de transporte era demasiado caro.

—Ahora vengo. —Hugo se dirigió al fondo del bar. Allí, una chica rubia que llevaba puesto un llamativo top rojo le estaba saludando.

A diferencia de Martín, Hugo no había cambiado por una chica, lo había hecho por todas. Años atrás reemplazó las camisetas de grupos por prendas lisas lo suficientemente oscuras para no desentonar en un bar como aquel y lo suficientemente caras para ir después a una discoteca y ligarse a cualquier chica, fuesen cuales fuesen sus gustos musicales. Cambió los porros por batidos de proteínas y las partidas al Call of Duty por horas en el gimnasio. En las entrevistas de trabajo afirmaba que le gustaba cocinar y el senderismo, pero pasear por la calle buscando un cajero no es senderismo y preparar café no se considera cocinar. Se salió con la suya, era el único en su grupo de amigos con un trabajo que no estaba mal pagado, algo complicado en Madrid.

—El que pasa de pibas. —Martín hizo burla a Hugo, que ya había llegado a donde estaba la rubia.

—Oye, ¿qué vamos a hacer con lo del coche? —preguntó Iker.

—Se lo decimos al Pintxo.

El Pintxo era uno de sus pocos amigos que conducía y además podía estar interesado en ir a un concierto de Metallica. El tráfico de

Madrid, la dificultad para aparcar, la comodidad del transporte público y lo caro que resultaba mantener un coche hacían que la mayoría de sus amigos aún no condujera.

—Se va con los de su grupo.

Una chica se acercó por detrás de ellos y los abrazó con todo el cuerpo, con ímpetu, colgándose de sus hombros y dejando caer su peso sobre ellos. Aunque era pequeña, Martín estuvo a punto de tirar la copa por lo repentino de aquel gesto.

—¡Hey! Me ha contado Sami que os vais a Metallica —la chica gritó entusiasmada—. Enhorabuena, Martín. Qué puta coña tenéis, qué envidia.

—Gracias, Be. —Martín la saludó dándole dos besos.

—Decidle a Lars Ulrich de mi parte que es un capullo —dijo Bea.

—Le diré que eres su mayor fan —bromeó Iker mientras se saludaban.

—Ya era hora de que te saliera bien algo. Me alegro un montón. —Bea puso la mano en el hombro de Martín y apretó.

Le dio un abrazo más breve, pero igual de cariñoso que el anterior. Esta vez él estaba sobre aviso y pudo salvar el contenido de su copa.

—Oye, me salgo a fumar que estas están fuera. —Bea señaló la salida—. Luego me contáis.

De camino a la puerta, Bea saludó a otro chico dándole una palmada en el brazo y poniéndose de puntillas para darle un par de besos amistosos. Los dos llevaban la misma camiseta con el texto NO ME MIRES LAS TETAS y lo parecían estar comentando entre risas. Los dos tenían también pantalones ajustados, un brazo tatuado y el pelo castaño recogido en una descuidada coleta. Se diferenciaban en que Bea no llevaba barba y el chico le sacaba una cabeza.

—Be conduce —informó Martín.

—¿Estás loco? —dijo Iker—. No la líes, que ya sabes lo que pasa luego.

Había sufrido demasiadas veces los encontronazos entre Bea y Hugo. Los malos gestos, las indirectas y las discusiones. Tenían formas muy distintas de entender la vida, no se soportaban y ninguno de los dos quería disimularlo o dejarlo estar, así que convertían cualquier fiesta en una batalla campal. Hacía meses que Iker se había cansado de aguantar sus dramas.

—¿Tú no la echas de menos? Antes se venía siempre, y desde que volvió Hugo no aparece.

—Claro que la echo de menos, pero es ella la que ha dejado de venir —puntualizó Iker—. No es buena idea; si ya me pone tenso que estén los dos en un mismo local, imagina en una furgo.

—¿Qué van a hacer? ¿Matarse? Es la oportunidad perfecta para que se tranquilicen las cosas. —Ladeó la cabeza—. No van a estar de repente de acuerdo. En nada... nunca. Pero son adultos y pueden aguantarse un par de días.

—Si Hugo va, Be no viene ni de coña —dijo Iker.

—Son Metallica, tío.

—Y si va..., va a ser un infierno de viaje.

Martín siguió dándole vueltas a la idea. Por un lado, juntar a Hugo y a Bea siempre acababa en desastre. Por otro lado, a los dos les encantaba Metallica, eran dos de sus mejores amigos y a él le apetecía compartir el concierto con ambos. Además, uno tenía un vehículo y la otra podía conducirlo, todo encajaba. Solo tenía que lograr que no se quisieran matar el uno al otro.

Mientras tanto, Iker, que había dado el tema por zanjado, saludaba a un amigo del barrio. El chico le preguntó de dónde había sacado esa camiseta tan cutre. Iker le dijo que no lo recordaba, pero al mirarla se dio cuenta de que era la camiseta de un pijama. Se había confundido, había salido de fiesta con ropa de dormir y no era la primera vez que le pasaba. No le preocupó.

Bea entró de nuevo en el garito y, cuando pasó por su lado, Martín la interceptó.

—Oye, ¿te apetece venir a lo de Metallica? —le soltó de golpe.

—¿A Bilbao? —Bea estaba algo confundida.

—Sí.

—Joder. —A Bea se le iluminó la cara—. ¿Me lo dices en serio?

—Que sí.

—Pues... es mañana, ¿no?

—Sí.

—¿Y cómo vais? ¿En Alsa?

—No, está muy caro. Vamos en la furgo de Hugo.

A Bea se le ensombreció el rostro. Aquella última palabra había caído sobre ella como un jarro de agua fría. Otro plan que el dichoso Hugo le fastidiaba. Otra vez tendría que enfrentarse al dilema de alejarse de sus amigos o aguantar las estupideces de aquel machito.

—No me va a dejar subirme a su furgo. —Esbozó una sonrisa amarga—. Y a mí tampoco es que me haga especial ilusión.

—Lo sé.

—Es un gilipollas.

—Lo sé. A ver, es mi colega. Pero sé cómo es.

—No entiendo cómo le aguantáis.

—Hombre, es distinto contigo.

—Porque sois tíos.

—No es eso. —Martín suspiró—. Bueno, yo entiendo que sea incómodo para ti aguantarle.

—Ninguna tía le aguanta.

Martín vio a lo lejos como Hugo le estaba diciendo algo al oído a la chica rubia de antes. Ella se reía de forma coqueta.

—Bueno, pero tu caso es distinto.

—¿Mi caso? ¿Por qué es distinto mi caso?

—Bueno, ya sabes —dijo Martín—, porque está pillado y todo eso.

—¿Está pillado?

—Está pillado por ti.

—¿Qué? —Bea arqueó una ceja.

La música estaba tan alta que apenas se les oía. Ella estaba segura de que había escuchado mal.

—¡Que está pillado por ti! —gritó Martín.

Iker se volvió un momento para mirarlos, había palidecido de golpe.

—Estás de coña —afirmó Bea tirando de Martín hacia abajo para que se acercara.

—Sí, desde que te conoció, desde el principio —dijo él—. Pensaba que lo sabías.

—No me lo creo —sentenció Bea.

—Normal. El tío en vez de actuar como un ser humano se comportó como un capullo. Empezasteis fatal, no supo arreglarlo y no hay nada que hacer. Pero, aunque haya pasado casi un año, sigue rayado con el tema, ¿sabes?

Bea arrugó la nariz dibujando un gesto de asco.

—Él se siente fatal —añadió Martín—, no sabe cómo arreglarlo.

—Voy a por otra copa. —Bea se dio la vuelta y se dirigió a la barra, pasando con habilidad entre la gente.

En cuanto estuvieron solos, Iker agarró a Martín por el brazo y le llevó de nuevo a la máquina de tabaco.

—¿Qué haces, tío? ¿Por qué te inventas movidas?

—Para que Bea piense que no es tan gilipollas.

—Eso no funciona así. No cambias tu opinión sobre una persona solo porque le moles.

Discutieron unos minutos hasta que Hugo llegó, los agarró por los hombros y juntó su cabeza con la de ellos.

—¿Qué pasa? ¿Cuál es el secreto? —les interrogó.

—Ah, nada. —Martín disimuló encogiéndose de hombros y restándole importancia, pero por dentro se recuperaba del susto. Hugo había estado muy cerca de pillarlos y no le habría hecho gracia que hubieran mentido acerca de él. Especialmente a Bea.

—De lejos parecía que planeabais un atraco —dijo Hugo intrigado.

Martín cogió aire y se frotó la cara. Su discusión con Iker le había hecho cambiar de opinión. Era ingenuo pensar que harían las paces y era egoísta mentirles solo para poder ir al concierto. Iker tenía razón, solo había un inconveniente: ya era tarde, había mentido a Bea y no podía echarse atrás. Debía ir a por todas.

—Le he dicho a Be que se venga a Metallica.

—¡No! —protestó Hugo poniendo los ojos en blanco—. Es un coñazo de tía, no sé cómo la aguantáis, nos va a dar el viaje.

—Ella conduce...

—Claro que conduce —dijo Hugo—. Su camión de bollera.

—Pero no creo que quiera venir. —Martín levantó las cejas y apretó los labios mirando al suelo.

—Bien, que se joda. Además, una mujer no va a conducir mi furgo. —Hugo frunció el ceño—. Invita al Pintxo.

—El Pintxo va con los de su grupo —intervino Iker.

—Bueno, a quien sea, pero feminazis no, ¿eh? —les advirtió Hugo cruzándose de brazos.

—Vale. —Martín asintió y puso cara de preocupación.

Iker suspiró aliviado, Hugo se percató de aquel gesto y de inmediato sospechó que ocultaban algo más.

—¿Qué está pasando? —se giró hacia Martín y le miró con suspicacia.

—Nada, eso, que le he dicho que se venga.

—¿Qué más pasa? —insistió Hugo.

—Pues que, hablando de esto, a Be se le ha escapado... —Martín no parecía muy seguro de sus palabras. Hizo un gesto a Hugo para que se acercara más— que no viene porque estarías tú y le molas. Y no quiere líos con un tío como tú.

Martín le miró fijamente a los ojos, tratando de parecer sincero. Al pronunciar aquellas palabras se había dado cuenta de lo ridículas que sonaban, Hugo no se iba a tragar esa mentira.

A Iker le empezaron a sudar las manos y se las frotó nervioso contra los vaqueros. Palideció tanto que a punto estuvo de empezar a brillar con la luz ultravioleta del local.

—¿Que le qué? —Hugo estaba ojiplático.

—Que le molas.

—Pero si es bollera. —Hugo se cruzó de brazos.

—No, tío —Iker negó con la cabeza—, a Be le gustan los tíos.

—Ya, así que le molo. —Esbozó una sonrisa ladina y buscó a Bea por el local con la mirada de un lobo hambriento.

—No seas capullo —dijo Martín—. Es amiga, ¿vale? Y me ha dado la impresión de que le gustas de verdad. Está rayada con el tema.

—¿Rayada por qué? Soy cojonudo. —Sonrió orgulloso.

—Porque eres un machista arrogante, tu mera existencia va en contra de todo en lo que ella cree y, aun así, no deja de pensar en ti.

Hugo sonreía con descaro, no se esforzó en disimular lo bien que le hacían sentir esas palabras. Su ego chocó contra el techo del local y empezó a extenderse hacia las paredes.

—Tío, Be es buena gente —intervino Iker—, no hagas ninguna mierda.

—Pero ¿qué voy a hacer yo? —Hugo se señaló a sí mismo fingiendo estar indignado, pero sin dejar de sonreír.

—Además, ella lo que quiere es ir al Ikea, monogamia, cuenta familiar de Netflix. —Martín trató de usar todas las etiquetas que sabía que asustaban a su amigo—. Hijos, hipoteca, comida con los suegros.

—Así que se quiere hipotecar conmigo, ¿eh? —La sonrisa de Hugo se había vuelto aún más peligrosa, su mirada se perdió por el local y su voz sonó alarmantemente viciosa.

—Mira, tú no hagas nada, no le digas nada, déjala tranquila, ¿vale? —dijo Martín serio, intentando sin resultado que su amigo le prestara atención.

Hugo localizó a Bea y se quedó mirándola. Estaba apoyada en la barra, riéndose a carcajadas mientras hablaba con otra chica. Las palabras de Martín habían hecho efecto en él. Le había dejado de parecer una chica incisiva y rencorosa, ahora le resultaba alegre, interesante y quizá incluso frágil. Por eso era tan sencillo provocarla, porque en el fondo ella se sentía insegura delante de él, y su única forma de defenderse era atacarle. Cuando Bea se giró y sus miradas se cruzaron, él aguantó expectante. Ella pareció dudar, pero finalmente no le enseñó el dedo corazón como solía hacer: le devolvió una leve sonrisa de lástima. Él también le sonrió.

—Bueno, dile que se venga. —Hugo se dirigió a Martín tratando de parecer serio—. Lo estará pasando bastante mal, la pobre. Intentaré no molarle tanto.

—Se lo volveré a decir. —Martín empujó a Iker para que no se riera.

—Para que luego digáis que yo no cedo. —Hugo avanzó hacia la rubia vestida de rojo con la que hablaba antes. Se dio la vuelta para añadir señalándose y mostrando una sonrisa burlona—. Yo cedo todo el tiempo.

Iker tardó un buen rato en ser capaz de articular palabra.

—Estoy flipando, ¿de repente eres la Regenta? —balbuceó Iker.

—¿La Regenta? —dijo Martín.

—Juntando peña.

—La Celestina, quieres decir.

Lo buscaron en el móvil; Martín tenía razón, era la Celestina la famosa alcahueta que se dedicaba a juntar parejas. Aprovechó su victoria literaria para reforzar su teoría de que Hugo y Bea iban a enterrar el hacha de guerra gracias a su ingeniosa intervención. Se portarían bien el uno con el otro, serían incluso amables, porque ya no creerían que los insultos y la hostilidad se debían al desprecio, sino que la timidez y los nervios eran los culpables de sus enfrentamientos. Comprobarían que no les era tan difícil convivir, se caerían bien, se convertirían en los mejores amigos y no solo tendrían un viaje magnífico, sino que finalmente volverían a salir todos juntos. Iker no trató de rebatirle, pero no lo veía tan claro.

Estaba siendo una gran noche. Sonaban todas las canciones favoritas de Iker y Martín y no paraban de encontrarse con amigos. Buen rollo, buena música y todo el bar cantando «Huevos con aceite» a pleno pulmón.

En algún punto de la noche Bea apareció y les confirmó que iría con ellos. Al principio se mostró algo reticente, pero conforme iban comentando detalles sobre el concierto, poco a poco se fue ilusionando y sus dudas se disiparon. El entusiasmo se contagiaba de unos a otros. Se empeñó en invitarles a una copa. Decidió que tenían que brindar por el concierto y les trajo unos chupitos, y cuando se quisieron dar cuenta, Bea les estaba invitando a otra copa más.

Salieron fuera a tomar el aire y a Iker le llegó un mensaje de Valeria, la chica que le gustaba; le había escrito para decirle que ella iría también al viaje a pesar de tener cerca los exámenes. Iker sonrió al leerlo, y Martín le dio un abrazo espontáneo. No podía disimular lo feliz que estaba por poder ir al concierto y poder compartirlo con sus amigos y su chica. Todo les estaba saliendo redondo.

En la calle se encontraron al Pintxo con los de su grupo, estaban charlando y bebiendo latas de cerveza. No tardaron en empezar a contar chistes viejos, retándose para ver quién contaba el más lamentable. Cuanto menos gracioso era el chiste, más se reían. Ninguno de ellos estaba muy seguro de cómo empezó aquella tradición, pero algunos ya lo hacían antes de que tuvieran edad suficiente para comprar alcohol. Otros la aprendieron años atrás, en aquella misma calle, en una noche como esa.

Seguían en la calle cuando los interrumpió el ruido de una pareja, presa de la pasión, dejándose caer sobre el capó del coche que estaba aparcado frente a El Ariel. Cuando el portero del bar salió a llamarles la atención, vieron que la chica era la que había estado hablando con Hugo, pero el chico no era Hugo.

Iker sintió una punzada en el estómago. Hugo ya no estaba entretenido con aquella chica y no veía a Bea por ninguna parte. Después de la mentira que había plantado Martín en sus cabezas, aquello no olía nada bien. No tardó en localizar a las amigas de Bea, que estaban sentadas en un portal comiendo pipas.

—Oye, ¿habéis visto a Be? —les preguntó nervioso.

—Está dentro —contestó una de las chicas.

Dentro y sin sus amigas. Iker dio las gracias y sintió un leve mareo, el corazón se le aceleró.

—Oye, tío. —Se acercó a Martín—. ¿Has visto a Hugo?

—¿Estáis buscando a Hugo? —El portero los había oído—. Está dentro, y no os creeríais a quién le está comiendo la oreja —arqueó las cejas y sonrió—. No lo acertaríais ni en mil años.

Iker y Martín se miraron presas del pánico.

—Mierda.

2

Hugo quería saborear el momento, deleitarse al contemplar al enemigo derrotado. Después de tantos meses aguantando los sermones de Bea, sus desplantes y a los amigos que tenían en común defendiéndola, no podía esperar a regodearse en el «yo tenía razón». En el fondo, todo el rencor y las reivindicaciones de aquella chica tenían como objetivo llamar su atención. Sentía mariposas en el estómago con solo pensar que a la mujer que tanto le había atacado públicamente le temblaban las piernas cuando pensaba en él. Necesitaba comprobar por sí mismo el efecto que tenía sobre ella, necesitaba verlo en sus ojos, alterarla.

La rubia del top rojo con la que estaba no paraba de hablar. Hugo le sonreía y asentía con la cabeza, pero hacía rato que había perdido el hilo de lo que le estaba contando. Ella era una apuesta segura para aquella noche, estaba visiblemente interesada en no dormir sola; si la desatendía demasiado tiempo, no tardaría en aparecer otro voluntario y él se iría a casa solo. Pero no dejaba de pensar en la claudicación de Bea, y en este momento hacer que su enemiga se sonrojara se le antojaba más apetecible que un polvo, probablemente decepcionante, con aquella rubia.

Se excusó con la chica, se atusó el pelo, se metió las manos en los bolsillos e interceptó a Bea. Le dedicó un parco «hey», ladeando ligeramente la cabeza. Estaba seguro de que no necesitaba más que eso para ponerla nerviosa.

Ella se puso nerviosa, pero no por el motivo que él creía. Le miró tensa, con los ojos muy abiertos. Primero porque le había bloqueado el paso y segundo porque no esperaba tener que interactuar con él de ninguna manera hasta el día siguiente, no se había mentalizado. Además, la música estaba muy alta, había mucha gente en El Ariel y Hugo, aparte de estar demasiado cerca, era mucho más alto que ella. Se sintió atrapada. Se alegró de tener en la mano una copa llena.

—Hola, Hugo, ¿cómo estás? —dijo tratando de borrar el gesto de desprecio de sus labios con una gran sonrisa.

Él le daba muchísima grima. No terminaba de creerse lo que Martín le había contado, le resultaba chocante que Hugo pudiera sentir algo por ella. Para Bea no tenía ningún sentido, pero nunca había sido muy avispada leyendo a los hombres, así que podía ser verdad. Tenía sentimientos encontrados. Por un lado, que fuera cierto la convertía en algo así como una vengadora de su género. Hugo no respetaba a las mujeres ni en su discurso ni en sus acciones. Debía de ser duro para él que una que le había atizado con el discurso feminista le hiciera sentir algo. Bea se sentía poderosa y tentada a destruirle con el dominio que ahora tenía sobre él. De manera inconsciente separó las piernas, apoyando su peso en ambas, y levantó la barbilla. A pesar de ser más bajita, rezumaba seguridad. Pero su otra mitad le recordó que tenía que ser amable con él. Su habitual ración de insultos, desprecio y frialdad ahora le parecían excesivamente crueles. Hugo podía ser un cavernícola sin empatía, pero también era un ser humano con sentimientos. Además, si de verdad sentía algo por ella, sería especialmente vulnerable a sus palabras.

—Bien —Hugo fue a decir «porque te voy a tener cerca todo el viernes», pero tampoco quería ensañarse—, preocupado por mi furgo.

—¿Qué le pasa?

—Que mañana la vas a conducir tú y es un poco tímida con los desconocidos.

—¿Te preocupa que la conduzca una mujer? —Bea estaba empezando a dudar de las palabras de Martín.

—Me preocupa más que la conduzca un hombre sin puntos —suspiró—, pero sí, como dicen: «Mujer al volante...».

—¡Cómo no! —Bea puso los ojos en blanco.

—Si lo dice el refrán, por algo será.

—Sí, porque esa clase de dichos son el fruto de una larga tradición patriarcal...

Hugo sonrió al darse cuenta de lo fácil que le resultaba alterarla, de lo poco que le había costado que sacara a relucir su discurso. Ella no estaba segura de si él no confiaba en la capacidad de las mujeres conductoras o si lo había dicho para provocarla. Ambas posibilidades la enfurecían y por un momento pensó en mandarle a la mierda. Pero, a pesar de todo, aquella era la conversación más civilizada que habían mantenido en un año.

Hugo y Martín eran vecinos desde niños, pero fue durante la adolescencia cuando se convirtieron en grandes amigos. Martín conoció a Iker en la universidad y los tres se hicieron inseparables. A veces salían con el Pintxo, Marcos y algunos más. Los demás iban y venían, pero ellos tres siempre estuvieron juntos hasta que Hugo se fue a San Francisco a hacer un máster. Fue entonces cuando Martín conoció a Bea en un curso de inglés. La invitó a un concierto, una cosa llevó a la otra y ella acabó siendo una amiga más y llenando el vacío de Hugo. Cuando este regresó, dos años después de irse, Martín e Iker dieron por hecho que Bea y Hugo encajarían bien. Tenían gustos similares, el mismo sentido del humor, sería divertido hacer planes los cuatro. Bea y Hugo se cruzaron unos minutos en un botellón, se echaron unas risas y pareció que se entendían. Pero su siguiente encuentro, en el cumpleaños de Iker, fue un desastre.

Aquel día, hacía casi un año, Iker había invitado a sus amigos a un bar irlandés. Cuando apareció Bea, Hugo la saludó con dos besos y le dijo:

—Con lo guapa que eres ya podrías arreglarte un poco. —Sonrió—. No entiendo por qué vas tan tapada en junio.

Ella no salía de su asombro. Le interesaba mucho caer bien a los amigos de Martín e Iker y no dijo nada, pero su gesto enfadado la delató.

—No pongas esa cara —continuó Hugo—, es un piropo. Anda, sonríe, que estás en una fiesta.

—¿Alguna orden más? —gruñó ella.

—¿Cómo?

—Que si puedo hacer algo más por ti antes de volver a la cocina. —Bea no se esforzó en ocultar su indignación.

—Pero si te he dicho que eres guapa, que lo estarías aún más si te arreglaras —protestó él—. Es un piropo, ¿soy un machista por decir un piropo?

—No, eres un machista porque te crees con derecho a opinar sobre mi ropa, y sientes la necesidad de hacerlo porque no cumplo con tus falo-estándares.

Hugo se rio. Bea, molesta, ocupó el asiento más alejado de él que encontró libre y trató de distraerse charlando con otros amigos de Iker. Todo pareció zanjado hasta que alguien contó que sospechaba que una compañera de trabajo sufría malos tratos.

—No entiendo que un hombre pueda hacer algo así —dijo Hugo—, los hombres están para proteger a las mujeres. Pero, bueno, con estas cosas hay que tener cuidado porque también hay muchísimas denuncias falsas.

Bea trató de rebatirle con paciencia, argumentos, cifras y estadísticas. Hugo también hizo uso de argumentos, cifras y estadísticas, de origen un poco más dudoso, para reforzar su afirmación y porque, cuando se hablaba de violencia de género o de cualquier reivindicación feminista, se sentía atacado como hombre. La cosa se fue poniendo fea hasta que Martín dijo, medio en broma, medio en serio, que estaba prohibido sacar esa clase de temas y nadie volvió a mencionarlo. Llegaron a la fiesta más amigos de Iker, le dieron los regalos y alguien sugirió quedar otro día para jugar un partido de fútbol. Una sugerencia inocente de consecuencias desastrosas.

—Yo me apunto —dijo Hugo, y se dirigió a Bea y a Paula, la novia de Martín—. Hasta podríais jugar vosotras.

—«Hasta» —recalcó Bea, ofendida.

—Joder, tía —resopló molesto Hugo—, de verdad, que te estoy incluyendo. Te ofende cualquier chorrada.

—No es una chorrada —gruñó ella—, es un micromachismo.

—¿Sabes lo que pienso yo de los micromachismos?

Y la conversación se fue de madre. A ella se le hacía un nudo en la garganta cada vez que hablaba de ese tema con alguien que no mostraba empatía hacia las mujeres, era una lucha que vivía de forma muy personal. Él era incapaz de dar su brazo a torcer. Ninguno de los dos quiso rebajar el tono y la discusión se fue poniendo cada vez más fea. Cuando Bea logró acorralar a Hugo y pillarle en una contradicción, él optó por huir hacia delante, soltando todas las burradas que se le ocurrieron. Todo acabó con Hugo mosqueado, y cuando se levantó para salir a fumar dijo: «A ver, no te ofendas, pero eso que dices es de puta loca. No me extraña que ninguno de estos haya intentado nada contigo». Lo soltó sin contemplaciones, con la clara intención de ofenderla. A esas alturas se había ido casi todo el mundo a fumar fuera, solo quedaban Bea e Iker dentro del irlandés. Iker se pasó un tercio de su cumpleaños aguantando la pelea, otro tercio calmando a Bea y el último tercio quejándose a Martín de que le habían fastidiado el cumpleaños.

A la mañana siguiente, Hugo y Bea llamaron a Iker por separado para disculparse con él por haber convertido su cumpleaños en un campo de batalla. En las siguientes semanas se sucedieron enfrentamientos en Facebook y Twitter que empezaron con comentarios graciosos y memes y acabaron con Bea bloqueando a Hugo en sus redes sociales. Algo que él no dudó en echarle en cara la siguiente vez que se vieron.

Martín e Iker estaban en medio de aquella contienda. No querían elegir entre sus amigos, así que optaron por llamar a los dos cada vez que salían. Durante un tiempo aquello funcionó. Hugo hacía comentarios especialmente machistas cuando Bea estaba cerca y ella no le pasaba los porros cuando fumaban. Ese equilibrio no duró mucho. Se rompió en un botellón que organizaron a finales del año anterior. Estaba siendo relativamente tranquilo, hasta que salió el tema de las exparejas y las relaciones. Hugo no parecía muy interesado en el tema y le irritaba que Bea participara tanto. Estaba harto de oírla hablar, lo que más le molestaba de sus opiniones era que calaban en sus amigos; además, esa noche estaba especialmente molesto con ella porque había fastidiado sus oportunidades con una chica advirtiéndole sobre él.

—Al final se trata de encontrar a una buena persona, que te quiera y que te respete —le dijo Bea a otra chica que estaba en el botellón.

—Eso es. —Hugo intervino por primera vez—. Tú haz caso a Beatriz. —Así es como la llamaba para molestarla. Pronunciaba su nombre completo despacio, saboreando cada sílaba y alargando ligeramente la zeta—. Ella lo sabe todo sobre los hombres. Siempre elige a buenas personas que la quieren, la respetan y rulan sus fotos en bolas por todo Madrid.

Se hizo un silencio sepulcral. Todos palidecieron. Cuando Bea estaba en la universidad, un exnovio suyo compartió fotos íntimas que ella le había mandado. Las imágenes corrieron como la pólvora entre sus conocidos y llegaron incluso a estar subidas en páginas porno. Ella lo pasó muy mal. A los pocos meses de aquello, conoció a Martín e Iker, y le vino muy bien estar con gente con la que podía fingir que aquello no había pasado. Pero, como si de una maldición se tratara, las fotos acabaron llegándoles a ellos dos y al resto de su nuevo grupo de amigos. Como todos vieron lo mucho que le afectaba, respetaron que no quisiera hablar del tema y no volvieron a sacarlo nunca más.

—¿Cómo sabes lo de las fotos? —le interrogó Martín. Él no le había contado nada, Iker seguramente tampoco. Era un tema tabú.

—Alguien me las pasó el día del cumpleaños de Iker.

Bea sustituyó las repentinas ganas de llorar que sentía por rabia. Hugo estaba enfadado aquel día, lo comentó en redes sociales y alguien le envió las malditas fotos para hacerle daño a ella o para congraciarse con Hugo. Apretó los dientes. No era justo que algo tan personal, tan íntimo se hubiera convertido en una herramienta para otros; no era justo que para ellos fuera burla y morbo, y para ella días sin comer y noches sin dormir.

—Y a pesar de ser las fotos de una amiga, ¿las miraste? —ladró Bea casi escupiéndole.

—Hice algo más que mirar esas fotos. —Hugo levantó la barbilla, sonrió y se cruzó de brazos, esperando, seguro de sí mismo, la reacción airada de Bea y las risas cómplices de sus amigos.

Ella se quedó helada. Nadie rio. Cuando se atrevieron a hablar, fue para reprender duramente a Hugo, quien se limitó a decir que no se pusieran así, que «eran solo unas fotos» y que «era Bea la que tenía que haber tenido más cabeza», pero entonces todos se le echaron encima y le recriminaron sus comentarios. Al final se dio por vencido, murmuró una disculpa forzada y, minutos después, ya habían cambiado de tema de conversación.

Bea no volvió a hablar aquella noche, se fue pronto a casa. A partir de entonces dejó de acudir a los planes si Hugo estaba incluido, hacía excepciones con los cumpleaños, pero no se quedaba más de quince minutos. A pesar de llevar más de medio año sin cruzar más de dos palabras con él y de que Martín le hubiera insistido varias veces en que su amigo estaba cambiando, ella aún estaba resentida. Le había dado en una herida que aún no lograba cerrar.

En El Ariel recordó la frase de Hugo insinuando lo que había hecho con aquellas fotos suyas y trató de dar un paso atrás. No pudo alejarse más por lo lleno que estaba el bar. Se agobió.

—Está bien —Hugo alzó las manos—, retiro el refrán. Además, es una frase muy de cuñado, mi machismo es mucho más sofisticado.

Bea asintió mirando al suelo, solo quería irse de allí. Él lo notó y cambió de actitud.

—Bueno, solo quería decirte que creo que tenemos que llegar a algún tipo de tregua para este viaje. Por Mart.

—¿Por Mart...? —Bea le miró por fin—. Ah, ya. Menuda racha lleva.

—Sí —dijo Hugo torciendo la expresión—. Le vendrá bien despejarse. Salir de Madrid.

—Sí —murmuró ella.

—Pues eso. Podríamos intentar no cargarle con más movidas de las que ya tiene, si las podemos evitar.

—Ya. ¿Qué sugieres? —Bea le miraba con recelo.

—Nada, simplemente que no la liemos. —Hugo se encogió de hombros.

—¿Crees que podrás pasar sin decir estupideces de machito?

—Sí, Be —Hugo parecía cansado—, creo que podré pasar por alto cosas si tú no empiezas con el feminismo radical antihombres.

Ella le miró con los ojos entrecerrados y los brazos en jarra. Por un momento estuvo a punto de tirar la toalla, frustrada. Le parecía imposible convivir en paz con alguien como Hugo. Entonces él le pidió su opinión acerca de si sería bueno para Martín ir al concierto de Metallica, y el tono de la conversación cambió de golpe. Ambos estaban de acuerdo en que necesitaba distraerse y desconectar, aunque solo fueran un par de días, y en que le vendría bien sentirse arropado por sus amigos. Bea se sintió por fin comprendida porque, cuando hablaba del tema con Iker, él le decía que sobreprotegía a Martín. En cambio, Hugo opinaba como ella. Además, no podía evitar sonreír cuando notaba el cariño con el que hablaba de su amigo. Fue a la barra a por otra copa y al volver se cruzó con la rubia con la que Hugo había estado hablando; ahora estaba besándose con otro chico.

—Creo que tu chica te ha olvidado.

—Oh, no... —Fingió estar indignado—. Se suponía que lo nuestro era para siempre.

—¿Ah, sí? —Ella no disimuló su sarcasmo.

—Marta y yo estábamos hechos el uno para el otro. Iba a presentarle a mi madre. —Hugo aparentó estar desconsolado.

—No sabes cómo se llama, ¿verdad? —dijo Bea.

—Marta.

—Ya, bueno, a mí me llamaste Marta el día que nos conocimos.

—No, qué va —mintió Hugo.

—Y a mi amiga Eli también la llamaste Marta cuando la traje en Halloween —le recordó Bea.

—¿Eso hice?

—Espero que no lo hagas para tener posibilidades de acertar. Marta ni siquiera es el nombre más común.

—¿Y cuál es?

—Creo que Laura.

Hugo le cogió la mano, se la llevó al pecho mirando hacia donde estaba la rubia y su nuevo acompañante.

—¡Oh, Laura! Lo teníamos todo. Ese tío solo te está objetificando.

—¿Objetificando?

—Sí, hasta la garganta. —Hugo los miraba con los ojos muy abiertos—. Estoy aprendiendo los términos, ¿qué tal lo hago?

—Fatal —rio ella divertida.

—Bueno —se acercó a Bea con una media sonrisa—, tú podrías enseñarme todo lo que sabes sobre objetificar.

Ella cayó en la cuenta de que aún tenía su mano contra el pecho de Hugo, y que él aún se la sujetaba. La recuperó tratando de no ser demasiado brusca y se bebió media copa de golpe en un intento fallido de disimular que se había puesto nerviosa.

—Creo que se me ha olvidado ya cómo se objetifica. —Bea se arrepintió casi de inmediato de decirlo—. Puedo preguntarle a Laura.

—No hagas eso. Laura tiene un gusto terrible. —Señaló con la cabeza al chico que estaba con la rubia.

—Bueno, estaba muy interesada en ti hasta hace un rato.

—Lo que he dicho, un gusto terrible. Soy un garrulo machista.

—Eres todo masculinidad tóxica. —Bea le hizo una caída de ojos. Estaba claramente tonteando. Cuando fue consciente de lo que había hecho, se puso nerviosa; ese no era el tono que quería usar.

—Exacto —dijo Hugo dedicándole una sonrisa que parecía sacada de un anuncio.

Se formó un pogo en medio del bar y los empujaron un par de veces. Hugo dio la espalda al pogo para proteger a Bea. Tras el segundo empujón, ella sintió la mano de él en su cintura. Sobre el lugar exacto, ejerciendo la presión justa para lograr que a ella se le erizara la piel de la nuca. Detrás de él, la gente saltaba y se empujaba, pero él no parecía darse cuenta, solo estaba pendiente de ella, atento a lo que dijera. Estaba realmente sorprendida de la profesionalidad con la que actuaba; no supo cómo lo había logrado, pero estaban muy cerca. La rodeaba prácticamente sin tocarla, invitándola a mirarle, a acercarse aún más. Era bueno, muy bueno. Y estaba muy bueno. ¿Por qué tenía que ser tan imbécil? Se sentía hechizada. Disfrutaba de tener la atención de Hugo y entendió por primera vez su éxito con las chicas, el efecto que causaba en ellas. Las hacía sentir especiales. Bea percibía el peligro, pero estaba segura de que lo tenía todo bajo control. Si no le miraba a los ojos o a la boca, él no haría nada. Así que centró la vista en la copa vacía que tenía en la mano y aguantó así hasta que él dijo algo que no entendió porque la música estaba muy alta. Entonces levantó la cara y vio que la miraba como si pudiera atravesarla con los ojos.

—No me mires así —le rogó.

—Es que tengo un problema con tu camiseta. —Hugo señaló el texto en la prenda, que rezaba: NO ME MIRES LAS TETAS—. Creo que me quiere decir algo, pero no puedo leer lo que me quiere decir porque me lo prohíbe. Ese trozo de tela es toda una paradoja. Así que tengo que mirarte a la cara para evitar la camiseta. —Acercó aún más su rostro al de ella, intensificando su mirada—. A no ser que te la quites.

—¿Puedes dejar de fastidiarme? —protestó Bea. Movió el brazo con la intención de apartar a Hugo, pero en lugar de eso acabó poniendo la mano sobre su brazo y agarrándolo para comprobar su forma. Se le escapó una risa tonta y se sintió como una idiota. Él puso una mano cerca de la nuca de Bea y jugueteó con los pelos que se le escapaban del moño, acariciándola. Un gesto aparentemente inconsciente, que estaba muy calculado.

—Me resulta muy difícil portarme bien contigo, Beatriz. —Los ojos se le iban a los labios de Bea.

El cuerpo le pedía a gritos que le comiera la boca a ese cavernícola. Hugo la embriagaba. Por otro lado, su mente estaba decepcionada con ella por dejarse llevar, por estar disfrutando de aquello. Esa voz que le advertía que no debía caer en la tentación era cada vez más débil y una idea fue tomando forma en su cabeza y sonaba más y más convincente: ella no tenía por qué renunciar a ninguna cosa por culpa de un machista, aunque «esa cosa» fuera ese mismo machista.

—Sé bueno, anda. —Ladeó la cabeza. Había una nota de súplica en su voz. Él tenía que parar eso porque ella ya no podía.

Pero su mensaje fue entendido al revés. Entre otros motivos, porque se inclinó hacia él mientras se humedecía los labios y sus ojos la traicionaron, deleitándose en la tentadora boca de Hugo demasiado tiempo. Cuando se quiso dar cuenta, tenía los labios de él sobre la comisura de los suyos.

3

En la calle, Iker y Martín se miraron presas del pánico tras darse cuenta de que Hugo y Bea estaban solos en el bar, con sus cabezas confundidas por las mentiras de Martín.

—Mierda —dijeron los dos a la vez.

Se lanzaron corriendo hacia la puerta de El Ariel para evitar que sus amigos cometieran el error que desencadenaría el mayor de los desastres.

—¿Mierda? —Martín se detuvo antes de entrar—. ¿Sería malo?

—Sería terrible —dijo Iker tirando de él para que siguiera avanzando.

—Se acabarían las movidas —insistió Martín.

—Se acabarían esta noche, quizá este finde —dijo Iker deteniéndose tras cruzar la primera puerta del local—, luego todas las broncas serían peores.

—No sé, tío, creo que no tenemos que meternos. Es cosa de ellos, no es nuestra movida.

—¿Que no tenemos que meternos? —Iker estaba indignado—. Tú les has metido mierda en la cabeza y ahora «no hay que meterse». Venga, hombre. Esto puede salir o muy mal o ser una puta catástrofe, que uno de los dos se pille de verdad, el otro pase y ya puedes despedirte de Be para siempre, porque es la que se irá. La hostia va a ser de kilo.

Eso bastó para convencer a Martín. Entraron en el bar y al fondo vieron a Hugo y a Bea charlando a escasos centímetros. Aquella escena era tan marciana para ellos que tardaron en reaccionar. Era habitual ver a Hugo precisamente en aquel rincón en esa actitud con alguna chica, pero que esta vez fuera Bea era absurdo. Lo más raro de todo era verla a ella totalmente embobada, como si estuviese en la presencia del mismísimo Thor. Nunca la habían visto tontear así con nadie, jamás. Ladeaba la cabeza, sonreía con la boca entreabierta y palpaba el brazo de Hugo como si fuera su fan. Era tan impropio de Bea que les resultaba perturbador, parecía como si la hubiera poseído otra persona. Hugo no parecía alarmado con el cambio de actitud de la chica, más bien parecía divertirle.

—Mierda —dijo Martín empujando a la gente para pasar, el bar estaba tan lleno que apenas había podido avanzar un metro. Tardaría demasiado en llegar hasta donde estaban sus amigos para detenerlos. Intentó volver a la puerta, pero estaba atrapado—. ¡Iker! —gritó a su amigo, que ni había intentado meterse entre la multitud.

Iker hizo un gesto angustiado para indicar que no sabía qué hacer. Entonces tuvo una idea.

—¡Sami! —gritó abalanzándose sobre la barra—. Poned Pennywise, por favor, ¡ya!

A la chica se le escapó una carcajada al oír esas palabras mientras abría la caja registradora. Le miró riéndose y él juntó las manos en un gesto de súplica. Sami seguía confundida por la urgencia de su petición, pero se encogió de hombros y fue hacia el DJ. Segundos después empezó a sonar «Bro Hymn». Iker le lanzó besos a Sami, que seguía sin comprender por qué tenía tantas ganas de escuchar a aquel grupo. Él encontró a Martín con la mirada y este levantó el pulgar cuando empezó a sonar la canción. Iker se subió a un taburete para ver mejor. Cuando sonaba «Bro Hymn» en esa clase de bares, la gente empezaba a darse pequeños empujones y codazos al ritmo de la música, a formar un pogo que se iba acelerando, y los empujones eran más fuertes, haciendo que todo el mundo se agolpara y se formaran huecos. Huecos que Martín aprovechó para avanzar con rapidez. Pero el pogo cambió de rumbo, abalanzándose sobre él. Le pisaron, le cayó media copa encima y recibió un empujón que le mandó de nuevo hacia la puerta.

A lo lejos, el pogo había juntado aún más a Bea y a Hugo, que había aprovechado el movimiento para mejorar su posición respecto a la chica.

—Esto es imposible. —Martín llegó resoplando al lado de Iker—. ¿Y si los llamo?

—Al fondo no hay cobertura —dijo Iker, que seguía mirando hacia esa zona del garito—. Piensa algo ya, están a segundos de llegar al punto de no retorno.

Martín gruñó como si eso le ayudara a pensar mejor.

—Sami, enciende la luz —dijo entonces, abalanzándose sobre la barra, que a esa hora ya estaba bastante pegajosa.

—¿Qué? —Sami se acercó, no le oía con la música.

—Enciende la luz, por favor. —Martín le suplicaba como antes lo había hecho Iker.

—¿Has perdido algo? —le preguntó extrañada—. Falta hora y media para que cerremos, no puedo...

—Joder —dijo Iker, llevándose las manos a la cabeza. Seguía mirando por encima de la gente—. Ya es tarde.

Martín se apoyó en la barra, derrotado.

—Espera. —Iker le agarró del hombro—. No todo está perdido.

Al otro lado del bar, Hugo estaba sorprendido de lo fácil que estaba saliendo su juego con Bea. Al final iba a resultar que Martín se había quedado corto al hablar de lo que ella sentía por él; no es que le estuviera tirando fichas o que estuvieran flirteando, es que estaba pavísima. Estaba siendo más sencillo incluso que con la rubia, y eso le cebaba el ego. Para Hugo podría perder la gracia conseguir algo con tanta facilidad, podría pensar que ya había demostrado más que de sobra que ella estaba interesada. Podría haber llegado a la conclusión de que no merecía la pena seguir con aquel juego. Pero la verdad era que había dejado de pensar. Solo sentía ganas de acercarse más, de jugar hasta el final. De cerca, Bea tenía una boca de lo más apetecible, unos ojos preciosos y una piel demasiado suave. Deseaba acariciarla toda la noche.

No tenía sentido seguir alargando aquello y la besó cerca de la boca. Sintió que se perdía al rozar su piel, su corazón se aceleró y suspiró aliviado al ver que Bea no se apartaba. Antes de que pudiera darle otro beso, a ella se le escapó una pequeña risa nerviosa. Entonces trató de agarrar a Hugo y perdió el equilibrio.

Como si le acabaran de tirar un jarro de agua fría sobre la cabeza, resopló fastidiado mientras impedía que ella se cayera. Efectivamente, demasiado fácil.

—Be, ¿estás bien? —le preguntó.

—Estupendamente —dijo ella, tratando de sostenerle la mirada, y pronunciando la *s* como *sh*.

—Estupendo pedo que llevas. —Hugo la esquivó. No estaba muy seguro de si acababa de intentar besarle o darle un cabezazo.

—¿Qué dices, loco? —dijo Bea tratando de señalarle en la cabeza, pero a punto de meterle el dedo en el ojo—. Voy bien.

—Te mueves como un cervatillo recién nacido. —Examinó la copa vacía de Bea—. Whisky con Red Bull, ¿ves como no eres tan lista?

—Hugo, escúchame. —Le puso las manos sobre los hombros y le miró fijamente con expresión grave—. No pasa nada porque estés enamorado de mí. —Se notaba que se estaba esforzando para parecer seria, porque cuando terminó de pronunciar aquellas palabras, volvió a sonreír y su mirada se perdió en el infinito.

—Vaya, es un alivio saberlo —dijo él con sarcasmo. La agarró con fuerza para que no se cayera. Le pareció ver un atisbo de arcada en su rostro, así que cargó a Bea con un brazo mientras con el otro apartaba a la gente para ir hacia la entrada del bar. A esa hora era notablemente más fácil salir de El Ariel que entrar.

Al pasar por la puerta se cruzó con Martín e Iker.

—Me la llevo fuera —les dijo—. Nos vamos a pegar. ¿Verdad, Beatriz?

—Verdad —balbuceó ella.

Iker y Martín se dieron cuenta entonces del estado en el que estaba.

—Y queréis que ella conduzca, ¿eh? —les echó Hugo en cara.

El Ariel estaba en una pequeña calle del centro de Madrid que se hacía particularmente estrecha al tener coches aparcados en las dos aceras. A pocas manzanas había varios bares más, que atraían a un público muy parecido al de El Ariel, si no al mismo. En esa zona, las camisetas negras o de grupos de metal eran casi un uniforme. La mayoría eran habituales, todos se conocían al menos de vista, así que cuando pasaba alguien nuevo no faltaban las miradas, sobre todo si era una chica, ya que allí eran escasas. El buen tiempo y la prohibición de fumar en los bares hacían que la gente se quedara fuera de los locales, así que la calle estaba bastante animada para ser las dos de la mañana. Algunos charlaban formando pequeños círculos de los que salían risas y humo de tabaco, otros se sentaban en portales o en las aceras, bebiendo latas de cerveza a escondidas para que no les multaran. Los más afortunados se comían a besos en las esquinas que aún no olían a orina.

—Eh, Marta. —Hugo se dirigió al grupo de chicas que estaban sentadas en un portal frente a El Ariel. Le miraron extrañadas—. Échame una mano.

—No me llamo Marta —dijo Camino, una de las amigas de Bea, acercándose y viendo el estado en el que estaba—. ¿Qué ha pasado?

—Que lleva una mierda encima que no se aguanta. —Hugo miraba a Bea entre preocupado y divertido.

—Voy bien —dijo ella, algo recuperada. Le había sentado bien salir del local—. No hagas caso al machirulo este.

Camino hizo por agarrarla, Hugo la soltó con cuidado y Bea se tambaleó. A punto estuvo de caer al suelo, pero apareció otra chica, más grande que Camino, y la sujetó con firmeza.

—Gracias, Marta —le dijo Hugo.

—De nada, Miguel —contestó Cecilia.

—De nada, gracias. —Bea rio y se agarró a Cecilia—. Ceci, guapaaa.

—Recuérdale que esté mañana a las doce en mi casa. —Hugo se dirigió a Cecilia—. Que me desbloquee de WhatsApp y le envío la dirección.

La chica le escuchó atentamente, y aunque no le dedicó ningún gesto agresivo, él no pudo evitar sentirse intimidado.

—No puedo ir a recogerla yo, estoy sin puntos —dijo caminando hacia atrás. Se dio la vuelta y fue hacia la puerta de El Ariel, donde Martín e Iker le esperaban.

Cecilia se armó de paciencia y obligó a Bea a caminar. Paso a paso, lograron cruzar la calle.

—¡Espera, tú! —gritó Bea, soltándose de Ceci y volviendo hacia atrás tambaleándose.

Hugo se dio por aludido y fue hacia ella. Cuando se encontraron en mitad de la calzada, ella le agarró de improviso y posó sus labios sobre los de él, sin moverlos, como si se le hubiera olvidado para qué los había puesto ahí. Cerró los ojos y pareció que se había quedado dormida.

4

Bea se separó de un sorprendido Hugo y sonrió satisfecha, con los labios y los ojos cerrados. Él la agarró del brazo, tiró de ella con suavidad, rodeó su cintura, le sujetó la cabeza y la besó. Esta vez fue un beso de película, intenso; de hecho, le dio algo más de teatralidad inclinándose. Se esforzó en dejar huella y Bea dejó de respirar. Se escucharon un par de vítores y aplausos solitarios al lado de El Ariel. Cuando él abrió los ojos, vio que Cecilia estaba a su lado.

—¿Ya? —le dijo cruzada de brazos. Volvió a llevarse a Bea y esta vez la sujetó con más fuerza para que no se volviera a escapar. Antes de que giraran la esquina, Bea se soltó de nuevo y llamó a Hugo.

—¡Te voy a destrozar la polla! —gritó.

Ni siquiera ella misma estaba segura de si lo hizo porque el beso le supo a poco o porque se acababa de dar cuenta de que había besado en público a su enemigo jurado.

Cecilia tiró de ella.

—Eres como un *hooligan* cuando bebes —la riñó, impidiéndole que se detuviera—. No has cenado, ¿verdad?

—Iba a por un kebab con estas, pero Martín me dijo... —Aguantó una arcada—. La entrada de Metallica... —Esta vez la arcada fue peor, pero no abrió la boca. Respiró profundamente—. Metallica, qué guapo.

—No te lo tragues, Be. Es una cerdada.

—Yo quiero ser lesbiana —lloriqueó Bea momentos antes de agacharse detrás de un coche y regar las calles de Madrid de whisky, taurina y bilis.

Después de aquello, Cecilia la puso a caminar de nuevo. Mientras callejeaban, Bea intentó quedarse dormida apoyada en una pared, un coche, un cubo de basura y un chico despistado.

—Nos vamos a casa —dijo Cecilia tras disculparse con el chico—. No te quites otra vez la camiseta, por favor.

—Martín me necesita —protestó Bea mientras se bajaba la camiseta y fruncía el ceño.

Pero la mirada inquisitiva de su amiga zanjó el tema y se fueron a casa.

Efectivamente, apenas una hora después, Martín buscaba desesperadamente a Bea, confundido y con el corazón roto. Necesitaba a su amiga y por un momento olvidó que se había ido a casa.

—Mart. —Iker le encontró vagando sin rumbo en la calle, lo cogió del brazo y se lo llevó a un lugar apartado—. ¿Qué te pasa, tío?

—Bien, bien... —Martín agitó la cabeza como si acabara de despertar.

—¿Bien qué? —preguntó Iker.

—¿Qué ha pasado? —Hugo fue corriendo hasta donde estaban, preocupado.

Martín los miró en silencio un largo rato. Tenía la cabeza en otra parte, se sentía atrapado como si estuviera en una pesadilla. Tenía ganas de gritar y de salir corriendo, pero estaba paralizado. Finalmente logró deshacer el nudo que tenía en la garganta y hablar.

—Paula me ha dejado.

Iker y Hugo se miraron. Sabían de antemano que pasaría, pero eso no evitó que les desarmara ver a su amigo así. No supieron cómo debían reaccionar.

Martín se había marchado un rato a hablar con su novia y al regresar parecía otra persona. A pesar de verle tan mal, Iker se sintió aliviado. Llevaba meses viendo a su amigo cada vez más hecho polvo. Había entrado en una dinámica nociva y cíclica en su relación. Paula le pedía un tiempo, él la convencía de que volvieran a estar juntos, discutían, lo arreglaban, discutían aún más, Paula volvía a pedirle un tiempo... Iker no podía más con aquella situación, sobre todo porque su amigo cada vez estaba peor.

Martín había perdido su trabajo, pero actuaba como si eso no le importara. Estaba totalmente centrado en hacer que su relación con Paula funcionara. Los días buenos eran muy escasos, apenas dormía y siempre volvía a casa con dolor de cabeza después de discutir durante horas con Paula. No solo Iker estaba preocupado, el resto de sus amigos también lo estaban y lo comentaban a sus espaldas. Un par de días atrás, Iker se armó de valor, hizo caso omiso de las advertencias de Bea, y habló con Paula. Ella parecía aliviada por poder hablar del tema con un amigo de Martín. Tampoco estaba bien. Había intentado dejar a Martín, pero él siempre parecía poder solucionarlo y la convencía para intentarlo de nuevo. Semanas atrás había reunido fuerzas para dejarle por fin de forma definitiva, pero esa mañana echaron a Martín del trabajo y no fue capaz de hacerlo.

—No digo que no debas darle oportunidades —le dijo Iker—. Martín es un tío de puta madre, pero todo esto solo parece ir a peor. Lleváis meses con movidas. Tú estás muy mal, él está destrozado, no tiene sentido seguir intentándolo, ¿tú crees que tiene arreglo?

—Martín cree que... —comenzó Paula.

—No, dime qué crees tú —la interrumpió él, firme y algo incómodo. No le gustaba ponerse severo.

En ese momento ella se rompió, y no pudo evitar echarse a llorar delante de Iker. Daba igual lo que Martín creyera, ella sabía que no podían solucionarlo, y eso la destrozaba. Aunque se pasaran el día discutiendo, le tenía mucho cariño y no quería hacerle daño. Su relación no funcionaba y sentía que le había fallado, que había fracasado.

Iker esperó con paciencia a que se le pasara. Cuando Paula pudo volver a mirarle, le preguntó:

—¿Por qué no tiene arreglo?

Apoyado sobre un coche, en la calle de El Ariel, Martín apuraba el cigarro que le había dado Hugo, mientras contaba a sus amigos lo que acababa de ocurrir.

—Porque ya no me quiere, ya no siente lo mismo. Me ve como a un amigo —dijo Martín—. Bueno, es lo que dice. Parecía muy segura, pero no sé. Paula se raya mucho, ¿sabes?

—Si ya no te quiere, no hay nada que hacer —sentenció Hugo—. Pasa de ella.

Iker lo asesinó con la mirada. Martín también tenía sus ojos sobre él, pero parecía que no le veía. La calle estaba casi vacía, la mitad de la gente volvía a casa y la otra mitad trataba de encontrar hueco en algún bar que abriera hasta más tarde.

—Joder, tío. Lo siento mucho, no sé qué decir —dijo Iker—. Estamos aquí para ti, ¿vale? Es una putada, pero al menos ya lo sabes, ¿no?

—Sí —murmuró Martín—. Pero, bueno, se puede arreglar.

Iker sintió su móvil vibrar. Tenía un WhatsApp de Hugo.

02:49 **Hugo:** Sigue negándolo.

02:49 **Iker:** Dale tiempo.

02:50 **Hugo:** No.

—Era pronto para pedirle que nos fuéramos a vivir juntos. —Martín seguía con la mirada perdida—. La agobié, solo está confusa.

—Eso lo he oído antes —le cortó Hugo.

Martín le miraba, pero no le escuchaba. Apenas parpadeaba, tenía los hombros hundidos y los brazos le colgaban a los lados del cuerpo como si le pesaran.

—Solo necesita tiempo —murmuró. Parecía estar hablando consigo mismo.

—Esa tía es una zorra —volvió a interrumpirle Hugo, impaciente.

Iker le mandó callar con la mirada, pero Martín seguía inexpresivo.

—Paula necesita...

—Paula es una zorra. —Hugo obligó a Martín a mirarle—. No le importas, pero le venía bien estar con un calzonazos como tú. Seguro que ha encontrado a otro y ya no te necesita. Ahora estará yendo a casa de ese mierdas para comerle la polla.

A pesar de buscarlo, el puñetazo de Martín pilló a Hugo desprevenido. No le dio tiempo a recuperarse porque Martín le empujó contra la pared y le agarró del cuello de la camiseta.

—Vas a cerrar la puta boca —le escupió mientras lo sujetaba con una mano—. No tienes ni idea, ni puta idea de lo que hablas. —Hugo fue a decir algo y Martín levantó el puño de la otra mano y le amenazó—. Te voy a partir la puta cara. —Tragó con fuerza—. No tienes ni puta idea de lo que se siente al querer a alguien así. Eres un bocazas y no te aguanta nadie. Paula me ha dejado para siempre y solo piensas en soltar tus putas mierdas de amargado. Paula me ha... —Apretó la mandíbula—. Mierda.

Soltó otro puñetazo y esta vez dio a la pared. Mantuvo el puño sobre esta durante unos segundos, sin soltar a Hugo.

—Lo siento —murmuró Hugo.

No solía disculparse, y esto no era una excepción. No le estaba pidiendo perdón, lo que sentía era que su amigo lo hubiera pasado mal durante meses, que lo estuviera pasando mal ahora y saber lo mal que lo iba a pasarlo las próximas semanas. Martín apoyó unos segundos la frente sobre el hombro de Hugo. Le soltó y fue a sentarse sobre el capó de un coche, dándoles la espalda. Hugo se limpió la sangre que le salía de la nariz con el dorso de la mano. Iker y él miraron hacia donde estaba Martín, tenía la cara hundida entre las manos. Estaba llorando.

5

A la mañana siguiente la cabeza de Bea palpitaba. Tenía sed, la boca pastosa y el aliento le olía a podredumbre. Se envolvió aún más en las sábanas. Los recuerdos de la noche anterior trataban de hacerse presentes, y eso que se esforzaba por mantenerlos bien bloqueados. No estaba dispuesta a pensar, no con ese dolor de cabeza. Se preguntó si sería físicamente posible reabsorber su propia orina para así no tener que salir de la cama. Al final aguantó demasiado y tuvo que esprintar hacia el baño. Pensó que si era lo bastante rápida podría volver a la cama y seguir escondida. Se miró en el espejo que había sobre el lavabo. Su pelo tenía un involuntario cardado por un lado y estaba aplastado por el otro, chorretones de rímel y lápiz de ojos le dibujaban una expresión lastimera, a juego con sus ojos hinchados. Se sintió como un deshecho humano, pero al menos su aspecto iba a juego con su dolor de cabeza. Se acarició los labios para apartarse un pelo que tenía pegado y un recuerdo atravesó fugaz su cabeza. Lo desechó antes de saber lo que era. No pudo sortear el siguiente recuerdo y le vino a la cabeza su propia mano palpando el bíceps de Hugo como si fuera una colegiala en celo.

—Joder —dijo hundiendo la cara entre las manos.

—Eso digo yo..., «joder» —la imitó Cecilia al otro lado de la puerta.

Bea no respondió. Abrió el agua de la ducha para fingir que no la había oído. Recordó que la había llevado casi a rastras a casa la noche anterior y no quería que le regañara. Aún no.

—Abre la puerta, petarda —ordenó Cecilia—. Vas a llegar tarde a Metallica.

La cara de Bea se iluminó, ahora lo recordaba, le habían invitado a ir a ver a Metallica. Después de tantos años, de tantas oportunidades perdidas por un problema u otro, por fin podría ver a uno de los grupos que más había marcado su adolescencia. Solía escucharlos a todas horas y sus canciones la acompañaron en los momentos en los que más incomprendida se sentía. Abrió la puerta de golpe con media sonrisa en el rostro. Cecilia la esperaba con una pastilla y un vaso del batido que preparaba como remedio para la resaca.

—Tienes una hora para prepararte.

—No quiero el batido. —Bea puso voz de niña mimada.

—Tómatelo. —La mirada de Cecilia la intimidó lo suficiente como para que se metiera la pastilla en la boca, cogiera el vaso y lo apurara hasta el final.

—Puaj —dijo al terminar, arrugando la cara.

—Desbloqueé a tu «amigo» de tu WhatsApp. —Cecilia rompió el respetuoso silencio del desayuno.

—¿Amigo? —preguntó Bea, extrañada.

—Hugo.

Oír ese nombre le cortó la respiración. Sintió tal vergüenza que se quedó paralizada durante un minuto. Ni siquiera masticaba el trozo de tostada que tenía en la boca. Finalmente decidió afrontarlo y rememoró la noche anterior. Recordó las cervezas en la terraza con las chicas, a Martín hablándole de los sentimientos de Hugo, tontear con este como una quinceañera. Cada gesto que recordaba haber hecho le sentaba como una patada en el estómago, quería que la tierra se la tragara. La mano de él sobre su cara, su brazo agarrándola fuerte por la cintura, sus labios sobre su boca. Sus mejillas se calentaron, su corazón se aceleró y sintió ganas de salir corriendo.

—Dime, por favor, que anoche no me lie con ese capullo —suplicó Bea con los ojos fijos en el café, sin poder mirar a su amiga. Se sentía muy avergonzada.

Cecilia no contestó. Le pareció divertido y didáctico a la vez dejar que la incertidumbre devorara a su amiga. Cuando el silencio fue demasiado insoportable, Bea levantó la mirada. Cecilia seguía callada, mirándola altivamente para intensificar la tortura. Bea se sentía tan intimidada que ya ni respiraba. Al final Cecilia no pudo más y soltó una carcajada.

—Solo hicisteis un poco el idiota —dijo por fin.

—Se supone que el whisky con Red Bull no da resaca —protestó Bea.

—¿Eso es todo lo que te preocupa de anoche?

Tardó diez minutos en preparar la mochila para el viaje. Aún le dolía la cabeza, tenía mal cuerpo y le costaba tomar decisiones, así que metió lo primero que encontró, sin pensar. Cuando terminó, desbloqueó el teléfono, dispuesta por fin a enfrentarse a las consecuencias de sus actos.

Demasiados mensajes sin leer. Le habían escrito Martín, Paula, Iker, su grupo de amigas y Hugo. Su dedo fue instintivamente a hacer clic sobre Hugo, pero su cabeza lo detuvo y pulsó en el de sus amigas.

J0v3n3s&bruj4s

23:04 **Eli:** El Ariel otra vez?

23:05 **Camino:** Estamos fuera bebiendo.

23:07 **Eli:** Ok, pero el finde q viene a bailar.

23:07 **Raquel:** Síííííííííííííííííí.

23:08 **Eli:** Voy para allá, estáis ya allí?

23:08 **Camino:** Sí

23:10 **Lara:** Tráeme tabaco, xfa.

23:10 **Eli:** Ok

02:10 **Eli:** B, q cojones...

02:10 **Eli:** El puto machistoso B... El puto machistoso.

02:12 **Eli:** Ya nos contarás.

02:30 **Eli:** Está bien B?

02:34 **Raquel:** Me ha escrito Ceci q sí, se van ya a casa.

02:35 **Eli:** Sigo flipando

02:37 **Raquel:** 😂 😂 😂

Decidió contestar:

10:41 **Bea:** Estoy bien.

10:41 **Bea:** Whisky con Red Bull SÍ da resaca.

10:41 **Bea:** Me voy hoy a ver a Metallica con Iker y Mart 🎉 🎉 🎉

Dudó si debía contarles que Hugo también iría con ellos y al final prefirió guardar esa información para más adelante. No podría soportar los audios de advertencia, burlas e incluso ánimos de sus amigas respecto a ese tema. Aunque consideró importante aclarar algo.

10:42 **Bea:** NO PASÓ NADA.

Antes de que sus amigas pudieran responder, abrió el chat que tenía con Iker.

Iker

02:57 **Iker:** Paula ha djado a Mart.

02:57 **Iker:** xece k esta vez d vrdad.

03:01 **Iker:** Dice k vamos a Metallica =

A Bea se le hizo un nudo en el estómago. Iker no había sido especialmente elocuente, pero se hacía una imagen mental bastante clara de cómo estaría Martín. Si no hubiera estado tan borracha, habría podido estar ahí para él. Le había fallado. ¿Por qué había bebido tanto?, ¿por qué le había afectado tanto la presencia de Hugo?

Diecinueve mensajes de Martín.

Marteen

01:59 **Martín:** Dónde estás...?

02:18 **Martín:** Joder, espero que no hayas potado sobre Ceci... jajaja... mañana no te olvides de que hay que ir a Metallica, ha dicho Hugo q en su casa a las doce.

02:18 **Martín:** Metalllicaaaaaaa.

02:19 **Martín:** Dirección Hugo

02:21 **Martín:** Lololo Masteeeeer.

02:21 **Martín:** Lololo Masteeeer.

03:08 **Martín:** Paula me ha dejado.

03:09 **Martín:** Otra vez... ya lo sé... pero creo q es definitivo.

03:15 **Martín:** Si estás despierta, por favor llámame

03:18 **Martín:** Estoy muy cansado de esto, pero pelearía por ella hasta el final. Ella dice que se acabó, que no hay nada más que hacer..., que no me quiere y que eso no tiene solución...

03:19 **Martín:** No entiendo nada, Be.

03:19 **Martín:** La quiero, la quiero más que a nada... Ella me quería. Estábamos de puta madre hace unos meses... No sé qué ha pasado, no sé qué he hecho mal... Pero me ha pedido que lo deje estar, casi me lo ha suplicado.

03:26 **Martín:** No sé qué hacer, no me imagino ver Netflix sin ella, o no darle las buenas noches o sin mandarle memes y fotos de pandas. Joder, no puedo vivir sin ella.

03:31 **Martín:** Creo que me ha bloqueado.

03:32 **Martín:** Nunca me había bloqueado... Mierda.

03:32 **Martín:** La he cagado.

03:50 **Martín:** Oye, siento darte la brasa... bastante tendrás con lo tuyo.

03:50 **Martín:** Resaca, digo

09:48 **Martín:** Por favor no te rajes hoy, te necesito

Los ojos de Bea se llenaron de lágrimas. Imaginar a Martín tan solo le encogió el corazón. Se sentía secretamente culpable de aquello. Cuando Paula y él empezaron a tener problemas, ella le animó a pelear por aquella relación. Discutía muchísimo con Iker sobre aquel tema. Él llevaba tiempo diciendo que la relación de Paula y Martín no tenía futuro, que no funcionaría, pero a Bea le encantaba Paula, le parecía que hacían buena pareja, los había visto realmente enamorados y deseaba que siguieran juntos. Tras semanas de ver a su amigo consumirse, tuvo que admitir que esa relación no funcionaba, por mucho que ellos se esforzaran y por mucho que a ella le entristeciera.

Leyó los mensajes de Paula.

Paula (Mart)

03:29 **Paula:** Supongo que te han contado lo que ha pasado. Quería avisarte de que voy a bloquear a Martín.

03:29 **Paula:** Le quiero, pero no como él a mí. No es justo para él seguir así y soy demasiado débil, me va a convencer otra vez y será peor.

03:30 **Paula:** Quería que tú lo supieras, no quiero que él se raye pensando que estoy enfadada o que le odio. Joder, no, le tengo muchísimo cariño. Siempre será especial para mí. No sé qué hacer.

03:31 **Paula:** Espero que algún día me perdone.

Bea contestó:

10:47 **Bea:** Hola, Paula.

10:47 **Bea:** Se lo diré, no te preocupes.

10:48 **Bea:** Espero que tú estés bien. 😘 Todo esto es una mierda, mucho ánimo.

Carraspeó para quitarse el nudo en la garganta.

Ya estaba preparada para leer a Hugo. Se enfadaría y al menos no lloraría.

Machistoso-NO COGER

10:00 **Hugo:** Hola, Beatriz, has dormido bien?

10:00 **Hugo:** Esta es mi dirección.

10:01 **Hugo:** 📍 Dirección Hugo

10:01 **Hugo:** *Nuestra dirección.

10:01 **Hugo:** Ya te he hecho hueco en el armario 😏

Bea gruñó mientras tecleaba.

10:50 **Bea:** Cómeme los huevos.

6

Bea llamó al telefonillo y subió a casa de Hugo. Faltaba media hora para las doce, la hora a la que habían quedado. Era demasiado pronto, pero no podía esperar en la calle porque se estaba haciendo pis por culpa de Cecilia. Ella era la que había insistido en que saliera pronto, ella era la que le había hecho beber casi un litro de agua antes de salir para que se recuperara de la resaca.

Cuando la puerta se abrió, se quedó sin aliento ante la visión del desconocido que la recibió. Aquel hombre era un dios griego de proporciones perfectas y cuerpo hercúleo que apenas llevaba puesta una toalla blanca de un tamaño ridículo. Bea se quedó bizca un par de segundos por la impresión. Después miró hacia atrás para ver si le estaban gastando una broma.

—¿Vienes a ver a Hugo? —preguntó el hombre. Bea solo fue capaz de asentir con la cabeza—. Soy su compañero de piso.

—Beatriz, llegas media hora pronto. Yo también te echaba de menos. —Hugo la saludó con una sonrisa, el pelo mojado y únicamente unos pantalones cortos.

—¿Puedo usar tu baño? —dijo ella con urgencia, parando el juego y abandonando toda esperanza de manejar aquella situación con dignidad.

—Al fondo a la izquierda.

Fue dando zancadas hasta donde le había indicado, entró y cerró la puerta de golpe. Decidió permanecer allí escondida hasta que apareciera el resto de sus amigos.

El aseo no era muy grande. A pesar de ser antiguo, estaba cuidado y decorado con mucho gusto. No era el tipo de cuarto de baño que se imaginaba que tendría alguien como Hugo. Se había imaginado que viviría en un desastroso piso de estudiante, no en uno que parecía sacado de una revista. Tenía una gran cantidad de productos de belleza masculinos y un espejo grande. «Del tamaño de su ego», pensó Bea.

Sacó el móvil y vio que sus amigas habían escrito en el grupo que compartían. Había intervenido hasta Eli, que solía estar muy ocupada. Para cotillear siempre estaba disponible. Otra que respondía rápido a la llamada del chisme era Lara. No tenía pelos en la lengua. Solía crecerse cuando tenía audiencia y Raquel siempre le reía las gracias. Camino intentaba en vano poner orden. Para sus amigas, verla besar a Hugo, su enemigo jurado, debió ser un shock. Estaba segura de que necesitaban comentarlo y reírse un poco a su costa.

J0v3n3s&bruj4s

10:50 **Eli:** Que no pasó nada? Besaste a esa cosa delante de todo el mundo.

10:50 **Eli:** B, ahora probablemente tengas sidafilis.

10:50 **Raquel:** jajajsjajagsha.

10:53 **Lara:** Me vais a perdonar, pero bien por B, ya le estaban saliendo telarañas y el machistoso tiene un polvazo.

10:53 **Raquel:** jajaajajajafjajjaj, tíaaaaaaaaaaaa.

10:54 **Eli:** Lara, de verdad?

10:54 **Camino:** El físico no lo es todo.

10:54 **Camino:** Hay más cosas.

10:54 **Lara:** Como qué?

10:54 **Eli:** Como no ser un psicópata.

10:55 **Lara:** Eli, relaja, que solo se lo ha frungido.

10:55 **Camino:** Ugh.

10:55 **Lara:** Ugh? A ti te mola, Ivanka Trump.

10:55 **Raquel:** Jajajajaaaaaaajajajaja.

10:56 **Camino:** No empecéis otra vez, es solo una fantasía.

Lara tenía razón. Hugo tenía un polvazo y acababa de comprobarlo. Si vestido era guapo, sin camiseta era puro vicio. Tenía hasta un tatuaje enorme que le recorría el costado y le subía hasta el hombro. Pero, claro, al lado de aquella aparición divina sacada de un calendario de bomberos que le había abierto la puerta, Hugo era bastante normalito. Mientras fingía lavarse las manos, escuchó a los dos chicos hablar.

—¿Es la chica de ayer por la noche?

—Nah —respondió Hugo dándose importancia—, es la chica de ESTA noche.

Bea gruñó de rabia y buscó algún producto íntimo de su enemigo para escupir sobre él... ¿Quizá la esponja? «Que se joda y se lave con mis babas, capullo creído. Como si le escupiera, como si le lamiera». Se dio cuenta demasiado tarde de hacia dónde se dirigían sus pensamientos y se atragantó.

Se sentó y se forzó a hacer respiraciones profundas para tranquilizarse. No tenía sentido cabrearse con él por ser un capullo, sería como cabrearse con un cerdo por oler mal, era parte de su naturaleza. Estaba enfadada consigo misma por el tonteo de la noche anterior y por su comportamiento en general durante las últimas doce horas. Se había dejado llevar y no había actuado con cabeza. Le asustaba el poder que Hugo tenía sobre ella y tenía que contrarrestarlo de alguna forma. Quizá Lara tuviera razón sobre las telarañas; hacía mucho que no se acostaba con nadie, era cuestión de tiempo que su cuerpo se rebelara y tratara de tomar el control sobre su mente.

—¿Solo traes esta mochila? —Hugo le habló desde el otro lado de la puerta.

Las respiraciones profundas dejaron de funcionar. Volvía a estar furiosa.

—¿En serio solo te vas a traer estas bragas viejas? —rio.

Bea abrió la puerta de golpe y salió del baño, roja de ira, para encontrarse a Hugo cruzado de brazos, apoyado sobre la pared del pasillo. Miró detrás de él; la mochila estaba en el suelo justo donde ella la había tirado. Vieja y desteñida, estropeaba el impecable aspecto del recibidor.

—Sabía que eras de las que coge cariño a las bragas. —Hugo sonreía—. ¿Quieres un café?

—No soy de «las que» una mierda —gruñó Bea indignada.

El chico se encogió de hombros, como si aquello no fuera con él, y se dio la vuelta dirigiéndose a otra habitación.

—¿Un zumo, un té? —ofreció—. ¿Agua? Tienes que estar deshidratada después de haberme visto semidesnudo.

Bea tardó en entender la referencia y, cuando encontró una respuesta ingeniosa para darle, el otro chico apareció.

—Qué ordinario eres —dijo Apolo encarnado.

Iba perfectamente peinado y vestido en tonos pastel, y olía de maravilla. Parecía sacado de una foto de *stock*.

—Soy Eric —se presentó.

—Yo también —respondió Bea, que no podía sacarse de la cabeza la imagen de aquel cuerpo perfecto—. Digo..., soy Be, Bea.

Ese fue el momento en el que decidió que debía hacer algo con las telarañas antes de perder más neuronas. Fueron al salón, donde se sentó en el borde de uno de los sillones blancos, evitando tocarlo más de la cuenta. Sentía que podría manchar aquella impoluta tapicería con solo mirarla. Al igual que el baño, el minimalista salón era viejo, pero estaba decorado con mucho gusto. Hugo se había sentado en el sofá de enfrente y no dejaba de mirarla con curiosidad. Al menos se había puesto una camiseta e iba algo más vestido. Ella le escrutó con la mirada, no era tan guapo como él creía. Tenía la piel amarillenta y morada alrededor de un ojo. Por un momento contempló la posibilidad de que ella le hubiese golpeado, pero no lo recordaba y, además, si ella le hubiese dado aquel puñetazo Cecilia se lo habría contado. Hugo no dejaba de retarla y al final Bea se hartó de las miradas y le enseñó el dedo del medio, lo que le hizo reír.

—Aquí tienes. —Eric le entregó un vaso de zumo de naranja recién exprimido y una servilleta, y colocó un posavasos cerca de donde estaba.

El dios griego se sentó al lado de Hugo, con la espalda recta y las piernas juntas. Hugo, en cambio, estaba recostado y despatarrado; eran el día y la noche. Carraspeó y se inclinó hacia delante.

—Tenemos algo que proponerte.

El primer pensamiento que vino a la cabeza de Bea fue tremendamente sucio.

—Como habrás podido imaginar, Eric y yo estamos juntos —puso la mano en la rodilla de su compañero de piso—, y somos muy felices. —Se miraron. Hugo sonreía, pero a Eric no parecía divertirle aquella situación—. A veces creo que mis intentos de parecer un machote e ir detrás de las tías son demasiado obvios. No sé, sé que es una tontería, pero aún me aterra lo que la gente pueda pensar. —Bea estaba atónita. No esperaba aquella confesión, pero le cuadraba, explicaba muchas cosas. Trató de estar a la altura y buscó una forma delicada de agradecer a su amigo su sinceridad y demostrarle su apoyo. Si hubiera estado más cerca de él, le habría cogido de las manos. Pero Hugo se le adelantó.

—Necesitamos que seas mi tapadera... —dijo— un tiempo. A cambio me acostaré contigo dos veces por semana.

Eric resopló y Bea se echó hacia atrás.

—¿Tres mejor? —ofreció Hugo.

—Ya sabes que no me gusta esa broma —dijo Eric con voz suave tras unos segundos de silencio—. La gente puede pensar que es verdad y eso no sería bueno para mi reputación.

A Bea aquello le apestó a homofobia.

—Pero, tío... —protestó Hugo.

—No es personal, es mi norma. Nunca me acuesto con ningún tío por debajo de nueve —dijo Eric, serio—, y tú... Bueno, eres un siete con dos.

Bea ahogó una carcajada.

—¿Un siete con dos? —Hugo se puso de pie, indignado.

—Bueno —Eric le examinó arrugando ligeramente la nariz—, quizá un siete con seis.

—¿Siete con seis?

—No me eches la culpa —dijo Eric—. Podrías haber llegado a un ocho si no te vistieras... —arrugó la nariz del todo— así. Y si no te hubieras hecho ese tatuaje tan horroroso.

—Beatriz —dijo Hugo volviéndose hacia ella y señalándose—, ¿tú crees que esto es un siete con seis?

Bea le miró de arriba abajo, levantando una ceja como si lo estuviera puntuando, pero apretaba los labios para no echarse a reír.

—No, tienes razón. Es una puntuación demasiado generosa —dijo burlona.

—Anoche no te parecía un siete con seis. —Hugo sonrió con malicia y se volvió hacia Eric—. Me besó. —Eric le miraba aburrido—. En la boca.

—Anoche iba muy pedo —explicó Bea, algo aliviada de que saliera el tema.

—Las niñas borrachas nunca mienten —recitó Hugo.

—Creo que era «los niños y los borrachos...» —trató de intervenir Eric.

—Iba tan pedo que me quité la camiseta y traté de quedarme dormida sobre un desconocido.

—¡Beatriz! —Hugo frunció el entrecejo—. ¿Menos de doce horas saliendo y ya me has puesto los cuernos?

Sonó el telefonillo y se levantó para abrir. A Bea se le fueron los ojos hacia él y Eric se dio cuenta.

—Es una casa espectacular. —La chica trató de disimular mirando a su alrededor.

—Sí que debe estar mal el mercado heter..., digo el mercado inmobiliario —suspiró Eric.

Hugo regresó y anunció que Martín subía.

—Voy a hacer más café. —Eric se dirigió a la cocina.

—¿Crees que es guapo? —le dijo Hugo a Bea cuando se quedaron solos. Ella no pudo evitar sonreír y abrir la boca en señal afirmativa—. Pues tendrías que ver a los tíos que se trae a casa.

—La verdad es que está tremendo.

—Solo te fijas en el físico. —Hugo negó con la cabeza chasqueando la lengua—. Parecías tan feminista...

—Eres un demagogo.

—Si Eric estuviera interesado en ti, te daría igual que estuviera en contra del aborto.

—Si estuviera interesado en mí, yo no estaría ahora hablando contigo —se burló Bea.

—Así que soy un segundo plato. Bueno, mientras me comas... —Hugo la miró travieso y Bea volvió a poner los ojos en blanco.

Oyeron la puerta abrirse y segundos después entró Martín en el salón. Se había rapado la cabeza. Le sentaba bien, y habría parecido hasta atractivo si su nuevo *look* no incluyera unas ojeras tan marcadas que le daban el aspecto de un preso que acababa de escapar. Hugo le recibió con un abrazo y palmadas en la espalda.

—¿Estás bien? —Martín le señaló el ojo.

—Tendrías que ver al otro —bromeó Hugo.

—El otro está hecho mierda —suspiró Martín.

Se dirigió hacia donde estaba Bea. Ella sonrió y fue a decirle algo sobre su cabeza rapada, pero él la abrazó con urgencia, hundió la cara en su pelo y se derrumbó. Se aferraba a su amiga como si se estuviera cayendo y solo ella pudiera mantenerle de pie. Bea tragó saliva, sacando fuerzas para dejar a un lado el dolor que le causaba verle así. Le envolvió con cuidado entre sus brazos y le acarició la espalda.

Hugo y Eric se limitaron a mirar.

—Sentimientos, ¿eh? —dijo Eric en voz baja—. ¿Te imaginas tenerlos?

Hugo esbozó una sonrisa amarga.

Sonó el telefonillo de nuevo. Era Iker que acababa de llegar. Martín miró con aprensión a Hugo antes de comentar algo inseguro que, como Paula no les iba acompañar al viaje, había invitado a otra persona.

7

—Le ofrecí la entrada a Sami cuando salió de currar de El Ariel, pero no podía —les explicó Martín—. Este finde le toca cuidar al crío.

—¿Al crío? —Hugo se sorprendió.

—A su hijo. —Bea los juzgó con el gesto—. Tiene un niño de diez años.

—Yo tampoco sabía que tenía un hijo. —Martín se llevó la mano al pecho.

—Ya, pero tú no te has acostado con ella dos veces —dijo Bea.

—¿Me estás llevando la agenda, Beatriz? —La sonrisa de Hugo era pura maldad.

—A lo mejor se la estoy llevando a Sami —dijo ella guiñándole un ojo.

—Ah, no. Tú no puedes darle a Sami lo que le gusta —dijo él con malicia.

—Por lo visto, tú tampoco, siete con dos. —Bea lo miró de arriba abajo arrugando la nariz como hacía Eric.

—Siete con seis —corrigió él.

Ambos se desafiaron con la mirada. Él entrecerraba los ojos y ella levantaba la barbilla mientras ponía los brazos en jarra. Martín los miró algo confundido.

—Bueno —dijo, algo temeroso de romper el momento—, que al final se viene Germán, el amigo de Iker.

—No puede ser. Él no. —Hugo puso los ojos en blanco y echó la cabeza para atrás.

—¿Qué Germán? —susurró Bea al oír abrirse la puerta.

Germán hizo una entrada triunfal en el salón, con los brazos abiertos y cantando a pleno pulmón el estribillo de «Enter Sandman», como si estuviera en su propia casa. Parecía tener su edad, vestía ropa negra, vaqueros desgastados y lucía una larga y sedosa cabellera castaña.

—Menuda *kelly* de blanditos —dijo el recién llegado—. ¿Esto es una casa o la consulta de un dentista? ¿Dónde está el póster reglamentario de Maiden?

—A ver qué vas a decir, guarro. —Hugo se acercó a saludar a Germán.

—¡Hombre! Si es el Judas Priest sin el Priest. —Germán le ofreció la mano para chocar.

—¿A qué vienes tú? —preguntó Hugo—. ¿No decías que Metallica eran unos vendidos?

—Son unos vendidos —respondió Germán—. Renegaron del metal para facturar más *dollars*. Pero tú eres un vendido y te quiero igual, Judas.

Bea conocía a Germán de vista. Se habían cruzado en bares y conciertos, pero nunca había hablado con él. Era fácil reconocerle por su chupa de cuero negra con tachas y sus camisetas vistosas de grupos jevis, pero su característica más impactante era su impresionante pelo liso, largo hasta la cintura. Tenía las puntas perfectas. Bea ya lo había admirado alguna vez de lejos, pero ahora observaba a pocos metros cómo mientras chocaba con Hugo el pelo de Germán se movía y brillaba como en un anuncio de champú. Él se percató de que Bea estaba admirando su pelo y se giró a hacia ella.

—Cerveza y huevo. Tres veces por semana. —La señaló con el dedo. Ella pudo ver entonces su muñequera con pinchos.

Sonrió, sorprendida de que le hubiera leído la mente.

—Soy Bea —le saludó con dos besos.

—Te conozco, vives con la Ceci —dijo Germán—. Ah, la cerveza tiene que ser sin alcohol.

Iker entró después de Germán y saludó a todo el mundo.

—Oye, ¿y tu compañera? —preguntó Martín a Iker después de saludarle.

—¿Valeria? Hay que ir a buscarla a su casa.

—Nooo —protestó Hugo—. En serio, tío, si ni siquiera te la ha chup... —Notó la mirada asesina de Bea sobre él, prediciendo sus palabras—. Ni siquiera es tu piba. Que coja el metro como todo el mundo.

—Pilla de camino —dijo Iker.

Hugo suspiró al notar el tono de súplica en la voz de su amigo.

—Entonces es mejor que salgamos ya.

Iker tiró de Germán hacia fuera del apartamento y lo llevó hasta el ascensor. Martín se subió detrás de ellos.

—Id bajando vosotros, este ascensor no puede con cinco. —Hugo impidió que Bea se subiera con sus amigos.

La puerta se cerró, Martín e Iker se fijaron en que Bea estaba visiblemente molesta. Germán, en cambio, ajeno a todo, alzó el brazo izquierdo haciendo el signo de los cuernos mientras la puerta del ascensor se cerraba.

—Que tengáis buen viaje —dijo Eric con su tono amable desde la puerta—. Be, encantado de conocerte. Ten cuidado en la carretera y sobre todo ten cuidado con este sinvergüenza.

Cerró la puerta y ellos esperaron en silencio a que llegara el ascensor. Cuando entraron, Bea resopló enfadada.

—¿Qué pasa, Beatriz? ¿No quieres estar a solas conmigo? —Hugo se acercó a su oído tras pulsar el botón de planta baja—. ¿Te pongo nerviosa?

Ella notó que la voz de Hugo se había vuelto algo ronca. Él sabía jugar, sabía aprovechar los espacios pequeños y sabía perfectamente qué hacer para desconcertarla. Incluso olía bien. Notaba cómo su presencia la envolvía y ni siquiera la había tocado. Sí, la ponía nerviosa, pero le había costado mucho recuperar la dignidad después de la noche anterior, y que Hugo estuviera tratando de que perdiera el control la irritaba. Estaba harta de aquel juego y aún no habían salido de Madrid. Decidió que era hora de darle la vuelta a la situación y tomar el control. Carraspeó.

—Claro que me pones nerviosa —dijo arrojando la mochila al suelo del ascensor y girándose despacio hacia él—. ¿Tú te has visto? —Ladeó la cabeza—. Si eres un empotrador de libro. —Puso las manos sobre el pecho de Hugo y las deslizó con suavidad hasta subir a su cuello—. ¿Quién no se pondría nerviosa en un ascensor contigo? —dijo levantando lentamente la mirada hasta llegar a sus ojos—. ¿Quién no tendría ganas de...? —Le acarició la nuca y se mordió el labio inferior.

El ascensor llegó a la planta baja.

—¿De qué? —Hugo se había inclinado y acercaba su cara a la de ella.

Bea le clavó las uñas en los hombros y borró su expresión lasciva, cambiándola por una más feroz.

—Arrancarte la cara a mordiscos, flipado. —Se apartó y le enseñó los dientes.

Se giró hacia la puerta esperando que se abriera, con intención de hacer una salida dramática, pero esta tardó más de la cuenta en empezar a abrirse, y antes de que Bea pudiera empujar la segunda puerta, Hugo pulsó el piso siete. Era el ascensor de su casa, sabía cómo funcionaba.

—Me he dejado algo arriba. —Sonreía maliciosamente.

Bea pulsó el botón de abrir la puerta, pero no se abrió y el ascensor empezó a subir.

—Entonces sí que te pongo nerviosa —dijo Hugo a su espalda, apoderándose de su cintura. Bea se sobresaltó y se giró hacia él—. Te parezco, ¿cómo era...? Un «empotrador». —Esa palabra parecía divertirle. Avanzó hacia ella, que se echó hacia atrás hasta que su espalda chocó contra la pared del ascensor, pero él no se detuvo.

—Hugo. —Bea estaba demasiado aturdida para detenerle.

—Y también me ha parecido oír —le apartó el pelo de la cara y se la sujetó deslizando los dedos en su pelo— algo sobre —se agachó y empujó la nariz de Bea con la suya, haciendo que girara su cara hacia él— comerme la boca.

—No —dijo ella con firmeza, a pesar de respirar entrecortadamente.

—¿Segura? —Hugo dejó de avanzar, pero no la soltó—. Porque se te ha acelerado la respiración.

Bea cerró los ojos y reunió suficiente fuerza de voluntad.

—Sí. Segura.

—Está bien. —Dio un paso para atrás y levantó las manos.

Se hizo un silencio incómodo hasta que llegaron al piso siete. Hugo volvió a apretar el botón de la planta baja, se cruzó de brazos y se apoyó en la pared del ascensor.

—Lo del ojo —Bea rompió el silencio, algo más calmada—, ¿fue Martín?

—Sí. —No le dio importancia. Se giró un momento para mirarse en el espejo.

—¿Qué hiciste?

Hugo sonrió algo aliviado.

—Intenté besarle en un ascensor.

8

Valeria

11:58 **Iker:** Ya stamos abajo.

11:59 **Valeria:** ٩(^‿^)۶ ♥ ♥ ♥

11:59 **Valeria:** Ahorita bajo!!!!!!!!!!!! ♥‿♥

12:00 **Iker:** x cierto stamos n l monovolumen, no furgo.

12:00 **Valeria:** Okiiii.

12:11 **Iker:** Bajas?

12:18 **Iker:** T falta mucho?

12:24 **Valeria:** La loca d mi mamá no m dja bajar \(°Ω°)/ dice q quiere conocer cn quién voy :_(:_(:_(:_(

12:24 **Iker:** Subo.

12:25 **Valeria:** Monito..., le dije q iba con chicas →_←

12:26 **Iker:** ???

12:29 **Iker:** Subimos

Bea resopló y apoyó la frente sobre el volante.

—¿Su madre no la deja bajar? ¿Qué edad tiene? —dijo Martín.

—Diecinueve —respondió Iker con la boca pequeña.

—Tío, es una cría —dijo Bea.

—Solo le saco seis años, y tampoco es que la haya invitado solo para eso —protestó Iker saliendo del coche—. Es una chica genial, tenéis que conocerla. Por favor...

—Piensa en ella también, Be. Tú te habrías muerto por ir a ver a Metallica con diecinueve años —intervino Martín.

—Está bien. —Se desabrochó el cinturón de seguridad.

—Quizá no deberías subir así a conocer a su madre —intervino Hugo.

—¿Cómo? —Be giró el retrovisor y se miró en el espejo—. A ver. —Se soltó el pelo para taparse los *piercings* de las orejas. Se giró hacia Hugo—. ¿Mejor?

—Estás preciosa —le sonrió—, pero no deberías subir así.

Hugo señaló su camiseta. Tenía escrito, en letras muy grandes, la palabra COÑOCRACIA. Bea resopló fastidiada y se la quitó, quedándose en sujetador.

—Beatriz, llámame antiguo —Hugo fingió estar escandalizado e hizo amago de quitarse también su camiseta—, yo quería esperar a la boda, pero si insistes...

Ella actuó como si no le hubiera oído, le dio la vuelta a la camiseta, se la volvió a poner y se bajó del vehículo. Antes de que ella e Iker se alejaran, Hugo los llamó, señaló el gran tatuaje que Bea tenía en el brazo izquierdo y le dio una sudadera gris para que lo cubriera.

—Gracias, tío. Oye, a lo mejor deberías subir tú, tienes mucha labia —sugirió Iker.

—No es buena idea. —Hugo negó con la cabeza—. Las madres me huelen a la legua. Si subo, va a encerrar a su hija en casa hasta que cumpla cuarenta años.

Iker y Bea entraron en el portal y mientras esperaban el ascensor ella le peinó con los dedos la descuidada melena y le colocó el pelo detrás de las orejas, dándole un aspecto un poco menos amenazador. Trató de hacer lo mismo con su barba, con menos éxito.

—No creo que se preocupe por que quieras algo con su hija. Pareces un filósofo que hace años perdió el interés en las mujeres.

—Qué graciosilla te crees que... —Iker se interrumpió—. ¿Acabas de oler la sudadera de Hugo?

—No. —Bea miraba el suelo poniéndose colorada—. Para nada. Que no, que estaba oliéndome el pelo.

—¿Y pones esa cara cuando hueles tu propio pelo?

—No le digas nada, por favor —susurró Bea.

—Ni de coña. A ver quién le aguanta luego.

Ella le suplicó que dejara el tema cuando llegaron al piso. Él accedió mientras tocaba el timbre del apartamento de Valeria. La puerta se abrió y apareció una señora de la estatura de Bea, con caderas anchas, arrugas marcadas, una bata de flores y un moño perfectamente recogido. Parecía cansada. Los examinó de arriba abajo mientras se apoyaba con una mano en el marco de la puerta. Iker y Bea se quedaron muy quietos, tratando de parecer lo más formales y menos amenazadores posible.

—Ustedes deben de ser los amigos de Valeria. —La señora trató de ser amable, pero sonaba algo alterada.

—¡Monito! —gritó una chica corriendo desde el pasillo.

Iba corriendo hacia Iker, pero Bea se puso delante, la interceptó y la abrazó con fuerza.

—¡Osito! —improvisó—. Qué bien que puedas venir.

—Ay, estas niñas, qué locas... —La señora buscó la complicidad de Iker—. Soy María.

Se presentaron, él estaba visiblemente intimidado.

Bea no se esperaba que Valeria fuera tan guapa. Le sacaba una cabeza a su madre, tenía el cabello largo y negro, y negros también eran sus enormes ojos. Llevaba unos viejos vaqueros y una camiseta que le quedaban algo grandes, y que junto a su cara redonda y sus rasgos suaves le daban un aspecto algo aniñado.

María les ofreció todo tipo de bebidas y aperitivos, interrogó a Bea y a Iker acerca de sus familias, sus barrios, sus trabajos y les pidió los teléfonos. Él estaba paralizado, pero ella contestó a todas las preguntas con sinceridad y una sonrisa. Podía entender que María estuviera preocupada por que su hija se fuera de viaje con unos chicos a los que ella no conocía, así que cooperó. Aquel interrogatorio mortificaba a Valeria, que no paraba de pedir a su madre que los dejara tranquilos. María finalmente dejó que su hija se fuera de viaje y le dio un fuerte abrazo. Valeria tenía ya la mochila preparada y se pusieron en marcha. Mientras se cerraba la puerta del ascensor, oyeron decir a María.

—Hijita, llegas y me llamas, ¿sí?

—¡No, te llamo en la mañana! —gritó inesperadamente Valeria desde el ascensor.

—¡No tienes vergüenza, hija! —La madre intentó parar el ascensor—. ¡Me vas a sacar las canas verdes!

—No se preocupe, María, si ella no la llama, la llamo yo. —Bea impidió que la puerta del ascensor se cerrara.

—Hija, vuelve a la casa —ordenó María.

—¿También me vas a quitar esto? —dijo Valeria desafiante.

María se quedó mirando a su hija unos segundos hasta que los ojos se le llenaron de lágrimas y volvió al piso.

—Por fin —suspiró Valeria cuando la puerta del ascensor se cerró.

Bea estaba algo alarmada y miró de reojo a Iker; este se limitó a encogerse de hombros como si aquello no fuera con él.

—Soy Bea —se presentó para romper el incómodo silencio.

—Mucho gusto. —Valeria le sonreía entusiasmada—. Ah, qué chistoso lo que hiciste y llamarme «osito». Ah, pero no hacía falta. Mi mamá no se preocuparía por Iker, porque solo somos amigos, los mejores amigos, ¿verdad, monito? —dijo abrazándose a él.

Bea tuvo que darse la vuelta para que no vieran la expresión de sorpresa, burla y lástima que se dibujó en su cara.

Nada más salir del edificio Valeria les dijo que tenía que ir al servicio. Después de lo que acababa de pasar no subiría a su casa, así que Bea la acompañó al baño de un bar cercano. Valeria se metió en uno de los lavabos, cerró con pestillo y se apresuró a sacar su móvil cubierto de pegatinas.

—Hola, mami —dijo en susurros—. Lo siento mucho, de veras. Me estabas haciendo pasar pena delante de mis amigos. Ya no soy una niña, son amigos nuevos y quiero que me tomen en serio, y si me tratas como bebé, ellos... —se interrumpió—. No, mami, yo te quiero. —Valeria no era consciente de que Bea la escuchaba, pero aun así bajó todavía más la voz—. Te voy a extrañar —sonaba triste—. Te quiero, sé que no es tu culpa, no debí decir eso. Eres la mejor mamá. Ya te escribo. Sí, si pasa algo malo, serás la primera en saber. Sí, la pasaré bien. Sí, haré muchos recuerdos lindos. Chao.

La Valeria que salió del lavabo parecía otra persona. Empezando por la ropa: vestía unos minishorts vaqueros y un top de algodón ajustado que tenía escote y dejaba a la vista su ombligo. Era amarillo así que hacía resaltar aún más su perfecta piel bronceada. En cinco minutos se maquilló con la habilidad de una profesional; cuando acabó, parecía una *influencer* diez años mayor. Bea se pintó la raya del ojo, aunque no se le daba tan bien y le pidió ayuda. No buscaba verse mejor, sino más bien conectar con Valeria. Le dio la impresión de que era muy inocente y eso la enterneció. Quería que confiara en ella, que la viera como una aliada, por si en algún momento necesitaba recurrir a alguien.

Hugo se mostró molesto con ellas por el retraso, hasta que vio de cerca a Valeria y cambió su actitud. De repente no era tan grave salir más tarde.

—¿Eres fan de Metallica, Valeria? —preguntó Germán después de que los presentaran. Se sentaba detrás de ella en el monovolumen.

—Sííí. Amo la versión que hacen del «Nothing Else Matters» de Shakira, es así como más roquera.

Se quedaron petrificados tras escuchar aquella barbaridad. Metallica había escrito esa canción dos décadas antes de que Shakira la versionara. Germán directamente entró en shock. Se puso blanco y le entraron sudores fríos. Martín tuvo que zarandearle para que volviera en sí.

—T-tienes diecinueve años, ¿no? —balbuceó Germán.

—Sí, recién cumplí —respondió Valeria.

—No es tarde para ella —se dijo a sí mismo con voz dramática poniendo la mano sobre el hombro de Martín—. No es tarde. —Se inclinó hacia delante para acercarse a la chica—. Valeria, no te preocupes, te vamos a convertir al metal.

Bea arrancó el monovolumen y se empezaron a mover.

—Ay —exclamó Valeria con una sonrisa tan amplia que se le cerraban los ojos—. Qué ganas de viajar, de ir al concierto y de perder la virginidad.

9

Minutos después estaban atrapados en un atasco terrible. Avanzaban tan lentamente que algunos conductores se bajaban unos segundos de sus coches para ver qué pasaba. Bea se mordía las uñas.

—No dejes tanto espacio o se te va a meter alguien. —Hugo, sentado en el asiento del copiloto, señaló hacia el frente.

—He dejado una mierda de distancia —gruñó ella—, es apenas un metro.

—Se va a meter alguien, Be.

—¿Quién se va a meter? De verdad, Hugo —se volvió hacia él—, ¿un micromachine?

Mientras decía esto el coche de delante avanzó y un auto de otro carril se metió delante. Hugo se limitó a resoplar.

—¡Oh, vaya! —exclamó Bea—. Ahora llegaremos un coche más tarde a Bilbao. —Se volvió hacia atrás—. Lo siento, chicos, vamos a llegar un coche más tarde.

—Mierda, yo había quedado a menos coche —bromeó Iker, tratando de relajar el ambiente.

—Podríamos poner música —sugirió Martín.

—Ya era hora de que me lo pidierais. —Germán se incorporó—. Está bien, lo mejor es poner algo que le pueda gustar a todo el mundo. Sugiero escuchar seguidos los dos primeros discos de Avantasia. Son como audiolibros con temazos.

—Lo veto. —Hugo fue tajante—. Veto cualquier metal ópera.

—Chicos, no quiero ser vinagres —dijo Martín algo cohibido—. Por lo de Paula y eso..., me he propuesto no amargaros el viaje. Solo pido que no pongáis canciones de amor.

—Propongo una cosa —dijo Hugo—. Que cada uno ponga su música durante media hora, ¿de acuerdo? Menos metal ópera.

—¡Yo empiezo! —se ofreció Valeria entusiasmada.

Bea se puso tensa. Intuía que la música que a Valeria le gustaba no encajaría bien con sus amigos, quienes eran bastante intolerantes en lo que a música se refería.

—Quizá es mejor poner la radio —susurró, de forma que solo Hugo la escuchara.

—Cómo sois las tías de competitivas —murmuró él burlón.

Valeria enganchó su teléfono a la furgoneta y a los pocos segundos empezó a sonar una canción que mezclaba *trap* y reguetón, y de inmediato comenzó a bailar al ritmo de la música, levantando los brazos. Iker fingía no ver los guiños que Valeria le hacía para que bailara con ella. Martín se apoyó en el cristal y se tapó la cara con la mano, como si escuchara por los ojos. Hugo también se había pegado al cristal de su ventanilla, mirando hacia fuera como un cachorrito que se muere de ganas de huir. Bea al verle empezó a imitar los movimientos de Valeria al son de la música, le guiñó un ojo a través del retrovisor y la chica le aplaudió. Al fondo del coche, Germán movía la cabeza al ritmo y arrugaba el ceño como si tratara de entender algo. Apenas había pasado un minuto de canción cuando Hugo la apagó y encendió la radio.

—A ver si dicen algo del atasco —gruñó.

Bea se puso a toser y entre tos y tos se la oyó decir «pureta».

En la radio no decían nada del atasco, solo daban otras noticias, pero dio igual porque justo en ese instante el tráfico pareció mejorar.

No les faltaba mucho para salir de la ciudad, el semáforo que tenían delante se puso en ámbar y Bea empezó a frenar.

—Acelera, Be, te da tiempo —protestó Hugo—. Coño, acelera.

Ella hizo caso omiso y frenó, pero el coche que circulaba por el carril de al lado aceleró saltándose el semáforo. Otro coche que venía por la izquierda le dio un golpe, no muy fuerte, pero sí lo suficiente como para que segundos después los conductores salieran de los vehículos algo aturdidos.

—¿Me vas a seguir dando lecciones? —Bea alzó la voz—. ¿Qué más señales quieres?

—Tú habrías podido pasar —dijo Hugo alzando también la voz—. Esta furgo acelera...

—Monovolumen —corrigió Bea.

—Furgoneta de pasajeros —replicó Hugo—. A este paso no vamos a salir de Madrid nunca.

Frente a ellos, los conductores accidentados examinaban sus coches y se pedían disculpas mutuamente.

—¿Qué quieres? ¿Que me quede sin puntos yo también? —gritó Bea—. ¿Que me la pegue como esos? ¿Qué es lo que quieres, Hugo?

—Que me hagas caso, joder. —Estaba muy irritado—. Las tías os pasáis de prudentes y luego...

—De acuerdo. —Bea se rio indignada—. Te haré caso, porque está claro que mi vagina me impide conducir bien, ¿no?

—Pues mira por dónde, sí, conducís peor. Lo dicen las estadísticas.

—Me vas a perdonar, pero lo que dicen las estadísticas es que tenemos muchísimos menos accidentes.

—Porque los provocáis.

—Oh, sí, seguro que los provocamos desafiando vuestra frágil masculinidad, que se desmorona cuando hacemos frenar vuestros monovolúmenes.

—Ya vale —gritó Martín muy serio desde atrás—. Ya estáis como siempre y ni hemos salido de Madrid. Hay más gente en esta furgo... Monovolumen... Lo que sea.

Dejaron atrás el atasco y salieron por fin a la autopista. Todos guardaron un tenso silencio. Nadie abrió la boca en un buen rato, solo se oía a Hugo resoplar cada vez que Bea cambiaba de carril. Martín se había hundido en su asiento y escudriñaba las redes sociales buscando alguna actividad de Paula. A su lado, Germán canturreaba mirando por la ventanilla. Delante de ellos, Valeria se hacía selfis usando filtros de animales, e incluía en las fotos a un resignado Iker. Bea estaba concentrada en la carretera y en su propia respiración para tranquilizarse. Conducir solía relajarla, pero necesitaba una dosis extra de calma para aguantar a Hugo.

—¿No lo oyes? —preguntó él, molesto.

—¿No oigo el qué? —dijo Bea.

—El coche te está pidiendo que cambies de marcha.

Lo que hizo Bea fue cambiar de carril y coger la primera salida que daba a un área de descanso. Aparcó, puso el freno de mano y apagó el motor.

—Tengo que... mear —anunció, y se volvió hacia Hugo—. ¿Vienes?

Él se limitó a bajarse con ella. Ambos caminaron hasta que estuvieron a unos veinte metros del coche antes de empezar a gritarse. Aunque no se les oía, se intuía perfectamente de qué trataba la conversación. Bea gesticulaba, Hugo soltaba una risa burlona, Bea se señalaba la cabeza y Hugo se señalaba a sí mismo como indicando que era inocente, Bea miraba al cielo como pidiendo ayuda...

Desde el coche sus amigos contemplaban perplejos aquella escena.

—Mart —dijo Iker rompiendo el silencio.

—Dime —contestó Martín.

—¿Tú crees que mamá y papá se van a divorciar?

10

—Es bien sexy cuando discute —suspiró Valeria mirando por la ventanilla.

—¿El Hugo? —preguntó Germán.

—Eh, sí, claro. Ay... —volvió a suspirar—, no sé ustedes, pero yo tengo un hambre que parecen dos. —Abrió la puerta y saltó de la furgoneta.

Iker temió que se viera envuelta en la discusión de Hugo y Bea y trató sin éxito de detenerla. Como no lo logró, salió tras ella y la acompañó hasta el supermercado del área de descanso.

—Tenemos que separarlos antes de que se destruyan. —Germán señaló con un gesto a Bea y a Hugo—. No me renta hablar con el Judas. Me llevo a la chica y tú te encargas de él.

Martín aceptó resignado.

—... y sabía que ibas a quitar su música, lo sabía —seguía gritando Bea—. No te puedes aguantar cinco putos minutos y dejar a la pobre chica escuchar lo que le apetezca.

—¿Lo dices en serio? —se defendió Hugo—. Esa música es la que se usa para torturar...

—Eres un egoísta —escupió Bea—, eres un...

Germán le dio un golpecito firme en la cintura. Había aprendido ese truco viendo a un entrenador de perros.

—Escucha, voy a por algo de comer —dijo entrando en su campo de visión.

Bea seguía con el gesto torcido, viendo cómo Martín trataba también de distraer a Hugo. Germán se limitó a mirarla y permaneció tranquilo y firme hasta que Bea se relajó y le devolvió la mirada.

—Me apetece un helado, ¿a ti?

Ella se calmó, asintió y lo acompañó a la tienda. Antes de entrar él se quitó por fin su chupa de cuero y la horrible camiseta de Blind Guardian que llevaba debajo pudo lucir en todo su esplendor. Sonrió orgulloso al ver a Bea estudiar esa prenda. Le gustaba que los demás la valoraran.

—Es de uno de los peores discos.

—¿Y aun así la llevas? —preguntó ella.

Empezaron a caminar juntos.

—Hay que permanecer fiel —afirmó Germán—. Apoyar a los Guardians en lo bueno y en lo malo.

—Y no ser un Judas, ¿no? —Bea se moría de ganas de sacar ese tema. Desde que supo que Germán llamaba así a Hugo quiso saber el motivo—. ¿Como Hugo?

—Sí.

Él apretó los labios. No parecía tener ganas de hablar.

—¿Qué pasó? —preguntó ella.

El melenudo carraspeó.

—Hugo se cortó el pelo y traicionó todos los valores del *metal.* —Germán de pronto parecía serio. Sujetó la puerta del supermercado para que Bea pasara.

—¿Qué valores son esos? —preguntó ella, intentando no reír. Se había imaginado a Hugo con el pelo largo y cardado.

—Pues son: adorarás a Maiden por encima del resto, no te tomarás el punk en serio, escucharás los solos...

Bea dejó de prestar atención. Acababa de ver a Hugo entrar en la tienda y acercarse a la zona de bebidas, donde estaba Valeria sola. Se pusieron a hablar de forma animada, con mucha confianza. Él torcía la cabeza y ella no paraba de toquetearse el pelo, estaban claramente tonteando.

Se volvió de nuevo hacia Germán, que seguía hablando con pasión de sus valores. Era todo un personaje y le había caído bastante bien. Parecía buena gente, divertido y, aunque no era su tipo, era guapete. Empezó a mirarle con otros ojos, podía ser una buena opción para distraerse y pasar el rato. Si se liaba con él, sacaría con facilidad a Hugo de su cabeza y de paso se desharía de las «telarañas».

Tras el desastroso final de su última relación larga y del daño que le hizo que su ex la traicionara y compartiera sus fotos, era incapaz de volver a confiar en alguien, y le aterraba sentir algo por otra persona, porque cuando amas a alguien la traición es doblemente dolorosa. Así que había puesto en práctica una serie de normas en sus relaciones para mantener cierta distancia de seguridad. Al principio las aplicaba de forma inconsciente, y más tarde las puso en orden en su cabeza. Eran sencillas: tenía que sentir cierta atracción física por el compañero que eligiera, pero nunca estaría con alguien que le gustase tanto que le hiciera perder el control; ni estaría con nadie que perdiese el control por ella, porque igual que no quería exponerse al dolor, tampoco quería dañar a nadie. No buscaba una relación seria, así que en cuanto las cosas se ponían algo intensas se alejaba. Le resultaba muy fácil identificar las señales que indicaban que esto estaba ocurriendo: cuando le molestaba que tardara en contestar los mensajes, cuando releía mensajes antiguos y, la peor de todas, cuando fantaseaba con que él la abrazara.

Cecilia le había dicho, sin cortarse un pelo, que aquello era propio de una enferma del control y no era nada sano. Le dijo además que no funcionaría siempre, pero a Bea le había resultado bastante efectivo hasta entonces.

—Esto es un manjar de dioses —dijo Germán sacando un helado de la nevera—. ¿No quieres uno?

Había escogido un helado rosa con forma de pie. Bea pensó que solo un niño de cinco años o un hombre muy seguro de sí mismo elegiría ese helado. Germán no era ningún niño, así que en cierto modo era sexy que hubiera elegido el pie. Salieron fuera y él se dedicó a disertar sobre Metallica mientras Bea se comía a disgusto su helado. Había elegido uno recubierto de chocolate negro, demasiado amargo para su gusto.

—Después del concierto podríamos hacer algo. —Le miró de forma sugerente.

—Tocan bastante lejos de Bilbao —respondió Germán jugando con el palo de su helado—. Allí montan un escenario y poco más. No habrá mucho que hacer.

—Algo se nos ocurrirá. —Bea le miraba y se mordía la uña del dedo meñique.

Él la miraba cada pocos segundos, parecía indeciso, como si

quisiera decir algo y no se atreviera. Bea pensó que le haría alguna pregunta personal, quizá se interesaría en saber si tenía pareja. Pero no, Germán le preguntó si se podía comer su helado, ya que ella no parecía muy interesada en terminarlo. Se lo dio, mientras le insinuaba que le daría cualquier cosa. Él no pareció captar esta invitación, se terminó el helado y fue a donde estaban los demás. No mostraba demasiado interés en ella y eso era, irónicamente, uno de los requisitos de Bea para acercarse a un chico.

Dentro del supermercado, Iker y Martín estaban al lado de una mesa alta terminándose un sándwich en silencio. Martín había puesto su móvil sobre la mesa y lo hacía girar boca abajo, de vez en cuando le daba la vuelta y lo encendía. Iker se rascaba la barba mientras observaba a Valeria hablar con Hugo.

—Tío, creo que hay que decirle a Hugo la verdad sobre lo de Be. —Martín rompió el silencio—. Está muy pesado con ella.

—Yo lo veo como siempre —se apresuró a decir Iker.

—Joder, tío, si anoche insististe en que les dijera la verdad.

—Ya, pero no hay prisa. ¿No?

En ese instante Valeria salió de la tienda precipitadamente y Hugo fue hacia ellos. Estaba algo pálido.

—Deberías relajarte un poco. —Iker se encaró con él.

—¿Eh? —Hugo miró hacia donde antes estaba Valeria un poco inquieto—. Solo estábamos hablando.

—M-me refiero a Be.

—¿Qué pasa con ella? —Sonrió mirando al suelo.

—Le estás jodiendo el viaje. Y a mí también —intervino Martín—. Una mujer conduce tu monovolumen. ¿Y qué? Supéralo.

—Lo primero, es una furgoneta, y lo segundo: no es porque sea piba, es que conduce como el culo.

—No conduce como el culo. El Pintxo conduce mil veces peor y nunca le has dicho nada, pero, claro, él tiene pene.

—Ya hablas igual que ella. Ese es mi problema con esa piba —resopló Hugo molesto.

Iker le hizo una señal de advertencia. Aquel no era el mejor día para discutir con Martín. Hugo se tomó unos segundos para calmarse antes de seguir hablando.

—Vale, tienes razón —cedió—. No diré nada sobre cómo conduce.

—Y deja ya de pincharla y portarte como un capullo con ella —añadió Martín.

—Lo intentaré. —Miró hacia el suelo—. Es que tiene algo que... —Sonrió—. No puedo dejar de fastidiarla.

Antes de que le siguieran riñendo, Hugo se fue al servicio. Martín volvió a la tarea de dar vueltas a su móvil mientras Iker se terminaba el sándwich.

—¿No le íbamos a decir la verdad? ¿No estabas ayer indignado porque yo mintiera?

—Mejor que incordie a Be que a Valeria —dijo Iker bajando la voz porque Germán iba hacia ellos—. Be lo sabe manejar.

Fuera de la tienda, Bea esperaba a que salieran los demás. Se había encendido un cigarro y lo apuraba nerviosa, apoyándose en la pierna izquierda y dando golpes al suelo con la punta del pie derecho.

—¿Me das uno? —preguntó Valeria poniéndose a su lado.

Bea le dio un cigarro y le ayudó a encenderlo. Casi de inmediato, la chica empezó a toser.

—¿Estás bien? —Bea le dio una palmada en la espalda.

—Sí. —Valeria se recompuso—. Es que es mi primer cigarro.

—No deberías empezar —le dijo Bea. Valeria la miró con desgana, torciendo la cabeza—. Pero si lo vas a hacer, no cojas tanto humo.

—Vale.

Bea le dio alguna indicación más mientras Valeria se acostumbraba a fumar.

—Es asqueroso —dijo examinando el cigarro.

—Lo es —contestó Bea dando una calada.

Valeria lo hizo girar entre sus dedos. Sopló observando cómo se consumía y finalmente lo tiró al suelo y lo pisó.

—La verdad es que sabe a nalga de mandril. —Recogió el cigarro del suelo y lo tiró a una papelera—. Gracias por no echarme la bronca.

—No puedo echarte la bronca mientras me fumo un piti. —Bea le mostró su cigarro casi acabado—. Además, ya sabes que es malo, que da cáncer y todo eso. No te voy a decir nada nuevo. Si quisieras inyectarte heroína en los ojos por primera vez, quizá sí sería más protectora. O si quisieras aclararte el pelo con lejía.

—O si quisiera atracar mi primer banco —siguió Valeria.

—En ese caso —Bea sonrió pensativa—, si vamos a medias...

—O si quisiera tener sexo por primera vez. —Valeria la escudriñó para ver su reacción.

—Nah, follar no es malo —Bea la miró de reojo mientras se encendía otro cigarro—, si es lo que te apetece.

—Bueno. —Valeria miró hacia el cielo—. No es que me apetezca, pero ya cumplí diecinueve, es raro que no...

—No —la cortó Bea tajante—, no hagas nada que no te apetezca.

—Ay, quizá sí me apetece... —Dio una vuelta sobre sí misma—. Ay, no sé, ¿eso cómo se sabe? Ay, no, no me digas, ya da igual —dijo tapando la boca de Bea—. Es que aquí es distinto... En Madrid tengo que volver a casa a las once.

—Se puede follar antes de las once, ¿eh?

—Ay, sí. —Valeria se sonrojó—. Lo sé.

—Deberíamos irnos ya.

Bea hizo señas a los que seguían en la tienda.

—¿Qué te parece Hugo? —preguntó Valeria mientras jugaba con un mechón de su pelo.

—¿Es una pregunta seria? —gruñó Bea. Valeria asintió—. Si casi le tiro del coche en marcha.

—Para mí, digo. —Volvió a sonrojarse.

En ese momento, los chicos salieron de la tienda y se dirigieron a la furgoneta. Cuando pasaron a su lado, oyeron a Hugo decir:

—He tardado, pero me he hecho un *perfect*.

Las chicas se quedaron atrás y Bea se limitó a señalar a Hugo con la mano mientras miraba a Valeria.

—Puedes aspirar a algo mejor que eso.

—Ay, ojalá me lo hubieras dicho antes.

Esta vez fue Bea la que empezó a toser como si aquel fuera su primer cigarro. Cómo era posible que en tan poco tiempo Hugo y Valeria hubieran hecho algo. ¿Dónde? Solo debían llevar media hora en aquella estación de servicio.

—¿C-cómo? —fue todo lo que alcanzó a decir.

—Que ojalá lo hubiera sabido hace un rato.

—¿Por qué dices eso?

—Es que... le dije que quería coger con él —dijo Valeria, mortificada.

—Joder —se le escapó a Bea.

—Ay, sí, qué vergüenza. —Valeria se tapó la cara—. Y me rechazó.

Eso descolocó aún más a Bea, que se mostró preocupada y por un momento no supo qué decir.

—No pasa nada, si me ha dicho que estoy muy bien —murmuró una sonrojada Valeria—, que estoy «tremenda». Lo que sucede es que le interesa otra. —Valeria la miró de reojo haciéndose la interesante—. Está enamorado. Ay, pero qué vergüenza, ¿qué pensará de mí ahora?

Bea se detuvo en seco. Su primera reacción fue repetirse a sí misma que no podía ser ella. No tenía ningún sentido, hasta ayer apenas habían hablado y solo había sido para atacarse el uno al otro. Daba igual lo que Martín dijera, tenía que haber otra persona. Le daba miedo la sensación de felicidad que le causaba la idea de que Hugo pudiera sentir algo por ella. Trató de convencerse de que tonteaba con ella igual que lo había hecho con la rubia del top rojo de El Ariel, igual que lo hacía con Valeria, igual que lo hacía con todas. No debía dejar que la idea de ser especial para Hugo la envenenara, que la ilusión la hiciera vulnerable.

—¡Beatriz! —gritó Hugo desde el coche—. Venga, vámonos, quedan aún muchos kilómetros para que sigas usando mal las marchas.

Bea dio una calada tan fuerte a su cigarro que se le cerró un ojo.

—No deberías fumar. —Valeria interrumpió sus pensamientos.

—Tienes razón —apuró el cigarrillo—, pero es mejor fumar que ir a la cárcel por asesinato.

11

Volvieron a salir a la carretera. Esta vez Iker se sentó en la parte de atrás con Germán y dejó a Martín junto a Valeria, detrás de Bea.

La carretera estaba bastante tranquila, apenas había coches y avanzaban a buen ritmo. A los lados de la autopista se extendía el paisaje seco, salpicado por algunos matorrales. A esa altura pasaban a menudo por salidas hacia pueblos y ciudades. A lo lejos se veía la sierra sin un ápice de nieve.

El viaje estaba siendo más apacible desde que dejaron atrás el área de descanso. Hugo había puesto algo de música y solo se dirigió a Bea para ofrecerle un chicle.

—¿Toda España es así de marrón? —preguntó Valeria, que llevaba un buen rato contemplando el paisaje.

—Este año está más verde de lo normal, normalmente es aún más seco, más marrón. El norte es más verde, ya lo verás —respondió Iker.

—¿De qué color es Perú? —preguntó Germán.

—No lo sé —contestó Valeria.

—Solo te acuerdas de México, ¿no? —dijo Iker.

—Sí, me fui de chiquita de Perú, no lo recuerdo, pero sí recuerdo México, y era bien verde.

Martín había estado callado todo el tiempo. Alternaba su atención entre la ventana y el móvil, al que miraba cada minuto. Estaba en fase de mirar absorto por la ventana cuando su móvil vibró y le sacó de golpe de su trance. Lo revisó de inmediato y comprobó que la notificación solo le indicaba que se estaba quedando sin batería. Volvió a sumergirse en sus pensamientos mirando por ventana. A los pocos segundos se le llenaron los ojos de lágrimas. Bea metió el brazo entre su asiento y el de Hugo y trató de tocar a su amigo.

Martín carraspeó, las lágrimas desaparecieron y cogió la mano de Bea, que le acarició con el pulgar durante unos segundos. Entonces sintieron que otra mano aprisionaba las suyas. Era la mano de Valeria.

—Esto es muy lindo. ¿Qué significa? —dijo pasados unos segundos.

Bea y Martín se soltaron y rieron aliviados, y la pobre Valeria se quedó con la duda.

Empezó a sonar «The Trooper» de Iron Maiden muy alto. Bea y Martín miraron a Hugo extrañados de que esa canción estuviera en su *playlist*.

—Hola, Lu —dijo Germán segundos después de que la canción parara. Era su tono de móvil—. ¿Cómo estás? —Esperó a que alguien contestara al otro lado—. Estupendo, yo bien. No, qué va, aún no estamos ni en Segovia. —Hizo una pausa—. Nah, vamos con tiempo, hasta las nueve no empieza. Tú, al final, no vuelves hasta el domingo, ¿verdad? Se me va a hacer largo estar tanto tiempo sin ti, princesa.

Bea se tragó el chicle y empezó a toser escandalosamente.

—¿Beatriz? —susurró Hugo, sorprendido, pasándole una botella de agua.

Bebió y dejó de toser, pero seguía roja.

—No me digas que te pone el melenudo... —le susurró él, escandalizado.

—Cállate —le ordenó Bea en voz baja.

—No puede ser. Por eso antes... —Se tapó una mano con la boca para disimular la risa, seguía susurrando—. Destrozahogares.

—Que te calles.

Hugo guardó silencio mientras observaba con malicia la reacción de Bea.

—¿Casi ochenta? Por Crom, sí que os habéis juntado unos cuantos. Aquí somos seis en total. Gente maja. Lo único malo es que tienen las hormonas descontroladas —dijo Germán riendo—, es increíble. Están más calientes que el palo de un churrero.

Bea se llevó la mano derecha a la cara para que Hugo no viera que se ponía roja de vergüenza.

—Beatriz, ¿estás descontrolada? —susurró él poniéndole la mano en la rodilla y tratando de consolarla—. Ay, pobrecita. Yo no te voy a juzgar por eso, si quieres acosar a un...

Ella le dio un manotazo para que quitara la mano y volvió a taparse la cara.

—Yo solo me descontrolo cuando te veo, nena —dijo Germán al teléfono—. Nah, no me oyen. Pues se ha venido el Iker, sigue sin afeitarse. Hoy se ha debido secar al aire y parece un náufrago. También viene una amiga suya que tiene doce años. —Escuchó durante unos segundos—. Sí, es mayor, es la chica esa que nos dijo. Pero si le quito años me hace sentir menos viejo. No, no le daré la chapa con los Maiden como a tu prima. Pero ¿le vino bien o no? —Pausa—. Vale. No, no lo hago con todos los adolescentes que conozco, solo con los elegidos. —Hizo otra pausa—. Vale, no le hablaré del *power metal* italiano ni del *Hollywood metal* —suspiró pesadamente—, te lo prometo. A ver, también se ha venido el Mart. Le dejó anoche su piba... Ya, ya. Sí, Lu, está en la mierda. Está muy jodido, pero se hace el fuerte. Ya se vendrá abajo.

Bea buscó a Martín por el retrovisor. Trataba de aguantar la risa, y cuando vio que ella le miraba, se llevó la mano a la cara e hizo un gesto de puchero.

—Solo está retrasando lo inevitable. Dice que no quiere escuchar música moñas, pero, nena, no me digas que una sesión de Def Leppard no le sanaría. Bon Jovi, Poison..., y lo echas todo fuera —dijo Germán, y se detuvo para escuchar—. Por supuesto, «Still Loving You» también. Terapia de choque. En fin. También está... ¿Sabes la compañera de piso de la Ceci? Sí, la enfermera, sí.

—¿Enfermera? —murmuró Hugo, gratamente sorprendido.

Bea sujetaba el volante con las dos manos, estirando el dedo corazón de la derecha.

—Y el último... es amigo de Iker. —Pausa—. No. No. Ese ha ido con los de su grupo. —De nuevo escuchó—. Tampoco. —Germán esperó a que contestaran al otro lado—. Sí, ese justo, como lo oyes.

Hugo subió la música del coche para no oírle, sonaba «Fuel» de Metallica.

—¿No oyes la música? Sí, la ha puesto él. —Se oía a Germán a pesar de que el volumen estaba alto—. Claro que es de los discos malos, del *ReLoad* concretamente. ¿Te esperabas otra cosa de él? Sí, está como siempre, ahora muy babas con la amiga de Ceci. Tiene un ojo morado y sospecho que ella tiene algo que ver, tiene un buen par de ovarios. —De nuevo se paró a escuchar—. No, no tiene pinta de que ella tenga novio. —Guardó silencio. Bea tragó saliva, mortificada—. Ya sabes que este pesca con red. Le tira la caña a todo lo que se mueve, yo creo que por eso el Iker no se afeita —rio—. Ya. Ya. —El tono de Germán sonó más serio—. Sí, es muy triste.

Ahora el que se escondía mirando por la ventanilla era Hugo.

—Sí. No te preocupes, no me oye —dijo Germán—. ¿Que le dé el qué? ¿En el estómago? ¿De tu parte? —Volvió a reír—. Ya sabes que...

Iker interrumpió a Germán y le dijo algo que los demás no pudieron escuchar. A partir de ese momento habló mucho más bajo.

Hugo se había quedado muy serio, parecía incómodo. Era la primera vez que Bea le veía así y eso alimentó aún más su curiosidad sobre qué le había pasado con Germán.

No habían pasado ni diez minutos desde que este colgó cuando incumplió la promesa que le hizo a su novia y empezó a instruir a Valeria en las virtudes del *heavy metal*, claro que ella estaba encantada de aprender. Empezó hablándole de Led Zeppelin, aprovechando que sonaba «Immigrant Song». Hugo hizo sonar después «Heartbreaker» para ayudarle con su lección. Seguía serio, pero no parecía estar molesto con Germán. Cuando este comenzó a hablar de Black Sabbath, Hugo estaba demasiado distraído, así que Germán conectó su móvil a los altavoces del coche y empezó a poner él las canciones.

Hugo miraba a través de la ventana con expresión grave. Bea le hizo algunos gestos, intentando sin éxito que la mirara. Al final le puso la mano en la rodilla. Él colocó la suya sobre la de ella, le dedicó una sonrisa forzada y luego quitó la mano.

Germán no paraba de quejarse de que no había casi tiempo para explicar nada y de que tenía que ir muy rápido y saltarse muchas cosas. Aun así, había pasado más de hora y media y apenas acababa de empezar a hablar de Iron Maiden en los noventa. Iker le dijo que había usado demasiado tiempo enumerando las virtudes de Bruce Dickinson frente a las taras de Blaze Bayley.

—Hugo. —Bea señaló el indicador—. Tengo que parar para echar gasolina.

Él salió de su ensimismamiento.

—En el siguiente desvío parece que hay una gasolinera —dijo señalando un cartel que lo indicaba.

Ella cogió la entrada que le había sugerido. No vieron ninguna gasolinera cerca, pero sí carteles que los condujeron a una carretera comarcal. Era bastante solitaria, atravesaba extensos cultivos de cereales que se veían interrumpidos de vez en cuando por algún triste árbol huérfano.

—Está muy dentro la gasolinera o está fatal indicada —murmuró Hugo—. Quizá deberíamos dar la vuelta.

Llegaron a un cartel que les daba la bienvenida a un pueblo. Originalmente rezaba: VILLAMIEL, pero alguien lo había tachado con un espray rojo y ahora ponía: VILLAMIERDA.

—Quizá está pasado el pueblo. Bueno, «pueblo», son cinco casas. Si no, damos la vuelta. —Bea había reducido la velocidad para ir más atenta—. Otro cartel.

—Yo no quiero ser gafe —dijo Iker—, pero así es como empiezan las películas de terror.

Al final llegaron a la gasolinera, estaba fuera del pueblo. Era muy pequeña y tenía un solo surtidor. A pesar de lo aislada que estaba, había tres coches esperando para repostar. Bea se puso detrás del último y paró el motor.

—¿Paramos? ¿Van a pelear otra vez? —preguntó Valeria.

12

La gasolinera y su solitario surtidor se habían vuelto amarillentos con el paso del tiempo, del mismo color que el campo vacío en el que los habían plantado. Se fundían con el paisaje parduzco. Era como si hubiesen echado raíces allí donde nadie lo hacía. En aquel lugar, el tiempo parecía haberse detenido hacía veinte o treinta años. El ritmo era distinto, más pausado, más espeso. La brisa soplaba lenta, la hierba seca se mecía sin ganas. Las chicharras cantaban con pereza, acompañando al silencio de aquel lugar, un silencio que el resto de los coches y sus ocupantes respetaban, un silencio que reinó hasta que fue roto por las voces de los chicos.

—Voy a por algo de beber, ¿quieres algo? —Hugo se quitó el cinturón y abrió la puerta.

—No, gracias. —Bea hizo tamborilear sus dedos encima del volante.

Hugo, Martín y Germán salieron de la furgo y se dirigieron a la pequeña tienda.

La gasolinera estaba bastante concurrida, lo cual llamaba la atención en un lugar tan apartado. Al ver lo despacio que iba todo comprendieron por qué. Tras un rato, Bea se preguntó si sería legal que solo tuviera un surtidor con cuatro mangueras, mientras observaba desesperada lo mucho que tardaban en repostar los coches que tenía delante. Empezaba a perder los nervios y necesitaba ir al baño.

—Monito, ¿te traigo algo? ¿Una cerveza? —dijo Valeria con voz dulce, abriendo la puerta.

—Tráeme un Sunny, por favor.

Cuando Valeria salió del coche y se quedaron solos, se volvió hacia Iker.

—Sabes que lo tienes jodido con Valeria, ¿verdad, «monito»? —No pudo evitar burlarse con esa última palabra.

—Bueno, al menos se viene y se lo pasa bien. Nunca ha estado en un concierto. —Iker se encogió de hombros sin dejar de mirar el móvil.

—Tío, Iker. Si quieres algo con esa chica no puedes seguir dejando que te trate como a un peluche, y no la culpes a ella, eres tú el que se deja llamar monito y le pide un puto Sunny como si tuvieras ocho años. —Mientras hablaba, Bea daba pequeños saltitos en su asiento.

—Eh, está bueno —protestó Iker despegando los ojos de la pantalla.

Bea no podía creerse que usara tanta energía para defender aquella bebida para preadolescentes consistente en agua, azúcar y colorante naranja, y que, por otro lado, no se esforzara en absoluto en atraer a Valeria. Le daba pena porque le parecía que eran adorables juntos.

—Si tan solo te afeitaras... —Hizo un mohín—. La tendrías rota, hazme caso. Estás tan guapo cuando te afeitas.

Iker se acarició la barba y se limitó a observarla.

—Be.

—Dime —contestó sin dejar de dar saltitos.

—¿Te estás meando?

—Sí, ¿por? Ah.

Dejó de dar saltitos.

—Ve al baño, yo echo cuando nos toque, ¿vale?

No le hizo falta decirlo dos veces. Bea salió disparada dejándole al cargo. A pesar de las prisas, tuvo que tomarse unos segundos cuando abrió la puerta de los servicios para acostumbrarse al fuerte olor a desinfectante y orina. El baño era tan viejo como el resto de la gasolinera, y estaba bastante sucio. No tenía secador de manos, pero sí papel y una vieja y andrajosa toalla de flores que estaba impregnada con distintas sustancias sospechosas. Se podía prever el peligro biológico de aquel trapo sin que hiciera falta analizarlo.

Cuando salió del baño se encontró con Germán, que estaba mirando el interior de la tienda a través de la ventana. Se tapaba la boca para disimular la risa y estaban a punto de saltársele las lágrimas. Bea le preguntó de qué se reía, pero él fue incapaz de articular palabra, se limitó a señalar a la tienda. Ella se asomó y vio cómo tres chicas adolescentes, más jóvenes que Valeria, agarraban a Hugo, le rodeaban y tiraban de él. Le miraban como si fuera un pavo en Navidad. Le echaron un par de miradas a Martín, pero este se había agarrado a la cintura de Valeria como si fuera un bote salvavidas, haciendo que se ganara la mirada de desaprobación de una de las niñas.

Hugo daba pasos hacia atrás, giraba tratando de deshacerse de ellas. Su boca sonreía, pero sus ojos gritaban presas del pánico. No se le oía, pero parecía que estaba tratando de calmarlas. Bea zarandeó a Germán para que dejara de reír y le contara lo que había pasado.

—Estaban las muchachas leyendo las revistas y haciendo un poco el idiota por la tienda cuando han entrado estos dos. Las niñas se han acercado entre risitas. Al principio muy cortadas. Pero ya sabes cómo es Hugo, empezó a darles coba, a poner esas caritas que pone —Germán le imitó torciendo la cabeza y levantando la ceja—, y las muchachas se envalentonaron, él siguió y al final se le ha ido de las manos. Se lo ha buscado él solito.

—Eh, no culpes a la víctima —bromeó Bea.

—Deberías entrar y salvarle. —Dio un trago a su Sunny.

—¿Yo? Entra tú.

—Ni de coña. Esto es un imán de niñas. —Germán se señaló el pelo.

Hugo se cruzó de brazos tratando de poner orden. Las chicas pararon por un momento, le hicieron un par de mohines y él acabó riéndose, lo que hizo que volvieran al ataque. Esta vez le acorralaron contra el mostrador. El encargado de la tienda, que también era muy joven, estaba pálido contemplando la escena. Se frotaba las manos contra su camiseta de Pokémon, le debían de estar sudando. Miraba a su alrededor sin saber qué hacer.

Bea no sabía si entrar a socorrerle o sacar el móvil y ponerse a grabar. Si hubiese sido cualquier otro amigo, ya habría ido a defenderle, pero le resultaba demasiado divertido verle a él tan apurado.

Una de las adolescentes tiró de la camiseta de Hugo hacia arriba y, aunque él recuperó rápido el control sobre su ropa, las tres chillaron al verle los abdominales.

—Si le pasa algo, te pueden acusar de omisión de socorro —dijo Germán.

—Puf, vale. Puede estar bien, nunca he montado una escena.

—Aquí nadie te conoce. Ponte creativa. —Germán la tentaba, quería ver el mundo arder. Al ver a Bea hacer estiramientos de bíceps antes de intervenir, se preguntó si la habría animado demasiado—. ¿Vas a tirarles de los pelos?

—Oh, no, voy a hacer algo que me divierta a mí.

Bea entró de golpe en la tienda, dando zancadas hacia Hugo.

—¡Pero serás cabrón! ¿Qué coño estás haciendo? —gritó.

Hugo no podía estar más confundido, tardó en entender por qué le estaba gritando.

—¿Qué es esto? —Bea señaló la mano de una de las niñas que le agarraba el brazo. Las tres le soltaron de inmediato y se echaron hacia atrás—. ¿Estás ligando con otras? ¿En mi puta cara?

—Eh... —fue todo lo que alcanzó a decir Hugo.

Bea le dio una bofetada con la mano derecha digna de concurso. Sonó fuerte y ella se asustó, pensó que se había pasado hasta que vio por un instante la mirada burlona de Hugo.

—No abras la boca —le advirtió volviendo a su papel de novia celosa.

—No he dicho nada —protestó.

—¿Qué estabas haciendo con estas? —siguió riñendo Bea con los brazos en jarra—. Contéstame.

—¿Puedo hablar? —preguntó Hugo con sarcasmo.

—Que contestes —le escupió Bea.

—No estaba haciendo nada.

Ella le dio otra bofetada. Esta vez sonó aún más fuerte y logró que la cara de Hugo girara levemente. Durante unos segundos se sintió culpable por haberle pegado tan fuerte, hasta que él se acarició la mejilla poniendo la sonrisa de sinvergüenza que tanto le caracterizaba.

—Eres un cerdo mentiroso. Estabas tonteando con estas.

Hugo se acercó a ella y le dedicó una mirada pícara.

—¿Cómo podría hacer nada con otra? Estoy loco por ti.

En menos de un segundo, el brillo en sus ojos, sumado a sus palabras, hizo que a Bea se le acelerara el pulso y su reacción instintiva fue tratar de darle una tercera bofetada. Esta vez él la detuvo. Ella trató de soltarse, pero él la agarraba con fuerza del brazo.

—Suéltame —le ordenó Bea tratando de recuperar su brazo.

Hugo hizo que lo doblara detrás de ella. Ahora la tenía inmovilizada y mucho más cerca.

—Me pone muchísimo cuando te enfadas, Beatriz.

—Eso explicaría por qué me tocas tanto los cojones —gruñó ella intentando esquivar su mirada.

Hugo acercó tanto su cara a la de Bea que sus labios estuvieron a punto de rozarse.

—¿Me perdonas?

—Nunca —dijo ella echándose para atrás. Pero apenas ganó unos centímetros.

—Deberías —susurró Hugo, y señaló sutilmente con la mirada hacia donde estaban las chicas.

Bea entendió que era hora de acabar la escena. Hizo un último intento frustrado de soltarse y comprobó que seguía bien sujeta. Cerró los ojos y acercó su boca a la de Hugo, le costaba menos besarle que decir que le perdonaba. Se arrepintió al momento y echó la cabeza para atrás. Él no hizo nada, solo la miraba.

Suspiró, puso la mano sobre el hombro de Hugo, volvió a cerrar los ojos y le besó. Él no tardó ni medio segundo en devolverle el beso. Liberó el brazo de Bea para apartarle el pelo de la cara y sujetársela. Ella separó sus labios de los de él en cuanto notó que su propia respiración se aceleraba.

A Valeria se le escaparon unos cuantos aplausos. Martín aprovechó aquella distracción para alejarse de las chicas y tuvo que tirar de Valeria para que ella hiciera lo mismo. El dependiente no sabía dónde meterse, miraba a su alrededor por si aquello se trataba de una broma.

—Me has perdonado. —Hugo sonreía y acariciaba la mejilla de Bea con el pulgar.

—Supongo —dijo ella, algo aturdida.

—Toca reconciliación entonces, ¿no?

Ella fue a decir algo, pero él la interrumpió besándola de nuevo. La agarró por el trasero y la hizo girar en el aire, haciendo que se sentara sobre el mostrador.

Se metió entre sus piernas y acarició con fuerza su cintura mientras la besaba. Bea se inclinó hacia él y le atrajo hacia ella, por un momento olvidó dónde estaba y no solo le devolvió el beso, sino que su lengua fue automáticamente hacia la boca de Hugo. En cuanto sintió que él hacía lo mismo, volvió a tomar consciencia de la situación y se separó con suavidad. Hugo empezó a besar su mandíbula y fue bajando hasta su cuello.

—Vámonos de aquí —dijo Bea lo más firmemente que pudo.

Él la miró a los ojos un par de segundos. Luego dio un paso hacia atrás y le ofreció la mano para ayudarla a bajar. Bea bajó de un salto, él no le soltó la mano y tiró de ella hacia la salida.

Martín se apresuró a poner en la caja la botella de refresco que quería comprar, le preocupaban más las chicas que lo que acababa de pasar, y no soltó a Valeria en ningún momento. Ella, en cambio, contemplaba absorta cómo Hugo y Bea salían de la tienda de la mano, los observaba con una sonrisa de oreja a oreja y los ojos le brillaban de ilusión. El chico de la caja se equivocó dos veces al contar el cambio de lo nervioso que estaba. Miró de reojo a las tres chicas de su edad; ellas se miraban entre sí. Aún no habían decidido si estaban decepcionadas o fascinadas.

Cuando estuvieron fuera, Bea se soltó con habilidad de la mano de Hugo y miró hacia la furgoneta. Iker estaba repostando. Como aún estaba atontada, intentó cambiar de tema para no pensar en aquel beso.

—Deberíamos salir ya.

—¿Seguro que eso es lo que quieres? —Hugo no fue nada sutil cuando señaló los baños con un gesto de la cabeza.

A Bea le dio un vuelco el corazón, pero el recuerdo de aquellos baños, de la mugre, el fuerte olor y la andrajosa toalla la ayudó a centrarse.

—No, gracias. —Arrugó la nariz. Caminó hacia atrás y casi se choca con Germán—. Por cierto, de nada.

—¿Por qué? Lo tenía todo controlado, no necesitaba tu ayuda. —Hugo se cruzó de brazos.

—Tu cara no decía eso —rio Bea buscando la complicidad de Germán.

—¿Quieres saber lo que decía la tuya hace un momento? —Hugo le clavó la mirada.

—¿Has visto lo desagradecido que es? —Bea se volvió hacia Germán para que Hugo no viera su expresión. Pero Germán había huido.

—Lo que pasa aquí es que estás celosa.

—Tus fans siguen ahí dentro. Estoy a tiempo de cortar contigo y echarte a las leonas.

Iker llamó a Bea para decirle que ya había repostado. Ella, algo aliviada por escapar de la conversación, fue hacia la furgo para moverla mientras Iker iba a pagar.

Entró en la furgo. El repentino silencio que se hizo cuando cerró la puerta la ayudó a relajarse. Lo necesitaba porque tenía el corazón desbocado. No había ningún coche esperando detrás de ella, no había prisa por dejar el surtidor libre, así que se concedió un momento para pensar en lo que acababa de pasar.

Al principio se había divertido. Estaba bastante orgullosa de sus bofetones de película, pero no se podía quitar de la cabeza el calor del cuerpo de Hugo pegado al suyo, sus manos acariciando su cara. Cómo había pronunciado su nombre como un animal hambriento. Sintió un escalofrío y se le erizó el vello. No comprendía por qué todo su cuerpo reaccionaba así cuando él la tocaba, cómo solo recordándolo sentía un cosquilleo que le subía desde el pecho hasta la cara y le recorría la nuca. Aún podía sentir las manos sobre su cintura, la suavidad de sus labios, la boca en su cuello...

Hugo golpeó con fuerza el cristal de la furgo para llamar su atención. Estaba muy alterado.

—¡No metas la llave! —gritó.

13

Bea se sobresaltó, alejó las manos del volante y le enseñó las llaves; las tenía en la mano. Hugo apoyó la frente en el cristal de la ventana, aliviado, y abrió la puerta del coche.

—Iker ha echado gasolina —dijo recuperando el aliento.

—Pero si la furgo es... —Bea se llevó las manos a la cabeza— diésel.

Se miraron preocupados.

—Voy a hablar con el encargado. —Hugo estaba pálido—. No arranques...

—Lo sé, lo sé. Voy buscando los papeles del seguro. —Abrió la guantera.

El encargado de la gasolinera salió de la tienda arrastrando los pies. Colocó un cono naranja en la entrada de los surtidores para que no pasara ningún otro coche. Les indicó dónde podían dejar la furgoneta y entre todos la empujaron y dejaron libre el surtidor.

Mientras los demás comentaban lo que había sucedido, Martín se sentó sobre un bloque de hormigón que estaba a la sombra. Dejó el móvil a su lado, lo volvió a coger y lo volvió a dejar.

—Joder —resopló Iker, llevándose las manos a la cara—. Qué cagada.

—No te rayes. No pasa nada. —Bea le acarició la espalda

—No eres el primero al que le pasa —dijo Germán.

—Aquí ya ha pasado varias veces —intervino el chico de la gasolinera—. Eres el segundo este verano, y estamos en junio aún. Y eso que los coches nuevos tienen un sistema para no equivocarse.

—¿El segundo? ¿Cómo lo arreglasteis? —preguntó Germán.

—Mi abuelo tiene una bomba para sacar combustible.

Hugo se había alejado de ellos. Estaba dando vueltas en círculos y hablando por el móvil, no parecía muy contento.

—Pues si los del seguro no se dan prisa no es mala opción —dijo Germán.

—Lo malo es que mi abuelo no está aquí —dijo el chico—, y se ha llevado la bomba. Mañana vuelve. Creo que sobre el mediodía.

—Necesitamos algo que lo arregle antes de dos horas. —Iker estaba angustiado.

Se volvió hacia donde estaba Hugo y por un momento sus miradas se cruzaron. Hugo seguía enfrascado en la conversación, que parecía no ser muy amistosa; aun así, forzó una sonrisa y se dio la vuelta.

—Monito, ya verás como se soluciona. —Valeria le abrazó por el costado.

Germán trató de encontrar a alguien que le explicara qué era aquello de «monito», pero Bea se había ido a sentar con Martín.

Hugo colgó y fue hacia ellos. Martín y Bea también se acercaron.

—Mandan una grúa, pero dicen que puede tardar —les explicó—. En principio nos tienen que llevar a todos los pasajeros hasta el lugar de destino. Es decir: nos llevarían a Bilbao hoy.

—¿A qué hora nos llevarían? —preguntó Iker.

—Supongo que el transporte vendrá con la grúa —dijo Hugo, preocupado. No parecía muy convencido—. He insistido en que somos seis.

—Joder, qué cagada. Joder. —Iker se lamentaba—. No vamos a llegar al concierto.

—No te preocupes, tío. Sí que llegamos —dijo Hugo.

—Es que siempre la cago. —Iker pateó el suelo.

—No te rayes. —Hugo le dio una palmadita en la espalda—. Esto pasa a menudo. A mi hermana le pasó. Solo que ella sí arrancó y se cargó la furgo. La furgo que tuvo antes de esta. Pero nosotros no hemos ni metido la llave. Hemos tenido suerte. En un rato viene la grúa, vacían el depósito, echamos diésel y nos vamos. ¿Vale?

Iker asintió y Hugo le dio otra palmada en la espalda antes de irse hacia la furgo. Bea vio un gesto raro y le siguió. Hugo abrió la guantera y se puso a examinar los papeles del coche.

—¿Qué pasa? —dijo ella sujetando la puerta a su lado.

—Esto pinta muy mal, Be. —Hugo la miró preocupado—. Mi seguro me subió la prima, y sin puntos tuve que pillar un seguro de mierda. Me huele a que nos la van a liar.

—No te agobies, aún no sabemos si nos la van a liar.

Él seguía concentrado en los papeles. Los ojeó hacia delante y hacia atrás, no encontró nada que le sirviera y los volvió a meter en la guantera, frustrado.

—¿Va todo bien? —preguntó Germán a lo lejos.

Hugo asintió. Cuando el otro se dio la vuelta, se quedó mirándole durante unos segundos y luego resopló.

—¿Qué te pasó con Germán? —preguntó Bea, armándose de valor.

Él siguió sentado de lado en el asiento del copiloto. Ignoró la pregunta y se limitó a mirar al suelo. Parecía incómodo.

—¿Hugo? —insistió Bea.

—¿Para qué quieres saber eso?

—Para dejar de pensar en la grúa un rato.

—Pregúntale a él. —Señaló molesto hacia donde estaba Germán.

—Ya lo hice.

Hugo se giró hacia ella con curiosidad.

—¿Qué te dijo?

—Que te cortaste el pelo y traicionaste todos los valores del *metal* —dijo Bea haciendo la señal de los cuernos.

La risa de Hugo sonó amarga.

—Algo así.

—En serio —insistió Bea—, ¿qué pasó?

—Pasó que soy un hijo de puta. ¿Contenta? —Bufó irritado, dando por zanjado el tema.

—Tío...

La mirada de Hugo hizo que a Bea se le helara la sangre.

—Vale. —Se alejó molesta—. Lo capto.

Se dio la vuelta y fue a donde estaba Martín. Esta vez se había sentado en el suelo y apoyaba la espalda en el bloque de hormigón. Hacía montañas de arena y ponía el móvil encima. Bea se sentó a su lado y no dijo nada, solo le ayudó a hacer las montañas más altas.

No tenía sentido preguntarle cómo estaba, ya lo sabía. No habían pasado ni veinticuatro horas desde que Paula le había dejado; hablar del tema solo abriría más la herida. Se limitó a acompañarle. Si él necesitaba hacer montañas de arena y poner encima el teléfono, eso es lo que harían. Pasaba el tiempo y varios coches llegaron a repostar en la gasolinera, pero ninguna grúa.

Hugo volvió a llamar. Empezaba a estar cabreado. Cuando colgó, vio que todos se habían reunido y fue hacia ellos.

Valeria señaló un pequeño coche rojo que estaba esperando para repostar. Dentro había una pareja mayor que los saludó amablemente con la mano cuando se giraron hacia ellos.

—Van a Bilbao y pueden llevar a dos personas. Me han dicho que en ese coche caben tres más, pero llevan bolsas así que solo pueden ir dos.

—¿Por eso estabas hablando con todos los coches que pasaban? —preguntó Iker.

—Claro, monito —dijo Valeria agarrándose de su brazo y pegando la mejilla en su hombro.

—No es mala idea —dijo Hugo—, que dos se vayan adelantando por si hay que hacer cola allí. Yo me quedo con la furgo. Martín, deberías ir tú.

Martín se limitó a encogerse de hombros. Los demás aplaudieron la idea, incluso Bea se mostró entusiasmada a pesar de que la había propuesto Hugo y seguía molesta con él. De inmediato se ofreció a quedarse a esperar en la gasolinera y Germán hizo lo mismo. Hugo la miró de reojo y le hizo una señal para que le siguiera. En un primer momento ella le ignoró, pero acabó cediendo.

—¿Qué coño quieres? —gruñó cuando llegó a su lado.

Él se alejó aún más de los otros y ella le siguió a regañadientes.

—No vamos a llegar al concierto. Ve con Mart.

—Aún da tiempo, no la líes. —Bea negó con la cabeza.

—No da tiempo, y aunque lo diera, Mart se está yendo a la mierda. Si se queda aquí parado más tiempo se va a hundir. Necesita ir a ese concierto.

Bea miró a su amigo, estaba de nuevo en el suelo, enterrando y desenterrando el móvil en la arena.

—¿Por qué no va otro?

—Germán no va a querer. —Hugo miraba hacia los otros cuatro—. Iker se siente demasiado culpable y además querrá estar con la cría, y ella querrá estar con Iker.

—¿Por qué no vas tú?

Hugo desvió la mirada hacia la carretera.

—Porque yo no sé qué hacer cuando se viene abajo. Tú sí.

Bea se cruzó de brazos, preocupada.

—Be, se van a ir. Es posible que sea la última oportunidad de llegar al concierto. —Hugo se acercó a ella y señaló hacia el coche rojo.

Ella dio un paso hacia atrás alejándose de él. Ni siquiera era capaz de mirarle de lo enfada que estaba.

—Siento haberte hablado así antes —dijo Hugo mirando al suelo. Bea le siguió ignorando—. Vale... —Resopló—. Me intenté follar a su novia.

—¿Qué?

—Eso es lo que pasó con Germán. Sigue cabreada conmigo si quieres —Hugo se volvió por fin hacia ella—, pero, por favor, lleva a Martín a ese concierto.

Bea le miró a los ojos por un segundo, recelosa. No tenía tiempo de procesar toda aquella información, pero él tenía razón, había que sacar a Martín de allí.

—Está bien.

14

El pequeño coche rojo era aún más estrecho por dentro de lo que parecía por fuera. Bea y Martín estaban algo encajados entre bolsas en la parte de atrás. Pero no podían quejarse, el aire acondicionado funcionaba, olía a ambientador de pino, la pareja que los había recogido era muy agradable y además llegarían al concierto.

Martín suspiró mientras miraba por la ventanilla. Estaban volviendo a la autopista, deshaciendo el camino que ya habían hecho. Le resultó bastante triste dejar a sus amigos atrás.

A Bea le temblaba la pierna izquierda, la movía compulsivamente. Martín conocía ese gesto y sabía lo que significaba. Ella le sonrió y le dio una palmadita en la rodilla, como para tranquilizarle, lo cual era irónico porque ella estaba claramente más nerviosa que él. Martín se preguntó si a Bea también le preocupaba que los demás no llegaran a tiempo o estaba alterada por la escenita que había montado con Hugo en la tienda.

Volvió a mirar el móvil. Ningún mensaje, ninguna llamada, ninguna actualización de Paula en las redes sociales. Cuarenta por ciento de batería. Observó a Bea de reojo, estaba mirando WhatsApp y le pareció que estaba leyendo un chat de Hugo. Bloqueó el móvil, se volvió hacia la ventana y luego hacia Martín.

Se inclinó hacia él.

—Me muero por un piti —susurró.

—¡Ay, qué muchacha! —rio el señor, que iba conduciendo—. ¿Acabas de subir y ya quieres fumar?

—Déjala, Carlos —le riñó la señora—. Está preocupada por si sus amigos no encuentran quien los lleve a Bilbao.

—Llegamos en menos de una hora y podrás fumar lo que quieras. ¿Quieres un chicle mientras tanto? —preguntó Carlos.

Bea alargó la mano y agradeció el chicle. Desde el batido de Cecilia solo se había comido medio helado.

—Esto es un hombre que va al médico —empezó a decir Carlos—, y el médico le dice: «Está usted muy enfermo, le quedan dos semanas de vida. Tiene usted que dejar de fumar». Y el hombre responde: «¿Si dejo de fumar viviré más?». El médico le dice: «No, pero los días se le harán más largos».

Bea se rio de ese y de un par de chistes de fumadores más. Trató de que su risa sonara auténtica, pero seguía moviendo la pierna nerviosa.

Martín vio que volvía a mirar WhatsApp. Estaba escribiendo a Hugo, reconoció su avatar, pero no pudo leer qué escribía. Bea resopló y borró lo que había escrito. Hizo lo mismo un par de veces más y al final guardó el móvil sin enviar nada.

En la gasolinera aún no habían recibido noticias de la grúa y reinaba el desánimo. Empezaba a hacerse tarde y no pasaban ni coches. Todos estaban abatidos, salvo Germán que no perdía el buen humor.

—Me da igual el concierto, pero era lindo cuando estábamos todos juntos. —Valeria arrugó la boca.

Estaba apoyada al lado del cartel con precios de la gasolinera.

—Los veremos en un rato, Val. Y, si no..., bueno, al menos ellos lo disfrutarán. El paseo no ha estado mal, y tú has podido ver lo marrón que es España —le dijo Iker.

—Ni siquiera se han despedido... de nadie, se han metido en el carro corriendo. —Valeria se cruzó de brazos.

—Se piraba el coche, Val —dijo Iker.

—Ya, pero... —Miró hacia donde estaba Hugo y suspiró contrariada.

Se había sentado sobre el bloque de hormigón. Apoyaba abatido los antebrazos sobre las piernas y miraba indeciso el móvil. Escribía y borraba. Escuchó a alguien yendo hacia él y bloqueó la pantalla.

—Desaparece tu dama por el horizonte y te pones a mirar Tinder —dijo Germán sentándose a su lado.

—Te equivocas, lo he abierto en cuanto se ha subido al coche. —Hugo se guardó el móvil en el bolsillo.

—¿Y qué tal se te da en este erial?

—He hecho *match* con una vaca.

—No está mal. Pero ten cuidado, los toros sí saben qué hacer con los cuernos.

Hugo se quedó con la palabra en la boca cuando se puso de pie.

—Eh, muchacho. —Germán llamó al encargado.

El chico se acercó arrastrando los pies. Llevaba un rato fuera de la tienda. Nadie pasaba por la gasolinera y daba vueltas aburrido, mirándolos de reojo. Les preguntó si la grúa no había llegado y Germán aprovechó para darle las gracias por haberlos ayudado a mover la furgoneta y preguntarle su nombre.

—Santiago. Santi.

—Santi —dijo Germán—, ¿te gusta el *heavy metal*?

—Creo que sí.

—¿Qué grupos te gustan?

—Pues no sé... —El chico se rascó la nuca—. Dragonforce, Amon Amarth. También Enslaved...

—Esto es el futuro. El *viking metal* nos va a salvar, Hugo. —Germán le dio un codazo—. Estás a tiempo de arrepentirte, quemar tus camisetas lisas de moderno y dejarte el pelo largo de nuevo. Aprovecha, que ya tienes casi el largo ese de *grunge*, y aún no te clarea.

Hugo sonrió y negó con la cabeza.

—Me temo que ya no hay sitio para mí en el Valhalla.

—Pero te recibirán con los brazos abiertos en el infierno. Eso también es muy jevi.

—¿A ti qué grupos te gustan? —preguntó Santi dirigiéndose a Germán.

—¿A mí? —Germán estaba emocionado—. ¿A mí? —Se volvió hacia Hugo y le pasó la botella que estaba bebiendo—. Sujétame el Sunny.

—Oye, Santi. —Hugo interrumpió a Germán antes de que empezara—. ¿Conoces algún sitio para quedarse a dormir en el pueblo?

—En este no hay hoteles ni pensiones, tendríais que ir hasta Valdenéctar —dijo Santi—. Está por allí todo recto, es menos de una hora andando. Desde la gasolinera, yo diría que media hora.

—¿Tan mal lo ves? —dijo Germán a Hugo.

—No lo sé.

—Valdenéctar es un sitio de mierda, son todos unos capullos —gruñó Santi.

—¿Ah, sí? —preguntó Germán.

—Sí, las chicas de antes son de Valdenéctar —dijo Santi—. Y vienen hasta aquí solo para fastidiarme. Menos mal que estoy solo en verano y Navidades.

—Joder —Hugo fingió un escalofrío—, pasar el verano atrapado en Villamierda.

—Así llaman ellas a Villamiel —dijo Santi—. La verdad es que Villamierda como nombre le pega más.

—¿Y curras aquí? —Hugo señaló la gasolinera.

—Solo cuando no está mi abuelo —se cruzó de brazos— o cuando tiene mucho trabajo. Dos o tres tardes a la semana.

—Entonces —Hugo se volvió hacia el chico con interés—, tienes todo el verano para hacértelas. Una detrás de otra.

—¿Hacer el qué? —preguntó Santi.

—A esas chicas —contestó Hugo.

—No le escuches —le advirtió Germán.

—Es que... no puedo —dijo Santi metiéndose las manos en los bolsillos y poniéndose colorado.

—¿Ves? —Germán hizo una pequeña reverencia hacia el chaval—. Tiene principios.

El móvil de Hugo empezó a sonar.

—No —corrigió Santi—, digo que no sé cómo. Las chicas pasan de mí.

Hugo cogió al instante una llamada y se alejó de ellos, acercándose a la carretera. La conversación no fue muy larga. Cuando colgó, estaba realmente enfadado. Le acababan de decir que la grúa estaba a punto de llegar, pero que no podían llevarlos hasta Bilbao aquella noche.

Martín sintió curiosidad por cómo había convencido Hugo a Bea para que se fuera con él al concierto dejando a los demás atrás. Conocía a su amiga lo suficiente como para saber que no había sido sencillo.

—Le preocupas y cree que yo puedo ayudar. —Bea le acarició el hombro—. A mí también me preocupas, Mart.

Él agitó la mano indicando que no quería hablar del tema.

—Es un buen amigo —dijo al cabo de un rato.

—¿Un buen amigo? —Bea resopló escéptica—. Me he enterado de lo que le hizo a Germán.

—No eran técnicamente amigos, se habían tomado alguna cerveza juntos, habían echado algún FIFA. No sé, no eran íntimos. Pero sí, da igual, fue un hijo de puta y tuvo lo que se merecía.

—¿Lo que se merecía? —preguntó Bea.

—¿Qué sabes de lo que pasó?

—El titular —dijo ella, intrigada—, que se tiró a su novia.

—No se tiró a Lu.

—¿Lu? ¿Es la misma chica con la que está ahora?

—Sí, llevan mil años juntos. Pero no se la tiró, en realidad... A ver, esto fue hace bastantes años. Estábamos en el piso de Hugo de estudiante, vivía con otros cuatro tíos. Aquel piso era... —Martín hizo un gesto de asco—. Te puedes imaginar. Bueno, no viene al caso. Germán estaba de exámenes y los demás habíamos acabado o pasábamos del tema. Yo estaba en segundo de carrera, creo. Así que fuimos a tomar cervezas a casa de Hugo. Se vino Lu con una amiga, venían superarregladas de un cumpleaños. Creo que la idea de Lu era juntar a su amiga con Iker, que fue exactamente lo que pasó a la media hora de llegar. Se metieron en una habitación y se quedó Lu con nosotros. Estuvimos viendo vídeos y bebiendo. Nos fuimos todos a casa y dejamos el salón hecho un desastre. Lu se quedó a ayudar a recoger, que fue algo que Hugo malinterpretó. Imagina lo asilvestrados que estábamos. A partir de ahí hay dos versiones.

—¿Dos versiones?

—La de Hugo y Lu, y la que nos gusta creer a los demás.

—¿Cómo? —Bea reía sorprendida.

—Ellos cuentan que Hugo empezó a besarla, ella le apartó y como él iba como las piedras tropezó y se partió la nariz contra el pico de una mesa.

—¡Ay! —A Bea le dio dentera y se llevó las manos a la cara.

—Es una versión más aburrida, aunque la parte de la ambulancia...

—¿Ambulancia? —Bea no salía de su asombro.

—Sí, había sangre por todas partes. Se la había partido bien partida, le tuvieron que operar. Total, que había mucha sangre, Lu se asustó y llamó a una ambulancia. Iker y la amiga salieron de la habitación en pelotas. Lu se sentía tan culpable que le acompañó al hospital, pero también había bebido, así que vomitó en la ambulancia. —Bea escuchaba boquiabierta—. Luego todo se lio muchísimo porque Lu dijo en el hospital que era la novia de Hugo para que la dejaran acompañarle. Germán había ido a buscarla a urgencias y escuchó aquello sin contexto. Lo malinterpretó. Encima ella estaba supernerviosa cuando trató de explicarle la historia y se la contó al revés, como que ella se había abalanzado sobre Hugo...

—Joder —Bea estaba consternada e intrigada a la vez—, qué dramón.

—Sí, para ellos sí. —Martín trató de permanecer serio, pero se le escapó la risa. Trató de dejar de reír, pero no podía—. Pero tú sabes la escena. —Trató de coger aire—. Cuando le dieron el alta, acompañé a Hugo a ir a ver a Germán. Quería decirle la verdad y que escuchara a Lu. Iba con la férula, tenía morado debajo de los ojos y la voz más nasal que te puedas imaginar. Y, claro, Germán estaba cabreadísimo, pero la voz de Hugo era... tan graciosa.

Martín no podía hablar de la risa, y Bea no podía cerrar la boca de su asombro.

—Se arregló, ¿no?

—Eso es lo mejor, Germán y Lu lo habían aclarado al día siguiente del accidente —rio Martín—. No hacía falta...

—¿Y cuál es la versión que tenéis el resto? —dijo el conductor—. Perdonad, es que está muy interesante.

—Nos gusta pensar que fue Lu la que le partió la nariz de un puñetazo —dijo Martín—. No es normal que se sintiera tan culpable. Ahí tuvo que haber agresión.

—Las dos versiones son buenas —afirmó el conductor.

—Parece que ya hemos llegado. —Bea señaló la gasolinera.

Aún en la gasolinera y algo cansados, Iker y Valeria charlaban con Santi cuando vieron a la grúa acercarse por la carretera.

Miraron la hora que era y por un momento Iker pensó esperanzado que arreglarían la furgoneta y podrían llegar al concierto. Hugo sabía que eso no sería posible.

—No le hagas caso. Quizá nos perdamos a los teloneros, pero Odín no va a permitir que me quede sin ver a Metallica —dijo Germán a Iker.

—¡No me lo creo! —chilló Valeria histérica mirando hacia la carretera—. ¡Aaah!

Salió corriendo hacia la grúa. El conductor, que acababa de bajar, se apartó asustado.

Para sorpresa de todos, de la grúa también se bajaron Bea y Martín. En cuanto Bea puso un pie en el suelo Valeria se lanzó a por ella y la abrazó con tanta carrerilla que cayeron juntas al suelo, y allí se aferró a ella con fuerza.

—Se conocieron hace seis horas. —Iker las señalaba incrédulo.

—¿A mí no me recibís así? —se quejó Martín a sus amigos varones.

—¿Qué ha pasado? —preguntó Hugo.

—No nos apetecía ir sin vosotros —dijo Martín—. Hemos visto a lo lejos la grúa, los señores se han puesto a pitar, a darle las largas y ha parado. Le hemos convencido de que nos dejara subir y el resto...

—¿Quién de todos es Hugo? —preguntó el conductor de la grúa.

—Yo.

—Soy del seguro —dijo estrechándole la mano, le miraba la nariz con curiosidad—. No te quedó mal. —El conductor recuperó su aire profesional—. Es igual. ¿Dónde está el vehículo?

Se limitó a echar un vistazo al depósito con una linterna y a hacer las mismas preguntas que Hugo había contestado tres veces antes por teléfono. Después les dijo que no tenía bomba para extraer el combustible y se tenía que llevar la furgoneta a un taller.

—¿No puede venir otra grúa? —preguntó Bea.

—Esta es la única de la zona —dijo el conductor—. He hablado con la empresa y no autorizan a otras a venir. Me han indicado que desplace el monovolumen al taller que tenemos en Valdenéctar. El problema es que está cerrado y no abre hasta el lunes.

—¿Y tampoco tendríamos transporte? —Hugo se cruzó de brazos.

—El transporte os llevaría a Valdenéctar —contestó el conductor—, como ya os han informado por teléfono.

—¿Me estás diciendo que no tendríamos forma de volver a Madrid hasta el lunes? —gruñó Bea.

—Podéis intentar que la empresa os abone el desplazamiento en autobús o tren —dijo el conductor.

—Hasta el lunes no. Los domingos no sale ningún autobús desde Valdenéctar o Villamie... miel —dijo Santi, que seguía por allí.

Hugo se alejó para volver a llamar por teléfono. Cuando se cansó de protestar, le pasó el teléfono a Bea, que hizo lo mismo. Al final solo consiguieron que se disculparan y se comprometieran a hacerse cargo de los gastos.

—No puedo llegar a mi casa el lunes. —Valeria estaba muy agobiada—. Mi mamá me matará.

—Nos queda la bomba del abuelo de Santi —dijo Germán.

—¿Quién es Santi? —preguntó Martín.

—Yo —se presentó el chico—. He hablado con mi abuelo antes y me ha dicho que como no habéis movido el coche es muy sencillo. Mañana al mediodía ya estaría arreglado.

—¿Y dónde nos quedamos hasta entonces? —dijo Iker.

—Voy a llamar al hotel de Valdenéctar. —Valeria sacó el móvil.

Hugo suspiró y dejó caer los brazos a los lados. Lo había intentado todo y ya solo le quedaba resignarse. Se obligó a tranquilizarse porque no le servía de nada estar enfadado. Le cambió el humor ver a Bea a pocos metros, pensativa.

—Así que no querías perderte lo de esta noche, ¿eh? —le dijo travieso mientras caminaba hacia ella.

—¿Lo de esta noche? ¿El concierto? —Bea se mordió el labio haciéndose la inocente.

Al notar que estaba receptiva, Hugo aprovechó para abrazarla por la espalda y hablarle al oído.

—No. Ya sabes: un motel de carretera, tú, yo. Espero que las paredes sean gruesas porque vas a gritar mi nombre.

Una pequeña sonrisa surgió en la boca de Bea. Se fue dibujando poco a poco. Se hacía cada vez más y más amplia. Trató de frenarla, pero no había manera. Hugo hizo que girara lentamente hasta que quedaron uno frente al otro. Cuando pudo verle la cara, le sorprendió aquella expresión.

—¿Tu nombre? —Bea se mordía el labio inferior, le brillaban los ojos de felicidad—. ¿Ben?

—¿Ben?

Hugo no sabía de qué le estaba hablando.

—Benedicto. —Bea se deleitó en cada una de las sílabas.

Él la soltó y dio un paso hacia atrás aterrado. Estaba blanco como una sábana.

—¿Qué te pasa, Bene...?

Hugo le tapó la boca y se la llevó unos metros hacia atrás. Miró a su alrededor, y cuando comprobó que no tenían a nadie cerca, quitó la mano. Bea se estaba riendo con tanta intensidad que se le habían saltado las lágrimas.

—¿Cómo cojones...?

—Los papeles del coche.

Bea había descubierto que Hugo tenía un segundo nombre mientras trataba de ayudar con el problema del seguro. Entonces, el ambiente estaba muy tenso y no se atrevió a meterse con él. Ahora estaban más relajados y era un buen momento para disfrutar de su descubrimiento.

—No tengo segundo nombre desde que cumplí los dieciocho, Beatriz. Es ilegal que me llames así.

—Joder —Bea iba a estallar de felicidad—, te molesta muchísimo.

—No puedes decirle nada a nadie —dijo él en tono severo—. Solo lo sabe Mart, y he logrado que se le olvide con los años.

—Pero, Bene... —dijo ella con voz de niña, alargando la última e.

—Como abras la boca, les digo que antes has metido la lengua.

—Ay, Bene... —Bea se enganchó de su hombro—. No seas así...

—No te van a creer. —Hugo trató de engañarse a sí mismo.

—Hay pruebas en tu guantera.

—Porque mi hermana es tan perversa y maquiavélica como tú. Ella rellenó esos papeles.

—Ay —suspiró Bea—, no hables así de mi nueva heroína, Hugo Benedicto —puso acento de telenovela—, mi amorrrrrr.

—Te odio —dijo él, enfadado, cruzándose de brazos—. Eres una novia horrible.

15

Acabaron todos sentándose junto al bloque de hormigón, derrotados. Habían perdido la esperanza de llegar al concierto, ya solo les quedaba lidiar con la decepción y el cansancio después de tantas horas en la carretera.

—Bueno... —Hugo regresó de despedir al conductor de la grúa—. Me ha dicho el tío del seguro que puede venir mañana si cambiamos de opinión. A ver si el abuelo del chaval nos ayuda, y por la tarde volvemos a Madrid. ¿Os parece bien?

Todos asintieron.

—Hay un problema. —Valeria sonrió tímida cuando se dio cuenta de que todos la miraban—. Pero no por el plan. Yo también creo que es mejor que nos ayude el abuelito de Santi.

—¿Cuál es el problema, Val? —le dijo Iker.

—Este —Valeria se frotó las manos—, no más que en el hotel solo tienen una habitación libre.

—¿Doble? ¿Triple? —preguntó Bea—. Podemos apretarnos. A mí no me importa dormir en el suelo.

—Perdonad que me meta —intervino Santi, que al no tener otros clientes seguía cerca—. Hablé con mi abuela, le conté lo que ha pasado y me dijo que os podéis quedar en la casa de invitados.

—¿La casa de invitados?

—Joder, cómo maneja aquí el Santi —dijo Germán señalándole—. Su familia tiene un negocio petrolero y vive en una hacienda con casa de invitados.

—No os esperéis gran cosa. —Santi se había puesto rojo—. Es una granja apartada, ni siquiera está en Villamierda. La casa de invitados la usamos en Navidad, cuando nos juntamos toda la familia y no cabemos en la casa grande. Algún año hemos usado también el pajar.

—¿Pajar? ¿Qué es eso? —preguntó Valeria.

—Pues donde la gente va a... —empezó a decir Germán entre risas.

—Es como un almacén —interrumpió Iker.

—... almacenar cosas —dijo Germán—. Es lo que iba a decir.

Cuando le preguntaron, Santi les avisó de que su abuela no les dejaría pagar y se enfadaría con ellos por sugerirlo. Eran sus invitados. También les recordó que la casa estaba apartada, no había mucha cobertura y que justo esa semana estaban cortando la luz a las diez de la noche. Después de eso, se marchó a cobrar a unos clientes y los demás aprovecharon para decidir dónde iban a pasar la noche. El debate no fue muy largo, ya que no tenían más alternativa que aceptar la invitación de la abuela de Santi.

—Yo no quiero ser gafe —dijo Iker—, pero así es como empiezan las pelis de terror.

—Ay, monito. —Valeria se estremeció—. No digas eso.

—No digas eso, monito —se burló Hugo.

—Pasar la noche en una casa aislada —Iker ignoró su comentario—, con una familia que invita a desconocidos, sin luz, sin internet, sin coche para huir...

—No sigas, por favor. —Valeria le tiró de la manga para que parara. Se estaba sugestionando y empezaba a tener miedo.

—En medio del campo —continuó Iker—, cerca de una gasolinera con forma de pentagrama...

Todos se giraron de golpe para mirar la gasolinera. Por mucho que la miraban, esta no podía ser más rectangular y aburrida.

—Quizá eso no —dijo Iker—, pero el resto de las cosas son ciertas. Yo no digo que tenga que pasar, solo digo que tenemos muchas papeletas de que pase.

Todos lo abuchearon, menos Valeria, que se quedó ensimismada.

—Yo sobreviviría porque soy virgen. Alguna ventaja tenía que tener —suspiró con tristeza.

—Entonces Hugo estaría jodido, porque la guarrilla siempre muere al principio —rio Martín.

—Gracias. —Hugo le lanzó un beso.

—¿Y si no es una peli de terror? ¿Y si es de zombis? —dijo

Iker—. Entonces jugaríamos con ventaja. Estamos muy lejos de las ciudades y aeropuertos, tendríamos tiempo para prepararnos.

—Yo lo tengo clarísimo. Si hay una plaga zombi, voy donde vaya Be —dijo Martín.

—Yo también —afirmó Iker poniéndose de pie al lado de Bea.

Ella se rio negando con la cabeza.

—¿Con Beatriz? —dijo Hugo, extrañado.

—Lo primero, Be es enfermera. —Iker la señaló—. En una situación de supervivencia, quiero morir porque me disparen o me devoren los zombis, no porque se me infecte una herida. Sería una muerte muy humillante.

—Estoy de acuerdo —dijo Martín—. Además, Be va a clase de boxeo.

—Qué guay —exclamó Valeria.

—No es exactamente boxeo —dijo ella—, solo te entrenas como un boxeador, pero no pegas a nadie. No sabría pegar a nadie.

—No —dijo Hugo con ironía acariciándose la cara—, qué va.

—Be, enséñalos —pidió Iker.

—No.

—Venga —urgió Martín.

Bea cedió y sacó bíceps durante unos segundos. Martín e Iker los señalaron con orgullo.

—No está mal —dijo Hugo asintiendo con la cabeza.

—Si hubiera una invasión zombi, yo me iría a buscar a Lu —afirmó Germán con rotundidad.

—Oooh —exclamó Valeria, enternecida.

—Sí, por eso, claro —dijo Germán rascándose la nuca—, y también porque es recreacionista. Ahora mismo está en una quedada medieval. Sabe sobrevivir sin los inventos modernos. Puede encender fuego, recolectar bayas, desollar un animal, apuntalar una puerta, defender un castillo...

—Creo que yo también me voy con Lu —se apresuró a decir Bea.

—Pues si se viene un *healer*, ya tenemos todo lo que necesitamos —dijo Germán.

—Yo puedo decorar el castillo —dijo Valeria.

—Bien —Germán asintió—, importante para la moral.

—Yo puedo echar gasolina en los coches diésel de los zombis —dijo Iker.

—Yo podría... —empezó a decir Martín.

—No —interrumpió Hugo—, tú te vienes conmigo.

—Prefiero el castillo, tío —dijo Martín.

—No me puedes dejar solo. Mi plan es mejor: viajaríamos por el mundo visitando colonias de mujeres y repoblando la Tierra. —Hizo que Martín resoplara y pusiera los ojos en blanco—. Iríamos también al castillo de Germán, que es monógamo, a hacernos cargo de las demás mujeres.

—Eh —protestó Iker—, ¿y yo?

—Para entonces tu barba se habrá hecho con el control —dijo Hugo— y no tendrás tiempo para mujeres. Podrás dedicarte a anunciar profecías y esas cosas. Anunciarás el glorioso futuro de los hijos que tengamos Beatriz y yo.

—¡Cómo no...! —Ahora fue Bea la que puso los ojos en blanco.

—A mí también me horroriza la idea de encamarte, Beatriz —respondió Hugo, indignado—, pero cuando uno quiere salvar a la humanidad, tiene que hacer sacrificios.

—Tú en mi castillo no entras. —Germán señaló a Hugo.

—Sabe montar a caballo. —Iker dio una palmadita en la espalda de su amigo—, podría sernos útil.

—Es verdad —dijo Martín—, nos llevó una vez a montar.

—Fue nuestro momento *Pasión de Gavilanes* o *Brokeback Mountain*, como os lo prefiráis imaginar —dijo Hugo guiñándole un ojo a Valeria. Se volvió hacia Martín—. O lo habría sido si no te hubiera dado tanta alergia.

El reemplazo de Santi en la gasolinera, una señora del pueblo, llegó y se pusieron en marcha. Llevaban sus mochilas, velas, cervezas y algo de comer que habían comprado. Caminaron por un sendero, guiados por el chico que acababan de conocer, mientras empezaba a anochecer.

El móvil de Bea se quejó casi a la vez que el de Germán. Estaban casi sin batería.

—¿No habéis cargado el móvil en la gasolinera? —preguntó Santi, alarmado.

Todos contestaron que no.

—Pues vais a tener que daros prisa cuando lleguéis, no hay mucho tiempo para cargar antes de que corten la luz.

—Sin luz, sin coche, sin armas, aislados y casi incomunicados —dijo Iker—. Yo no quiero ser gafe, pero...

Caminaron desmoralizados, sin apenas hablar, hacia aquella casa perdida donde los esperaba una aburrida noche en la que no tendrían acceso a la tecnología. Mientras, a no tantos kilómetros, el concierto de sus vidas estaba a punto de empezar.

Se llevaron una grata sorpresa cuando llegaron. Esperaban una destartalada y medio abandonada casucha, por lo que Santi les había descrito, pero en su lugar encontraron una cuidada y encantadora granja con una casa grande, otra algo más pequeña y entre ellas una construcción que debía de ser el pajar. Había también un gallinero, un huerto bastante grande que se veía bien cuidado y un establo con vacas.

Salió a recibirlos una señora mayor vestida con vaqueros, una camiseta blanca y una bata de flores por encima. Santi les presentó a su abuela. Se llamaba Delicia y los saludó dándoles sus particulares besos de abuela: tres seguidos en una sola mejilla. Los llevó hasta la casa de invitados para que se pusieran cómodos. Desde la puerta se llegaba a un salón austero, decorado con flores secas. Casi todos los muebles eran de madera. En la pared del fondo había una pequeña cocina con un par de fuegos, una nevera y un grifo.

—Hay tres habitaciones arriba. —Delicia les estaba explicando la distribución de la casa de invitados—. Dos habitaciones con dos camas. Pero, ojo, que son camas anchas, de las de toda la vida. No como las que tenéis en Madrid, que uno solo puede tumbarse de lado. —Negó con la cabeza—. La parejita puede usar la de matrimonio, que yo soy muy moderna.

—Gracias. —Hugo rodeó a Bea por los hombros.

—No somos pareja. —Ella le cogió con dos dedos la mano, como si le diera asco, la apartó y la dejó caer—. Ha debido de ser un malentendido.

Santi los miró sorprendido, el numerito de la tienda le había confundido.

—Pues entonces las niñas en la de matrimonio y los chicos en la otra. O como queráis.

—Pero, Beatriz... —empezó a decir Hugo.

—Me parece que a ti te voy a dar alfalfa, que te estás poniendo muy burro —dijo Delicia interrumpiendo a Hugo.

Bea aplaudió a la señora.

—¿Le importa si usamos la cocina? —dijo Martín.

—¿Por qué ibais a usar la cocina? —preguntó Delicia.

—Bueno, hemos comprado algo de pasta, así que solo sería hervir...

—No, no —dijo Delicia—. Ni hablar, no comáis nada ahora, que luego no me coméis en la cena.

—¿La cena? —preguntó Bea, notando cómo le sonaban las tripas.

—Claro. Debéis de tener más hambre que el perro de un ciego. ¿No os ha dicho nada Santiago? —dijo Delicia mirando inquisitivamente a su nieto—. No me ha dado tiempo de preparar nada, me vais a perdonar. Nada más tengo hecha una ensaladita y croquetas, y caldereta de esta mañana, y unas migas.

—¿Migas? —le susurró Valeria a Iker, extrañada—. ¿Por qué nos íbamos a comer las migas?

—Señora, le voy a poner un altar —dijo Germán, emocionado.

—Qué zalamero. —Delicia le sonrió yendo hacia la puerta—. ¿Queréis cenar ya? No deberíamos tardar mucho, que van a cortar la luz pronto.

—A mí me gustaría ducharme antes —dijo Bea. Llevaba un rato sintiéndose incómoda con su propio olor.

—Ah. —Delicia miró a su alrededor—. Pues mira, para ir más rápido las chicas os podéis venir a duchar en la casa grande y los chicos en el baño de aquí. Después venís a cenar.

La respuesta fue un rotundo y unánime sí, fruto de las horas que llevaban sin comer caliente.

Metieron las cervezas en la nevera y fueron a ducharse.

16

Rodeaban una mesa de madera bastante grande que estaba a rebosar de platos. Se notaba que en esa casa estaban acostumbrados a recibir a mucha gente. No había más de tres sillas iguales, pero todas eran bastante cómodas. La casa grande también era austera en su interior, pero mucho más acogedora y espaciosa que la otra. Delicia había encendido ya algunas velas, para no quedarse a oscuras, ya que pronto se iría la luz. Eso creaba un ambiente muy agradable. Olía a madera, a cera, a guiso y un poco a barniz.

—Muchísimas gracias, señora —dijo Martín al sentarse—. Esto es espectacular.

—Ya no me deis más las gracias, que las niñas ya me han dejado fatigada con tantas gracias. A ver si comen algo que tienen menos chichas que el tobillo de un canario.

Además de lo anunciado, Delicia había llevado a la mesa torreznos, chorizo y embutido.

Bea tenía aún el pelo húmedo y llevaba puesta una camiseta tan grande que, aunque era de manga corta, el final de la manga le quedaba por debajo del codo. Se perdía en ella. El resto también se había cambiado. Una ducha y ropa limpia los había ayudado a recuperar el ánimo. Valeria, a pesar de llevar un camisón de tirantes de Snoopy, se había vuelto a maquillar, esta vez de forma más natural, pero no por eso menos estudiada. El pelo de Germán, que había perdido un poco de su esplendor, volvía a brillar y se había llevado elogios de Delicia.

—«Fiestas de Villamiel 1992». —Hugo leyó la camiseta que llevaba puesta Bea—. ¿Te has hecho rapera o es la camiseta de tu novio del pueblo?

—Delicia, que es un amor, me ha dejado ropa para dormir —dijo ella moviendo los hombros, mostrando orgullosa su camiseta—. Yo no había traído nada.

—¿Pensabas dormir des...? —Hugo fue interrumpido por una espectacular colleja de Delicia.

—No hagas caso a este sinvergüenza, estás más bonica que un remolque recién pintado. —La mujer pellizcó con fuerza la mejilla de Bea.

—Esto es un banquete digno de dioses —dijo Germán sirviéndose caldereta.

—No todos los días recibimos visitas tan majas. —Delicia sirvió croquetas a Valeria—. Y aquí el mozo está más aburrido que la radio de un sordo.

—Es que en este pueblo no pasa nada —dijo Santi metiéndose una croqueta en la boca.

—Pues bajas a Valdenéctar. —Delicia dejó de servir comida unos segundos para mirar a su nieto—. El fin de semana que viene empiezan las fiestas. Ve a hacer amigos y a conocer niñas.

—Esas chicas pasan de mí —gruñó él.

—Tienes que pedir consejo a tu abuelo —le sugirió Delicia—. De joven era un galán.

—El abuelo me dice que beba y que fume para que me huela la boca a hombre —dijo Santi.

Delicia soltó una carcajada y los demás con ella.

—Dios sabe que lo quiero. —Miró hacia arriba—. Pero ese hombre es más basto que un tanga de esparto.

—Yo paso del puto Valdenéctar —dijo Santi.

—Esa boquita —le regañó su abuela—. Mira, coge la moto del abuelo, que te la deja, y vas y vuelves cuando quieras.

—¿Es la moto de ahí fuera? —preguntó Hugo.

—Sí —dijo el chico.

—Las tienes hechas, Santi —sentenció Hugo.

Germán y Martín respaldaron esa afirmación.

—¿A las chicas?

Hugo y los demás asintieron.

—¿Creéis que las chicas son así de superficiales? —intervino Bea, indignada—. No me puedo creer que esté oyendo eso.

Germán y Martín palidecieron. Solo Hugo se atrevió a contestar.

—A su edad una moto es infalible. No he dicho nada de cómo son las chicas, solo que las hace caer como moscas.

—¿Como moscas? —Bea arrugó el labio superior asqueada—. Eres un cavernícola.

—Yo no quiero defender a Huguito —dijo Valeria con timidez—, pero es cierto lo que dice. —Miró a Bea de reojo, como pidiéndole perdón—. Es solo que las chicas no quieren un novio con moto, quieren... Quieren ir a lugares, y vivir cosas, y viajar, y tener esa libertad... Una moto es eso. —Le brillaban los ojos—. A lo mejor esas chicas preferirían una moto que un novio con moto.

Bea le dedicó una cálida sonrisa a Valeria, que bebió un poco de agua para disimular lo roja que se había puesto.

—¿De verdad funciona? —Santi estaba por fin interesado.

—Tanto como tocar la guitarra —dijo Martín.

Bea puso los ojos en blanco.

—Tampoco sé tocar la guitarra.

—Ay, Santiago. Cortando cojones se aprende a capar —dijo Delicia—. Tienes la guitarra de tu padre arriba, muerta de risa.

—Yo te puedo enseñar unos acordes —se ofreció Bea.

—No se hable más. —Delicia se levantó de golpe—. Santiago, sé un amor y bájala. Está detrás de los apuntes de la universidad de tu padre. Mientras, hago café. ¿Quién quiere?

Cuando apareció la guitarra, Germán arrancó un par de notas, Hugo la rechazó y Martín no dudó en pasársela a Bea, quien se hizo enseguida con ella y en apenas un par de minutos la tenía afinada.

Empezó a cantar «Rojitas las orejas» mirando a Martín e Iker para que la acompañaran. La voz de Bea no era especialmente dulce o bonita, pero cantaba con ganas, animando a los demás a hacerlo.

A media canción se fue la luz. Delicia puso velas en la mesita del salón y sobre algunos muebles. Con ayuda de Iker, también repartió café para los que quisieron. Le había echado un poquito de canela, no se notaba en el paladar, pero hizo que la casa oliera a Navidad a pesar de ser junio.

Bea no paró de tocar a pesar del apagón. Cantó a dúo junto a Martín una canción romántica. Se compenetraban bastante bien porque no era ni la primera ni la segunda vez que cantaban juntos.

Delicia les pidió que cantaran Pimpinela. Lo intentaron durante algunas frases, se inventaron el resto y luego tuvieron que dejar de cantar porque no podían parar de reír. Bea intentó encontrar canciones que se supieran todos. Se tomó un descanso y aprovechó para explicar a Santi cómo tocar unos acordes mientras el resto ayudaba a su abuela a recoger la mesa en penumbra. A pesar del riesgo, no se rompió ningún plato. Con ayuda de Bea, el chico acabó tocando una canción. Él tocaba con la mano derecha y ella pisaba las cuerdas con la mano izquierda.

—Me voy a ir a dormir —anunció Delicia—, pero creo que me merezco una canción especial, así más tranquilita. Que me habéis acelerado con tanta marcha.

—Se merece un concierto de dos horas, señora —dijo Germán acariciándose su satisfecha barriga.

—¿Qué le gustaría escuchar? —preguntó Bea.

—Mira, a mí me gustaba mucho Elvis —dijo Delicia suspirando—. Mi madre lo ponía a todas horas. A Elvis y a Lola Flores.

—Algo de Elvis tranquilito para dormir. —Bea empezó a buscar en su móvil mordiéndose los labios.

—Sí, sería perfecto —sonrió la abuela de Santi.

—Ya lo tengo —dijo Bea. Soltó el móvil y comprobó de nuevo que la guitarra estuviera afinada.

Empezó a puntear las cuerdas con mucha delicadeza para luego cantar «Can't Help Falling in Love» y todos guardaron silencio. Delicia se acurrucó en su butaca y se meció dejándose llevar por la música. Bea miró un momento a Martín para que la acompañara, pero él no se la sabía y tampoco quería interrumpir aquel momento. La chica cantaba como en un arrullo y así su voz no se rasgaba y sonaba muy dulce. La luz de las velas la iluminaba, suavizando sus rasgos y acompañando la canción con una preciosa escena.

Valeria estaba embelesada. Se acurrucó al lado de Iker hasta que Delicia le hizo un gesto para que se acercara a ella. Se levantó con cuidado y se arrodilló al lado de su butaca.

—Date cuenta de cómo la mira —le susurró la mujer señalando con un sutil gesto a Hugo.

Valeria se fijó. Hugo no se había sentado frente a Bea en el sofá, estaba un poco ladeado. Echado cómodamente hacia atrás en el sofá, manteniendo la distancia.

Las velas apenas le iluminaban, pero Valeria comprobó que su característica sonrisa pícara había abandonado su rostro. Pudo ver con toda claridad que tenía los ojos clavados en Bea. La miraba como si fuera lo único que existiera en el mundo. Como si nunca hubiera visto algo así.

—¿Lo ves?

Valeria asintió, asombrada por la capacidad de observación de aquella señora.

—Está perdido —rio Delicia entre susurros—. Como no le rompa las bragas pronto, lo va a pasar mal.

17

Ayudaron a recoger, se despidieron y fueron a la casa de invitados portando velas y una linterna que Delicia les había prestado. Iker no tenía la conciencia tranquila, así que, cuando Martín subió al primer piso, le siguió para hablar con él. Estaban en penumbra, apenas podían verse las caras y eso les daba cierta intimidad.

—Oye, ¿crees que les tenemos que decir la verdad o esperamos a mañana? Mejor mañana, ¿no?

Iker no estaba seguro de si Hugo había dejado en paz a Valeria por Bea o por qué, pero, aunque sabía que mentir a sus amigos estaba mal, de momento le convenía esa mentira. No es que quisiera marcar territorio sobre Valeria, más bien no la veía con suficientes armas para defenderse de un tipo como Hugo.

Martín, por su parte, había soportado demasiado drama por un día como para enfrentarse a otro más. No tenía ni idea de cómo reaccionaría Hugo, pero Bea se iba a poner furiosa cuando se enterara de la verdad.

—Puf, yo creo que mejor mañana, ¿no? Además, no está yendo tan mal ¿eh? ¿Ves cómo tenía razón? Se llevan bien.

Escucharon las risas de Hugo y la voz indignada de Bea que venían del piso de abajo.

—Sí, parece que al menos hay paz entre ellos. Hay comunicación —confirmó Iker.

—¡Eres un cavernícola! —gritó Bea un piso más abajo.

—¿Así es como le hablas al futuro padre de tus hijos, Beatriz? —respondió Hugo con tono socarrón.

—Sí, dialogan —dijo Martín, fingiendo no haber oído nada.

—¡Antes me extirpo los ovarios! —chilló ella.

—Di-dialogan, dialogan. Eso es importante —balbuceó Iker, dando la razón a su amigo.

Las chicas subieron juntas al piso de arriba, para bajar entusiasmadas dos minutos después. Se les había ocurrido la idea de ir a ver las estrellas. Germán e Iker se unieron de inmediato. A Hugo aquel plan le parecía una tontería, pero acabó cediendo porque, sin luz ni internet, no tenía nada más interesante que hacer.

Al final fueron todos. Antes de salir, Delicia les dijo que se abrigaran porque iba a refrescar y solo Iker le hizo caso. Usaron las linternas de los móviles para orientarse. Ya había anochecido y costaba ver el suelo. Caminaron unos pocos minutos hasta que estuvieron en lo alto de una colina. El suelo estaba cubierto de hierba y, después de comprobar que no hubiera caca de vaca o de cualquier otro animal, decidieron que era un buen sitio para sentarse.

La noche era cerrada, una noche sin luna que cada vez era más oscura, así que se podía ver una gran cantidad de estrellas, más de las que la mayoría de ellos había visto jamás. No se veían los rostros, pero la luz de las estrellas iluminaba lo suficiente como para que intuyeran las siluetas de los demás, pero no perdieron el tiempo en mirarse, miraban hacia arriba sorprendidos de ver el cielo tan poblado de pequeñas luces. Poco a poco se tumbaron a tientas y ayudados por los móviles, para ver dónde ponían la cabeza.

—Da vértigo. —Germán fue el primero en romper el silencio.

—A mí también me da vértigo —dijo Bea—. Me da la impresión de que me vaya a caer hacia arriba.

—¿Cuál es esa estrella que está ahí? —preguntó Martín señalando al cielo—. ¿La más brillante?

Se hizo un silencio sepulcral.

—No tengo ni idea —dijo Iker por fin.

—Joder, esto es tristísimo. No podemos ser más *madrakas* —rio Germán—. Parece que no hayamos salido al campo en la vida. Yo no me sé ni una.

—Yo sé muy pocas. Esa es la Osa Mayor. ¿La ves, monito? —Valeria se acercó a Iker y señaló hacia arriba—. Las cuatro estrellas que forman como un cuadrado raro y luego esas tres que son como una cola.

—Sí, la veo —dijo Iker entusiasmado—. No parece un oso ni de coña. Es más como un carro.

—¿Y el carro qué combustible usa? —Hugo trató de pincharle.

—Ay, ya cállate, menso —le riñó Valeria incorporándose un poco, para luego apoyar la cabeza junto a la de Iker—. Monito, si sigues las dos estrellas del cuadrado que están más lejos de la cola —cogió el brazo extendido con el que Iker estaba señalando hacia arriba y lo movió—, llegas a la Estrella Polar. Ahí está el norte.

—Oh —exclamó Germán asombrado.

—Podríamos ir andando hacia allí y llegar al concierto —dijo Bea.

—Seguro que está siendo una mierda —se engañó Martín.

—Seguro que están tocando «Unforgiven», «Unforgiven Two» y «Unforgiven Three» seguidas —dijo Hugo.

—Y luego todo el St. Anger —dijo Germán—. Una detrás de otra, sin piedad. Y el Load.

—Me sangran los oídos solo de pensarlo —dijo Hugo.

—Menos mal que no hemos ido —bromeó Bea—. Gracias, Iker.

Todos le dieron solemnemente las gracias a Iker.

Se quedaron en silencio un rato, disfrutando de aquella visión infinita. Podían sentir una leve brisa acariciándoles y haciendo que la hierba desprendiera un agradable olor a fresco.

—¿Habéis visto eso? —exclamó Hugo señalando al cielo.

—¡Sí! —Valeria dio palmadas.

—¿Qué era? ¿Un avión desintegrándose? —preguntó Martín.

—Qué bestia eres, tío —dijo Iker—. Una estrella fugaz.

—¡Importante! ¿Pidieron un deseo? —Valeria se sobresaltó.

—Sí —dijo Iker.

—¿El qué? —preguntó ella, ansiosa.

—He pedido que Iker se afeite —respondió Bea, aunque en realidad no estaba segura de haber visto algo.

—Que apruebes los exámenes, Val —dijo Iker.

—Ay, qué lindo —suspiró ella—. Qué generoso, gracias.

—Yo también he sido generoso —dijo Hugo—. He pedido que Beatriz aprenda a usar las marchas.

—¿Y tú, Mart? —preguntó Valeria.

Martín no dijo nada.

—Que ella... —empezó a decir Martín, pero no pudo continuar.

—No, tío, no —protestó Hugo.

Vieron la sombra de Bea ponerse de pie, abalanzarse sobre Martín, que segundos después estaba riendo histéricamente.

—Para ya. —Martín trataba de hablar, pero no podía dejar de reír—. Be, eso no, por favor. —Soltó una carcajada descontrolada—. ¡Cosquillas no, Be!

—No hasta que pidas un deseo decente. —Bea forcejeó y logró seguir torturándole.

—Que salga el nuevo disco de Tool —gritó Martín entre risas para deshacerse de aquel castigo.

—Muy bien —dijo Bea orgullosa volviendo a tumbarse.

—Mi deseo se ha concedido por adelantado, después de cenar —sonrió Germán.

—¿Qué habías pedido? —dijo Valeria—. Bueno ¿qué has pedido ahora, después de que se te concediera?

—Me ha llegado un mensaje de Lu, me ha dicho que hemos conseguido el sitio. —Aunque no le podían ver, se notaba claramente por su voz que estaba sonriendo.

—¿Para qué? —preguntó Iker—. ¿Te mudas?

—No —dijo él—, me caso. Lu dice que ha encontrado el sitio perfecto.

Se incorporaron para felicitarle y abroncarlo por no haberles dicho nada antes. Le pidieron detalles y él los fue revelando. Valeria fue especialmente insistente, le interesaba saber hasta el más mínimo detalle. Germán empezó a agobiarse porque sabía contestar a muy pocas preguntas, quizá no lo tenía todo tan controlado como pensaba. Al levantarse se dieron cuenta de que había empezado a refrescar. Iker le prestó su sudadera a Valeria y fueron caminando hacia la casa. De camino, Bea tropezó varias veces y estuvo a punto de caerse. Germán y Martín la fueron guiando. Hasta que llegaron a una zona donde la lámpara que habían encendido, cerca del huerto, iluminaba el suelo.

Se oyó a Bea maldecir en voz baja mientras se quedaba atrás. Todos dieron por hecho que había vuelto a tropezar y fueron hacia la casa. Hugo también se quedó rezagado, esperándola.

—Hugo... —le llamó ella, indecisa—. ¿Podrías...? ¿Podrías, por favor, dejarme tu móvil?

—¿Ya quieres empezar a controlarme, Beatriz? —dijo él acercándose—. Te he dicho mil veces que solo son amigas.

—Hugo...

—Y el Tinder viene por defecto en el móvil.

—Hugo...

—Es tan bonito estar a oscuras contigo, Beatriz —suspiró—. Puedo imaginar que estás sonriendo maravillada por mis ingeniosas respuestas.

—Es exactamente lo que está pasando. —Bea no disimuló su sarcasmo—. Necesito la linterna del móvil, por favor. El mío se está muriendo y no creo que me aguante para la ida y la vuelta.

—¿A dónde vas?

—A donde estábamos antes.

—¿Para qué?

—Pues... —Bea resopló—. Se me han caído las llaves de la furgo cuando nos hemos tumbado —dijo avergonzada—. Pero las puedo encontrar.

—Pasas mucho tiempo con Iker y te lo ha pegado. Venga, vamos.

—No hace falta que vengas, yo las encuentro.

—Necesitamos esas llaves. Es nuestra única forma de salir de aquí, no quiero criar a nuestros hijos en Villamierda, Beatriz. Santi es muy majo, pero...

—No estoy para juegos ahora. —Bea se cruzó de brazos—. Las tenía que haber dejado en la casa, no he revisado el pantalón antes de salir. Mierda. —Resopló.

—Las encontraremos, tranquila. —Hugo le hizo un gesto para que empezara a andar.

Bea resopló de nuevo y tragó saliva.

—No quiero ir contigo.

Aquella respuesta tan directa sorprendió a Hugo.

—¿No te fías de mí? Beatriz, yo soy un caballero. —Fingió estar indignado—. No va a pasar nada que tú no quieras que pase.

Ella guardó silencio, solo se la oía dar golpes suaves con el pie a una roca.

—No me fio de mí misma —dijo en voz baja.

A Hugo le resultó muy difícil leer a Bea sin verle apenas la cara. Aquello podía significar muchas cosas. La respuesta más obvia le favorecía y le habría encantado regodearse en ella, pero sonaba preocupada.

—Está bien. —Hugo parecía hablar por fin en serio—. Vamos a por las llaves. Sin juegos. Seré legal. ¿Vale?

—Vale —resopló Bea.

18

Bea tropezó con una roca y estuvo a punto de caerse. Siguió caminando como si nada.

—Agárrate a mi brazo —le ofreció de nuevo Hugo lo más amablemente que pudo.

—No, estoy bien —bufó ella—. Si apuntaras la linterna al suelo...

En el suelo acabó ella después de volver a tropezar. Se levantó deprisa, rechazando la ayuda de Hugo. Tratando de mantener la dignidad por encima de todo.

—A ver, «estoy bien». Deja que te ayude.

—No hace falta, pesado.

Hugo apagó la linterna del móvil y se alejó de ella.

—Me da igual. —Bea siguió andando—. Puedo orientarme perfectamente. Y distingo algunas cosas.

Él veía mejor y la observaba caminar con los brazos extendidos y arrastrando los pies. Tuvo que taparse la boca para que no le oyera reírse.

—Eres un cabrón y una persona horrible. —Bea dejó de andar—. Esto no es gracioso... Tienes el sentido del humor de un torturador nazi.

—¿Quieres que te ayude? —Volvió a encender la linterna.

—Quiero que te vayas a tomar por culo, Hugo Benedicto.

—No sé quién es ese.

—Benedicto, Benedicto, Benedicto —se burló ella mientras volvía a caminar.

Hugo trotó para ponerse a su lado mientras ella lo seguía repitiendo.

—¿Qué tengo que hacer para que dejes de llamarme así?

—¿Qué harías?

—Cualquier cosa.

—Cuéntame qué hiciste para que Mart te pusiera el ojo así —pidió Bea sin vacilar.

—Pues le...

—Y no te inventes ninguna chorrada.

Hugo fingió indignación durante un par de segundos

—Le dije que Paula era una zorra y que dejara de llorar por una chica que probablemente le estaba comiendo la polla a otro.

—¿Por qué no me sorprende? Eres lo peor.

—Lo hice para que no empezara otra vez con toda esa mierda de «salvar la relación».

—¿Para que Paula quede como la mala?

—No, cabrearle para que explotara. Para que lo echara todo fuera. No me hizo gracia insultar a Paula, joder. Siempre se ha portado bien con Mart, es una tía de puta madre.

—Como si te costara mucho llamar zorra a alguien.

—Yo solo uso esa palabra en la intimidad y de forma consensuada, Beatriz. —Le guiñó un ojo haciendo que ella pusiera los suyos en blanco.

Llegaron hasta la zona donde se habían tumbado antes y empezaron a buscar las llaves sin hablar. Estaban en medio de la nada, a oscuras y lejos de cualquier otra persona. Apenas se intuían el uno al otro, y no podían ver sus expresiones. Eso creó una extraña sensación de intimidad entre los dos. Sus discusiones empeoraban cuanto más público tenían, por eso las peores eran por redes sociales, pero en aquel momento ni siquiera había una luna para mirarlos. Solo eran dos voces compartiendo una luz en medio de la noche.

—No lo entiendo. —Bea rompió el silencio—. No te entiendo. Por tu boca solo sale mierda machista, pero luego te comportas como si fueras un tío de puta madre. Te preocupas por la gente, has sido un buen amigo para Mart... a tu manera. Rechazaste a Valeria.

—¿Te lo dijo?

—Sí.

—¿Cómo se lo tomó?

—No demasiado mal. Despertó su lado romántico el que le dijeras que estabas enamorado de otra.

Hugo soltó una carcajada.

—Me alegra que funcionara. —Apartó una piedra—. No quería hundirla con la verdad.

—¿Qué verdad? ¿Que Iker se la había pedido? —dijo Bea con tono juicioso.

—No, y ese rollo de pedirse gente no va conmigo. Llámame mal amigo, pero no creo que nadie sea propiedad de nadie.

Bea estuvo a punto de hacer un comentario sarcástico sobre lo que le había sucedido a Hugo con Germán, pero lo cierto es que estaba de acuerdo con aquella frase.

—Entonces, ¿por qué la rechazaste?

—Porque una virgen es un marrón. Tener paciencia no es mi rollo, yo soy un empotrador, como tú bien intuyes.

Bea se cruzó de brazos y miró con condescendencia en su dirección, sin verle. Nunca se había preocupado en conocer a Hugo, en analizarle. Le caía mal y punto. Pero desde que le dijeron que estaba pillado por ella sentía mucha curiosidad por saber cómo pensaba, qué pasaba dentro de su cabeza para que fuera así y a pesar de eso sentir algo por ella. Deseaba escarbar debajo de todas esas capas de sarcasmo.

—¿Sabes lo que intuyo? Que vas de flipado por la vida, pero te escudas en el humor cuando no quieres responder. ¿De qué tienes miedo, Hugo?

—Yo solo tengo miedo de lo mucho que vas a gritar cuando te coja...

—¿Lo ves? Otra vez.

Le dedicó una sonrisa burlona y él suspiró, rindiéndose. Le había descubierto.

—A ver. Val tiene un polvazo, pero me cae bien y se merece algo mejor. Alguien menos... menos yo. Alguien con quien tenga confianza para decir que no quiere algo o para pedir lo que sí quiere. Alguien que haga que se sienta segura, a gusto. Ya sabes.

—Es una lástima que no te vayan las vírgenes.

—Bueno, ya encontrará a otro.

—Lo decía por mí. —Bea juntó las manos sobre el pecho y fingió timidez—. Quería que fueras el primero.

—Joder, Beatriz. —Hugo tardó medio segundo en acercarse a ella—. Me encantaría jugar a eso. Yo puedo enseñarte a sentir con todo tu cuerpo —le dijo al oído—, puedo despertar a la loba que llevas dentro. Puedo satisfacer tus deseos más oscuros, llevarte al cielo y hacerte disfrutar hasta que pierdas la cabeza.

—Benedicto, prometiste portarte bien —dijo Bea apartándole.

Hugo bufó fastidiado.

—Pero tú...

—Yo no prometí nada.

Siguieron peinando el suelo para encontrar las llaves. Bea se agachó un par de veces, pero no parecía encontrar nada.

—¿Te preocupaba entonces cómo se iba a sentir Valeria si la rechazabas?

—Hombre, claro. No es que yo sepa lo que es un rechazo —exageró su pose de creído, dándose importancia—, pero imagino que tiene que ser jodido.

—No te pillo. Eres un tío inteligente y empático cuando quieres —recalcó las últimas dos palabras—. ¿Por qué luego dices mierdas machistas? ¿Por qué no entiendes las cosas de las que nos quejamos las mujeres?

—Las entiendo, Be —suspiró él—. Entiendo toda esa mierda.

—¿Entonces?

—En parte me encanta incordiarte. —Sonrió encogiéndose de hombros—. Estás muy graciosa cuando te indignas. Por otro lado, no es... —se interrumpió.

Fue como si las palabras se hubieran atascado antes de salir, como si el sentido común las hubiera detenido en la garganta haciendo que formaran un nudo. Abrirse y mostrar lo que realmente sentía era peligroso, le dejaba en una posición demasiado vulnerable.

Pero ahí estaba ella, la chica que, a pesar de lo mucho que chocaban, de lo mal que la había tratado, no dejaba de pensar en él, como había dicho Martín. De alguna manera, ella había visto más allá de la mierda que él le mostraba, y eso le intrigaba. No supo por qué, pero respondió con sinceridad. Quizá fue la oscuridad, quizá fue el silencio del campo, quizá fue ella o quizá fue el cielo infinito sobre sus cabezas, que hacía que el resto de las cosas se vieran insignificantes.

—Para vosotras es fácil. Estáis en el lado ganador. Estamos dejando de ser tan cavernícolas y poco a poco vivís mejor. Vamos abriendo los ojos y nos damos cuenta de todo por lo que habéis pasado. La gente trata de cambiar...

—Todos ganamos con eso, Hugo.

—No, no todos. —Su tono sonaba muy serio—. No ganas cuando tienes que enfrentarte a cosas que has hecho. Cuando te das cuenta de que has estado jodiendo a la mitad de la gente con la que te has cruzado, porque no las considerabas iguales a ti. Cuando tienes que admitir que fuiste un cabrón cuando chantajeaste a esa novia diciéndole que si no te dejaba meterle mano era porque no te quería lo suficiente. —Resopló—. O cuando robabas las compresas a las compañeras de clase para escribir su nombre en ellas y pegarlas en los pasillos del colegio.

Se sentó en el suelo y alumbró para que Bea siguiera buscando, pero ella se sentó a su lado. Se sentó muy cerca, quería escucharle bien, pero apenas le tocó ni hizo ningún ruido para no interrumpirle.

—Cuando... —continuó Hugo—. Cuando le metiste la lengua hasta la garganta a una amiga porque creíste que «quedarse a recoger» significaba quedarse a follar con el amigo de su novio. O cuando te llevaste a casa a esa chica con la que te habías liado, pero que claramente iba demasiado borracha.

Todo el cuerpo de Bea se tensó e inconscientemente aguantó la respiración unos segundos.

—No pasó nada. Ella me vomitó encima nada más llegar. Yo también poté porque tampoco iba muy fino. Sobre el sofá, la alfombra, la mesa... Fue un festival. —Rio sin ganas—. Juraría que lo limpié todo bastante bien. Al día siguiente me echaron del piso, así que no debía de estar tan limpio, pero... —Guardó silencio. Su voz cambió, sonaba muy amarga—. ¿Te imaginas lo que sería yo ahora si ella no hubiera...? ¿Te imaginas los remordimientos que tendría?

—Los tienes —murmuró Bea.

—Sí. La localicé hace unos meses y se lo confesé. Ella estaba muy apurada, porque recordaba haberlo puesto todo perdido y que yo la cuidé durante toda la noche. Dijo que no pasaba nada. —Suspiró—. Pero sí pasa. Pasa y cargaré con ello el resto de mi vida.

Bea carraspeó para deshacer el nudo que se le había formado en la garganta y hablar con voz firme.

—Me imagino que no es fácil, no.

—Pues ahí está lo que nos aleja del feminismo. No es fácil enfrentarse a eso. Aceptarlo. No es algo que puedas hacer de un día para otro. Y la mayoría tenemos cargas así. Más grandes o más pequeñas, pero las tenemos. Para vosotras es distinto, vuestra situación solo mejora.

—No es fácil para nosotras, Hugo —dijo ella abrazándose las rodillas—. Quitarte la venda de los ojos duele. La etiqueta de víctima duele. Por primera vez eres consciente de las injusticias, de las agresiones. Sientes asco, sientes muchísima rabia. Muchas nos sentimos estúpidas. Estúpidas por decirnos cosas como: «No te escuchan porque no eres interesante», «A lo mejor fuiste demasiado simpática», «No tienes ganas, pero... ¿no le irás a dejar a medias?», «¿Por qué le has contradicho si sabes cómo se pone?», «si no le mandas esas fotos es porque no le quieres». ¿Tú sabes lo que quema darte cuenta de que te han robado tu tiempo, tu libertad, tus sueños...?

Las palabras salían de su boca como un torrente imparable, sacando fuera toda la rabia y el dolor. Le habló del terror que se siente cuando abres la puerta a la idea de que no te merecías todo lo que te han hecho, cuando te paras a pensar en lo que te han arrebatado. No sabes lo que vas a encontrar, no sabes cuánto daño hay. Y después de enfrentarte a ese pasado de injusticias y dolor, después de ver que el presente no pinta mucho mejor para ti y las demás, tienes que escuchar cómo personas como él niegan ese dolor, minimizan esas agresiones, se ríen de ese miedo.

Cuando acabó, le miró algo resentida.

—Así que no me jodas con que es fácil para nosotras.

A pesar de su tono no quedaba resentimiento en ella, ni siquiera rabia. Se había quedado vacía, en paz. Porque desahogarse sana cuando sientes que al otro lado hay alguien que realmente está escuchando.

Estuvieron un rato en silencio y a oscuras. No podía ver bien el rostro de Hugo, pero supo el efecto que habían tenido sus palabras en él. Se notaba que estaba incómodo.

—Pero... entiendo lo que dices —murmuró suavizando su tono y poniéndole una mano en el hombro.

—¿No tendrás un piti por ahí? —Él trató de recuperar su tono habitual cambiando de tema.

—Vamos a la casa y te doy uno.

—Antes tenemos que encontrar las llaves —dijo Hugo poniéndose de pie y ayudándola a hacer lo mismo.

Escuchó un tintineo metálico y enfocó con la luz a Bea. Estaba agitando las llaves en la mano.

—Dime que las acabas de encontrar...

—La conversación estaba muy interesante —se excusó ella.

La tensión se disipó de golpe y él resopló.

—Eres una bruja.

Hugo echó a andar hacia la casa. Bea le cogió del brazo y caminó a su lado. En parte, para disculparse; en parte, porque hacía frío y, en parte, porque por fin había aceptado que apenas veía y corría el riesgo de volverse a caer.

Cuando llegaron al huerto, él se detuvo. Ella siguió cogida de su brazo.

—Be —sonaba muy serio—, siento mucho lo que te dije en aquel botellón. Lo de tus fotos...

Bea le soltó y dio un par de pasos hacia la casa. Estaba a contraluz, así que Hugo no podía verla bien, pero se notaba a la legua que estaba muy tensa.

—Voy... Voy a por algo de abrigo. —Bea tragó saliva y se dirigió sola a la casa.

19

Le despertó la voz de Valeria susurrando en su oído.

—Monito.

Iker abrió los ojos lentamente. Aún era de noche, había dormido poco tiempo. La habitación estaba casi a oscuras. Al tratar de moverse, notó que su brazo izquierdo había quedado atrapado en las sábanas.

Tardó pocos segundos en darse cuenta de que Valeria estaba sobre su brazo, tumbada a su lado.

—¿Qué pasa, Val? —dijo con la voz ronca que se le quedaba al dormir—. ¿Estás bien?

Ella se tomaba muchas confianzas con él, pero nunca hasta ese punto. Nunca la había tenido tan cerca, acurrucada sobre su pecho. Temió que su relajado cuerpo reaccionara de forma autónoma ante la proximidad de aquella diosa e hiciera evidente lo mucho que le atraía.

Notó su pecho sobre su costado, sus caderas, sus piernas, su pelo acariciándole la mejilla. Cerró los ojos y trató de distraerse pensando en surtidores de gasolina. Gracias a eso y al cansancio, logró frenar aquella reacción física.

—Sabes que yo siempre te he visto como un amigo, ¿verdad? —murmuró Valeria.

Iker trató de adivinar a qué venía aquello. Lo más seguro era que hubiese vuelto a discutir con su amigo Carlos. Carlos era un amigo íntimo de Valeria, ella le apreciaba mucho, pero él trataba constantemente de ser algo más tirando de chantaje emocional. Ella pensaba que el pobre Carlos no distinguía entre amistad y amor. Iker pensaba que Carlos era un cerdo hijo de puta. La última vez que Valeria discutió con él le tuvo casi una hora al teléfono; a Iker le molestaba que ella no parara de quejarse de él, pero a la vez no parara de excusarle.

Iker no estaba mentalmente preparado para pasarse una hora con ella tumbada a su lado. Sacó el brazo izquierdo de debajo de Valeria. Ella se acurrucó contra su costado y él bajó el brazo, pero no se atrevió a tocarla. Puso el derecho detrás de la cabeza para estar más cómodo y cerró los ojos a la espera de que ella empezara a hablar.

—¿Qué ha pasado? —preguntó soñoliento, al ver que ella no arrancaba.

—Pues... creo que quiero algo más.

—¿Quieres algo más de qué? —No estaba para adivinanzas.

—Pues... —El susurro de Valeria apenas se oía.

Sintió que ella se movía a su lado, se incorporaba y se ponía de rodillas sobre la cama. Para su sorpresa, se quitó el camisón de golpe. Una solitaria vela era la única luz que iluminaba la habitación. Estaba en penumbra. Aun así, Iker vio lo suficiente para quedarse sin respiración.

—Quiero algo más contigo, monito —murmuró ella inclinándose sobre su pecho.

Iker se quedó de piedra en varios sentidos. Se incorporó apartándose de Valeria. Cogió la sábana y la puso sobre ella, envolviéndola hasta el cuello. Luego se dio cuenta de que aquel era un gesto muy paternalista y le quitó la sábana de golpe. No fue consciente de lo brusco que había sido hasta que fue demasiado tarde. Ella le miró confundida y él aprovechó la pelota que había hecho con la sábana, para intentar disimular la erección que acababa de despertarle del todo.

—Lo que quiero —murmuró Valeria volviéndose a acercar a él— es tener sexo.

—Ya me imagino —dijo Iker nervioso mirando al techo. No sabía dónde poner las manos ni los ojos. Su cerebro se apagó durante unos segundos—. Yo también.

—¿No te importa que sea virgen?

Aquello le recordaba alarmantemente al torpe argumento de una película porno. Iker resopló y cerró los ojos intentando concentrarse. Visualizar surtidores de gasolina ya no le funcionaba, pero no podía dejarse llevar. Lo que allí estaba sucediendo no era normal.

Por mucho que le doliera aceptarlo, Valeria nunca había mostrado ningún interés en él. Aquella emboscada tenía que tener algo que ver con el complejo que rondaba últimamente a la chica de no haberse acostado con nadie. Ella estaba confundida y bastante perdida, y él no debía sacar provecho de aquello. Era casi seis años mayor que ella, le tocaba ser el responsable.

—Val, creo que deberías volver a tu cama —dijo sin mirarla, sintiéndose imbécil por cada palabra que salía de su boca—. Descansa y mañana hablamos.

Ella podría descansar, pero Iker tenía la certeza de que él no iba a ser capaz de dormir en toda la noche.

—¿No te gusto? —La chica se incorporó y levantó los brazos recogiéndose el pelo con las manos detrás de la cabeza, ofreciéndole una vista privilegiada de su anatomía.

—Val, no hagas eso —le suplicó Iker—, por favor; estoy tratando de controlarme... —Valeria bajó los brazos—. Me encantas, Val, eres preciosa. Sabes que estoy muy enamorado de ti.

En condiciones normales, con toda la sangre en el cerebro y después de un sueño reparador, jamás habría usado la palabra *enamorado* para confesar sus sentimientos. De hecho, no consideraba que fuera necesario decirle nada a Valeria, era una chica inteligente, sabía que él sentía algo por ella.

Ese no era el motivo por el que la había invitado a aquel viaje. Valeria llevaba un tiempo un poco triste, con problemas, y pensó que el concierto y salir un poco de casa la animarían. Ni en sus fantasías más optimistas se había imaginado que algo así pasaría.

—¿Entonces? —dijo ella juguetona—. ¿A qué esperas?

—¿Por qué haces esto? —Iker reunió fuerzas suficientes para mirarla a los ojos.

—Quiero hacerlo. Quiero saber si me gusta.

—¿Te apetece? —Iker la escudriñó con la mirada.

—Me asusta un poco, pero sé que contigo irá bien.

Iker tuvo que sacudir la cabeza. Todas las palabras que salían de la boca de Valeria le volvían loco. Su cuerpo no paraba de gritarle que liberara a sus manos y las dejara recorrer el torso de aquella chica, agarrar con fuerza ese culo al que tantas veces se le habían ido los ojos. Recorrer todos los rincones de su cuerpo y lamer ese cuello tan largo. Lamerla entera y hacer que se estremeciera por primera vez.

—Tengo que hacerlo —insistió ella, decidida.

—No tienes que hacer nada —dijo Iker contrariado.

—Para ti es fácil decirlo...

—Val, joder. —Negó con la cabeza, no sabía si reír o llorar—. Te juro que nunca me ha costado tanto pronunciar unas palabras como me está costando pronunciar estas.

—Monito, quiero hacerlo. —Le temblaba la voz.

—¿Por qué quieres hacerlo ahora conmigo? ¿Te gusto?

—Más que otros —murmuró ella con un hilo de voz.

—¿Te apetece? —dijo Iker—. Val, físicamente, ¿te apetece?

—Pues... no lo sé.

—Deberías esperar a saberlo.

—Es lo que quiero, ¿vale? —dijo ella ahogada por las dudas—. ¿Es tan difícil entenderlo? Deberías respetar mi opinión, y dejar de dudar de mí. Soy una mujer adulta.

Iker resopló. Aquello era todo un dilema. Su suerte era tan mala que se estaba haciendo realidad su sueño erótico y no podía dejar de sentirse incómodo con todo aquello. Se tumbó de lado, frente a ella. Valeria hizo lo mismo. Puso con delicadeza su mano sobre la cintura y la atrajo hacia él.

—Como quieras —le susurró al oído antes de darle un beso que, aunque caía en la mejilla, tenía poco de casto.

Recorrió su cara, besándola con lentitud, dirigiéndose a sus labios sin prisa. Mientras, su mano derecha acariciaba su cintura desnuda y luego subió recorriendo despacio su espalda. Ella no emitió ningún ruido, parecía asustada. Justo cuando sus labios se rozaron, Iker se echó para atrás.

Cogió con delicadeza la mano de Valeria y empezó a besarla con más suavidad que antes mientras la miraba a los ojos. Estuvo un buen rato besándola y acariciándola así, pero ella tampoco respondió a aquello. Finalmente se incorporó y agarrándola con firmeza hizo que se tumbara en medio de la cama. Le besó el cuello con intensidad mientras le separaba las piernas con una de sus rodillas. Se metió entre ellas y fue bajando y besando su clavícula, su pecho, su vientre, sin disminuir la intensidad. Bajó hasta tener los hombros debajo de las piernas de la chica, agarró con fuerza sus caderas y, mirándola a los ojos, besó el límite de su ropa interior.

Iker no sabría echar gasolina, pero sabía cómo hacer suspirar a una chica en la cama. Valeria no suspiraba, apenas respiraba, y cada vez estaba más rígida. Iker resopló y se dejó caer en la cama, sin tocarla.

—¿No podemos ir directamente a lo otro? —murmuró ella bloqueada.

—Val, no funciona así. —Iker se armó de paciencia.

Valeria se tumbó sobre su espalda. Estaba muy confundida.

—No sé qué me pasa. Lo siento. —Se tapó avergonzada—. Creo que no...

—No pasa nada —dijo él intentando que sus palabras sonaran auténticas.

Ella se levantó de la cama y se puso el camisón lo más rápido que pudo. Iba a marcharse cuando se dio la vuelta.

—¿Puedo dormir contigo?

—Claro —dijo él esbozando una sonrisa.

No podía evitar que la frustración física le enfadara, así que respiró profundamente tratando de que se le pasara. Colocó las sábanas y dio un par de golpecitos en el pequeño lado de la cama que quedaba libre. «Puedes dormir a mi lado mientras yo miro el techo», pensó resignado.

Valeria apagó la vela que quedaba y se tumbó de espaldas a Iker.

—Val.

—Dime. —La voz de Valeria sonaba demasiado despierta.

—No te rayes, ¿vale? —dijo él bostezando—. No pasa nada porque tengas ganas o no las tengas. Porque me desees a mí o desees otra cosa.

Ella no le contestó. Sintió que si hablaba su voz se rompería y no quería echarse a llorar delante de él, no quería cargarle con eso. Se sentía como un fracaso.

20

Bea volvió a los pocos minutos envuelta en una gruesa manta que se había echado a los hombros. La arrastraba un poco, pero no parecía importarle. En la mano traía dos botellines de cerveza abiertos. Le pasó uno a Hugo, que lo recibió sorprendido.

Bea levantó su botella y brindaron en silencio. Su mano izquierda sujetaba la manta para que no se deslizara. Apretaba el puño con fuerza.

—Gracias —dijo tras dar un buen trago—. Gracias por decirlo, Hugo.

La cerveza era suave, amarga y, debido al apagón, no estaba excesivamente fría.

—Tenía que haber dicho algo hace tiempo —contestó él.

—Me hiciste polvo.

—Lo sé. No era lo que buscaba. —Hugo miraba hacia el cielo—. Molestarte sí, estaba cabreado. Pero... la cara que pusiste... no se me olvida. —Hizo el amago de tomar un trago, pero se lo pensó mejor—. Luego traté de arreglarlo de la peor de las maneras, justificándome y culpándote.

Bea se encendió un cigarro e invitó a Hugo a otro. Sujetaba la cerveza con una mano y usaba la otra para fumar, así que tuvo que pegar la espalda a la pared de la casa para que no se le cayera la manta.

Él se quedó donde estaba, más cerca del huerto, solo iluminado con la escasa luz de las estrellas y la lámpara. Tenía un aspecto fantasmal que contrastaba con la impresionante noche estrellada.

—No es mi tema de conversación favorito —dijo ella mientras observaba cómo el humo que echaba por la boca se perdía en la noche.

—Siento que pasaras por todo eso.

Bea echó los hombros hacia delante y miró al suelo.

—Puede parecer una chorrada —dijo— y va en contra de mi discurso, pero... No sabes lo importante que es para mí que tú admitas que estuvo mal. Necesito que todo el mundo diga que estuvo mal, porque... porque yo aún me culpo.

—¿Qué? —Se volvió hacia ella sorprendido.

—Lo sé. No dejo de preguntarme qué hice para que me hiciera eso. Qué podría haber hecho de otra forma, y... —suspiró— sé que no debo pensar así. Si oyera a una amiga decir algo parecido, la abofetearía. —Empezó a mover la pierna con nerviosismo—. Cada vez que me acuerdo, maldigo el día en el que me hice esas fotos. Me siento tan ridícula... Qué imbécil fui, joder.

Lo dijo llena de rencor. Se movió para cambiar el peso de pierna y se le cayó la manta. Mientras trataba de decidir qué hacía con la cerveza y el cigarro, Hugo se acercó, recogió la manta y se la volvió a colocar sobre los hombros.

—No te voy a abofetear —cogió con cuidado el pelo de Bea y lo sacó por fuera de la manta—, pero te traería a una amiga para que lo hiciera. Tú no tienes ninguna responsabilidad en lo que pasó. Entiendo que te cueste verlo, a mí me ha costado verlo. Pero ahora lo tengo claro. No hay matices, es tan simple como que ese tío se merece que le partan las piernas. Ese y todos los que compartieron esas fotos y te trataron como si les pertenecieras, como si fuera su derecho compartirte. Eso me incluye a mí.

Permanecieron un rato en silencio. Hugo apagó el cigarro y se acercó al huerto para enterrar la colilla. Estaba dando el último trago a su cerveza cuando oyó sollozar a Bea.

Se giró para mirarla y ella intentó esquivarle para ir hacia la casa. Hugo la detuvo, dejó el botellín en el suelo, volvió a colocarle la manta y la abrazó. Bea se derrumbó y se echó a llorar sobre su hombro. La envolvió con sus brazos como si así pudiera protegerla de aquello. Le acariciaba con cuidado la cabeza como si así pudiera alejar esos pensamientos de ella. Sentía rabia. Rabia hacia quienes habían logrado derrumbar a una mujer que siempre se mostraba tan fuerte. Rabia porque no era justo que tantos cerdos hubiesen convertido en internet a aquella jabata en el objeto de sus fantasías.

Rabia porque sabía que esos tipos pensaban que hacían lo correcto convirtiendo en un trozo de carne a la chica que se había atrevido a dejar a un hombre. Rabia hacia sí mismo por no haberlo entendido antes.

Al cabo de un rato, Bea había dejado de sollozar, así que con cuidado la alejó unos centímetros para que la tenue luz de la lámpara le permitiera comprobar cómo estaba.

—Perdona... —empezó a decir ella.

—Estás preciosa cuando lloras —le susurró Hugo—, pero no lo hagas más, ¿vale?

Bea apoyó la frente sobre su hombro.

—Qué vergüenza —se rio nerviosa secándose las lágrimas—. No le cuentes esto a nadie.

—Ni de broma. Antes casi me tumbas de un bofetón, ¿en qué lugar me dejaría que alguien supiera que tienes la más mínima debilidad?

Bea sonrió por fin y le miró a los ojos. Él usó el pulgar para limpiarle con cuidado la última lágrima que le quedaba en la cara. Ella cerró los ojos mientras lo hacía, y suspiró dejando caer los hombros, relajada.

En el momento en que los volvió a abrir, Hugo no pudo contenerse más, acercó despacio sus labios a los de ella y la besó. Cuando Bea se recuperó de la impresión, le devolvió el beso, acariciando su cuello y entrelazando los dedos en su pelo. Sintió una agradable sensación de paz, seguida de un delicioso escalofrío que le recorrió todo el cuerpo. El beso se prolongó, y cuando Hugo bajó las manos hasta su cintura para atraerla hacia él, Bea sintió cómo el vello de toda su piel se erizaba. Estaba en una nube.

Aquel beso fue largo y tierno. Ninguno quiso pararlo. Los milisegundos que pasaban entre un beso y el siguiente no les permitían ni abrir los ojos. Ninguno de los dos quiso romper el hechizo. Las manos de Hugo estaban clavadas en su cintura, y apenas las movía unos centímetros para acariciarla con delicadeza.

Hacía años que Bea no besaba a nadie así, sin prisas, sin urgencia. Concentrándose en ese momento y solo en ese momento. Sintiendo el reconfortante calor de Hugo envolviéndola. Sintiendo cómo aquel beso le debilitaba las piernas, la embriagaba y la atontaba. No pudo evitar sonreír embobada. Él la miró con curiosidad.

—Sabía que acabarías cayendo —dijo Bea mientras le acariciaba la cara.

—¿Yo? —Hugo seguía sujetando su cintura.

—Sí —sonrió burlona—. A los tíos os gusta haceros los difíciles, pero no os podéis resistir a una chica mala, con moto y que toca la guitarra.

—Beatriz, yo prefiero a una chica sensible que me haga reír.

—Si eso fuera verdad, estarías besando a Martín y no a mí.

Oyeron abrirse la puerta de la casa y se separaron apresuradamente.

—¿Judas, estás por aquí? —se oyó a Germán llamándole.

—Dime, cari —le contestó Hugo cruzándose de brazos.

Vieron aparecer a Germán por la esquina de la casa.

—¿Estáis fumando a escondidas?

—Nooo. —Bea agitó la cabeza. Instintivamente buscó la colilla que había tirado al suelo hacía un rato y la tapó con el pie.

Germán se les acercó y les olfateó.

—Huele a tabaco —dijo severo. Se detuvo, miró al suelo y señaló las botellas vacías con el pie—. ¿Y eso de ahí abajo?

—No son nuestras —afirmó Hugo.

A Bea le dio un ataque de risa. Germán puso los brazos en jarra.

—Ella me obligó. —Hugo la señaló acusatoriamente.

—Chivato...

—Joder, pues una birra ahora... —dijo Germán tentado. Hugo le fulminó con la mirada—. Aunque estoy cansado. ¿Vas a tardar mucho en irte a dormir, Judas?

—Un rato —dijo Hugo haciéndose el interesante.

Bea tenía las mejillas encendidas, la risa floja y las hormonas revolucionadas. No comprendía por qué estaba tan pava. Tuvo que darse la vuelta para que Germán no la viera reírse.

—Entonces me voy a acostar en la habitación del medio con Martín. Métete tú en la de Iker cuando vayas a dormir —dijo Germán—. Llama antes por si acaso.

—¿Te has peleado con Iker?

—Digamos que Iker y Valeria necesitan la habitación para ellos solos.

Hugo y Bea se miraron atónitos.

—Yo no he dicho que esté pasando nada —dijo Germán adelantándose a sus preguntas—. Solo sé que la he visto entrar en la habitación y cerrar la puerta con cerrojo.

—Qué fuerte. —Bea se tapó la boca con la mano, entre divertida y asombrada.

—El Iker siempre parece que no y luego... —dijo Germán. Hugo lo confirmó asintiendo con la cabeza—. Bueno, me voy a dormir, portaos bien.

A Bea se le escapó otra vez la risa.

Hugo se dio la vuelta y, al toparse con su mirada, la primera reacción de Bea fue la de huir, pero él no tardó en acorralarla. Ella se detuvo. Tosió para parar la risa floja, pero no sirvió de nada. Hugo se encaró a ella y avanzó lentamente, obligándola a andar hacia atrás. La sonrisa de Bea era nerviosa, pero la de él era la de un lobo hambriento. Bea acabó chocándose contra el muro. Él apoyó un brazo sobre su cabeza y colocó la otra mano en su nuca, mirándola con tal intensidad que ella tuvo que girar la cara hacia otro lado. Justo hacia el lado donde él había puesto la mano, así que no lo tuvo difícil para alcanzar su boca con el pulgar y acariciar sus labios. Solo el orgullo le dio la fuerza suficiente para volverse de nuevo y mirarle a los ojos. Cuando lo hizo, pudo sentir sobre su boca las palabras de Hugo.

—¿Por dónde íbamos, Beatriz?

21

Esta vez el beso fue apasionado, rápido, sediento. Hugo iba a por todas, la agarró, la atrajo hacia él con ganas. A ella no le costó pillar el ritmo, solo tuvo que permitir que su cuerpo tomara lo que le apetecía. Se perdió en aquel beso. Un beso que solo era un principio, un beso que prometía más. Si la lengua de Hugo antes apenas había rozado sus labios, ahora entraba en su boca sin ninguna contemplación. Bea le siguió, notando cómo su pulso se aceleraba. Estaba perdiendo el control y le estaba encantando.

Pudo tomar aliento cuando Hugo resopló sonriendo. La enorme camiseta de las fiestas de 1992 le había dado guerra, pero por fin había encontrado la piel desnuda de la espalda de Bea. Mientras seguía besándola vorazmente, sus firmes manos aprisionaron sus caderas, su pecho, su cintura. Cuanto más las sentía, más las necesitaba.

Aquellas manos encontraron con facilidad un hueco entre la piel de Bea y la tela de sus pantalones. Sin dejar de besarla, empezó a bajar. La tensión fue demasiado para ella y se le escapó una risa nerviosa. No entendía aquella risa, ni con quince años había sido así.

—Uffff... —Hugo cogió distancia extrañado—. ¿Va todo bien?

—Sí —dijo Bea intentando volver a acercarse a él.

—Vamos a hacer una cosa. —La detuvo, su sonrisa era traviesa—. Extiende el brazo y tócate la nariz con un dedo.

A Bea le costó pillar la referencia.

—Que te jodan.

—No voy a cometer el mismo error dos veces contigo, Beatriz.

—No estoy borracha —protestó ella. Le habría mandado a la mierda, pero, aunque aquella interrupción le había permitido recuperar algo de control, necesitaba tenerle cerca.

—Eso mismo decías ayer.

Bea apretó los labios y le enseñó el dedo corazón. Hugo le atrapó la mano en el aire y la volvió a arrinconar contra el muro de la casa. Sin dejar de mirarla a los ojos, empezó a besar el dedo que había capturado, y dio besos húmedos en el dorso de su mano y su muñeca, y acabó lamiendo la cara interior de su brazo. Ella no sabía que era tan sensible en esa zona, sintió como si hubiera recorrido el interior de sus muslos con la lengua.

—Quiero que recuerdes esto la próxima vez que me enseñes este dedo.

Llevó aquella mano por encima de la cabeza de Bea y la sujetó contra la pared. Ella reaccionó tratando de soltarse sin éxito. La otra mano de Hugo la sujetó por la cintura. Acercó su cara al oído de Bea e inspiró apoyando la nariz en su pelo. Ella notó su aliento en el cuello, sus labios rozándole levemente la piel.

—Y lo uses para otra cosa.

Le besó el cuello con avidez, lo lamió, lo mordió, y ella no pudo evitar gemir de placer. Necesitaba liberarse. Se moría de ganas de tocarle, y notó sobre sus caderas las ganas que él tenía de hacerla suya.

—¿Sabes qué? —susurró él dejando su cuello y pegando su frente a la de ella.

—¿Qué? —jadeó Bea sobre la boca de Hugo.

—Pensaba llevarte al pajar —la miraba con ojos hambrientos—, pero si Val está con Iker..., la cama grande se ha quedado libre.

A Bea se le escapó una sonrisa, que no pudo detener ni mirando al suelo ni mordiéndose los labios. Cuando se le ocurrió qué contestar, fue demasiado tarde, Hugo la había envuelto en la manta y la había cargado sobre su hombro como si fuera una alfombra. Caminó llevándola así hasta la puerta, pero escuchó algo al otro lado y la devolvió al suelo antes de entrar. Abrieron procurando no hacer ruido. La casa estaba totalmente a oscuras; solo una tenue vela brillaba al fondo del salón. Se veía a una figura pasear cerca de ella.

—Yo también necesitaba hablar contigo —oyeron a Martín, hablando por teléfono—. Siento mucho lo que escribí ayer, estaba... No, Paula, no pienso eso, claro que no.

Por fortuna, las escaleras estaban al lado de la puerta y no tenían que pasar cerca de Martín. Las subieron de puntillas y lograron que no los oyera. Bea entró en la habitación grande y notó que Hugo no la seguía. Estaba asomado a las escaleras, atento, escuchando a su amigo hablar por teléfono.

—Necesito entenderlo, Paula. Explícamelo, solo explícamelo y no volveré a...

Hugo resopló frustrado.

—Tenía que haber tirado su móvil por la ventanilla del coche —susurró mientras Bea tiraba de él para que entrara en la habitación.

Se había quitado los vaqueros, se había dejado aquella colosal camiseta, y había encendido una vela. Hugo estaba junto a la puerta, aún parecía preocupado, así que esta vez fue ella quien le besó. Él se dejó hacer. Mientras le besaba, la mano de Bea pudo comprobar que la preocupación por Martín no había afectado a su erección, y apretó con firmeza hasta oírle jadear. Aprovechó ese momento de debilidad para quitarle la camiseta. Se permitió contemplar unos segundos su torso desnudo.

—Madre mía, esto lo puedo leer en braille.

Hugo rio y volvió a sus labios. No dejó de besarla mientras apartaba las sábanas. Cuando ella notó el borde de la cama tocar la parte de atrás de sus rodillas, se acostó y tiró de él. Trató de besarle al mismo ritmo que antes, pero él la frenó. Se inclinó sobre ella y la besó despacio, acariciándola con suavidad. Bea sintió que se le erizaba todo el vello del cuerpo. Necesitaba urgentemente más, se incorporó y reclamó su boca. Él volvió a detenerla. Sonrió y negó con la cabeza antes de volver a besarla al implacable ritmo que había impuesto. Bea protestó ansiosa. A pesar de que lo estaba pasando bien torturándola, Hugo se apiadó de ella y acarició su rodilla. Dando suaves besos sobre su cuello, fue deslizando la mano por el interior de su muslo hasta perderse entre sus piernas. Ella cerró los ojos y soltó aire poco a poco, dispuesta a entregarse a aquella caricia. Se sobresaltaron al oír tres golpes fuertes. Parecía que alguien estaba llamando a una puerta.

—No es la nuestra —susurró Hugo, alerta.

Los golpes volvieron a sonar.

—Voy a asomarme.

Hugo saltó de la cama y se puso la camiseta antes de salir de la habitación, entrecerrando la puerta detrás de él. Vio a Martín. Estaba frente a la puerta de Iker, con la linterna que tenían para el baño encendida en la mano.

—¿Qué pasa, tío? —le preguntó, armándose de paciencia.

Su amigo no le respondió. La puerta se abrió y apareció un Iker soñoliento que trató de apartar la linterna con la que le estaban apuntando a la cara. Pero Martín le esquivó y le siguió deslumbrando.

—¿Qué coño le has dicho a Paula? —le escupió.

—¿De qué hablas? —preguntó Iker somnoliento, cerrando la puerta de su habitación.

—¿Qué cojones haces hablando con mi novia?

Hugo sintió a Bea acercarse a él. Notó su mano en la espalda y deseó que Martín desapareciese para poder volver a la habitación con ella.

—¿De qué coño va esto, Mart? —dijo molesto.

Martín ni le miró.

—¿Le dijiste a Paula que yo estaba «destrozado»? ¿Que me tenía que dejar porque nuestra relación me estaba «destrozando»?

—No —le cortó Iker—. Yo no dije exactamente...

—Ni exactamente ni pollas. Tú no le tienes que decir una mierda a Paula. —Martín alzó la voz—. ¿Me entiendes?

Sin volverse, Hugo buscó en la oscuridad la mano de Bea. Cuando la encontró, la apretó unos segundos y luego la soltó. Ella tuvo un mal presentimiento.

—Eres un hijo de puta —dijo Martín encarándose con Iker.

—Mira, tío... —Iker cogió aire, tratando de calmarse.

—¡No te atrevas a decir una mierda! —le chilló Martín—. La tienes que liar siempre. Siempre la estás cagando. Nos hemos quedado sin ir al puto concierto por tu culpa. Y resulta que también te has cargado mi relación, porque eres un bocazas y un inútil.

—No —dijo Hugo, sereno, dando un paso al frente—. Tú te has cargado tu relación de mierda.

Había pensado que esta vez sería más rápido que Martín, pero gracias a la falta de luz se comió el puñetazo igualmente y acabó golpeándose contra la pared al caer hacia atrás. Martín fue a darle otro puñetazo cuando Bea se puso en medio. Al verla, bajó la mano, avergonzado. Pero seguía mirando a Hugo con rabia. Ella intentó que se echara para atrás y se alejara de los otros dos.

—Y tú... —Martín se volvió hacia Iker, y le gritó sobre el hombro de Bea— no me vuelvas a hablar en tu puta vida.

Bea siguió guiándole con cuidado hacia la habitación grande. Martín tiró la linterna y entró, se le oyó dar un par de golpes a un mueble. Ella se disponía a entrar detrás de él cuando Hugo la cogió de la mano y negó con la cabeza.

—No está bien, Be —le dijo intranquilo—. No entres ahí ahora.

—No te preocupes. —Bea le sonrió.

Deseó poder darle un beso, pero Iker seguía en el pasillo, así que se limitó a despedirse haciendo un gesto con la mano; se dio la vuelta y se perdió en la oscuridad de la habitación grande.

—¿Estás bien? —le preguntó Iker señalándole la cara.

—Sí —dijo Hugo—. Creo que ahora tengo los dos ojos a juego.

Hugo vio a Iker meterse en su cuarto y cerrar la puerta, escuchó la voz de Valeria al otro lado, sonaba preocupada, pero no pudo entender lo que decía. Él se había quedado solo. Miró la puerta entreabierta de la habitación grande. Se oían susurros dentro, no parecía que Bea fuera a salir pronto. Decidió echarse un rato. Abrió la puerta de la habitación de Germán y escuchó un sonido parecido al de una sierra de calar atascada. Germán dormía a pierna suelta, no le había despertado el escándalo que acababan de montar. Y roncaba como un demonio. Cerró la puerta de nuevo y bajó al salón. Sacó una cerveza de la nevera y se recostó sobre el sofá. El puñetazo había sido peor de lo que les había dejado ver a Bea e Iker, y el cansancio le pesaba. Mientras apoyaba la botella fría con cuidado sobre el golpe de la cara, vio la manta de Bea tirada junto a la puerta. Se le había debido de caer. Hacía algo de frío, así que la recogió y se tapó con ella.

Ahí estaba, en un incómodo sofá, bajo una manta que olía a tabaco y solo, cuando hacía menos de quince minutos estaba en el paraíso. Abrió la botella contra el pico de la mesa y dio un buen trago, maldiciendo su suerte. Había cerrado ya los ojos cuando escuchó la puerta de la habitación grande cerrarse. Por algún extraño motivo eso le hizo sentir una punzada en el pecho.

22

Martín llevaba un buen rato hablando. Había pasado de que apenas se le entendiera por lo furioso que estaba a que pudiera pronunciar la palabra *Iker* sin dar un golpe en la cama. Poco a poco, Bea había logrado que se calmara, tan solo escuchándole, pero él se aferraba a aquel enfado porque era mejor estar furioso que destrozado.

Ahora tenía apoyada la cabeza sobre el regazo de Bea, y ella le acariciaba el poco pelo que le había quedado después de raparse.

—Crees que soy un imbécil y no tengo razón en nada, ¿verdad? —dijo Martín al acabar su disertación sobre las relaciones, la amistad y lo que había pasado hacía un rato en el pasillo.

Bea se movió un poco. Tenía la espalda colocada sobre el cabecero de la cama, y como este era de forja, estaba usando una almohada para no clavarse las barras en la espalda. Aun así, estaba incómoda.

—Creo que no te equivocas en lo que sientes, Mart. —Se inclinó y le dio un beso en la frente—. Pero sí en cómo lo estás gestionando.

Esperó a ver cómo digería sus palabras antes de continuar.

—Le dije a Iker que no hablara con Paula...

—Es que eso no se hace, Be.

—Espera —dijo ella dejando de acariciarle—, le dije que no hablara con Paula porque pasaría esto.

—¿Que me dejaría?

—No, que no te sentaría bien. Le dije que al final toda la mierda y toda la culpa recaería sobre él. Y que podía incluso perderte.

Martín rumió pensativo.

—Tú sabes que tu relación con Paula estaba condenada —dijo Bea. Le puso un dedo en la boca cuando él trató de hablar—. Lo sabes desde hace meses. Nunca te rindes, y eso a veces es bueno, pero hay cosas que no podemos cambiar. Hay cosas que solo podemos aceptar. Mart, tú sabías que estaba perdido. Pero estabas desesperado y has estado rebañando semanas con ella, días, horas.

—Daría lo que fuera por un minuto más con ella —dijo Martín, roto. Estaba demasiado cansado como para volver a llorar.

Bea volvió a acariciarle la frente con cuidado.

—Seguir así con ella te estaba matando, y tú lo sabes. Y eso no es lo que te dejaba hecho mierda cada vez que la veías. Lo que te destrozaba era ver cómo a ella también le estaba matando. Ibais a aguantar hasta el final costase lo que costase. Estabais atrapados en una casa ardiendo, y no ibais a salir hasta que el fuego os matara del todo.

—¿Era tan obvio?

—Todos lo veíamos. Estábamos preocupados, pero si ninguno hemos dicho nada es porque era vuestra elección salvaros o quedaros y arder con los restos. —Bea suspiró—. Iker es distinto.

Martín no decía nada, ni para bien ni para mal. Bea lo interpretó como una señal positiva.

—Iker no soportaba verte así. Por eso se metió, a pesar de saber que el fuego también le alcanzaría a él. Es el más inconsciente, pero también el más valiente de todos.

—Y el más torpe.

—Bueno... —rio Bea—, al final lo importante de este viaje no era Metallica, era estar contigo y que te distrajeras de alguna forma.

—No, era Metallica.

—Si el concierto te importara tanto, te habrías ido con los señores del coche que olía a pino. Si a mí me importara tanto, les pediría mañana a mis amigas que pasaran a buscarme, y me compraría una entrada de reventa.

—¿Mañana?

—Bueno... —Bea trató de mirar la hora, pero su móvil no estaba cerca—. U hoy, no sé qué hora es. Estas pillaron entradas para el segundo día. Yo no compré porque no tenía un duro.

Martín se acurrucó y no dijo nada en un buen rato.

—Mart, sé que te vuelve loco no entender lo que ha pasado. Sé que buscas una respuesta e interrogas a Paula, y te aferras a lo que

Iker pudo o no decir porque necesitas una explicación. Necesitas un culpable. —Bea vio que estaba receptivo y siguió—. Pero estas cosas a veces tienen explicación, y otras veces simplemente pasan.

Esperó una respuesta, pero Martín se limitó a mirar al frente sin decir nada.

—Lo que estás pasando no es fácil, y lo entendemos. Yo lo entiendo. Iker lo entiende. Estará ahí para recibir tus disculpas mañana. Dentro de un mes o dentro de diez años. Eres tú quien decide cuánto tiempo vas a perder enfadado con él.

Martín cerró los ojos y a los pocos minutos notó por su respiración que se había quedado dormido. Con extremo cuidado salió de debajo de su cabeza, poniendo una almohada para sustituir su regazo. Entonces se dio cuenta de lo mucho que le dolía la cabeza. Se apretó los ojos con la mano y se apoyó con cuidado en una almohada. Notó que la frente le palpitaba, y eso no iba a dejarla dormir, así que buscó con la mirada su mochila; por fortuna, era de las pocas que no había cambiado de habitación aquella noche. No la encontró porque la vela apenas iluminaba, estaba a punto de consumirse. La vela que ella había encendido cuando llegó a la habitación con Hugo.

Cogió el móvil para mandarle un mensaje. Pensó en escribirle algo como «¿Estás bien?», o quizá: «¿Qué tal tu ojo?», que sonaba más neutro. Bea y Hugo, por no ser, no eran ni amigos, pero era innegable que tenían un asunto pendiente que resolver. ¿Le debía escribir? ¿Era demasiado tarde? Resopló. No le gustaba estar en esa situación. Odiaba tener que medir los mensajes que enviaba. Tener que contar palabras, signos de exclamación y emojis. Cuando trató de desbloquear el móvil, se dio cuenta de que, por fortuna o por desgracia, no tendría que pensar si poner un emoji o no. El móvil estaba sin batería.

La cabeza le iba a estallar.

A tientas, encontró la mochila, cogió un ibuprofeno y bajó las escaleras de puntillas para ir a la cocina. Después de beber y coger un vaso de agua para subirlo a la habitación, se dio cuenta de que Hugo estaba durmiendo en el sofá. Su primer impulso fue ir a darle un beso. Solo había dado un paso cuando se detuvo. Se sintió ridícula. ¿Por qué iba a hacer eso? ¿Por qué sentía ganas de acurrucarse a su lado? No tenía ningún sentido.

Se quedó parada en medio del salón, con el vaso de agua en la mano sin saber qué hacer. Estaba bloqueada. No podía ir hacia él, pero su cuerpo se negaba a volver a la habitación. Un ruido de madera crujiendo la sacó de ese estado. Sintió un escalofrío y trató de convencerse de que el único motivo de que quisiera acurrucarse con él era una peligrosa combinación de su libido y el inesperado frío que hacía esa noche. Regresó a la habitación grande, Martín se había movido y ahora ocupaba toda la cama. No le apetecía dormir cerca de él, y menos después de toda la bilis que le había oído soltar, y mucho menos le apetecía tener que pelear por un poco de cama. Sonrió al pensar que Iker y Valeria estaban en la habitación del fondo. No habría apostado un duro por ello cuando los vio juntos por primera vez aquella mañana. Abrió la puerta de la habitación del medio. Germán dormía como un angelito, sin hacer apenas ruido. Cubierto por una sábana con un estampado de aviones. Se había hecho hasta una trenza perfecta para que no se le enredara el pelo. Bea se tocó las puntas de su propio pelo, era como tocar briznas de paja. Tenía que acordarse de pedirle consejo al día siguiente. Se acostó en la cama de al lado y no tardó en quedarse dormida.

23

Hugo se despertó cuando el sol asomó por el horizonte, con mucha energía y de muy buen humor. Salió de la casa para contemplar el amanecer y se encontró con Santi. Le ofreció que fueran a correr juntos. El muchacho le miró como si estuviera loco, pero a los pocos minutos se había puesto unos pantalones cortos y una camiseta vieja de Naruto para acompañarle.

Villamierda sería un pueblo perdido en medio de la nada, con cortes de electricidad y sin un servicio de grúas decente, pero eso tenía sus ventajas. Lo único que se escuchaba aquella mañana era a los pájaros cantar y el sonido de los árboles meciéndose con la brisa. De día, el paisaje que tenían alrededor era digno de ser un fondo de pantalla. Un horizonte infinito de tonos pardos, salpicado de verdes y un azul en el cielo que se hacía más intenso por momentos. Allí se respiraba paz.

El aire estaba tan limpio que Hugo habría seguido corriendo toda la mañana. Desafortunadamente, el pobre Santi no aguantó el ritmo mucho rato y volvieron pronto a la casa.

Martín no despertó tan animado, y los remordimientos cayeron como un peso sobre sus hombros cuando se cruzó con Hugo. La cara de su amigo era un poema. Lucía una extraña combinación de tonos amarillos, verduzcos y, sobre todo, morados. Ni siquiera iban a juego, la paleta de colores era distinta en cada ojo. Y Martín era más que consciente de que aquello era culpa suya.

—Las pibas se derriten con estas cosas. —Hugo sonrió y se señaló la cara, tratando de restarle importancia.

—De verdad que lo siento —dijo Martín, visiblemente abatido.

Hugo le dio una palmada en la espalda.

—Por cierto —dijo Martín sonrojándose—. A ver, anoche hablando con Be... —Se llevó las manos a la cara sonriendo avergonzado.

—¿Qué pasa? —interrogó Hugo. De repente estaba impaciente.

—Me di cuenta de una cosa y... me vais a matar. O no. No lo sé.

—¿De qué?

—Pues... —Se tapó la cara con las manos de nuevo. Rio. Separó un poco un par de dedos para mirar a su amigo a través de ellos—. No miré las entradas cuando me las dieron, porque no sabía que Metallica tocaba dos días seguidos en Bilbao.

—No... —A Hugo se le puso un ojo como un plato. El otro ojo no se podía abrir tanto.

—Sí.

—No.

—Sí. —Martín le cogió por los hombros emocionado.

—No... —Hugo negó con la cabeza, boquiabierto.

—Sí —dijo Martín—. Tenemos entradas para el ¡¡¡segundo!!! día.

—¡Sí! —exclamó Hugo doblando el brazo y apretando el puño.

Se abrazaron, gritaron de alegría y ejecutaron sin demasiada precisión diversas danzas tribales de celebración.

—Si hubiéramos llegado ayer..., nos habríamos quedado en la puerta como unos idiotas —dijo Hugo cuando se calmaron.

—Sí. —Martín se rascó la nuca, avergonzado.

—Si no llega a ser por Iker...

—Siempre me está salvando el culo —suspiró Martín con tristeza. Torció el gesto, estaba totalmente hundido.

Hugo habría preferido verlo enfadado antes de verlo tan triste.

—Tío, eres un puto desastre. —Le agarró con fuerza y le dio un sonoro beso en la coronilla rapada—. ¿Se lo has dicho a alguien más?

—Solo he visto a Germán. No se ha sorprendido en absoluto, según él estaba escrito en las estrellas que iríamos. Ha dicho que Odín no iba a fallarle. —Negó con la cabeza—. Ahora está fuera haciéndose selfis con las vacas.

—Qué personaje... —dijo Hugo riendo—. ¿Sabe hacerse selfis?

—Ayer le estuvo enseñando Valeria.

Se oyó a Delicia canturrear por el pasillo mientras se acercaba. Hugo le había contado que se había golpeado la cara al ir a oscuras al baño.

—Ay, con lo buen mozo que eres y ahora tienes la cara hecha un mapa. No te van a querer ni las viudas. Ven, anda, siéntate.

Se sentó obediente. Delicia hizo que echara la cabeza para atrás, le aplicó perejil machacado sobre los moratones y luego unas rodajas de patata cruda por encima.

—Lo podemos meter en el horno tal cual —bromeó Martín al verle así.

—¿Ya tienes hambre? —dijo la mujer, alarmada—. Ay, claro. Si ayer casi ni me cenasteis, criaturillas. ¡Santiago!

—¿Qué? —gritó Santi desde otra habitación.

—¡Baja al pueblo a por churros, que voy a hacer chocolate caliente para desayunar!

El estómago de Martín dio un salto de alegría. Santi apareció en el salón arrastrando los pies.

—¿Tienen porras? —preguntó Martín—. A Be le vuelven loca.

—No, en Villamiel solo hay churros —dijo el chico—. Para comprar porras hay que ir a Valdenéctar.

—Pues vamos en la moto —dijo Hugo quitándose patatas de la cara.

—No sé usarla —susurró Santi para que no le oyera su abuela.

—Te enseño. —Hugo se puso de pie y se comió un trozo de patata cruda.

Al salir se encontraron con Germán. Estaba en el corral observando a las gallinas con fascinación.

—Santi —le llamó Germán—, ¿cómo se llama esa gallina *to* guapa que tiene las plumas de la cola oscuras?

—Las gallinas no tienen nombres —contestó Santi.

—¿En serio? —Germán se indignó—. Qué despropósito. Eso hay que arreglarlo... A ver... Esas dos de ahí son Alex y Wolfgang. Esta de aquí, la que me pica el pie, se llama David Lee Roth.

Hugo soltó una carcajada, en cierta manera le encontró el parecido.

—Y la que va caminando por ahí, la de la cola negra... Esa se llamará Eddie Van Halen. Mírala cómo se mueve. Qué jefa.

—No les pongas nombres. —Santi le miraba extrañado—. Son solo gallinas. Mi abuelo no deja que pongamos nombres a las gallinas.

—¿Por qué?

—Porque te encariñas con ellas.

—¿Y qué tiene de malo? —Germán supo la respuesta casi a la vez que formulaba la pregunta.

—Pues que luego duele más... eh... «deshacerte» de ellas... —Santi trató de ser sutil— para hacer caldo.

Germán, que estaba en cuclillas, perdió el equilibrio de la impresión y tuvo que sentarse. David Lee Roth le picó en el brazo.

—No, no. —Germán miró horrorizado al chico y señaló a la gallina de la cola negra—. No puedes hacer caldo con el mejor guitarrista de la historia.

Como Hugo sospechaba, Santi sí sabía cómo se usaba la moto. Su abuelo le había explicado varias veces cómo manejar aquella moto de campo, pero el chaval no se había atrevido a cogerla solo. Aunque no fue fácil para Hugo convencerle, tras un par de consejos, Santi accedió a llevar él la moto y llegaron enseguida al otro pueblo.

Valdenéctar era bastante más grande que Villamiel. No había demasiada gente en la calle, aunque sí que había algo de cola en la churrería. Hugo pidió a Santi que fuera a por las porras mientras él iba a comprarle algo a Delicia.

—Están las chicas de ayer dentro —dijo Santi mirando con aprensión al interior del local—, las que estaban en la gasolinera.

—Ignóralas.

—No quiero ignorarlas.

—No —rio Hugo—, lo que no quieres es que te ignoren a ti.

—Sí. —Santi se limpió las manos, nervioso, en su camiseta de Minecraft.

—Pues eso, ignóralas —repitió Hugo. El chico le miraba como un conejo al que han dado las largas—. A ver, ellas «mandan» aquí, ¿no?

—Son las más guapas del pueblo.

Hugo miró a su alrededor. Toda la gente que pudo ver había sobrepasado hacía años la edad de jubilación. Aquellas chicas no debían de tener mucha competencia.

—No van a entender que alguien pase de ellas. Ni las mires, eso las desconcertará.

—¿De qué me sirve eso?

—Querrán que les hagas caso —explicó Hugo—. A partir de ese momento, tú decides cuándo les haces caso y cuándo no. Si se meten contigo, las ignoras; si son educadas, las miras; si son amables, puede que te dignes a saludarlas.

—No se van a dar ni cuenta de que estoy.

—Ya les gustaría. —Hugo señaló el local—. ¿Es churrero o churrera?

—¿Quién?

—El que atiende la churrería.

—¿La Carmen? —Santi estaba confundido—. Es churrera.

—Perfecto. Pues entra ahí, sé muy educado y, mientras te atiende, dile que está preciosa, y guíñale un ojo.

—Tiene ochenta años.

—Mejor. Así lo mismo te regala un par de porras.

Hugo encontró una floristería abierta y compró un ramo enorme de flores para Delicia. Mientras esperaba a Santi, buscó a través del móvil albergues en Bilbao para esa noche.

Minutos después estaba llamando a su amigo Marcos. Le conocían porque él también salía por El Ariel.

—Hey, ¿qué tal? —dijo Hugo cuando le oyó descolgar.

—Buenos días, *killer.* —La voz de Marcos sonaba dolorosamente resacosa—. ¿Qué pasó ayer? No te vimos en el concierto, no os vimos a ninguno.

—¿Qué no pasó ayer? —exclamó riendo Hugo—. Pasó de todo. Se me jodió la furgo porque le echaron gasolina en vez de diésel, la grúa no tenía bomba, mi seguro en general es una mierda... Una locura. En resumen: nos quedamos tirados en un pueblo perdido y no pudimos llegar a Bilbao.

—¿En serio? —Marcos ahogó un bostezo—. Joder, qué putada.

—Pero no eran entradas del viernes, eran para el segundo día.

—¿Para hoy?

—Sí, esta noche —dijo Hugo sonriendo.

—Joder, qué suerte. Pues me alegro porque anoche dieron un bolo increíble, aunque al final llovió muchísimo.

—De puta madre. —Hugo no podía esperar a ver la cara de Bea cuando recibiera la noticia.

—¿A qué hora llegáis? Nosotros salimos de aquí a la hora de comer, no sé si coincidiremos.

—Bueno, aún tienen que arreglar la furgo..., pero lo vemos. Te quería pedir un favor.

—¿Qué pasa?

—Os habéis quedado en el camping que está al lado, ¿no?

—Sí, claro —dijo Marcos—. Éramos un huevo de peña, ha sido divertido. Casi todo el camping está lleno de gente que veníamos al concierto. ¿Por?

—Está jodido encontrar albergues hoy, pero sí hay plazas en el camping. Si nos dejáis algunas tiendas, nos salváis el culo.

—Claro. Así nos ahorramos recoger. ¿Cuántas tiendas necesitas?

—Yo diría que tres si son pequeñas. Somos seis.

—Sin problema. Os las podemos dejar montadas y todo. Por cierto, hay un colchón grande y una tienda cojonuda, déjaselas al Mart. Está Be con vosotros, ¿no?

—Sí, está aquí. —Hugo trató de que Marcos no notara que sonreía.

—Pues a ver si se la tira de una vez.

La sonrisa desapareció de su cara.

—¿Cómo?

—¿No cortó con Paula la otra noche?

—Sí. —Hugo titubeó—. Sí, lo han dejado.

—Pues eso, Be ya tiene vía libre.

Hugo tragó saliva, no supo qué decir durante unos instantes.

—Sería raro, ¿no? Son amigos.

Se escuchó una carcajada al otro lado del teléfono.

—¿Hola? ¿Estoy hablando con Hugo? Un tío y una tía no pueden ser amigos. Joder, es tu frase tío. Mart tiene a Be en la reserva. Joder, ¿no los has visto nunca juntos? Todo el día uno encima del otro.

—Ya.

—Y Be no sale con nadie desde que le conoce. No aguanta a un tío más de dos semanas... Eso es que está al rebote con Mart.

—Eso no lo sabía.

—Además, le viene bien, tiene que estar hecho mierda.

Hugo se distrajo pensando en Martín y Bea y dejó de escuchar por unos segundos.

—No ha parado de preguntar por ti —dijo Marcos.

—¿Quién?

—Erica, coño. La ex de Ángel. La muy *groupie* se ha comprado entradas para los dos días.

—¿Ah, sí? —Hugo trató de parecer interesado.

—¿Ah, sí? —le imitó Marcos—. Estás muy empanado.

—Eh..., ya. No he dormido demasiado.

—El que no ha dormido he sido yo. Voy a ver si aprovecho un rato. Venga, hasta luego.

Hugo enganchó el ramo de flores en el manillar y se sentó en la moto. Le habría venido bien un cigarro en ese momento. De golpe había desaparecido toda la energía con la que se había despertado, incluso le molestaba la espalda por haber dormido en el sofá. ¿Cómo podía haber estado tan ciego? Los había tenido delante los últimos dos días y era más que obvio. Bea no quiso hablar con Hugo en El Ariel hasta que no le habló de Martín, solo accedió a irse en el coche de los señores para ayudar a Martín. Cómo se abrazaban. Cómo se cogían de la mano en el coche. Ella haciéndole cosquillas. Eso sin contar con el incidente de la noche anterior. Le vino a la memoria el sonido de la puerta de la habitación grande cerrándose. Sacudió la cabeza. Era muy poco probable que hubiese pasado nada, y no veía tan claro como Marcos que entre Bea y Martín fuera a suceder algo de forma inmediata, pero era innegable que existía esa posibilidad. Posibilidad que se vería muy afectada si él seguía haciendo el tonto con Bea, algo que le gustaba demasiado. Sintió ganas de gritar.

—Hugo. —Santi regresó. Llevaba una enorme bolsa de churros y porras. Resplandecía de felicidad.

—¿Nos vamos? —dijo Hugo cogiendo el casco.

—¿No quieres saber qué ha pasado?

—Sí, claro —mintió soltando el casco.

—Pues, he saludado a la Carmen nada más entrar, y le he dicho lo que me dijiste. Se me había olvidado que tenía que saludarla cuando me atendiera. —Santi estaba muy acelerado—. Me ha dado mucha vergüenza, pero se ha reído y me ha dado las gracias. Me ha preguntado por mi abuela y ha estado muy maja. Me ha regalado las porras.

—Genial. —Hugo apenas le escuchaba.

—Y me ha presentado a su nieta. Llegó al pueblo la semana pasada y se aburre mucho. Me ha pedido que le enseñe el pueblo. —Santi estaba entusiasmado—. Hemos estado hablando mientras esperaba la cola y... Es preciosa, Hugo, ella sí que es preciosa de verdad. Se llama Sofía —suspiró—, y quiere que le enseñe el pueblo. Voluntariamente, ¿eh? No solo porque su abuela la obligue. Y juega al Minecraft.

—Bien, chaval. —Hugo fingió entusiasmo—. ¿Tienes su número?

—Sí, tengo el número de Sofía —suspiró Santi, y murmuró—: Sofía.

—No les pongas nombre —gruñó Hugo.

—¿Por qué? —preguntó Santi contrariado.

—Luego te encariñas —la voz de Hugo era amarga—, y duele más deshacerte de ellas.

24

El dolor de cabeza de Bea había desaparecido por la mañana. Se dio la vuelta, la otra cama estaba vacía, Germán ya se había despertado. Miró a su alrededor. Había estanterías con libros juveniles, y varias maquetas de aviones, pero ningún reloj a la vista. La luz entraba a raudales por la ventana; debía de ser tarde. Estaba muy relajada. Había dormido bastante bien. Cerró los ojos. Su piel aún recordaba las manos de Hugo recorriéndola. Se acarició los labios mientras rememoraba los besos de la noche anterior y no pudo evitar sonreír.

Salió de la cama y antes de abrir la puerta se colocó bien aquella antigua camiseta, se quitó las legañas y se volvió a hacer la coleta. No le apetecía que la viera hecha un desastre. De puntillas fue a la habitación grande, Martín ya no estaba allí. Encontró su móvil, ya estaba totalmente cargado. Mientras lo encendía aprovechó para ir al baño y lavarse la cara. Después volvió a esconderse en la cama en la que había dormido. Tenía muchos mensajes y notificaciones, pero ninguno era de Hugo. Eso hizo que se sintiera decepcionada. Ojeando las redes sociales se dio cuenta de que Hugo había subido una foto a Instagram del amanecer. Sin ninguna descripción. Era precioso. Miró por la ventana, pero era demasiado tarde para verlo en directo. Habría estado bien verlo con él. Sí que tenía mensajes de Martín.

Marteen

09:10 **Martín:** Siento mucho la chapa de anoche.

09:11 **Martín:** Gracias por aguantarme, como siempre.

09:11 **Martín:** Y gracias por decirme la verdad. Tienes razón en muchas cosas, B.

09:11 **Martín:** No te merezco.

09:12 **Martín:** Cuando leas esto, no grites por si queda alguien más durmiendo.

09:12 **Martín:** Porque, bueno, creo que sigues sobando, pero no puedo esperar más a decírtelo: la cagué y las entradas de Metallica son para hoy no para ayer. Vamos..., que VAMOS A VER A METALLICA ESTA NOCHE

Sus manos soltaron el móvil y se pusieron a aplaudir solas. Las detuvo, no fuera a ser que despertara a alguien. Hundió la cara en la almohada y gritó de alegría. No podía esperar a ver a los demás para celebrarlo. No podía esperar a ver a Hugo y abrazarle. Su corazón se detuvo. No era posible, no podía estar pasando. Dejó que pasaran unos segundos para poner en orden su cabeza, pero eso no ayudó. Tenía todos los síntomas. Sintió vértigo, todo daba vueltas a su alrededor. Tuvo que obligarse a respirar despacio y tratar de calmarse, para que no la dominara el pánico.

Ignorando los mensajes de su grupo de amigas escribió directamente a Cecilia.

Ceci ♥ ♥

10:05 **Bea:** Ceci te necesito.

Cecilia no contestaba. Bea tuvo que apoyar la pierna en el suelo porque le temblaba. Cerró los ojos cuando notó que se le estaban llenando de lágrimas. Estaba muy angustiada.

10:07 **Cecilia:** Hola! Qué tal por allí?

10:07 **Bea:** Bien, bueno. El viaje bien, divertido. Esta gente es de puta madre. Al final llego mañana porque el concierto es esta noche.

10:08 **Cecilia:** Guay, gracias por avisar. ¿Por qué me necesitas?

10:08 **Bea:** Te vas a enfadar...

10:09 **Cecilia:** Es Hugo entonces.

10:09 **Bea:** Sí...

10:09 **Cecilia:** Te lo has tirado?

10:09 **Bea:** Nooo.

10:09 **Cecilia:** Pero quieres.

10:10 **Bea:** Joder, sí.

10:10 **Cecilia:** Jajaja, cómo te conozco. A ver, eres una mujer adulta, date un capricho.

10:10 **Cecilia:** Si luego hace alguna gilipollez, le partimos las piernas y ya está.

10:10 **Bea:** Jaja.

Bea no se había reído en realidad, miraba el teléfono con ansiedad.

10:10 **Bea:** Ceci..., estoy muy rayada.

10:10 **Cecilia:** Cuál es el problema?

10:10 **Bea:** Me pone bastante.

10:10 **Cecilia:** Eso es un problema?

10:10 **Bea:** No, espera.

10:11 **Bea:** No es solo eso...

No podía escribirlo, no quería escribirlo. Eso haría que fuera más real.

10:12 **Cecilia:** Te estás pillando.

10:12 **Bea:** No.

10:12 **Bea:** Puede.

10:14 **Bea:** Ok, sí.

10:14 **Cecilia:** Iba a pasar tarde o temprano...

10:14 **Bea:** Cómo que iba a pasar? Con este tío, cómo iba a pasar??

10:14 **Bea:** Tía es un chulo.

10:14 **Bea:** Un machista.

10:14 **Bea:** Un presuntuoso.

10:14 **Bea:** Un tocapelotas.

10:14 **Bea:** Un superficial.

10:14 **Cecilia:** A mí no me tienes que convencer, a quien le mola es a ti.

10:14 **Bea:** Un creído...

10:14 **Cecilia:** Algo más habrás visto.

10:14 **Bea:** Nada, es una persona horrible.

10:15 **Bea:** Está muy bueno.

10:15 **Bea:** Besa que te cagas.

10:15 **Bea:** Pero no es normal encoñarse en tan poco tiempo, no entiendo qué cojones ha pasado.

10:15 **Cecilia:** Yo sí. Ha pasado lo que iba a pasar tarde o temprano.

10:15 **Cecilia:** Lo que te dije que pasaría, y lo peor es que ha pasado con alguien así.

10:16 **Bea:** Yo no quería esto. Te juro que yo no quería que pasara esto.

10:16 **Bea:** Estoy muerta de miedo, Ceci. No sé qué hacer.

10:16 **Bea:** Le he mandado mil veces a la mierda y no funciona.

10:16 **Bea:** Si me lo tiro, fijo que pasa de mí, porque al final es lo único que busca. Pero y si eso me hace sentir peor?

10:16 **Bea:** Joder, qué hago?

10:17 **Bea:** Me estás mandando una nota de voz??

10:17 **Bea:** No te enfades conmigo ahora :_(

10:19 **Cecilia** (nota de voz): A ver, Be... Haz lo que te apetezca o haz lo contrario, pero no me preguntes qué hacer, no me cargues eso a mí. Es tu decisión. Ya sabes mi opinión. No sobre este pavo en concreto, sino sobre lo que has estado haciendo desde que dejaste al miserable ese. Lo hemos hablado mil veces. Vives en la puta tibieza emocional. Tu discurso de "Paso de relaciones..., solo rollos de una noche..., paso de abrirme a nadie..." habrá a quien le funcione, seguro que al Hugo este le va de miedo..., pero a ti no te funciona. Tú no eres así. Be, a ti te sale amor por todos los poros, ¡lo sabré yo! Tus amigas te adoramos por eso. Por eso, tu idea de mierda de cerrarte a sentir algo con los tíos, usando tu seudociencia sentimental, se ha vuelto en tu contra. ¿De verdad pensabas que liarte con tíos con los que no hubiera demasiada química, para así poder controlar la situación, te iba a funcionar para siempre? Crees que estás a salvo, que has levantado una muralla impenetrable. Pero siento darte la noticia: no existen las murallas impenetrables. Si me hicieras un poquito de caso con mis chapas de historia, lo sabrías. De la historia se pueden aprender muchas cosas. En fin, que te has confiado y era cuestión de tiempo que alguien atravesara tus defensas. Y mira..., con todos los tíos guais que conoces, ha tenido que ser el capullo ese... En fin. Para mí está bastante claro. ¿Sabes a quién le tienes que dar las gracias de todo esto? A tu amigo Mart. Porque Hugo entró dentro de tu muralla en el momento en el que Mart te dijo que estaba enamorado de ti, disfrazado de "como él es el que está enamorado de mí y me cae mal, soy yo la que tengo el control". Tú sabes que los tíos como él no se enamoran, pero te lo tragaste porque necesitabas creer algo así. Que no es malo, ¿eh? A todos nos gusta sentirnos especiales. Así que ha entrado disfrazado de "pobre chico enamorado". Vamos, ninguna estrategia megasofisticada, un caballo de Troya cutre de toda la vida. Y, bueno, ya te habrás dado cuenta, pero los tíos como Hugo no entran, roban y se van. Los tíos como Hugo son guerreros sedientos de gloria que cuando entran en una ciudad arrasan con todo. Con todo. Ahora mismo, Be, estás muy jodida. Así que mándale a la mierda o tíratelo, de cualquiera de las dos formas te vas a deshacer de él. Pero hazlo ya, antes de que sea peor. O sigue jugando a pensar que estás a salvo, que tienes el control, hasta que todo reviente. Como ya te he dicho es tu decisión. En fin, quizá he sido muy dura. No te molestes. Te quiero, Be, y sabes que me alegraré si estás bien y que estaré ahí para recoger tus pedazos si eliges mal.

Bea escuchó la nota de voz presa de la ansiedad. No se mordía las uñas, se mordía los dedos.

Ceci ❤ ❤

10:21 **Bea:** Vale, ya la he oído, puf...

10:21 **Bea:** Gracias Ceci.

10:21 **Bea:** Tú y tus metáforas... jajaja. Cómo se deshicieron los troyanos del caballo? No lo quemaron o algo?

10:21 **Cecilia:** Ay, Be...

10:21 **Cecilia:** Cuando los troyanos metieron el caballo en Troya, hicieron una gran celebración y se emborracharon muchísimo. Se debieron beber hasta el agua de los jarrones. ¿Te suena?

10:21 **Bea:** No sé de qué me hablas 😛

10:21 **Cecilia:** El whisky con Red Bull de la época...

10:21 **Bea:** 😛

10:21 **Bea:** Bueno, cómo echaron a los griegos??

10:22 **Cecilia:** No los echaron, Be.

10:22 **Cecilia:** Los griegos arrasaron la ciudad.

El teléfono empezó a sonar. Bea dudó si cogerlo. Al cuarto tono descolgó.

—¿Estás bien? —La voz de Cecilia sonaba al otro lado—. Creo que me he pasado de honesta y olvidaba que estas cosas te dan pánico.

Bea tenía un nudo en la garganta y no podía hablar.

—Solo estás encoñada, no es el fin del mundo. Eres lista, has aprendido mucho y no estás sola. ¿Vale?

Asintió.

—No te oigo, Be.

—Vale.

—Son solo hormonas.

Bea colgó algo más tranquila. Cecilia tenía razón, lo que había pasado no era para tanto, pero se podía poner feo, así que iba a cortar aquello de un modo u otro. Solo tenía que decidir cómo lo haría.

Revisó el resto de los mensajes.

J0v3n3s&bruj4s

20:50 **Camino:** B, qué tal es el sitio?

20:51 **Camino:** Se puede meter comida? Y alcohol?

21:04 **Camino:** Se puede pillar alcohol dentro? Qué precio?

21:09 **Camino:** Hay mucha cola?

21:09 **Camino:** B, no te pongas en primera fila sola...

22:47 **Camino:** B??

22:55 **Lara:** B, deja de follar un minuto y contesta.

22:56 **Eli:** Lara, tía, siendo B... fijo que está haciendo de paquete de kleenex para Mart.

22:56 **Lara:** Qué cerda eres, tía, qué poco sutil.

22:57 **Eli:** Me refiero a que le estará consolando.

22:57 **Lara:** Ya, ya sé a lo que te refieres con... "consolando"

22:57 **Eli:** ...

22:57 **Lara:** B..., no seas una pringada y "consuela" al machirulo, que seguro que has herido su frágil masculinidad.

22:58 **Camino:** Joder, Lara, a ver si pillas de una vez, que estás que te subes por las paredes.

22:58 **Lara:** Me dicen por aquí que Ivanka no va al concierto, ¿qué harás, Caminito?

22:58 **Raquel:** Jajajajajajaja.

22:59 **Lara:** Tú ríe, Raquel, que mañana te vas a poner ciega a melenudos de los que te gustan.

22:59 **Raquel:** aaaa Jajajajajajajaja.

23:50 **Eli:** Estará bien B?

23:51 **Eli:** Bueno, guapas, que tengáis buen viaje mañana!

01:12 **Camino:** Tías, he leído que no han tocado ni Enter Sandman ni Nothing Else Matters...

10:28 **Bea:** Os veo hoy en Bilbao..., en el concierto! Ya os contaré...

Se metió en la ducha. Debía de ser la última en hacerlo aquella mañana porque el agua salía fría. Eso la dejó tiritando, pero también la ayudó a despejarse. Antes de secarse ya había decidido que la mejor opción era hablar con Hugo y cortar aquello de raíz de una vez por todas. Tendría que ponerse firme para que la tomara en serio.

Aún les quedaba por delante bastante carretera a la vuelta, iba a ser un poco incómodo. Pero durante el concierto podía irse con sus amigas y evitar cualquier contacto con él. Le generaba mucha ansiedad tener que ser ella la que le pusiera fin, pero era la mejor opción. No podía acostarse con Hugo. Podía parecer la opción más sencilla y, sobre todo, agradable. Él haría todo el trabajo alejándose de ella después. Bea no tendría que dar ninguna explicación. El problema era el coste emocional que eso supondría. Si ya suspiraba por él con solo unos besos, probarlo todo haría mucho más duro cortar aquel vicio. Entre otras cosas, porque la fama que Hugo tenía no era precisamente la de ser un mal amante. Y luego estaba el hecho de que a su orgullo no le sentaría nada bien que fuera él quien perdiera el interés.

Mientras caminaba en toalla por el pasillo, escuchó a Valeria sollozar. Se acercó a la puerta de la habitación de Iker y la abrió con cuidado. Cuando comprobó que estaba solo ella, entró y cerró la puerta.

—¿Qué pasa, Val? —le dijo bajando la voz.

La chica se dio la vuelta para esconder su cara; al principio no dijo nada, pero luego sollozó más fuerte.

—Val, ¿estás bien?

Se sentó a su lado en la cama.

—Sí. —Valeria bajó la mirada—. Es mi mamá, está enojada porque vuelvo un día más tarde.

—¿Quieres que hable con ella?

No respondió.

—Creo que puedo tranquilizarla. También sería buena idea que Delicia hablara con ella; seguro que se entienden bien.

Asintió, seguía sin mirarla a los ojos.

—No es eso, ¿verdad? —dijo Bea al recordar con quién había dormido—. Te pasa algo más.

Valeria hundió la cara entre las manos y ella le acarició el pelo tratando de consolarla.

—¿Es por lo de anoche? —preguntó, algo incómoda—. ¿Por lo que hiciste con Iker?

La chica volvió a asentir y Bea tragó saliva.

—Es mi amigo, pero puedes...

—Iker es muy lindo —la interrumpió Valeria—. No hicimos nada. Nada de nada. —Se echó a llorar otra vez.

—Esto... —No sabía qué decir. Por muy simpática y guapa que fuera esa chica, ninguna autoestima podía soportar dos rechazos en menos de veinticuatro horas—. Bueno, quizá estaba cansado o necesita, no sé, estar más seguro o... —No se le ocurrían motivos creíbles para que Iker hubiese pasado de Valeria.

—Oh, no, Be. No estaba cansado. Le gusto mucho. —Por fin la miró—. Ha estado apuntándome con el bulto toda la noche.

Bea trató de sonreír con dulzura, pero por dentro acababa de sentir un desagradable escalofrío. Era consciente de que sus amigos tenían genitales y vida sexual, pero no era una imagen mental que le agradara.

—Bueno... —intentó encontrar las palabras adecuadas—. La reacción física a veces no coincide con la voluntad de las personas y...

—¡Que ha sido mi culpa! —dijo Valeria perdiendo la paciencia—. Mi culpa, soy yo la que no tiene una reacción física, ni reacción de ningún tipo.

Con delicadeza, mirándola a los ojos y sin dejar escapar ni un atisbo de juicio, Bea le fue pidiendo detalles sobre lo que había pasado la noche anterior. No tardó en averiguar cuál era el problema.

—Val, eso que te ha pasado es muy normal.

—No es normal, no a mi edad. —Estaba desconsolada—. Estoy mal hecha. Estos años solo he pensado en estudiar y estudiar, en ser una buena hija, en ser responsable..., y ahora estoy rota.

—Aunque lo estuvieras, que no lo estás, no sería nada malo. Cada cual tiene su ritmo, lo importante es que hagas lo que te apetece y no te sientas mal...

—Esto me hace sentir mal.

—Porque crees que te pasa algo malo. Val, no todos somos iguales ni sentimos igual, ni deseamos igual, ni al mismo tiempo. Hay infinitas posibilidades, y todas las que no hacen daño a nadie son buenas. Ya encontrarás a alguien a quien desees, que te haga sentir ese cosquilleo, no tiene por qué ser ahora y no tiene por qué ser Iker.

Valeria había dejado de llorar, miraba fijamente al suelo. Se volvió hacia Bea con los ojos irritados por el llanto. Se abrazaron y al hacerlo se le cayó la toalla. Bea se rio algo incómoda mientras se la intentaba colocar de nuevo y cuando lo hizo sintió los labios de Valeria sobre los suyos.

Fue un beso suave y algo torpe. Bea no se apartó. No quería que la besara, pero si iba a ser la tercera persona en rechazarla, tenía que hacerlo con cuidado. Parecía demasiado inexperta para ser quien marcara el ritmo, así que Bea le devolvió el beso tratando de guiarla con los labios. Le tomó con suavidad la cara para que no la moviera tanto. Valeria necesitó apenas unos segundos para pasar de aprendiz a experta.

Esa chica era como un sueño para Bea, una princesa con un cuerpo de infarto y la cara de una muñeca. Además, era buena, despierta y cariñosa. Pero ella no sentía nada. Aquello no era lo que le apetecía en ese momento. Notar su lengua intentando entrar en su boca fue demasiado. La apartó con la mayor delicadeza con la que supo hacerlo, usando las yemas de los dedos para sujetarla por los hombros mientras se alejaba. Tratando, ante todo, de que no se sintiera mal.

Cuando se miraron a los ojos, Bea sonrió. Valeria quiso volver a besarla, pero ella la esquivó lo más sutilmente que pudo. Valeria se volvió contrariada hacia la puerta. Bea fue a decir algo, pero la chica se levantó de un salto y salió corriendo de la habitación. Sin ropa. Bea no pudo salir detrás de ella.

25

Valeria salió de la casa de invitados a toda prisa y con el gesto torcido. Vio a Germán sentado en una banqueta, frente a la casa grande, y se sentó a su lado. Estaba segura de que le contaría alguna batallita metalera. Eso la ayudaría a distraerse. Tenía dos cubos cerca y un recipiente sobre las rodillas.

—¿Alguna vez has pelado guisantes? —le preguntó.

Valeria negó con la cabeza examinando los cubos y Germán procedió a explicarle cómo se hacía. Él tampoco lo había hecho nunca hasta aquel día, pero Delicia le había dado un curso acelerado. Mientras pelaban guisantes, él decidió continuar con el seminario intensivo de *heavy metal*, pero ella tenía la cabeza en otra parte. Repasaba mentalmente los años que había vivido en Madrid. Cómo había tenido que compatibilizar el trabajo en el supermercado con el instituto. Cómo había rebañado cada hora para poder ponerse al día con las materias hasta convertirse en la mejor de su clase. Eso le había ayudado a conseguir una beca para poder estudiar en la universidad. Le habría gustado estudiar periodismo, pero sabía que era muy complicado encontrar un trabajo estable con esa profesión, así que eligió una ingeniería.

Era algo totalmente opuesto a lo que le gustaba, pero la idea de tener un buen trabajo, para ayudar en casa, fue suficiente motivación. Además, no se le daban mal las matemáticas. Tuvo que cambiar de trabajo para reducir el número de horas. Ahora trabajaba los fines de semana en una tienda de aparatos electrónicos. Allí fue donde conoció a Iker. Le encantaba conocer gente nueva, y tenía dos grupos de amigos bien definidos: los de la universidad y los del trabajo. A los de la universidad los veía en clase y en la biblioteca, y a los del trabajo los veía en la tienda. El resto del tiempo lo pasaba estudiando en casa. Poco a poco fue consiguiendo los objetivos que se había propuesto, y vivía tranquila y feliz.

Todo cambió durante las últimas Navidades. El día de Navidad lo pasó con sus primas. Tenían uno y dos años menos que ella, y llevaban una vida muy distinta a la suya. Contaron decenas de anécdotas sobre fiestas, novios y aventuras. Valeria las escuchó fascinada durante horas. Ella solo había visto historias así en las series y novelas. Al final del día se sintió muy mal. Se sintió como un bicho raro. Aceptó la invitación que le hicieron sus primas para ir a una fiesta de Nochevieja en una discoteca. Eso terminó de desorientarla. El día no había empezado bien. Su ropa era apropiada y cómoda para la universidad y la tienda, pero sus primas le advirtieron de que no la dejarían entrar en ninguna fiesta vestida de esa forma. Tuvo que tomar prestado un vestido de fiesta de su madre. Era largo hasta los tobillos, de manga larga y sin escote, además le quedaba algo grande. Cuando salieron de casa, sus primas le hicieron ponerse unos tacones y la maquillaron, tratando de compensar aquella ropa.

Valeria sentía que iba totalmente disfrazada. No podía andar ni moverse bien por culpa de aquellos zapatos. No conocía el sitio, y la gente que vio en la puerta la intimidó. Para su sorpresa, sus primas se movían como peces en el agua en aquel ambiente, eso le dio algo de seguridad y entró en la discoteca.

La música estaba muy alta, apenas reconocía unas pocas canciones. La oscuridad, el ruido y sobre todo la cantidad de gente la asustaron. Así que decidió no beber alcohol para no perder el control en ningún momento. Era peligroso, además, llevando esos tacones. Se le acercaron algunos chicos, pero o la asustaban o no podía oírlos por el ruido. Sus primas le presentaron a uno de su edad que le pareció muy guapo. Pero estaba tan nerviosa que no supo qué hacer, qué decir o dónde poner las manos. Estaba tan nerviosa que no recordaba qué hizo, pero el caso es que él se fue asustado.

Durante su vida había cambiado de país dos veces, de ciudad cuatro, de colegio siete, de amigos un número incontable, pero jamás se había sentido tan fuera de lugar como aquella noche. Se pasó todo el día 1 de enero encerrada en su habitación, llorando. Pero Valeria nunca se rendía. El día 2 se propuso que, si era capaz de aprobar física de segundo curso, también era capaz de poder ir a una fiesta sin sentirse como un extraterrestre. Gracias a internet, pudo ponerse al día con algunas cosas. Escuchaba la música que se pinchaba en discotecas mientras estudiaba. Caminaba por su cuarto con tacones. Aprendió a maquillarse como una profesional, a hacerse la manicura y unos selfis increíbles. Compró ropa de segunda mano que resaltaba su cuerpo. Estudió, sin probarlos, los distintos tipos de cócteles y bebidas alcohólicas que estaban de moda. Leyó decenas de blogs sobre sexo y relaciones sentimentales. Incluso preparó algunos apuntes.

Pero una cosa era la teoría y otra la práctica. Habían pasado los meses, casi la mitad del año, y aún no había salido de fiesta con amigos. Quería hacerlo con alguien que le diera seguridad, y el más indicado era Iker. Cuando este le ofreció una entrada para el concierto de Metallica, no se lo pensó dos veces. No conocía esa música, pero ya la descubriría durante el concierto. Que fuera un viaje fue un contratiempo, pero su madre casi no puso reparos. Se lo debía. Tenía una lista de cosas que tachar durante ese viaje, y lo que más le apremiaba era todo lo relativo a las relaciones con otras personas. Especialmente todo lo referente al sexo. No sentir nada con Iker la había hecho polvo. Se había pasado un buen rato después mirando al techo, tratando de averiguar qué era lo que iba mal. Una de las posibilidades era que fuera lesbiana. Eso la asustó muchísimo; si lo era tendría un gran problema con su familia, su madre se disgustaría, pero al menos sabría que no le pasaba nada malo. Bea le encantaba, le parecía guapa y fascinante. No estaba segura de si quería estar con ella o ser como ella, por eso la besó. El problema era que con ella tampoco había sentido nada. Solo vergüenza.

—¿Quieres verlos? —volvió a preguntar Germán.

Valeria le miró con los ojos muy abiertos, no le estaba escuchado.

—Los selfis, digo, ¿quieres verlos? He hecho muchos, para practicar —dijo él limpiándose la mano en un trapo y pasándole el móvil—. Tú dime cuál le mando a Lu.

—A ver.

Valeria cogió el móvil.

—¿Muchos? Has hecho cuatro... —Puso los ojos en blanco antes de abrir el primero—. Germanito..., pero ¿qué...? —Negaba con la cabeza—. ¡Ay! Pero están muy mal.

—¿Muy mal por qué?

—Ay, pero ¿por qué te haces selfis con vacas?

—Para mandárselos a Lu.

—Ay, no, pelo lindo, no le puedes mandar esto. Se reirá. —Valeria le miró con pena.

—Bueno, eso también es una forma de hacerla feliz.

Valeria no se podía creer que no comprendiera algo tan básico como un selfi, se armó de paciencia y le miró como miraba a los compañeros de clase cuando les iba a explicar alguna ecuación matemática.

—Ay, pero un selfi... Un selfi es una forma de enseñar al mundo tu mejor cara, tu cara más atractiva, de enamorar a la gente. Lu te ama, quiere ser tu esposa. Pero con un buen selfi recordará lo afortunada que es. ¿Quieres que se ría o que desee tenerte cerca?

—Te escucho. —Germán la miró con interés.

—Lo de la vaca, bueno, está chistoso. Puede ser un selfi chistoso, pero tienes que salir bien. Tienes que verte como un galán, un papucho. Desde luego que no puedes hacer las fotos desde abajo.

—Las hice en ángulo como me dijiste.

—¡Pero al revés! Ay. Así estás refeo.

Germán examinó las fotos. Las agrandó, les dio la vuelta. Trató de ver lo que Valeria veía.

—Yo me veo muy bien, el pelo está perfecto.

—No todo es el pelo. A ver, dime, ¿por qué pones esa sonrisa de loco en todas las fotos?

—Tengo buenos dientes.

—No, no, no. —Valeria no se podía creer que Germán se viera bien así—. Tienes bien los dientes, pero así asustas. Tienes que no sonreír o sonreír flojo, como si guardaras un secreto.

Tras seis intentos, Germán logró sonreír como Valeria quería. En ese momento, ella le hizo una foto en el ángulo correcto, desde arriba. Satisfecha, se la enseñó.

—¡Por Crom! Sí estoy guapo, sí. —Asentía con la cabeza, sorprendido—. Diablos, parezco el Axl Rose de joven.

Germán se hizo varios selfis, sorprendiéndose cada vez con el resultado. Se hizo uno con Valeria.

—Ese no se lo mandes a Lu —le advirtió ella.

—¿Por qué no? No se va a creer que haya aprendido solo. Así sabe quién me ha enseñado.

—Pero... ¿no se pondrá celosa?

—Qué va, ella sabe que es mi única.

—Tu única... Eso es muy romántico. —Suspiró como si estuviera leyendo una novela. Luego le miró de reojo—. ¿Y las otras?

—No las ha habido, ni las habrá.

—Ay, eso es muy tierno. —Valeria rio—. Lu hizo que olvidaras a las otras.

—No hubo otras —dijo Germán—. ¿Y sabes qué? Aunque en aquella época estaba algo frustrado, ahora sé que no hicieron falta otras. Tuve que esperar, pero mereció la pena porque la encontré.

—¿A quién?

—A mi princesa.

Eso enterneció a Valeria.

—Entonces ella fue la primera. ¿A qué edad...? —Valeria se dio cuenta de lo inapropiado de la pregunta demasiado tarde.

—Te preocupa ese tema, ¿eh? —Le dio un codazo cómplice—. No debería preocuparte. Pero, bueno, si eso te ayuda... —Germán bajó la mirada y, tras pensárselo unos segundos, contestó—: Ya sabes cómo somos los tíos para eso. Si nos preguntas, todos nos zumbábamos tías a los quince años. La realidad es que, a ver, yo tardé más. A los veintidós. Sospecho que no soy el único, eso que cada cual lo diga. —Se quedó pensativo unos segundos y luego se le escapó una sonrisa traviesa—. Pero recuperé el tiempo perdido. Vaya si lo recuperé.

Valeria se rio y se sonrojó a la vez, mirando los guisantes que tenía en la mano.

—Ella fue la primera —dijo Germán soltando una vaina y mirando al frente— y ojalá sea la última.

Vieron aparecer en el horizonte a Santi y Hugo. Regresaban del pueblo. Cuando llegaron a donde estaban, el chico se burló de ellos por haberse dejado liar por su abuela para pelar guisantes. Según les contó, era lo que le mandaba hacer a él cuando tenía que castigarle. Germán y Valeria se miraron, luego miraron el recipiente de guisantes pelados, estaba casi lleno. Se lo mostraron orgullosos, pero eso no impresionó al chico.

Ella quedó fascinada con el ramo de flores que Hugo tenía en la mano. Él se lo dio y le pidió que se lo entregara a Delicia. Germán quedó fascinado por la enorme bolsa llena de churros y porras que Santi cargaba.

Mientras los demás entraban en la casa grande, Hugo dio un paseo hasta la de invitados. Vio un poco de humo saliendo de una esquina. Se asomó esperando encontrar a Bea. Efectivamente, estaba fumando como una chimenea, hablando por teléfono y paseando, de espaldas a donde él estaba.

—... y, joder, me ha besado.

Hugo se escondió detrás de la esquina antes de que ella se diera la vuelta. Siguió escuchando.

—¿Cuándo? Pues ahora, hace un rato. —Sonaba preocupada.

Escondido, Hugo tragó saliva cuando se dio cuenta de que no hablaba de él.

—No, tía, para nada. Sin venir a cuento en absoluto. Acababa de salir de la ducha, me ha pillado por sorpresa. —Escuchó lo que decía la otra persona al otro lado—. Qué va, al principio sí porque... porque... yo qué sé, no he pensado... Luego ha intentado meter lengua. Me he echado para atrás y se ha pirado sin decirme nada. No sé, tía. Claro, yo tampoco creo que sea el momento, en absoluto. —No dijo nada durante unos segundos—. Lo que yo creo es que quería comprobar si sentía algo conmigo. Pues no sabría decirte, ha sido torpe, algo frío... Pero también ha sido intenso y no sé... Es que no sabría decirte si quería salir corriendo o arrancarme la toalla, ¿sabes?

Hugo había escuchado lo suficiente. Sacudió la cabeza y echó a andar hacia la casa grande, contrariado. Al final Marcos tenía razón sobre Martín y Bea. Era real y era inminente. Ella le gustaba mucho, se moría de ganas de terminar lo que habían dejado a medias la noche anterior, probablemente de repetir unas cuantas veces, y, aunque no se lo reconociera ni a sí mismo, también quería más charlas bajo las estrellas, quería seguir haciéndola reír. Bea le empezaba a volver loco, pero Martín era su mejor amigo.

—Tienes razón —dijo Bea al teléfono, más tranquila—, dejaré que sea ella quien saque el tema si quiere. Le dejaré espacio. Nos vemos esta tarde. Un beso a ti también.

Buscó un cigarro en el paquete de tabaco, pero estaba vacío. Cuando llamó a Camino, le quedaban tres. No se había dado cuenta de cuánto había fumado. Estaba perdiendo el control, tenía que dejar de fumar lo antes posible.

—Be, te estamos esperando —dijo Martín apareciendo detrás de la esquina—. Hay chocolate con churros para desayunar. ¡Y porras!

Bea dio un salto de alegría. El día se había vuelto a arreglar. Estaba segura de que Valeria también se animaría al probar el mejor desayuno del mundo.

—Así que... Esta noche...

—¡Metallica! —exclamó Martín.

Lo celebraron improvisando un breve baile desacompasado. Echaron a andar hacia la casa grande, ante la promesa de un buen desayuno. Entraron en el comedor entre risas, pero enseguida pararon. A pesar de la apetecible fuente repleta de churros y porras, todo el mundo estaba en silencio. Bea fue a sentarse cuando reparó en Hugo, que estaba de espaldas, colocando la vajilla en la mesa. Llevaba una camiseta que favorecía demasiado la musculatura de su espalda. Los recuerdos de la noche anterior regresaron a ella y en solo un segundo descartó el plan que había trazado en la ducha, y decidió que la mejor opción era acostarse con él.

Tendría sus consecuencias y su coste emocional, pero aquel era un problema de la Bea del futuro. La Bea del presente se merecía pasar un buen rato.

Se sentó en una esquina, junto a Germán. Martín se sentó a su lado, lejos de Iker. Los dos amigos ni siquiera se habían mirado. Se sirvieron el chocolate caliente en silencio. Bea esperó a que Hugo se sentara y se sirviera para mirarle. Le dedicó una sonrisa que daba unos alegres «Buenos días» a la vez que arqueaba la ceja sutilmente en un gesto que decía muchas cosas, ninguna de ellas apta para menores de dieciocho años.

Él desvió la mirada, fastidiado. Resopló. Bea, sorprendida, esperó a que volviera a mirarla, pero no lo hizo.

—¿Tenemos plan para esta noche? —preguntó Iker—. Los albergues van a estar hasta arriba.

—No hay casi albergues esta noche con plazas —dijo Hugo—, pero el camping de al lado tiene plazas. —Iker fue a decir algo, pero él se adelantó—. He llamado a Marcos y nos deja tres tiendas, con colchones hinchables y todo. Vamos a dormir como marqueses, Iker.

Que Hugo fuera amable con Iker y ni siquiera mirara a Bea era otra forma de decir que él no tenía un problema en general, tenía un problema con ella. Bea esbozó una sonrisa amarga pensando en lo irónico de la situación. Hacía menos de un minuto debatía consigo misma, pensando cuál sería la mejor forma de deshacerse de Hugo. Ahora sentía una punzada en el orgullo porque él se le hubiera adelantado. Se había convertido en otra chica a la que no llamaría nunca.

También estaba estupefacta. Llevaba el suficiente tiempo soltera como para entender el juego y saber que el interés de muchos amantes se diluye, como azúcar en agua, después del sexo. Pero ¿antes? Ni siquiera había contemplado esa posibilidad. Le picaba el orgullo, y en cierto modo se arrepentía. No por haberse liado con él, sino por haber llorado sobre su hombro. Por haberse abierto así. Por haberle hablado de la culpa que sentía. No había hablado de eso con nadie, ni siquiera con Cecilia.

—Colega, ¿cómo hiciste para aguantar las ganas de despertarnos cuando supiste lo de las entradas? —preguntó Germán a Martín.

—Joder, la verdad es que lo pensé, pero había sido un día muy largo y decidí dejaros dormir un poco más. —Suspiró—. Después solo tuve ganas de llamar a Paula y contárselo. Supongo que solo puedo pensar en ella.

La taza de Hugo golpeó la mesa. Miró a Martín molesto, por un momento pareció que quisiera atravesarle con la mirada.

—¿Qué tal va ese chocolate, mozos? —preguntó Delicia entrando en el salón con un jarrón enorme—. Estas flores son una maravilla, qué bien elegidas están.

—A ver si así cambia su opinión sobre mí. —Hugo le guiñó un ojo.

—Pero ¡qué tunante! —Delicia fue hacia él y le pellizcó la mejilla—. Si tuviera una hija, no dejaría que la rondaras. Un hombre que sabe comprar flores es un hombre que ha tenido que pedir perdón a muchas mujeres.

Hugo puso los codos en la mesa y apoyó la cabeza en las manos, fingiendo estar fastidiado.

—Anda, ven aquí, sinvergüenza —dijo Delicia, dándole tres besos en una mejilla.

Santi canturreaba mientras mojaba churros en su chocolate.

—Se te ve más contento, Santiago. —Su abuela le pellizcó una mejilla.

—Lo estoy pasando muy bien —dijo él sonriendo a sus nuevos amigos.

—¿A que se te ha pasado ya el disgusto con Fer? —le preguntó Delicia.

—Más o menos, es que siempre está igual —gruñó Santi—. Pero, bueno, le llamaré.

Su abuela le dio tres sonoros besos en una mejilla y salió del salón.

—¿Qué te hizo el Fer ese? —le preguntó Germán.

—Me jodió la partida del Animal Crossing. Es un chaval de aquí del pueblo, es más pequeño. Me cae bien, pero siempre la está liando.

—Bueno, no lo haría con mala intención —dijo Iker pensativo.

—Es una verdadera putada —dijo Martín— cuando tienes una partida y te la estropean. —Miraba a Iker—. Porque quizá tu partida estaba muy jodida, pero era tu partida y tratar de salvarla o abandonarla era tu decisión. No la de Fer.

La tensión del ambiente se podía cortar con un cuchillo. Todos habían parado hasta de masticar.

—Eh, claro. —Santi se sintió intimidado—. La verdad es que he empezado una partida nueva, así que...

—Pues, Santi, si has empezado una partida nueva —dijo Hugo mirando a Martín—, quizá deberías dejar de llorar por la anterior.

—El verdadero problema —Germán se volvió hacia Hugo— es que alguien jugó con una partida que no era la suya. Eso no se hace.

—Quizá la partida se merezca una explicación de por qué la dejaste a medias en primer lugar. —Bea miró a Hugo de reojo—. No sé, Santi, se me ocurre que tal vez te dio miedo no estar a la altura.

Hugo soltó una carcajada.

—Pues quizá haya quien no quiere empezar ninguna partida —dijo Valeria con un hilo de voz—. Y no hay nada de malo en ello.

Se hizo el silencio. Todos miraban a la mesa, pero nadie comía. Santi los miraba un poco decepcionado. Carraspeó.

—A ver, no os molestéis —dijo enseñando las palmas de las manos—, pero me parece a mí que no tenéis ni idea de lo que es el Animal Crossing, ¿verdad?

26

No volaron más cuchillos durante el desayuno.

Mientras fregaba los platos, Bea se admiró de lo sorprendentemente bien que llevaba el rechazo de Hugo. Pensaba que le dolería más, y no era así. Además, gracias a aquello se había creado cierto clima de incomodidad entre ellos que le garantizaba que no iba a molestarla el resto del viaje. No se atrevería a hacer ningún comentario sobre su forma de conducir. Respiró profundamente, notando el aroma a limón del lavavajillas, y disfrutó por fin de algo de paz aquel fin de semana.

Valeria se acercó para secar los platos y aprovechó para disculparse. Bea le restó importancia y al momento volvían a estar como antes. Fregaron y secaron en silencio, hasta que oyeron a Delicia barriendo y canturreando «Yo quiero bailar». Sin darse cuenta, la canción se les pegó y empezaron a fregar al ritmo. Segundos después estaban tarareando la canción, y cuando quisieron darse cuenta, la estaban cantando. Se miraron y se rieron. A lo lejos se oían las risas y los gritos de sus amigos, que estaban jugando a la consola con Santi. Con una taza sucia en la mano, Bea se asomó y, antes de hablar, comprobó que Hugo no estaba. Tampoco estaba Martín.

—Mucha casualidad que solo haya mujeres recogiendo —dijo poniendo los brazos en jarra—. ¿Podríais echar una mano?

—Nosotros lo haríamos mal. —La voz de Hugo hizo que le diera un escalofrío, había aparecido por su espalda—. Nuestros genes no nos han dotado de la capacidad de fregar.

Respiró profundamente. No iba a entrar al trapo. Era una clara provocación infantil, y no iba a rebajarse a contestarle. Se dio la vuelta y volvió al fregadero.

—No te vayas así, Beatriz. Hemos manchado todos esos platos para que os divirtierais limpiando. Deberíais darnos las gracias.

La taza que Bea tenía en la mano parecía haber pertenecido a la familia de Santi desde hacía décadas. Eso salvó a Hugo de que se la lanzara a la cara. Metió las manos de nuevo en el agua y eso le ayudó a tranquilizarse. Miró por la ventana el apacible paisaje y respiró profundamente.

—Todo eso lo manché yo. De nada —dijo Hugo detrás de ella, señalando los platos sucios y haciendo que la paz de Bea de esfumara.

Ella tenía el estropajo en la mano, listo para estampárselo en la cara. Cuando se dio la vuelta y sus miradas se cruzaron durante un instante, él fue el primero en apartar la vista.

—Deja que acabe yo —dijo serio, cogiendo el estropajo. Bea había levantado la mano, pero no había llegado a darle—. Mart te estaba buscando. Está fuera.

A Hugo parecía incomodarle estar cerca de ella, pero para fastidiarla no tenía ningún problema. Bea salió y se encontró con Martín, que estaba escuchando música en el móvil y apoyado en el muro de la casa.

—¿Qué querías? —le preguntó.

—No lo sé. —Martín salió de su ensimismamiento—. ¿Qué quiero de qué?

—Me ha dicho Hugo que me estabas buscando.

—¿Yo? No. —Arrugó la nariz—. Bueno, antes de desayunar...

—Qué raro.

Oyeron un claxon sonar. Un destartalado coche rojo apareció por encima de la colina. Tenía una matrícula de las antiguas y paró enfrente de la casa. Se bajó de él un señor mayor que no podía tener la camisa más metida por dentro de los pantalones. Los saludó con la mano y abrió el maletero. Empezó a sacar bolsas.

—¿Qué pasa? —les espetó el hombre con voz correosa—. ¿Que en Madrid no ayudáis a descargar los coches?

Bea y Martín se apresuraron a echar una mano metiendo las bolsas en la casa. Aquel señor era Virgilio, el abuelo de Santi y marido de Delicia. Los chicos se presentaron y agradecieron su hospitalidad y la magnífica cocina de Delicia. Virgilio los saludó encantado, dio dos sonoros besos a las chicas y apretó con fuerza la mano de los chicos. No les soltaba hasta que no hacían un gesto de dolor.

—¿Tú qué eres? ¿Demoníaco? —le dijo Virgilio a Germán.

—Eso me solía decir mi madre —contestó el chico, orgulloso.

—Pero con ese pelo de moza... —dijo el hombre—, ten cuidado con ir a lo oscuro, a ver si algún zagal se va a confundir en las fiestas. Que ojo, que a mí no me parecen mal los mari...

Delicia le dio un pisotón y él sonrió tapándose la boca.

—Maricarmen —dijo, y se volvió hacia una sobresaltada Valeria—, eso iba a decir. ¿Tú no te llamarás Maricarmen?

—No. —La chica sonrió.

—¿Y a ti no te apetece aquí mi nieto?

—¡Abuelo! —protestó Santi poniéndose tan rojo como Valeria.

—Virgilio, por favor —le riñó Delicia—. ¿Por qué no te los llevas a la gasolinera?

—A ver —dijo él—. ¿Quién le ha echado gasolina al monovolumen que hay en mi gasolinera?

—Furgoneta de pasajeros —corrigió Hugo.

—Coche de madre de familia numerosa —respondió Virgilio.

Iker levantó la mano con la cabeza gacha.

—Mira que... —El hombre dobló la lengua dentro de su boca antes de seguir hablando—. Hay que ser madraka para no saber repostar un coche. Seguro que conduces ese monovolumen como una muchacha.

—Lo conduzco yo —dijo Bea, que llevaba ya un rato torcida.

Virgilio se volvió hacia Martín.

—Pero ¿haces que tu pobre moza conduzca? Con la de locos que hay por ahí en la carretera.

—No es mi «moza» —dijo Martín tratando de no sonar seco—. Somos todos amigos. Y es la que mejor conduce, así que...

—¿Y tu novio te da permiso para viajar con estos zagales? —le preguntó Virgilio a Bea.

Bea abrió la boca para ponerlo en su sitio, pero se encontró con la mirada mortificada de Delicia. Les habían ofrecido una cama, una buena ducha, una cena espectacular, chocolate con churros. Por una vez decidió dejarlo correr.

—No tengo novio.

—¿Y ninguno de estos quiere hacerte madre?

—¡Virgilio! —le regañó Delicia.

Las burradas de Virgilio se sucedían una detrás de otra. Hacía no tanto tiempo Hugo se habría reído con esos comentarios y habría disfrutado viendo las miradas incrédulas de sus amigos, pero reparó en Delicia, y lo mal que lo estaba pasando, así que zanjó como pudo la conversación y logró que se pusieran en marcha para ir a la gasolinera. Se subió en el coche de Virgilio junto a Bea y Martín mientras le esperaban.

—Tío, es como verte a ti dentro de cuarenta años —le dijo Martín a Hugo refiriéndose a Virgilio.

—Ojalá —dijo él con ironía. En realidad, la idea hacía que se le pusieran los pelos de punta.

Mientras estaban esperando, Martín sacó el móvil. Bea lo vio y de inmediato lo tapó con su mano y le desafió con la mirada. Él acabó cediendo, sonrió y guardó de nuevo el teléfono, pero Bea no le quitó el ojo de encima.

Hugo los miró por el retrovisor y negó con la cabeza. Le quemaba verlos así de tiernos el uno con el otro, necesitaba distraerse en aquel viaje, así que sacó su móvil y trató de buscar alguna foto de la Erica de la que le había hablado Marcos.

27

La voz de Delicia sonaba de fondo, ahora estaba explicándole a la madre de Valeria la reforma que pensaba hacer en la cocina. La había llamado para tranquilizarla y explicarle dónde había dormido Valeria, pero se habían caído bien y ya llevaban casi una hora hablando por teléfono mientras cocinaban. El olor a comida casera llegó hasta los chicos.

Iker ahogó otro enorme bostezo.

—¿No dormiste bien, monito? —le preguntó Valeria sin mirarle.

Estaba concentrada investigando el portátil de Santi. El muchacho se quejaba de que iba muy lento y ella se ofreció a echarle un vistazo. No tenía tiempo para formatearlo, así que se entretenía borrando aplicaciones basura y limpiando virus.

—Estuve unas horas mirando al techo. —Se limpió las lágrimas que se le habían escapado con el bostezo.

—¿Por qué? —preguntó ella.

Él la miró de reojo. Le costaba creer que aún no fuera consciente del efecto que tenía en él.

—Estaba preocupado, supongo.

—¿Por qué?

—Eh... —no sabía qué decir—, ¿el calentamiento global? —Se alegró de que ni Martín ni Hugo estuvieran cerca.

Germán, que estaba muy concentrado echando una partida de FIFA con Santi, soltó una risita tonta y murmuró:

—El calentamiento global...

En la gasolinera, Martín, Hugo y Virgilio contuvieron la respiración cuando Bea metió la llave en el contacto y arrancó la furgoneta. No oyeron ningún ruido extraño. Ella dio un par de vueltas alrededor de la gasolinera sin problemas.

—Voy a probarlo un poco más, por si acaso —dijo a través de la ventanilla.

—Deberías probarlo un poco más. —Virgilio no parecía haberla escuchado. Se volvió hacia Hugo—. Acompáñala, a ver si va a tener algún problema.

Bea apoyó la cabeza contra el volante, intentando que se le pasara el cabreo. Martín se sentó en el asiento del copiloto y cerró la puerta.

—Me ha dicho Hugo que me prefieres de copiloto.

—¿A qué coño juega? —murmuró ella sobre el volante sin que Martín pudiera oírla.

—¿Qué?

—Que te prefiero, claro. La verdad es que ahora mismo preferiría tener al lado a Charles Manson antes que a él —resopló viendo cómo Hugo y Virgilio bromeaban—. Como vuelva a oír una sola frase más jugando con el doble sentido de *manguera*, *gasolina* o *bombear*, te juro que los atropello.

Martín rio. El marido de Delicia había tardado muy poco en sacar la gasolina del depósito de la furgo, pero él y Hugo se habían pasado todo el tiempo haciendo bromas de mal gusto. Virgilio estaba en ese momento dando indicaciones obvias a Bea para que saliera a la carretera y ella apretaba los labios para que no se le notara el enfado. Se dio cuenta de que Hugo disfrutaba de aquella escena y de que sonreía de forma burlona. Sus miradas se cruzaron. Manteniéndole la mirada, Bea revolucionó el coche sin dejarlo avanzar, quemando rueda. El motor se quejaba, pero hasta que no vio desaparecer la sonrisa de la cara de Hugo, no dejó de hacerlo. Las ruedas chirriaron cuando salió de la gasolinera. Ella también sabía jugar.

—Joder, Be. —Martín se reía a carcajadas mientras se recuperaba del acelerón—. No sabía que fueras tan chunga.

El coche no dio señales de tener ningún problema. Bea volvió a la gasolinera a recoger a los demás. Virgilio la regañó por salir así de la gasolinera, y ella aguantó la bronca sin rechistar. Hugo se limitó a examinar las ruedas negando con la cabeza. Regresaron a la casa grande, donde los recibieron entre aplausos. Todos parecían entusiasmados, salvo Santi, a quien no le hacía ninguna gracia despedirse de sus nuevos amigos. Germán llegó cargado de bolsas con táperes que le había dado Delicia.

—Voy a tener que volver para devolverle los táperes vacíos —dijo mientras ella le entregaba una última bolsa.

—Por supuesto, me encantaría. Esta es vuestra casa. —Delicia se despidió de él dándole dos besos—. Tienes que mandarle fotos de tu boda a Santiago, así las podré ver. Que a mí me gustan mucho esas cosas. —Luego se le acercó más y le susurró disimuladamente—. Y no hagas caso a Virgilio, no te cortes el pelo, está precioso.

Iker se aproximó a ella para despedirse.

—Tú sí, tú córtate ese pelo —Delicia le miró— y arréglate esa barba, que como te ponga un clavel en la cara te va a agarrar. Como en el chiste.

Iker se acarició la barba y se encogió de hombros.

Valeria se lanzó sobre Delicia dándole un abrazo.

—Te va a ir muy bien, bonita —dijo la mujer colocándole bien el pelo—. Vayas a donde vayas, te irá bien. Eres una buena niña.

Bea había intentado varias veces hablar a solas con Hugo a lo largo de la mañana, pero él la esquivaba. Así que aprovechó que se cruzaba con él de camino a la casa de invitados para detenerle.

—Hugo, siento lo de las ruedas. Y, bueno, esto es ridículo. —Le miró a los ojos buscando complicidad—. Somos adultos, no hace falta que huyas de mí. No voy a ir detrás de ti. No me debes explicaciones, entiendo que lo de anoche fue algo puntual y...

—Lo de anoche fue una cagada —la interrumpió él con voz grave.

Hugo no esperó a ver su reacción. Se dio la vuelta y fue a ayudar a colocar las bolsas en el maletero, antes de que la tentación de disculparse fuera más fuerte que él. Antes de decirle que lo de anoche había sido increíble y que necesitaba más. Antes de decirle cualquier tontería que la hiciera sonreír. Eso ahora era tarea de Martín. Buscó a su alrededor hasta encontrarle, estaba apoyado en el muro de la casa, examinando ensimismado el móvil. Sintió ganas de arrancárselo de las manos y lanzarlo lejos.

Delicia se acercó a Hugo y le dio un capón.

—Pero ¿por qué esta vez? —protestó él acariciándose la cabeza. En realidad, no le había dolido, pero le hacía gracia ese juego.

—Es preventivo —dijo ella—. Que seguro que alguna lías, sinvergüenza.

—Pero en el fondo le caigo bien, Delicia. —Hugo le dedicó la sonrisa que solía utilizar para salirse con la suya.

—¡Qué caradura! —Ella negó con la cabeza yendo hacia la casa—. Pero se te coge cariño, sí.

—Deja al muchacho, que es un hombre de los que ya no hay. —Virgilio le dio un par de palmadas fuertes en la espalda, y el chico tragó saliva. No era buena señal que alguien como Virgilio le admirase.

—Eso me dice siempre Eric. —Hugo sonrió.

—¿Eric? —preguntó Virgilio.

—Sí, mi chico.

Germán tenía los ojos como platos. Iker tuvo que darse la vuelta para que no vieran lo pálido que acababa de ponerse.

—¿Tu... amigo?

—Mi novio.

—Ah, bien... —Virgilio trató de disimular su decepción. Se limpió las manos en la camisa y dio un paso hacia atrás, confuso. Santi se acercó a Hugo.

—Lo mismo te escribo, si tengo dudas y eso —dijo tras despedirse de él—, de lo que te conté en Valdenéctar.

—Claro, sin problema. Ya verás cómo te va bien. —Hugo volvió a guiñar un ojo, esta vez a Santi.

Virgilio miró con aprensión a su nieto. Luego le puso la mano en el hombro.

—Tu abuelo siempre te va a querer —le dijo emocionado.

Minutos después, por fin volvían a estar en marcha. Bea arrancó el motor, y antes de quitar el freno, puso una de sus *playlist*, subió el volumen y aceleró. Las guitarras de Rage Against the Machine empezaron a rugir a través del equipo de sonido, sacando a sus amigos del trance bucólico que les producía aquel lugar. Estaban muy agradecidos a Delicia por su hospitalidad, y habían descansado como nunca, pero no habían recorrido cientos de kilómetros para relajarse y dejarse llevar por el encanto rural. Iban al concierto del grupo de *trash metal* más grande de la historia.

—A ver, está feo, pero lo tengo que decir. —Germán se puso el cinturón cuando salieron a la carretera—. ¿No os parece que Delicia es nombre de estríper?

28

Tras una hora en la carretera el paisaje había cambiado por completo. El que los rodeaba era algo más escarpado y muchísimo más verde. No había casi tráfico y tenían gasolina de sobra. Llegarían a Bilbao a la hora de comer.

Iker dormía con la boca abierta. Estaba sentado al fondo, al lado de Hugo. Germán y Martín también se habían quedado fritos. Valeria estaba muy concentrada en un juego para móvil.

Hugo se apoyó en la ventanilla y decidió dormir también un rato. No llegó a hacerlo porque escuchó el motor de su furgoneta revolucionado. Otra vez se le había olvidado a Bea cambiar la marcha. Ya se daría cuenta. No le iba a decir nada, bastantes problemas tenía ya con ella. Respiró profundamente tratando de ignorar el sonido, pero ahí seguía. No se podía creer que condujera tan mal. Abrió los ojos, molesto, y los volvió hacia Bea. Se asustó al ver que había movido el retrovisor y tenía sus preciosos ojos clavados en él. Fue entonces cuando cayó en la cuenta de que hacía rato que había quitado la música. En cuanto él se incorporó, ella metió la marcha correcta y se llevó un dedo a la boca, indicándole que no hiciera ruido. Hugo estaba confuso, esperaba que le insultara de alguna manera, pero la expresión de Bea era de preocupación. Notó que su móvil empezaba a vibrar, ella le estaba llamando. La miro de nuevo y vio que tenía un auricular puesto

—Be, podemos hablar cuando lleguemos. No debes conducir con un auricular puesto.

—No seas gilipollas, esto no es por ti. Aunque no lo creas, no eres el centro de mi universo —susurró.

—Un poco sí.

—Camino me ha mandado una nota de voz. Alguien ha subido una *story* con... —levantó la cara para que Hugo viera sus labios a través del retrovisor y estos pronunciaron «Paula» sin emitir sonido— y no creo que sea bueno que lo vea —señaló con la cabeza a Martín, que seguía durmiendo.

—¿Quién?

—El buitre, pregunta a Iker.

Hugo le despertó con cuidado. Iker fue a decir algo, pero Hugo le indicó que no hiciera ruido.

—¿Qué pasa? —susurró Iker.

—No sé qué quiere Be, algo de una *story* de un tal buitre con Paula.

—No me jodas. —Iker sacó corriendo su móvil—. Será hijo de puta...

—¿Qué pasa? —susurró Hugo.

—Lo sabía. Mierda. —Iker abrió Instagram en su móvil y empezó a revisar las *stories*—. El puto cabrón de Óscar, es un buitre.

Óscar era un amigo de Paula, siempre estaba con ella. Incluso se quedaba a dormir a veces en su casa. Estaba tan claro que ella no tenía ningún interés romántico en él como que él sí bebía los vientos por ella.

Óscar había actualizado su Instagram hacía veinte minutos subiendo una imagen. Era una foto de Paula, tenía las ojeras muy marcadas. Estaba sentada en una terraza, con una tapa delante y una cerveza acabada, leyendo el móvil. Sobre la foto había un texto que rezaba: «Primer día de terracitas con Paulita».

A Martín nunca le preocupó Óscar, porque era más que evidente que era muy poco para Paula. Pero en el estado emocional en el que se encontraba, ver esa imagen de la que había sido su chica, acompañada del tío que llevaba meses intentando quitársela, le podía destrozar.

—Doble diminutivo —gruñó Hugo en voz baja—, menudo hijo de puta.

—Hay que llamar a Paula —susurró Iker—. Ella no lo ha podido ver porque no tiene Instagram, pero no le gustaría nada. El cabrón este lo ha hecho para joder a Martín.

—No —dijeron Hugo y Bea a la vez, ella seguía en la llamada.

Hugo le miró muy serio.

—Tú no vuelvas a hablar con Paula en una temporada. Y mucho menos de esto.

—¿Y qué hacemos? —preguntó Iker.

—Llamad al capullo ese —susurró Bea.

—Tiene razón —dijo Hugo—, hay que llamarle a él. ¿Tienes su número?

Iker ya estaba llamando a Óscar cuando Hugo le quitó el móvil y colgó.

—Probablemente siga con ella —dijo—. Paula no debe enterarse de que le llamamos. Mejor le llamo yo, no tiene mi número.

—Dale con la silla —susurró Bea antes de finalizar su llamada.

Iker le pasó el número de Óscar a Hugo, mientras este le pedía con gestos a Bea que subiera la música. Estaba sonando Mastodon, así que estaban cubiertos.

—Hola, Óscar, así que buitreando a Paula, ¿eh? ¿Te quedas callado? Mejor —dijo con voz grave—. Soy Hugo. Si no quieres que Paula se entere de lo mierdas que eres, vas a borrar esa foto. —Torció el gesto—. Sabes perfectamente de lo que hablo, y sabes que esa foto a ella no le va a hacer ni puta gracia. Ahora voy a colgar y le vas a decir a Paula que se han equivocado de número. Tienes dos minutos para borrar la foto antes de que yo la llame.

Colgó el teléfono bastante molesto.

—¿Lo va a hacer? —preguntó Iker.

—Más le vale. —Hugo apretó la mandíbula.

Pasó un minuto. Bea miraba a través del retrovisor, Hugo le indicó que esperara. Durante el siguiente minuto ella casi los miraba más a ellos que a la carretera. Martín cambió de postura, abrió los ojos unos segundos y los volvió a cerrar.

Pasaron los dos minutos. Iker negó con la cabeza, aún no había borrado la foto. Hugo miraba a Bea tratando de tranquilizarla, pero se le notaba demasiado que estaba impaciente.

Pasaron tres minutos. Hugo buscó el teléfono de Paula.

—Dale un minuto más —le pidió Iker.

Oyeron bostezar a Martín. Bea subió aún más la música y en cuanto Martín volvió a cerrar los ojos, Hugo marcó.

—Hey, Paula —dijo en voz baja. Iker siguió mirando el móvil a ver si borraban la foto—. Sí, soy yo, ¿qué tal? —preguntó sonriendo, pero no le dejó contestar—. Oye, no te quiero robar mucho tiempo, ¿me pasas el teléfono de esa amiga tuya fisio? Me he hecho daño haciendo el imbécil. —Se quedó escuchando—. No, no lo quiero para eso —dijo con voz traviesa. Iker hizo un gesto de alegría y le enseñó el móvil a Hugo, la *story* ya no estaba—. Bueno, hacemos una cosa, tú dale mi teléfono y que sea ella la que elija si darme un masaje con o sin final feliz. ¿El de su clínica? Eres una sosa. Bueno, me vale. No, no me corre tanta prisa. Venga, un abrazo.

Hugo colgó. Miró a Bea, levantó el pulgar para que lo viera en señal de victoria y se sonrieron aliviados. Martín seguía dormido. Bea bajó la música.

—Lo borró en cuanto Paula ha dicho tu nombre —susurró Iker.

Hugo e Iker chocaron las manos. Bea observó a Hugo y su sonrisa se desvaneció al recordar la última conversación que había tenido con él. Apartó la mirada y volvió a colocar bien el retrovisor. Estaba enfadada con él, pero también le echaba de menos. Se sentía avergonzada por desear tener su atención.

Valeria despegó los ojos del móvil y miró a su alrededor sorprendida.

—No sé cómo pueden seguir durmiendo con este escándalo de música.

—Se acabó la siesta —anunció Bea—. Ya hemos llegado.

29

Martín se despertó y, durante unos segundos, disfrutó de ese instante entre el sueño y la vigilia en el que la realidad aún no te ha alcanzado y abofeteado. No tardó mucho en hacerlo. Paula era lo primero en lo que pensaba al despertar. Cuando estaban juntos, era un dulce pensamiento que le ayudaba a enfrentarse a los retos y los marrones de cada día. Seguía siendo lo primero en lo que pensaba, así que, desde hacía dos noches, cada vez que se despertaba sentía ese puñetazo de realidad. Un golpe tan devastador como el que sintió cuando ella le dijo, en aquel portal, que ya no le quería.

Despegó la cabeza del cristal de la ventanilla. Revisó el móvil, ni rastro de Paula en ninguna red social. No le había vuelto a escribir y no había publicado nada. Se moría por llamarla, necesitaba sentir esa conexión con ella. Aunque solo fuese ver fotos de animales pequeños que ella solía retuitear. No podía evitar buscarla, aun sabiendo que eso significaba recibir otro golpe más. Suspiró. Tenía que dejar de torturarse así. Sonaba una canción de Clutch, eso le ayudó a recomponerse.

Bea le pidió ayuda para orientarse por la zona. Buscó las indicaciones en internet y le dijo cómo llegar al aparcamiento del camping. Una vez allí, ya se podía apreciar el ambiente que se había creado para el concierto. Chicos en pantalones cortos, chicas con camisetas de tirantes. Pañuelos en la cabeza, botellas de agua en las manos, camisetas de grupos, gafas de sol, gorras y riñoneras. Chicos con melena, chicas con el pelo de colores. Gente vestida de riguroso negro cociéndose al sol y, sobre todo, barro, mucho barro. A pesar de que el cielo estaba despejado, el aparcamiento estaba embarrado, y todas las zapatillas que allí pisaban estaban sucias.

El encargado del aparcamiento los detuvo. Bea se quitó las gafas de sol y abrió la ventanilla.

—La plaza que queda es estrecha para vuestro vehículo. Tendríais que haber reservado una plaza grande. Puedes intentar aparcar, pero hay mucho mucho barro —dijo aquel hombre.

—¿No hay plazas más grandes? —preguntó Hugo.

—Todas reservadas. —El encargado negó con la cabeza, se volvió hacia Bea— Vas a tenerlo jodido aparcando ahí.

Ella era tremendamente orgullosa, bastaba con que le dijeran que no podía hacer algo para que se sintiera más motivada para hacerlo. Durante un tiempo, Iker y Martín lo aprovecharon para comer gratis gracias a «No creo que sepas hacer tortilla de patatas», «Seguro que se te corta la mayonesa» o «Ni de coña te sale bien la paella».

Vio esa expresión audaz en su cara cuando escuchó al encargado decir que no podría aparcar. Bea condujo hasta la plaza que le habían asignado. Era, efectivamente, muy estrecha y tenía delante un enorme lodazal salpicado de charcos y huellas de pisadas muy hundidas.

—¿Be, quieres que lo meta yo? —se ofreció Hugo cuando vio aquella plaza.

—No hace falta. —Ni se dignó a mirarle—. Bajad todos.

Hugo no insistió, se bajó con los demás y examinó el charco con escepticismo. Al bajar, notó que la tierra mojada del aparcamiento resbalaba muchísimo, así que aquel charco sería aún más difícil de superar. Todos contuvieron la respiración cuando Bea encendió el motor. Valeria cruzó los dedos. Bea no los defraudó y de una sola maniobra logró aparcar, sin apenas atascarse en el charco. Valeria lo celebró con unos aplausos, mientras Bea se las apañaba para llegar al maletero desde el asiento del conductor. La plaza era demasiado estrecha y no podía abrir ninguna puerta.

—Voy a ver dónde están nuestras tiendas. —Hugo se alejó poniéndose el teléfono en la oreja.

Martín observó a Bea desplazarse hasta el final del coche con bastante poca gracia y posturas nada favorecedoras. Aquella furgo no estaba pensada para eso. Cuando llegó atrás, estaba despeinada y sudando. Él abrió el maletero para que pudiera respirar. A pesar de la incomodidad, ella le sonrió. Bea siempre le sonreía. Se había desvivido por él desde que Paula le había dejado, no le había perdido de vista ni un momento.

Cada vez era más consciente de lo mucho que había echado de menos a su amiga. Hacía meses que no quedaban, ni siquiera fue su primera opción para el concierto de Metallica. Solía decir que había sido Bea la que eligió alejarse, pero quizá no le habían dejado otra opción, y a pesar de todo ella estaba allí cuando la necesitaba. No se la merecía. Ya vería cómo se las apañaba, pero no iba a volver a permitir que Hugo le alejara de ella.

Cuando apartó las mochilas y se dispuso a saltar, él le ofreció la mano. Ella no se la cogió de inmediato, se apartó el pelo de la cara antes de saltar. Cuando fue a apoyarse en la mano de Martín, Iker se adelantó y chocó con aquella mano, pensando que la había levantado para eso. Bea no tuvo donde agarrarse, perdió el equilibrio y cayó de boca sobre el charco de barro. Era más profundo de lo que parecía, la cabeza de Bea desapareció bajo el lodo. Todo el mundo se quedó paralizado y contuvo la respiración.

Bea sacó la cabeza del fango y cogió una bocanada de aire, como si volviera a la vida. Estaba dolorosamente cubierta de denso barro. Trató sin éxito de limpiarse la cara. Abrió los ojos, parecía la criatura maligna de una película de terror. Sacó el móvil y las llaves de la furgo del bolsillo, intentando salvarlos del barro, y se los lanzó a Iker. No hizo nada por salir del charco, se quedó sentada mirando a su alrededor.

—Be, ¿estás bien? —Martín se acercó a ella extremando la precaución para no resbalar.

Bea asintió, aún en shock.

—No te preocupes, coge mi mano y te ayudo a salir. —Martín extendió el brazo.

—¿Ahora me das la mano? —gruñó ella.

—Lo siento. —Él trató de no reírse—. Ha sido...

—Ya sé quién ha sido. —Bea fulminó a Iker con la mirada.

—Venga, que te ayudo. —Martín volvió a ofrecerle la mano.

—No, creo que me voy a quedar a vivir aquí ya. Es decir... —se encogió de hombros, algo se había roto en su interior—, no es que esté cubierta de barro, es que ahora soy barro. Este es mi nuevo hogar.

—¿Eres barro? —suspiró Martín cruzándose de brazos.

—Llámame Bearro a partir de ahora. —Bea estaba haciendo esculturas con barro sobre su brazo.

—Be, linda. Vamos. —Valeria también le ofreció la mano, pero mantuvo algo más de distancia—. No está tan mal, se puede limpiar fácil.

—Esto nunca se va a limpiar —dijo Bea amargamente. Se quitó una zapatilla y le dio la vuelta, haciendo que cayera un montón de barro que había dentro—. Esto no se va a limpiar en la vida.

—Vas a enfermar, Be. —Valeria insistió—. Seguro que hay bichos ahí, y sanguijuelas que chupan la sangre.

—No necesito sangre, mi corazón bombea barro. —Bea levantó la mano e hizo caer un puñado de barro.

—Bearro, por favor —insistió Martín—, tenemos que coger las cosas del coche y estás en medio.

—Yo os las paso —dijo ella incorporándose y tocando el maletero, aunque perdió el equilibrio y se volvió a sentar.

—No toques mi mochila —suplicó Valeria—. Porfi.

—Be, lo siento —dijo Iker cabizbajo—. Te compensaré, me afeitaré si quieres. Pero sal ya.

—¡No! —Bea arrugó la cara y se cruzó de brazos.

Hugo apareció con una chica abrazada a su cintura. Tenía el pelo color azul celeste y llevaba unos minishorts y el top de un bikini. Se quedaron de piedra cuando vieron a Bea en el lodazal.

—¿Eso de ahí es Beatriz? —dijo Hugo boquiabierto.

—Ahora se llama Bearro —le aclaró Martín.

—Se ha caído y no quiere salir —suspiró Iker.

Bea los ignoraba. Se estaba haciendo figuras de barro sobre los vaqueros.

—A mí no me escucha —rio Martín cuando Hugo se puso a su lado.

—Es asqueroso... —Hugo negó con la cabeza—. Sal de ahí ahora mismo, Beatriz.

Martín sintió un escalofrío, aquello era lo peor que podía haber hecho Hugo. A Bea solo había una cosa que le sentara peor que recibir órdenes: recibirlas de alguien como Hugo.

—Vamos —Hugo sonaba autoritario—, arriba.

Ella sonrió y se dejó caer hacia atrás. Movió los brazos y las piernas haciendo un ángel de barro.

—No deberías darle órdenes —aconsejó Martín a Hugo susurrando.

—Vámonos, ya saldrá de ahí —resopló este.

—Nuestra comida y nuestras cosas están detrás de ella. —Martín la miró con aprensión—. Y creo que busca venganza.

Bea asintió con entusiasmo.

—Venid cerca, que no os pasará nada —dijo en un tono que pretendía ser inocente, pero se notaban a la legua sus perversas intenciones. Extendió los brazos invitándolos a acercarse.

Hugo cogió un palo y trató de tocarla con él, ella se lo arrebató y le enseñó los dientes gruñendo. Se veían especialmente blancos y amenazadores entre todo aquel barro.

—No me hagas ir a por ti —dijo él.

—No eres digno del barro —contestó ella.

Hugo se quitó las zapatillas y los calcetines. Pisó descalzo la tierra resbaladiza.

Ella le lanzó un puñado de barro que él esquivó con facilidad.

—Beatriz... —Hugo sonó amenazador mientras se quitaba la camiseta.

—¡Soy Bearro! —gritó ella levantando un puño.

—Tú lo has querido.

Caminó directo hacia ella.

—¡No me toques! —gritó Bea antes de que la alcanzara, poniéndose de pie y saliendo del lodo a toda prisa.

Una vez fuera de peligro, se quedó paralizada. Sentir el barro resbalar sobre ella era bastante desagradable. Se movía con torpeza y, a pesar de haber salido del lodazal, cada vez se sentía más y más sucia. Valeria se llevó las manos a la boca al verla así.

—¿Veis? —Hugo la miró altivo—. Va de dura, pero en el fondo le encanta que un hombre le diga lo que tiene que hacer.

Un inconsciente Hugo se dio la vuelta para volver con la chica del pelo azul. No lo dijo en serio, solo quería enfadarla, seguro de que no tendría más consecuencias. En cambio, Martín sintió miedo por su amigo. Hasta aquel momento Bea se había contenido, había sido civilizada y le había ignorado manteniendo la compostura. Pero aquella cosa que miraba a Hugo, con los ojos inyectados en sangre, no era Bea: era Bearro.

Gritando como una bestia, Bearro salió corriendo hacia Hugo. Él, que estaba de espaldas a ella, apenas tuvo unos segundos para huir. Bea estuvo a punto de alcanzarle, pero aún llevaba puesta una zapatilla y el barro de dentro hizo que se le torciera el pie. Se la quitó y se la lanzó a Hugo, que la esquivó. Siguió persiguiéndole, rugiendo como un monstruo. No tardó en acorralarle entre varios coches. Él podría haber saltado por encima de ellos. Pero, aunque Bea le recordara a Carrie en esos momentos, confiaba en que su labia le sacaría de aquella situación.

—A ver —levantó las manos y la miró con esa expresión que solía hacer que ella suspirara—, Beatriz. Vamos a habl...

El monstruo de barro le placó y cayó sobre él. Hugo trató de quitársela de encima, pero ella se sentó a horcajadas sobre su cintura y empezó a restregarle sus brazos y sus piernas por todo el cuerpo, y solo llevaba unos pantalones cortos. La desagradable sensación del barro lo paralizó de tal forma que no pudo zafarse. Bea frotó sus embarradas mejillas sobre las mejillas de él.

—Beatriz —Hugo se quitó algo de barro que le había caído en la boca. La agarró por las caderas y subió las manos hasta su cintura—, si sigues así no respondo.

—Solo lo dices para deshacerte de mí —dijo ella incorporándose sobre él. Se cogió el pelo y lo retorció para escurrirlo, haciendo que cayera una buena cantidad de barro sobre el pecho del chico.

Hugo se incorporó, le pasó un brazo por la espalda y, de un empujón, hizo que se diera la vuelta. Se quedó sobre ella, entre sus piernas. Ella trató de escapar, pero fue inútil. Él se pegó más para que no pudiera mover los brazos. Bea gruñó de impotencia, tratando de recuperar el aliento. Ahora que Hugo también estaba manchado, ella había perdido su ventaja.

—¿Quién ha dicho que quiera deshacerme de ti, Beatriz? —ronroneó Hugo rozándole la boca con sus labios—. Me vas a tener que compensar por ponerme así.

—¿Yo a ti? ¿Compensarte yo a ti? —Bea, indignada, habría subido las cejas, pero le dio miedo que le entrara barro en los ojos—. Tú estás flipando, Benedicto.

—Eso ha sido un golpe bajo.

—No, esto sería un golpe bajo.

Trató sin éxito de meter una de sus piernas entre las de él para golpearle. Hugo no solo no dejó que las moviera, sino que hizo que ella las separara aún más.

—No tienes ni una idea buena, Beatriz.

—Me da igual —dijo ella relajando los músculos—. Ya te aburrirás.

—Con lo bien que estarías ahora dándote una larga ducha. Sintiendo el agua limpia caer sobre ti. Sintiendo cómo todo ese lodo se va desprendiendo de tu piel, cómo el peso desaparece dejándola libre y fresca. —Hugo lo describía como si se tratara de un anuncio—. Imagina sentir de nuevo la agradable sensación de estar limpia.

Bea se derretía por dentro pensando en aquella ducha. Ahora que la había visualizado, la ansiaba. Se revolvió de nuevo entre sus brazos.

—Hugo, por favor —suplicó.

—Está bien —aflojó un poco—, pero tienes que hacer algo por mí.

—¿El qué? —dijo rendida.

—Verás. Necesito que tus labios pronuncien las palabras que me harán el hombre más feliz de la Tierra.

—¿Qué tengo que decir? —Estaba cansada de aquel juego. Diría lo que hiciera falta para quitarse de encima a aquel crío.

—«Hugo, eres el mejor y tienes razón en todo». —Hugo pestañeó, haciendo una lamentable imitación de Bea.

—En la puta vida —sentenció ella. Su orgullo volvía a atacar.

—«Hugo, gracias por enseñarme a conducir».

—Ni de coña —gruñó.

—«Hugo, no sabes cuánto te deseo».

—Hugo —Bea suspiró derrotada—, no sabes cuánto deseo una ducha.

—Una ducha estaría bien. Yo lo tengo fácil. Pero tú —resopló apartándose un poco para dejar que se moviera, pero ella no lo hizo— vas a necesitar que sea muy larga para quitarte todo eso de encima.

—Ya ves. Tengo barro en todas partes... —Bea fingió sollozar. Deshacerse de Hugo era la parte fácil, deshacerse de todo aquel lodo iba a ser una pesadilla.

—Necesitarás ayuda. —Trató de encontrar la piel de su cintura bajo todo aquel barro. Bea no pudo evitar estremecerse cuando sintió sus manos—. Yo puedo limpiarte bien —susurró en su oído—. Dúchate conmigo y te garantizo que no quedará ni un centímetro de tu cuerpo sin frotar.

A pesar de lo incómoda que estaba, de sentir la ropa pegada a su piel, de lo desagradable que era estar rebozada en barro, Bea no pudo evitar que sus labios se entreabrieran al escuchar esas palabras. Necesitaba que las manos de Hugo siguieran recorriéndola. La imagen de los dos en la ducha apareció como un flash en su mente. Empezó a sentir calor entre las piernas.

—Te dejaría limpia —dijo él haciendo que su voz sonara ronca— y luego te haría cosas muy muy sucias.

Un gemido estuvo a punto de salir de la boca de Bea. Pero como el superhéroe que aparece en el último minuto, un recuerdo acudió a su memoria para ayudarla a salir del trance. Su expresión se endureció.

—¿Y eso no sería una cagada? Como lo de anoche, digo. —Bea pronunció estas palabras muy seria.

Hugo apartó las manos de ella, tenerla tan cerca le había hecho perder la cabeza. Había olvidado lo que le había dicho aquella mañana. Lo peor era que también había olvidado el motivo por el que se lo había dicho: Martín.

—Deja de perder el tiempo, Hugo. —Bea nunca había sonado tan fría—. Yo no regalo segundas oportunidades.

30

Un par de minutos juntos y Martín se disculpó con Erica para ir a buscar a Hugo. No era que quisiera encontrarle, más bien quería huir de Erica. Era una chica muy agradable, pero hacía muchas preguntas inocentes que revolvían sus heridas: «¿Qué tal el viaje?», «¿A qué te dedicas?», «¿Dónde conseguiste esa camiseta?».

¿Qué se suponía que tenía que contestarle? ¿Que se había pasado todo el viaje muriéndose por dentro, que estaba en el paro y sin buenas oportunidades en el horizonte porque llevaba meses obsesionado con salvar su relación con la chica que le había regalado la camiseta que llevaba puesta? ¿Que esa chica le acababa de dejar porque ya no le quería? Estaba destrozado y lo único que le mantenía en pie era evitar a toda costa pensar en todo aquello.

Estuvo a punto de pasar de largo y no ver a sus amigos. No esperaba encontrarlos en el suelo. No a él sobre ella, con sus manos amasando el barro de la cintura de Bea. Sus rostros a escasos centímetros. A Hugo no parecía importarle la suciedad, estaba a punto de devorarla. La expresión de Bea se tornó gélida. Algo debió de haber dicho Hugo. Contrariado, estiró los brazos alejándose de ella. Martín caminó hacia atrás nervioso, no quería que le vieran, pero chocó contra un coche haciendo ruido. Cuando Hugo se giró y le vio, se apartó con tanta urgencia de Bea que parecía que hubiese estado haciendo algo ilegal. La dejó atrás sin ni siquiera ayudarla a levantarse.

—Me estaba vengando —explicó algo nervioso acercándose a Martín—. Mira cómo me ha puesto.

Le enseñó sus manchas de barro.

—Erica te está esperando. —Ver a Hugo nervioso hizo que Martín se sintiera incómodo.

—No se debe hacer esperar a una dama —dijo Hugo tratando de no parecer alterado y dedicándole una mirada cómplice.

Martín no entendió nada. Le miró confundido mientras se alejaba. Fue hasta donde estaba Bea para ayudarla, pero ella ya se había levantado.

—Al final he ganado yo —dijo la chica.

En realidad, lo único que había ganado era estar aún más confundida por los vaivenes de Hugo.

—¿Quieres ir a ducharte ahora o...?

—Voy a ver antes si tengo algo de ropa extra. —Bea maldijo por haber preparado tan rápido y mal la mochila—. Si no, me pondré algo sucio... No sé.

—Puedes pedirle algo a Valeria.

Ambos se dirigieron hacia la furgoneta. Ella iba tirando puñados de barro mientras caminaba. Él no pudo evitar echarse a reír. Cuando estaban llegando, decidió meterse un poco con ella.

—Oye, Be, ¿vas a ver el concierto con nosotros o... lo vas a ver en primera fila como la *groupie* que eres?

—No empieces. Solo fue una vez.

—Be, en todos los conciertos que he ido contigo te he visto solo al principio y al final.

—Eso es injusto, no os he dejado tirados en un concierto desde hace muchísimo tiempo. —Fue a coger su mochila, pero se dio cuenta de que con las manos tan manchadas sería un error.

—Hace cuatro meses, en el concierto de Queens of the Stone Age —intervino Iker que los había escuchado al llegar.

—No fui con vosotros a ese concierto. —Se cruzó de brazos haciendo que cayera más barro.

—Me lo contó Camino —dijo Iker.

—¿Así que también se lo haces a tus amigas? —preguntó Martín riendo.

—¿De qué hablan? —intervino Valeria.

—De que Be se emociona demasiado en los conciertos, sale corriendo para ponerse en primera fila —explicó Martín— y se olvida de la gente con la que ha ido. Como un perro cuando ve una ardilla y se pone a perseguirla olvidándose de todo.

—Sois unos criticones, tampoco es tan terrible. —Bea trató de quitarle importancia.

—Dejas a la gente tirada, es peligroso, molestas al resto del público... ¿Sigo? —Iker la miró con condescendencia.

A Bea le gustó ver a sus dos amigos volver a trabajar en equipo, aunque fuera para regañarle.

—Be —Iker se puso en cuclillas y dobló los brazos pegándolos al cuerpo—, mírame, soy una ardilla. ¿No te dan ganas de perseguirme?

Ella puso los ojos en blanco.

—No. —Martín resopló y se puso en cuclillas—. Tío, eso es un canguro, una ardilla hace así.

Apretó los puños contra la cara y restregó la nariz entre ellos.

—Ay, no. —Valeria también se puso en cuclillas—. Eso es un hámster. Mírenme, se hace así.

De las tres, la suya fue la mejor imitación de una ardilla. Pero tanto Iker como Martín siguieron intentándolo, convencidos de que su técnica era mejor. Germán regresó junto a la furgo y se encontró con aquel panorama. Carraspeó para llamar su atención.

—¿Qué hace Be llena de barro? ¿Qué hacéis vosotros... así? ¿Dónde está el Judas? ¿Me voy un momento al baño y cuando vuelvo os habéis puesto hasta el culo de ácido?

Valeria insistió entusiasmada en prestarle algo de ropa a Bea. Esta aceptó resignada, y ambas se fueron hacia las duchas. No estaban lejos del aparcamiento. Había un par de personas haciendo cola y en cuanto la vieron dejaron pasar a la enfangada Bea. A ella casi se le saltaron las lágrimas de felicidad al ver que las duchas eran un edificio de verdad, con sus ladrillos, sus paredes y su techo. No como las duchas que había probado en los campings de los festivales, que consistían en unas tuberías de las cuales salía agua a una temperatura aleatoria. Sin paredes, ni agua caliente, ni ningún tipo de intimidad. Le habría resultado muy complicado ducharse sin poder quitarse apenas ropa.

—Creo que es el día más feliz de mi vida —dijo Bea emocionada, al asomarse un poco y ver que las duchas eran individuales, y tenían puertas.

La voz de un desconocido la sacó de su trance.

—¡Eh! ¡Preciosa! —gritó aquel chico mirando a Valeria con descaro—. ¿Qué haces con el monstruo del pantano? Vente con nosotros.

31

Bea se giró hacia el chico. Tenía el pelo largo y llevaba una camiseta de Ramones. Estaba sentado frente a unas tiendas de campaña con otros cinco amigos, todos con camisetas de grupos. Bea le enseñó el dedo corazón. Normalmente, no respondía tan rápido a las provocaciones. En cierto modo estaba pagando con aquel desconocido la frustración que sentía por culpa de Hugo.

—Pero si es otra piba —gritó el mismo chico—. Eh, perdona. Podéis venir las dos.

—No hace falta que te duches —dijo su amigo pelirrojo, que llevaba una camiseta de Linkin Park—, yo puedo limpiarte el barro con la lengua.

De inmediato, otro de los chicos, que llevaba una camiseta de Metallica, le dio una colleja.

—Eso me gustaría verlo. Empieza por este pie —contestó Bea.

Valeria la miró mortificada, se estaba muriendo de vergüenza. Bea levantó el pie. Se podía intuir que ahí había un pie porque estaba al final de la pierna, pero aquella masa informe de barro podía esconder cualquier cosa.

—Mejor hablamos cuando salgas —dijo el pelirrojo.

—¿Tenéis toalla? —preguntó el que había dado la colleja al pelirrojo.

Bea se dio la vuelta y no le contestó. Si le contestaba, probablemente recibiría una respuesta basada en un juego de palabras obsceno. Pero era cierto que no tenía toalla.

Por muchas paredes y puertas que tuvieran las duchas de aquel camping, no iban a proporcionar toallas. Tendría que secarse al aire, lo cual en unas duchas públicas no es especialmente agradable.

—Toma. —El chico que había dado la colleja había ido a donde estaban y le estaba ofreciendo una toalla amarilla.

—Gracias. —Valeria le dedicó una sonrisa tímida y cogió la toalla antes de que Bea pudiera protestar.

De cerca, el chico era bastante atractivo, a pesar de que el moño que se había hecho no le favorecía. Tenía la mandíbula marcada y los labios carnosos, pero lo que más destacaba en su rostro eran unos impresionantes ojos azules, muy claros, acentuados por unas perfectas cejas negras.

—Siento lo de mi amigo —dijo, y alzó la voz para que el pelirrojo le oyera—, vive en el pasado.

—¡Planchabragas! —gritó el pelirrojo de lejos.

—Es triste que las mujeres tengáis que aguantar comentarios así. —Suspiró resignado—. Trato de que lo entiendan, pero no empatizan con vuestra lucha. No son capaces de ponerse en vuestra piel.

—Suele pasar. Oye, gracias por la toalla —dijo Bea tratando de sonreír.

—De nada, espero que si algún día me veo en tu situación también me presten una toalla.

—Ya, bueno. —Bea rio en voz baja—. Espero que no te veas nunca en esta situación.

—Yo también. —El chico sonrió y se le formaron hoyuelos en la cara—. Oye, eres de Madrid, ¿verdad?

—Sí. ¿Tú también?

—Sí, me suena haberte visto por ahí alguna vez.

—¿Estás seguro? A mí no me suenas, y de ti me acordaría.

Una chica salió de las duchas con el pelo mojado. Era el turno de Bea.

—Espero que eso fuera un piropo —dijo él con timidez llevándose la mano a la nuca.

—Lo es.

Bea le guiñó un ojo antes de marcharse, pero, entre todo aquel barro, el gesto no resultó especialmente sugerente.

Cuando llegaron a la ducha que estaba libre, Valeria empezó a sacar de su mochila infinidad de botes: gel, champú, suavizante, crema corporal... Bea la habría abrazado si no hubiese estado cubierta de barro.

—Tu mochila es el bolso de Mary Poppins, tía —dijo asombrada mientras se metía en el cubículo—. ¿Seguro que también tienes ropa para mí ahí?

Valeria salió y cerró la puerta de la ducha, deseosa de volver a ver a su amiga limpia. Era raro hablar con un montón de barro con ojos.

—¡Dile adiós a Bearro!

—Adiós, mugriento. No regreses —gritó Valeria al otro lado de la puerta.

Bea abrió el agua de la ducha sin desnudarse. A punto estuvieron de saltársele las lágrimas de alegría al sentir cómo se iba cayendo el barro de su piel y su ropa.

—Be. —Valeria la llamó desde el otro lado de la puerta—, ¿qué es planchabragas?

—Es como llaman los machistas a los hombres educados y respetuosos con las mujeres.

El suelo se había cubierto de barro bajo sus pies, y poco a poco pudo volver a ver los colores de su ropa. Se la quitó sintiendo muchísimo alivio. Cuando trató de sacarse los vaqueros, resbaló y tuvo que apoyarse de golpe en la pared. Sus ojos se perdieron un momento en aquellas baldosas blancas. Su traicionera imaginación hizo que se imaginara apoyando sus manos contra aquella pared, para no perder el equilibrio, mientras las de Hugo recorrían su cuerpo. Agitó la cabeza y movió la llave del grifo para que el agua saliera más fría.

No sirvió de mucho. Esta vez imaginó su espalda sobre aquellas baldosas, y el cuerpo desnudo y mojado de Hugo aprisionándola contra la pared. El calor de su cuerpo contrarrestando el agua fría, su aliento en su cuello. Él la levantaría, le separaría las piernas y...

Hizo que el agua saliera totalmente fría. Aguantó hasta que le castañearon los dientes y cerró el grifo. Volvió a abrirlo y aguantó veinte segundos más, por si acaso. Tenía que solucionar aquella revolución hormonal. El chico de la toalla no era mala opción, estaba interesado y no parecía tener novia. Una novia le habría avisado de que ese moño no le quedaba bien. Todo dependía de si aparecía o no con los energúmenos de sus amigos.

—Val. —Bea llamó a su amiga entreabriendo la puerta—. ¿Me queda algo de barro en la espalda?

Valeria se asomó.

—Be —dijo con un hilo de voz—, no me gustas.

—¿Eh?

—Quiero decir...

—¿No te parece algo feo decirle eso a alguien que está desnudo frente a ti? —bromeó Bea.

—No quería decir eso. Es decir... —Valeria sintió ganas de llorar—. Qué mal. Soy como Iker, pero con las palabras.

—No te agobies, no pasa nada. —Bea rio.

—Tienes un cuerpo muy bonito, ojalá yo estuviera tan delgada como tú. —Valeria trató de arreglarlo—. Es solo que... no sentí nada cuando te di ese beso. Lo acabo de recordar.

—¿Y qué esperabas? La atracción no funciona así, no se puede planear. ¿Queda barro o no?

—En la espalda no. Solo detrás de los muslos... Pero ya no me preocupa que no me guste nadie.

—Ya llegará. O quizá tengas suerte y no llegue nunca. —Se señaló los muslos—. ¿Ya?

—Sí, ya no tienes nada. ¿Suerte?

—Es un decir... Bueno, te ahorrarías muchos quebraderos de cabeza.

Valeria quiso preguntarle sobre sus quebraderos de cabeza, pero le dio miedo seguir metiendo la pata. Bea se secó y se probó varias prendas que su amiga le ofrecía, al final se quedó con una camiseta negra larga que le llegaba a la mitad del muslo. Era muy escotada, pero Valeria le dijo que le diera la vuelta, así que el escote quedó por detrás. Luego se ajustó un cinturón a la cadera para que pareciera un vestido. Cuando Bea se miró en el espejo, se sintió rarísima. Iba bien, pero, a pesar de ir vestida con una camiseta de algodón, se veía demasiado arreglada.

—No voy tan corta desde... No recuerdo desde cuándo.

—Sigo pensando que con el vestido rosa estabas muy sexy. —Valeria la miraba ilusionada, sentía que estaba vistiendo a una muñeca—. ¡Ay! Para los pies, solo tengo unas chanclas.

—No te preocupes, déjamelas y dile a Iker que llame a Camino, que miren a ver si alguna tiene zapatillas de sobra. Que sean del treinta y seis.

—Las chanclas son un cuarenta —dijo Valeria apurada.

—No pasa nada.

Sí pasaba. De cada cinco pasos, se tropezaba uno. En el suelo del edificio no era un problema, pero nada más salir entró en pánico. El suelo de alrededor de las duchas era lodo. Tendría que caminar veinte metros sobre aquel barro resbaladizo antes de pisar suelo más firme. Suspiró resignada, la mejor opción era quitarse las chanclas. Los pies se le volverían a manchar, pero andaría con más estabilidad. Se descalzó. El chico de la toalla se acercó de nuevo a donde estaban.

—Espero no molestarte. Supongo que es raro que un desconocido se ofrezca a llevarte en brazos hasta donde acaba el barro. Así que, bueno... —estiró el brazo y le ofreció la mano a Bea—, soy Wences.

—Yo Bea —dijo ella rechazando su mano y dándole dos besos—. Ella es Valeria. Por cierto, gracias por la toalla, te la iba a llevar ahora.

—¿Me dejas ayudarte? —insistió él—. No me cuesta nada, estoy fuerte.

—Te lo agradezco, de verdad. Pero solo es un poco de barro. —Bea le sonrió.

—Como quieras. —Wences se encogió de hombros—. Es que pensaba que ya habías tenido suficiente barro por hoy.

Ella miró con ansiedad la trampa resbaladiza en la que se había convertido el suelo. Acabó cediendo y pasó su brazo alrededor del cuello de Wences. Él la levantó como si apenas pesara nada. Bea vio cómo el suelo se alejaba de ella y notó la mano de Wences agarrando su pecho derecho. Él parecía concentrado en pisar bien para no resbalar mientras ella trataba de liberar su pecho sutilmente. Cuando Wences se dio cuenta, lo soltó de inmediato.

—Perdona —dijo apurado—. Lo siento mucho, estaba concentrado en... Qué mal.

Llegó al final del barrizal y dejó con cuidado a Bea en el suelo.

—De verdad que lo siento. —Se había llevado las manos a la cara—. Solo intentaba ayudar y ahora pensarás que soy un cerdo.

—No te preocupes —dijo ella colocándose el vestido. Le había molestado, pero ahora veía que no había sido a propósito—. Gracias por salvar mis pies.

—No es nada. ¿Qué hacéis esta tarde?

—Pues no sé si lo has oído —Bea cruzó los brazos—, pero unos chavales dan un concierto aquí al lado. Nos pasaremos, hay que apoyar a los nuevos grupos.

—Ah, pues ni idea, ¿cómo se llaman?

—Metallica.

—Qué casualidad, como la marca de mi camiseta. —Wences señaló su prenda—. ¿Nos vemos allí?

—Voy con unos amigos. Quizá luego.

—Entonces ¿estarás con nosotros y no en primera fila? —intervino Valeria que estaba muy atenta a aquella conversación.

—No lo sé —dijo Bea—. Cuando suene «Master of Puppets», no respondo de mis actos.

—Yo también suelo estar en primera fila, pero por si acaso dame tu número y te llamo cuando acabe. —Wences sacó el móvil.

—Te va a sonar a excusa —Bea le miró apurada—, pero mi móvil está ahora mismo como estaba yo hace un rato. No sé ni si enciende.

—Uf. Me tienes que contar qué os ha pasado a tu móvil y a ti. ¿Quedamos junto al puesto de Heineken después de los bises?

Bea aceptó y se despidieron. A los pocos metros se detuvo y se dio la vuelta.

—Si no aparezco no me lo tengas en cuenta, ya sabes cómo son estos conciertos...

—Aparecerás. —Wences le guiñó un ojo antes de darse la vuelta para volver con sus amigos.

32

—¿Eso es una cita? Te gusta ese chico, ¿verdad? —preguntó Valeria emocionada.

—¿El de la toalla? No me emociona mucho. Pero es mono y bastante majo..., así que perfecto. —Bea sonrió pensativa.

—¿Mono? ¡Es guapísimo! Pero ¿qué pasa con Hugo?

—Con Hugo no pasa nada. —Cambió el tono de forma involuntaria.

—¿No te gusta? También está tremendo.

—Estás haciendo muchas preguntas.

—Antes te he contado todo lo de anoche.

Valeria suplicó torciendo la cabeza y poniendo morritos, y Bea habría jurado que sus ojos se hacían más grandes. Era como un cachorrito. Resopló.

—Hugo me atrae demasiado.

—Lo sabía. ¿Y no es mejor el que te gusta demasiado que el que no te emociona mucho?

—Qué va. Mucho menos si es alguien como Hugo. A él no le preocupa cómo pueden sentirse las chicas con las que está. Lo mismo el chico de la toalla es igual, nunca sabes qué clase de tío tienes en frente. Así que es mejor protegerse no emocionándote demasiado. Si el chico de la toalla resulta ser un gilipollas, pues, bueno, él se lo pierde y yo me quedo con mi rato de diversión. Si Hugo..., bueno... Si me emociono demasiado, sé que me va a doler.

—La atracción no funciona así. No se puede planear. —Valeria repitió las palabras que le había dicho Bea en la ducha.

—Aprendes demasiado rápido.

Se encontraron con Iker de camino.

—¡Planchabragas! —exclamó Valeria dándole un cariñoso abrazo a Iker.

Iker miró confundido en dirección a Bea mientras recibía el abrazo.

—Es largo de explicar —suspiró ella.

—Ya hemos llevado las cosas a las tiendas. Allí hay césped y no resbala, es mejor que no vuelvas al aparcamiento en chanclas. ¡Ah! Dice Camino que te han comprado unas deportivas en Bilbao por diez euros que te van a encantar —dijo Iker.

—Ya verás estas cabronas... —Bea estaba segura de que le habían comprado las zapatillas más horteras de toda la ciudad.

Hugo estaba comprobando que las piquetas de las tiendas estuvieran seguras. Por lo demás estaban muy bien montadas. Erica le había explicado que había llovido tanto la noche anterior que tuvieron que acabar el concierto antes y se quedaron sin bises. Otras tiendas se llenaron de barro, pero las suyas aguantaron. No le gustaba acampar, había tenido experiencias desastrosas en festivales de música. Esta vez era un poco distinto. El bueno de Marcos les había dejado tres tiendas bastante buenas, espaciosas, con colchones hinchables, sillas y luz. Incluso tenían un panel solar enrollable para cargar el móvil. Según Erica, no funcionaba muy bien, pero algo hacía. Ella estaba en una tienda naranja que tenían al lado. La compartía con su amiga Silvia, que también era bastante simpática.

Hugo estaba comprobando la última piqueta cuando escuchó la voz de Bea presentándose a las vecinas. Ya estaban de vuelta. La miró de reojo y sintió que perdía la fuerza en las manos mientras recorría con la mirada aquellas piernas. Trató de volver a mirar al suelo, pero sus ojos tenían vida propia. Cuando Bea se dio cuenta de que la estaba mirando, él pudo por fin apartar la vista. Maldijo mentalmente a Martín, maldijo su torpeza y maldijo aquel vestido negro.

—Joder, Be. ¿Se te han olvidado los pantalones? Estás superrara —dijo Martín al verla.

—Qué menso eres. Querrás decir «Estás superlinda». —Valeria estaba indignada.

—Va muy bien. No tienes ni idea, chico —intervino Erica.

—¿Dónde dejamos las cosas? —Bea trató de cambiar de tema.

Hugo se puso de pie y organizó las tiendas.

—La verde es para Iker y Val, la roja para Germán y para mí, y la gris para los otros dos —señaló la tercera y más grande.

—No pienso dormir contigo, Judas. Seguro que ahora que estoy prometido intentas algo indecente conmigo —protestó Germán.

—A mí no me parece mal, pero lo mismo Val quiere dormir con una chica —dijo Bea.

—A mí no me importa dormir con el monito. Y Martín debería dormir con Germán. Como se va a casar, no puede dormir con una chica, y Hugo le cae gordo —dijo Valeria apoyando la cabeza en el hombro de Iker.

Bea entrecerró los ojos mirándola, eso hacía que ella acabara en una tienda con Hugo. Valeria era mucho menos inocente de lo que parecía.

—No pasa nada, siempre puedes dormir con nosotras —le ofreció Silvia a Bea.

Eso no le pareció mala idea. Al fin y al cabo, Erica ya le había echado el ojo a Hugo, ella acabaría durmiendo con Silvia. O con Wences.

—Da igual. —Bea metió su mochila en la tienda grande, no quería seguir discutiendo sobre aquello—. Son más de las cuatro y me muero de hambre.

Sacaron los táperes que les había preparado Delicia: bocadillos, croquetas, guisantes y dos tortillas de patatas. Momento que Germán aprovechó para explicarles cómo se deben pelar los guisantes. Tras su disertación, todos coincidieron, algo sugestionados, en que aquellos estaban muy bien pelados.

Hugo estaba ensimismado. Solo abrió la boca para hacer algunas bromas a Erica, a quien llamaba Gatorade por su color de pelo. No volvió a mirar a Bea.

Abrieron el táper de croquetas y Germán se encargó de que las chicas cogieran primero.

—Lu siempre dice que las chicas coméis menos cuando se come de tapas —dijo mientras Bea cogía una croqueta.

—Muchas gracias, Germanito, eres un planchabragas. —Valeria levantó el pulgar.

—Val, esa palabra se usa para ofender. —Bea casi se atraganta.

—A mí no me molesta. Lo de «Germanito», en cambio, sí.

—Ya, pero no quiero que hable como un machirulo —explicó Bea.

—¿Qué más dará? —dijo Hugo, molesto.

—¿Cuándo has aprendido esa palabra? —preguntó Iker.

—En las duchas, se lo han llamado al chico que le ha dejado una toalla a Be y luego la ha llevado en brazos —dijo Valeria cogiendo una croqueta y mirando de reojo a Hugo.

Bea también le miró. Para su sorpresa, él no la miró. Estaba muy serio, y dedicó una mirada asesina a Martín unos segundos para volver a concentrarse en su cerveza. Apenas había comido. Se acercó a Bea para pedirle un cigarro y se fue a dar un paseo.

Después del festín, todos se quedaron algo adormilados y uno a uno fueron metiéndose en las tiendas para echarse la siesta. Bea se quedó dormida en cuestión de segundos. Se despertó al sentir a alguien tumbarse a su lado, muy cerca. Alguien que la abrazó por la cintura. Antes de poder reaccionar, notó a otras dos personas, entrar en la tienda. Las identificó por las risas que intentaban disimular.

—Te tendría que dar vergüenza tener el móvil apagado —dijo Lara tumbándose sobre ella.

Raquel era quien la estaba abrazando y Camino se había sentado a los pies de la colchoneta. Las tres empezaron a gritarle para que se terminara de despertar.

—Os odio —gruñó Bea tirando de Lara y Raquel cuando trataron de levantarse.

—Ya lo sabemos. Has apagado el móvil y te has escondido aquí. Raquel, castigo. —Lara la sujetó por las muñecas.

Raquel se aproximó para hacerle cosquillas, no la había tocado y Bea ya estaba suplicando que pararan.

—Tengo el móvil jodido, se cayó al barro —chilló apresuradamente para evitar las cosquillas.

—Es verdad. Iker nos lo contó por teléfono —dijo Camino a Lara.

—Me da igual. Menos mal que nos hemos encontrado a tu novio y nos ha dicho dónde estabas. —Lara la soltó.

—¿Novio? —A Bea le dio un vuelco el corazón. Le aterraba que hablaran de su ex.

—El machistoso, Hugo.

—Tía, no digas eso. Me da grimilla —dijo Bea, algo aliviada.

—¿Grimilla? ¿Qué habéis hecho?

—Nada —mintió.

—¿Nada? —Lara miró a Raquel y ambas negaron con la cabeza—. Eso no se lo cree nadie. El jueves le perseguías como una colegiala.

—Piensa lo que quieras. —Bea se encogió de hombros.

—Estaba fumándose un cigarro de esa marca que solo compráis tú y cuatro frikis —dijo Lara examinando la tienda por dentro.

—Porque es un gorrón —les explicó.

—Menos mal, Be. No te pega nada —dijo Camino.

—Ya. —A Bea se le escapó media sonrisa.

Raquel y Lara se miraron y volvieron a agarrarla para hacerle cosquillas.

—¿Nos lo vas a contar? —dijo Lara.

Bea chilló y suplicó que pararan, pero no confesó.

—¿Qué pasa aquí? ¿Qué escándalo es este, pardiez? —Germán apareció en la entrada de la tienda.

—Son unas criminales peligrosas, quítamelas de encima —pidió Bea tratando de levantarse.

Germán negó con la cabeza y se alejó lo más rápido que pudo de la tienda. Podía enfrentarse a unos criminales, pero no a cuatro chicas alteradas. Las vecinas, Iker y Martín también se habían despertado. Martín tenía bastante mala cara.

—Lo sentimos mucho —dijo Camino cuando salieron de la tienda y se dieron cuenta de que los gritos de Bea habían interrumpido la siesta de todos ellos.

—Lo siento —repitió Bea colocándose el vestido.

—Yo os puedo compensar. —Lara abrió su mochila y sacó dos botellas de vodka y dos de ron.

Todas las malas caras desaparecieron al ver el alcohol.

—¿Habéis traído vasos? —preguntó Martín.

—De chupito, para jugar.

—¿A la botella? —preguntó Valeria, que acababa de salir de la tienda.

—Ni hablar. Ya pasé la mononucleosis y no quiero repetir —dijo Camino.

—Pues juguemos a «yo nunca» —sugirió Lara.

Todas las chicas, salvo Bea, aplaudieron la idea y se empezaron a colocar en círculo. A Germán, Martín e Iker no les acababa de convencer aquel plan. Exponerse a la curiosidad de aquella horda de chicas los asustaba. Martín argumentó que aquel era un juego de niños, e incluso trató de usar la carta de su corazón roto para que le dejaran beber en paz, pero nada le sirvió. Tuvo que ceder.

—Venga, joder, vamos a jugar. Nosotras no os conocemos a ninguno, ¿qué mejor manera de romper el hielo que unas inocentes confesiones? —dijo Silvia.

—¿Inocentes? —Bea miró a sus amigas. Sabía que no tendrían nada de inocentes.

—Bien dicho, chica nueva. Vamos a jugar muy *light*, que hay críos delante. —Lara le guiñó un ojo a Martín.

—Está bien. —Él aceptó el desafío.

Después de que Martín accediera, el resto de los indecisos, algo preocupados aún, se unió al círculo que habían formado las chicas. Todos llenaron sus vasos.

—Empiezo yo. —Lara se acercó el vaso a los labios—. Yo nunca me he liado con alguien de mi mismo sexo.

33

—¿Eso es empezar flojo? —preguntó Silvia mientras bebía un trago.

A Bea no le sorprendía la falta de sutileza de su amiga Lara.

Camino llevaba una temporada deprimida. Tenía muchísimo estrés en el trabajo y eso le acabó pasando factura. Cada una de sus amigas había intentado ayudarla de alguna forma. La llevaron de excursión, de compras, de fiesta, la llamaban y le daban cariño. Lara, en cambio, tenía otra teoría: estaba empeñada en que sus penas se aliviarían con sexo. Así que a menudo trataba de detectar chicas solteras, que pudieran estar interesadas en Camino. Estaba usando el juego para averiguar si Erica, la chica del pelo azul, o Silvia, su amiga rubia, encajaban en el perfil. Bea lo sentía por Camino. Pero a la vez se alegraba que Lara estuviera entretenida, arreglándole la vida a otra y no a ella. Con ella, además, tendría menos contemplaciones y soltaría algo como «Yo nunca me he follado a Hugo».

Bea, Lara, Raquel, Camino y Silvia bebieron.

—Espera, ¿cómo funcionaba esto? ¿Bebes si lo has hecho o bebes si no lo has hecho? —preguntó Germán cuando estaba a punto de beber.

—Bebe el que haya hecho la acción del «yo nunca» —aclaró Lara.

—Mi turno. Yo nunca he follado en un portal —dijo Camino colocándose las gafas.

Esa era su forma de vengarse de Lara, quien tuvo que beber.

—Qué peligro tenéis. Normalmente, se empieza con preguntas más inocentes, para romper el hielo —protestó Germán.

—Bebe —le ordenó Iker, adivinando que por eso protestaba.

Germán, Lara y Bea bebieron.

—¿Habéis empezado a beber sin mí? —Hugo regresó a las tiendas.

—Han empezado ellas. Yo aún no he olido el alcohol. —Martín estaba algo fastidiado por no haber bebido.

Hugo intentó que le dejaran beber sin jugar a aquello, pero al igual que su amigo Martín acabó fracasando. Cogió un vaso de chupito, se lo llenó y se sentó al lado de Erica.

—Yo nunca he estado en Disneylandia. —Valeria trató de decirlo con seguridad, pero su timidez volvió a hacer que se sonrojara. No bebió.

—¿Veis? Así teníamos que haber empezado —dijo Germán.

Bebieron Erica e Iker.

—Qué sosa. —Erica le guiñó un ojo a Valeria.

No lo dijo con mala intención, pero ella se sintió mal. Disimuladamente, se escondió tras el brazo de Iker. Él lo notó y decidió que tenía que hacer algo para animarla.

—Yo nunca he llamado «mamá» a mi jefa por error —dijo a modo de confesión.

Se hizo el silencio. Iker bebió y todos se echaron a reír.

—A mi profesora la llamé «mamá» en primaria —confesó Germán.

—Yo también. —Iker se encogió de hombros y sonrió al ver como a Valeria se le saltaban las lágrimas riendo—. Pero estaba ya en el instituto.

—Yo nunca... he llamado «mamá» a Be —dijo Martín.

Había pensado hacer alguna pregunta con la que pudiera por fin beber, pero era una oportunidad demasiado buena para dejarla escapar. Todos miraron a Iker conteniendo la risa. Este se acercó el chupito a los labios, pero no bebió. Valeria se incorporó intrigada. Iker le guiñó un ojo y vació el vaso de un trago. El grupo se deshizo en carcajadas.

—¿Cómo olvidarlo, hijo mío? —Bea se obligó a respirar despacio, tratando de parar de reír. Ya le empezaba a doler la tripa.

Cuando se dejaron de escuchar risas, Germán carraspeó.

—Yo nunca he hecho un *spoiler* de Juego de Tronos. —Germán cogió la botella y llenó el vaso de Iker—. Bebe.

—Silvia, bebe —ordenó Erica a su amiga.

—Raquel, bebe. —Lara cogió la botella—. Y si te tuvieras que beber un chupito por cada *spoiler* acabarías con un coma etílico. Te toca, Silvia.

—Yo nunca he fantaseado con tirarme a Sami, la de El Ariel. —Silvia se mordió un labio de forma sugerente.

Se oyeron un par de silbidos. Todos bebieron, salvo Martín, Valeria y Hugo. Este último se quedó mirando el vaso.

—Bebe —le ordenó Iker.

—Técnicamente... —Hugo seguía dudando.

—Tú bebe.

—Qué injusto todo —gruñó Martín, que seguía seco.

—No me lo creo —dijo Bea al comprobar que no bebía—. ¿Nunca?

—Sami me impone demasiado, no sabría qué hacer —respondió él.

—Oh, vamos, Mart. Seguro que se te ocurre algo. —Bea se acabó su chupito y le guiñó un ojo.

—Ahora mismo solo puedo pensar en una persona... —Martín se vino abajo.

Hugo cogió la botella y se sirvió.

—Yo nunca he besado a Be —dio un trago mirando a Martín.

—¿A esta? —preguntó Lara señalando a Bea.

—Sí. —Hugo no desvió la mirada, la tenía fija en su amigo. Martín frunció el ceño.

—Trae esa botella —exigió Lara—, tengo que rellenar.

A nadie le sorprendió que Hugo y Valeria bebieran. Ni siquiera que lo hicieran Lara y Raquel.

En cambio, llamó la atención alguien que no bebió. Bea arrugó el gesto.

—¿Camino? —dijo Bea mirando a su amiga.

—Pues no, Be, vas por ahí besuqueando a todo el mundo y a mí ni agua. —Camino se hizo la ofendida.

—Eso no puede ser.

Bea gateó hasta donde estaba su amiga.

—Ni hablar, no quiero las sobras de nadie.

Camino trató de apartarla.

—Te vas a joder.

Bea se abalanzó sobre ella.

—Yo solo quiero a Ivanka.

Camino se tapó la boca, pero, con ayuda de Lara, Bea logró darle un pico. Luego se levantó, dio un paso atrás y con solemnidad la señaló.

—Ahora llevas a mi hijo en tu vientre —anunció con voz profunda.

—Tía, sabes a... ¿guisantes? —dijo Camino con cara de asco.

—Estaban buenísimos —afirmó Bea, asombrada de que después de la siesta aún supiera así.

—Los pelé yo. —Germán levantó la barbilla, orgulloso.

Mientras Germán volvía a presumir de guisantes, Hugo se giró hacia Martín.

—¿No bebes?

—No, tío, no voy a hacer trampa —dijo su amigo, contrariado—, pero me parece muy injusto que no haya bebido ni una sola vez. Hasta Valeria ha bebido más que yo y...

Una idea apareció flotando en su mente. Entrecerró los ojos mirando a Hugo. Este le miraba interrogativamente. Las piezas encajaron en su cabeza. Señaló discretamente a Bea y luego se señaló a sí mismo. Hugo se encogió de hombros, pero no lo negó. Los ojos de Martín se abrieron como platos.

—Vamos, no me jodas —exclamó en un tono mucho más alto de lo que le habría gustado.

—¿Bebéis o no? —preguntó Bea al fondo entre risas.

Martín, harto del juego, no pudo esperar más y se bebió todo el vaso de golpe.

—¿Te has tocado pensando en Ivanka Trump? —Bea estaba boquiabierta.

No se habían dado cuenta de que ya habían cambiado de «yo nunca».

—Supongo que sí. —Martín se encogió de hombros.

—¿De verdad? —Iker arrugó la cara.

—Deberíais montar un club. —Lara le señaló a él y a Camino.

Los dos admiradores declarados de Ivanka recibieron puyas un buen rato.

Erica fue la siguiente.

—Yo nunca he enviado fotos desnuda a otra per... —empezó a decir.

—Creo que ya hemos jugado bastante. —Hugo se puso de pie, apresuradamente. Le dio la espalda a Bea y agarró la botella. El ambiente se enrareció durante unos segundos. Señaló el resto del alcohol—. Nos quedan dos botellas. ¿Qué tal si bebemos hasta que Iker nos llame «mamá» a todos?

Su iniciativa fue recibida entre vítores. Todos se levantaron, fueron a donde estaba el resto de las botellas y empezaron a repartir el alcohol entre risas. Se hacían apuestas sobre en qué situación Iker podría llegar a llamar «mamá» a Ivanka Trump.

Bea seguía en el suelo, no se había levantado. Se había quedado sola. Abrazaba sus rodillas con un brazo y se mordía las uñas de la otra mano. Hugo se puso en cuclillas a su lado.

—Me han dicho que en un rato vas a ver a Metallica en directo —le dijo mientras le llenaba el vaso.

Eso la sacó de su ensimismamiento. La sonrisa de Hugo la tranquilizó. Ella también sonrió. Le estaba agradecida por que hubiera parado el juego. Brindó con él y le miró a los ojos.

—Yo nunca pensé que podrías llegar a caerme bien.

34

—¿Caerte bien? —Hugo se hizo el sorprendido. La miraba sin dejar de sonreír—. ¿Quién eres y qué has hecho con mi Beatriz?

Bea rio, le hizo una señal para que se acercara y le susurró al oído.

—Soy Bearro. Nunca me fui.

—Maldita sea. —Se sentó a su lado—. No es fácil deshacerse de una criatura del lodo.

—No lo es. Prevalecemos. Podemos sobrevivir escondidas debajo de las uñas, como si fuéramos vulgar roña.

Bea estaba jugueteando con el vaso y se le cayó. Hugo lo recogió y cuando se lo fue a dar sus manos se rozaron. Se hizo un incómodo silencio.

—¿Be está bien? ¿Estás en contacto con ella?

—Sí —afirmó Bea apartando la mirada. Si no le miraba a los ojos, se le iba la vista a los labios. Y si le miraba a los ojos, sentía que el pecho le iba a estallar—. Está bien, a veces me manda memes.

—¿Le puedes dar un mensaje de mi parte? —La sonrisa de Hugo dejaba entrever un mensaje poco inocente.

—¡Hugo! —gritó Erica de lejos—. ¿Vienes?

Él le hizo una señal para indicar que iría más tarde. Así que Erica, haciendo caso omiso, fue hacia donde estaban.

—Te vas a quedar sin beber —dijo la chica ofreciendo servirle más alcohol.

Hugo se limitó a enseñarle la botella casi vacía que tenía en la mano.

—Esa la hemos usado para jugar. Venga, que estás muy sereno —dijo Erica poniéndole ojitos y cogiéndole de la mano.

Bea se puso de pie y sus amigas se acercaron en cuanto la vieron.

—¡Camino! Vamos a darle eso a Be —gritó Lara, que iba con Raquel.

Ante la amenaza de tantas mujeres juntas, Hugo se puso de pie y se dejó arrastrar por Erica.

—Te hemos comprado las mejores zapatillas de todo Bilbao. —Haciendo gestos solemnes, Lara entregó una caja de zapatos a Bea.

—Las mejores zapatillas de menos de quince euros —puntualizó Camino.

—Gracias. —Bea miró con aprensión la caja—. Estoy segura de que os habéis esforzado para pisotear mi dignidad. —Examinó la caja sin abrirla—. ¿Purpurina? ¿Zapatillas plateadas? ¿Doradas? ¿Zapatillas con tacón? ¿Zapatillas de Bob Esponja?

—Tía, Be. ¿Por quién nos tomas? —Lara la miró molesta.

—Eso nos ofende —dijo Camino.

—Qué desagradecida. —Valeria acababa de unirse a ellas.

—Ya —Bea las miraba con recelo—, como si no tuviese en mi armario un disfraz de enfermera porno de aquel Halloween en el que no me tenía que preocupar porque teníais «el disfraz perfecto».

—¿Lo sigues guardando? —dijo Lara con malicia.

—¿Te lo pondrás por fin este año? —preguntó Raquel.

—Tía, no es un disfraz, es ropa porno —dijo Bea.

—Es ropa igualmente —aclaró Lara—. Ropa que tus amigas eligieron y compraron con amor.

—¿Igual que la camiseta de One Direction?

—Eres la única mujer en el planeta a la que no le gustan One Direction. —Lara hizo un gesto de desprecio con la mano.

—Bueno, Be, si no las quieres, las devolvemos. —Camino estiró la mano hacia ella.

—Las necesito —gruñó Bea. Luego miró con algo más de cariño a sus amigas—. Gracias por conseguirme unas zapatillas, aunque solo sea para burlaros de mí.

—Te vas a comer tus palabras, Be —advirtió Camino.

Abrió la caja. Se quedó boquiabierta con lo que vio. Unas Converse falsas; es decir, unas Canverso. Eran negras con la suela blanca. No pudo ni sacarlas de la caja porque la emoción la embargó.

Se levantó y abrazó a sus amigas, gratamente sorprendida.

—¡Son normales! ¡Habéis madurado por fin! —Bea se sentía como una madre orgullosa.

Raquel se tapó la boca.

—Sabemos que lo has pasado mal. Lo del barro ha sido una putada —explicó Lara.

—Ya... —Bea estaba feliz, abrazando sus zapatillas.

—Queríamos que estuvieses cómoda, con algo que fuese con tu personalidad. —Lara dio una palmadita en la espalda a Camino, que había ayudado con el regalo.

Raquel no pudo aguantar más y empezó a reírse a carcajadas. Lara le dio un codazo, pero era demasiado tarde. Bea se apresuró a examinar las zapatillas. Las miró de cerca, miró debajo de los cordones, metió la mano dentro y por fin les dio la vuelta. Habían escrito algo en la suela. Lo raspó, no se quitaba. Habían usado un rotulador indeleble.

—Os mato —rugió enseñando las suelas.

En ambas habían escrito: Be x Hugo.

No muy lejos de allí, ajeno a que su nombre estaba siendo utilizado para decorar unas zapatillas, Hugo echaba una mano a su amigo Martín para escapar de las preguntas de Silvia. No era un gesto totalmente altruista, él también necesitaba alejarse de las insinuaciones cada vez menos sutiles de Erica. Era una chica preciosa que se había quedado soltera recientemente y solo lo quería pasar bien. En otras circunstancias no se le habría podido insinuar a Hugo porque él se habría adelantado. Pero estaba distraído.

—Gracias por sacarme de ahí —dijo Martín cuando se quedaron solos—. Además, tenía que hablar contigo. ¿Qué es eso de que crees que Be y yo tenemos algo?

—¿Qué? —Hugo trató de disimular.

—O crees que podríamos... Ahora lo entiendo todo. Joder. —Se restregó la mano por la cara y negó con la cabeza—. Estás fatal.

—¿De qué hablas?

—Pensaba que me soltarías todo el rollo de «Volvemos a ser los tres solteros. Vamos a arrasar Madrid. Que se vayan preparando las pibas». Gracias por no hacerlo. Pero intentar que me líe... con Be —pronunció el nombre de su amiga de forma muy aguda recalcando su incredulidad.

—Pues...

—¿Tú sabes por lo que estoy pasando? —Martín se acarició el pelo que ya no tenía, frustrado—. No, no tienes ni idea de lo que es. Tú no.

—Lo que me cuentas, supongo. —Hugo le ofreció la botella y Martín la cogió y bebió a morro.

—Me muero, Hugo. —Tragó saliva—. Siento que me estoy muriendo por dentro. Es como si el tiempo no fuera a continuar para mí, siento que no hay nada más. No puedo imaginar mi vida sin ella. No puedo respirar sin ella, no puedo pensar, no puedo dormir. Si no hubiera venido, estaría en mi casa tratando de anestesiarme con cualquier mierda que me ayudara a no sentir. ¿Y me vienes ahora con eso?

—Pues si tanto te gusta Be...

Martín se llevó las manos a la cabeza. Caminó unos metros y luego regresó.

—Hablo de Paula, imbécil. —Estaba atónito—. Menudo cenutrio. Es que no se puede ser menos empático que tú, tío.

—Vale, lo pillo. —Hugo se cruzó de brazos.

—A ver, ahora mismo pensar en cualquier otra tía hace que sienta náuseas. Me muero por estar con alguien, pero ese alguien tiene que ser ella, ¿lo entiendes? No es reemplazable.

—Sí, creo que eso puedo entenderlo. —Bajó la mirada.

—¿En serio? ¿Be? Tío, es mi mejor amiga, es como mi hermana. Sería como tirarme a Iker.

—¿Iker con barba o sin barba? —bromeó Hugo.

—Que te jodan, esto es serio. Tus putas ideas de bombero pueden joder mi amistad con Be, y eso sí que no. No puedo permitirme perderla ahora. Y mucho menos voy a perderla por un puto polvo.

—Un polvo no, pero... quizá sí por algo más.

—Joder, qué obtuso eres, tronco. —Martín se paseaba nervioso—. Que no. Si hubiera tenido que pasar algo, habría pasado hace mucho tiempo. Es mi amiga —pronunció separando las sílabas de la palabra—. Y yo tengo la puta suerte de que me considere su amigo a pesar de mis mierdas, a pesar de no haberme puesto de su lado cuando tú no parabas de putearla. Las parejas vienen y se van, pero Be va a estar ahí siempre. Cuando quiera reír, cuando quiera llorar, cuando quiera echar mierda sobre alguna cagada de Iker. Quizá algún día tendré que compartirla con algún capullo con suerte del que se enamore, pero sé que seguirá ahí.

Martín sonrió por fin.

—Además, pobre del valiente que intente algo serio con ella. —Agitó la mano derecha.

—Joder, Mart, menos mal que es tu amiga. —Hugo le miró de reojo.

—Es una tía de puta madre, pero... más de uno se ha vuelto loco intentando retenerla.

Hugo no dijo nada. Martín volvió a restregarse las manos por su coronilla rapada.

—Me esperan días largos y noches aún más largas —dijo con amargura—. Así que ya puedes espabilar y llevarte bien con ella, porque os necesito a los dos. Se acabaron vuestras broncas de críos.

—No te preocupes. No es tan insoportable como la recordaba.

—¿Insoportable? Tío... Si no puedes dejar de mirarla.

Hugo negó con la cabeza. No quería seguir con aquella conversación, así que le dijo a Martín que iba a buscar su móvil a la tienda. Lo había dejado allí cargando. Pero cuando estuvo cerca escuchó las risas de las chicas y se detuvo. No le apetecía enfrentarse a aquel aquelarre, así que con sumo cuidado fue abriendo lentamente la cremallera trasera de la tienda, aprovechando cada carcajada para que no le oyeran.

—Ya os vale —protestó Bea.

—Venga, Be, si le miras como si estuvieras en el desierto y él fuera la última cerveza fría —dijo Lara.

—El alcohol deshidrata y reseca la piel —replicó ella.

—Tía, cuando se te acerca, estás de todo menos reseca. —Lara hizo reír a las demás.

—En serio, parad —gruñó Bea—. Ahora que él me ha dejado

por fin en paz, no empecéis vosotras, ¿eh? ¿Por qué no hablamos del Zakk Wylde que se ha agenciado Raquel?

—Qué petarda eres —dijo Lara—. Bueno, si pasas de Hugo, cuéntanos entonces qué le vas a hacer al caballero de brillante armadura que te prestó la toalla...

Hugo había recuperado su móvil, había vuelto a cerrar la cremallera trasera de la tienda y, sobre todo, había escuchado suficiente.

35

A Valeria le dolía la tripa de tanto reírse. Le habían caído muy bien las amigas de Bea. Se sintió tentada a acompañarlas durante el concierto, pero cuando supo que Bea no iba con ellas, se echó atrás. Prefería estar con ella y con Iker. Además, Germán se había ofrecido a explicarle las canciones. Se despidieron de ellas y fueron a la entrada del camping a encontrarse con los chicos.

De allí fueron andando hasta el recinto donde se celebraba el concierto, y esperaron pacientemente en la cola para entrar. Cuando casi les tocaba, Martín se empezó a palpar los bolsillos preocupado. Les dijo a los demás que no encontraba las entradas. Las caras de sus amigos eran un poema y al final se echó a reír a carcajadas y les confesó que era una broma.

—Eres lo peor. —Bea le acercó la mano a la cara como si le fuera a abofetear, y luego le abrazó.

Validaron las entradas y pasaron por el estricto control de seguridad. Tenían delante una explanada cubierta de césped, muy verde, y al fondo un escenario enorme, rodeado de un despliegue impresionante de andamios llenos de focos y amplificadores. Había ya bastantes personas cerca del escenario, otras estaban paseando o sentadas en el suelo formando pequeños grupos.

—No me creo que por fin hayamos llegado. —Martín se volvió hacia sus amigos.

—Hasta que no empiecen a tocar, yo no cantaría victoria. —Iker torció el gesto.

—Iker, no seas gafe, por favor —le rogó Bea.

—¿Vamos? —dijo Hugo mirando a los demás.

Tras un par de minutos, eligieron una zona no muy alejada del escenario. Estaba lo suficientemente lejos como para poder moverse tranquilos y lo suficientemente cerca como para poder ver la actuación. Según vaticinó Hugo, a esa altura se iba a llenar bastante. Iker prefería estar un poco más atrás, pero decidieron estar relativamente cerca para que Bea no sintiera la necesidad de escaparse a primera fila. Una vez que eligieron el sitio, se sentaron en el césped a esperar.

Valeria observó aquel ambiente tratando de absorberlo todo. El porcentaje de chicas era muy pequeño, y la mayoría de los chicos iban vestidos con camisetas de grupos de *metal.* Se fijaba más en la ropa y los accesorios que llevaban las chicas, pero lo que le llamó especialmente la atención fueron un par de chicos que llevaban la cabeza peinada con algunas trenzas.

—Germanito, ¿nunca has pensado en hacerte trenzas? —dijo mientras contemplaba con deseo aquel cabello tan largo, tan sedoso, tan lleno de posibilidades.

—*Vade retro!* —exclamó él poniéndose de pie de un salto y cambiándose de sitio para alejarse de Valeria—. Ni se te ocurra. No te ofendas, pero ¿dejarías que un dentista te operara a corazón abierto?

—No —contestó ella, confusa.

—Esto —Germán le mostró un mechón de su pelo— es muy delicado. Solo puede ser manipulado por profesionales.

La chica se giró fastidiada. Miró con interés el pelo de Iker. Más corto y descuidado que el de Germán, pero aun así se le podían hacer muchas cosas.

—No puedes hacer eso, Val —protestó él cuando vio cómo le miraba.

—¿Por qué no, monito?

—Porque sabes que no te puedo negar nada. Es abuso de poder.

—Entonces ¿sí? —Juntó las manos, emocionada.

—Val, por favor, no me pidas eso...

—Porfis, monito. ¿Puedo peinarte el pelo y la barba?

—¿La barba también? —Iker estaba pálido; sin embargo, se entregó, sumiso, a los planes que tenía Valeria para él.

Bea, Germán y Martín estaban entretenidos charlando sobre música. Hugo miraba el móvil. Cuando salieron a tocar los teloneros y empezó a sonar la música, se pusieron de pie y se fijaron en el cambio de Iker. Valeria le había hecho unas pocas trenzas pequeñitas que apenas se veían. Le apartaban el pelo de la cara y hacían que la barba dejara de parecer la de un ermitaño loco.

—Vaya, si tienes ojos. —Bea le miraba gratamente sorprendida—. No te queda mal.

—Pareces un elfo hípster —le dijo Martín.

—Que no te vea Raquel así. Ese rollo le encanta —le advirtió Bea.

—Y a mí —dijo Hugo guiñando un ojo a Iker.

—¿Y a quién no? —Germán, que estaba viviendo el concierto con todo su ser, dejó de mirar unos segundos al escenario para guiñarle también el ojo a Iker y lanzarle un besito.

Él, rojo de vergüenza, trató de deshacerse las trenzas, pero Valeria le detuvo. Le bastó con mirarle con ojos brillantes unos segundos para que Iker abandonara la idea.

Los teloneros dieron un buen concierto. Germán estaba encantado, y había logrado que Valeria se interesara un poco. Ayudó bastante que el grupo hiciera los comentarios en español, animando al público, entre canción y canción. A los demás también les había gustado bastante.

El problema era que no había demasiado público. Germán le explicó a Valeria que eso era lo habitual cuando tocaban los teloneros. En cuanto se bajaron del escenario, el recinto se empezó a llenar más y más. Ya no podían sentarse, y tenían que estar más pegados. Valeria se sintió abrumada al verse rodeada de tanta gente. Sobre todo, cuando Metallica salió al escenario y empezó a sonar la música.

El público a su alrededor gritaba, saltaba o alzaba el móvil. Los que parecían menos entregados alzaban la cabeza y miraban hipnotizados hacia el escenario. Germán explicó a Valeria quién era quién en el grupo. Un par de anécdotas y lo mal que le caía el batería. No pudo contar mucho más porque apenas se le oía. Ella estaba sorprendida, había imaginado un concierto menos espectacular, y sobre el escenario había un impresionante despliegue de luces e incluso columnas de fuego que salían del suelo, cerca de los músicos.

Aun así, estar de pie, incómoda, sin poder separar los brazos del cuerpo no le resultaba agradable. Aquella música empezaba a gustarle, pero no lo suficiente como para entender toda esa situación. Se sintió fuera de lugar, como en Nochevieja. El brazo de Iker la rodeó por la cintura y la atrajo hacia él.

—¿Estás bien? —le preguntó, casi gritando, para que le oyera por encima de la música.

Por un momento se sintió más segura, asintió y entonces él la soltó. Ella cogió su mano y volvió a rodearse con ella. Iker no la movió y Valeria se apoyó en su hombro. Aquello la reconfortó. Se sintió relajada, a gusto y, en cierto modo, parte de aquello. Decidió que el hombro de Iker era su nuevo lugar favorito.

Bea alternaba estar de puntillas con saltar. Valeria no supo si de la emoción o porque no veía nada. Ella era más alta y podía ver algo del lejano escenario. Bea solo veía espaldas de metaleros. Inconscientemente, trató de ir hacia el escenario cuando empezó a sonar la primera canción. Martín e Iker la detuvieron. Le recordaron que había ido al concierto con ellos y que además estaba sin móvil. Pero cinco canciones más tarde, cuando empezaron a sonar las primeras notas de «Seek and Destroy», volvió a emocionarse y desapareció entre la gente avanzando hacia delante. Fue tan rápida que sus amigos no pudieron hacer nada. Simplemente en un momento estaba y a los pocos segundos no.

—¿Y Be? —preguntó Germán cuando pasaron dos canciones.

—En primera fila, supongo —contestó Martín encogiéndose de hombros.

—¿Sola? —dijo él.

Aquel no era un ambiente inseguro. A pesar del aspecto del público, en aquellos conciertos no solía haber problemas por estar solo. Lo único malo eran los empujones; cuanto más cerca estabas del escenario, más peligrosos eran. Por muy fuerte que fuera, Bea no dejaba de ser muy pequeña y ligera.

—El chico de la toalla dijo que quizá estaría en primera fila. Puede que la haya encontrado —gritó Valeria para que la oyesen.

Esto pareció tranquilizar a todos, salvo a Hugo. Contrariado, dijo que iba a por bebida y se perdió entre el público.

Bea casi había llegado a primera fila. En el camino había recibido algún empujón y algún insulto, pero le resultó relativamente fácil avanzar. Empezó a alejarse de sus amigos casi sin darse cuenta, buscando un hueco para ver mejor, y poco a poco se había acercado hasta llegar allí. Se le había vuelto a ir de las manos. Aun así, no estaba aún en primera fila. Tenía delante una muralla de metaleros que no parecían dispuestos a dejar que pasara delante.

Los chicos que tenía detrás avanzaban hacia ella cada vez que saltaban. Se quedaba sin espacio, estaba aprisionada y empezó a agobiarse. La gente estaba tan comprimida y ella tan abajo que le faltaba el aire. No le asustaba desmayarse, estaba apenas a dos metros de la valla y la sacarían con facilidad. Pero le habría fastidiado mucho perderse el concierto por idiota.

Le pareció oír que alguien la llamaba, no pudo ver quién. Trató de ir hacia la voz y una mano la agarró y tiró de ella con fuerza. Su salvador había sido uno de los amigos de Wences, que estaban en primera fila. Le dio las gracias, pero él la miraba como si se la fuese a comer. No muy lejos de ellos estaba Wences, así que fue hacia él. El chico de la toalla la recibió con una sonrisa. Le puso la mano en la zona desnuda de su espalda, la atrajo hacia él y le dio un beso en la mejilla. Dejó que se pusiera en su lugar en primera fila, y ella por fin pudo respirar bien. Él le sacaba una cabeza así que, aunque tuviera a Bea delante seguía en primera fila. Ella continuaba sintiéndose incómoda por cómo la miraban los amigos de Wences. No se explicaba que un chico tan educado tuviera amigos así. Él lo debió notar y les dijo algo que ella no logró entender. A partir de ese momento, Bea logró centrarse en el escenario y en aquella música que tantas ganas había tenido de oír en directo.

Algo la sacó de nuevo del concierto. Wences la rodeó por los hombros y la atrajo con fuerza hacia él, con el otro brazo estirado sujetaba el móvil. Hizo una foto de los dos.

Ella salió con expresión seria. Aquello había sido demasiado brusco.

—¿Estás bien? ¿Te ha molestado? —Wences se agachó para que ella le escuchara por encima de la música—. Lo siento muchísimo. La puedo borrar.

Bea no supo qué decir.

—A lo mejor... —Wences agachó la cabeza y sonrió con timidez—. A lo mejor me he emocionado demasiado. No la voy a compartir, solo... Solo quería que pudiéramos recordar esto. —La miró un par de segundos antes de volver a mirar al suelo.

—No pasa nada —mintió Bea. Le pareció que se pasaba de intenso, acababa de conocerle. Pero, por otro lado, se sintió ridícula por que aquello le molestara.

—Me alegro mucho de que nos hayamos encontrado. —Wences la miró por fin, estaban muy cerca.

Bea le devolvió la mirada, fascinada por esos ojos azules. Sonrió y se giró hacia el escenario, dispuesta a disfrutar de lo que faltaba de concierto.

Bastantes metros más alejado del escenario, Hugo regresaba a donde estaban sus amigos cargando con dos minis hasta arriba de roncola. Uno para compartir y el otro para anestesiarse. Quería dejar de pensar en qué podría haber hecho de otra manera para no haber acabado así, dejar de pensar en qué estaría haciendo ella. Dejar de sentir esa rabia que no tenía derecho a sentir. Con suficiente alcohol en sangre, disfrutaría de lo que quedaba del concierto, se olvidaría de Bea y le daría lo mismo con quién acababa pasando la noche. Le entregó uno de los vasos a Martín y sacó el móvil. Llevaba un rato vibrando en su bolsillo.

Eran mensajes de un grupo de WhatsApp que creía muerto. Más de veinte notificaciones. Entró en él para silenciarlo y lo que vio le dejó de piedra.

—No me jodas. —Miraba incrédulo la pantalla—. No me jodas.

Un sudor frío le recorrió la espalda. Se había quedado blanco como una sábana. La música le empezó a sonar lejana.

Valeria se había vuelto hacia él y parecía preguntarle si estaba bien.

Hugo no respondió. Le dio su mini y se alejó a toda prisa, perdiéndose entre el público.

36

Llegar a primera fila antes de que comenzara un concierto de ese tamaño era muy difícil. Hacerlo con el concierto ya empezado era prácticamente imposible. Quizá una chica guapa y pequeña como Bea tenía alguna posibilidad, pero alguien como Hugo no lo tenía nada fácil.

Tuvo que pelear cada metro aguantando pisotones e insultos. Un par de empujones estuvieron a punto de tirarle al suelo; si no cayó, fue porque no había espacio para hacerlo. Se perdió canción tras canción. Estaba tan concentrado en abrirse paso que apenas prestaba atención a la música. Miró hacia atrás y le asustó lo poco que había avanzado. Si no fallaban sus cálculos, debía de quedar una canción y media. Unos diez minutos. Si no llegaba antes de que acabara el concierto, era muy probable que ya no los encontrase. Bea estaba sin teléfono. Si esperaban a los bises, los podría encontrar, pero estar en primera fila era cansado y parte del público se iba hacia atrás en ese momento.

—¿Te pasa algo? —le dijo un tipo al que trataba de adelantar.

Hugo le examinó. En su camino se había encontrado con tres o cuatro personas que le habían visto la cara y le habían dejado pasar. No supo si aquel hombre pertenecía a ese grupo o al de la gran mayoría de personas que le habían increpado.

Reparó en que tenía al lado a una chica. Ambos tenían enormes ojos negros, orejas de soplillo y la misma nariz. Él tenía una barba frondosa, ella no parecía tener más de dieciocho años.

—Mi hermana pequeña está en primera fila —improvisó Hugo—. Ha perdido de vista a sus amigas y me ha escrito porque hay un cerdo que la está molestando. Estoy tratando de llegar.

La verdadera historia era demasiado compleja para contarla a gritos, pero necesitaba ganarse la solidaridad de ese hombre. Cuando vio cómo miraba a la chica, con expresión de preocupación, Hugo supo que su idea había dado resultado.

—No puedes atajar. No creo que los de seguridad se lo traguen. —El hombre se rascó la cabeza, pensativo—. Deberías ir por arriba..., ya sabes.

—¿Por arriba? —Hugo trató de averiguar a qué se refería.

El tipo alzó las manos y Hugo le entendió. Le pareció una idea horrible, eso nunca funcionaba.

Miró el móvil de nuevo, había llegado otro mensaje. Se forzó a leerlo. Era malo, pero cualquier cosa que se pudiera imaginar era aún peor. Le hervía la sangre.

Se giró hacia aquel tipo, no tenía nada que perder.

—¿Me puedes ayudar? —dijo Hugo.

—Podemos ayudarte.

Señaló a su grupo de amigos. Tenía por lo menos a diez conocidos alrededor, la mayoría igual de grandes que él. No solo le levantaron por encima de sus cabezas para que hiciera *crowdsurfing*, sino que le dieron tal impulso que fue pasando por distintas manos hasta llegar casi a primera fila. Hugo sobrevoló unos cuantos grupos, guiándose como pudo hacia delante. Cuando estaba a punto de llegar, un grupo trató de impulsarle hacia atrás. Él se aferró a ellos y gritó diciendo que estaba a punto de vomitar. Ellos le dejaron en el suelo con cuidado.

Se había perdido la mitad del concierto, y de camino también había perdido la dignidad, pero ya estaba allí. Alzó la cabeza para encontrar a Bea. No hubo suerte. Había casi anochecido y no se veía demasiado bien. En un segundo vistazo, sí pudo verlo a él. Estaba en primera fila, pero al otro lado del escenario. No le importó, después de lo que acababa de pasar, aquella distancia no era nada. La gente saltaba mientras sonaba «Master of Puppets» y, gracias a eso, pudo avanzar hasta quedarse a pocos metros. Cuando la vio, se detuvo.

No tenía ni idea de lo que iba a hacer. Necesitaba un plan.

Bea había empezado con bastante mal pie con Wences y cada vez se sentía más incómoda a su lado. Afortunadamente, sus amigos estaban concentrados en el concierto. Se dedicaron a saltar y gritar las canciones, y no volvieron a mirarla. Era cierto que Wences tampoco volvió a hacerse selfis con ella, ni a hacer ningún comentario extraño. Cantaron juntos, saltaron juntos y comentaron los momentos más impresionantes. Pero él la tocaba demasiado, la agarraba por los hombros, acariciaba distraídamente su espalda e incluso trató de abrazarla desde detrás.

No le habría importado que hiciera ese tipo de avances más tarde, pero había esperado años, había recorrido cientos de kilómetros para ver al grupo que había marcado su adolescencia. No iba a perdérselo por algo que podía hacer perfectamente unas horas después.

Aunque no le cortó, tampoco se mostró receptiva, pero eso no hizo que Wences desistiera. Cuando terminó de sonar «Master of Puppets», los músicos soltaron los instrumentos, el público aplaudió y Wences trató de besarla. No supo si en la cara o en el cuello porque volvió la cabeza para esquivar su boca. Esperaba que él entendiera aquello, porque empezaba a fastidiarle tanta insistencia.

Hugo seguía sin saber qué hacer. La música había acabado. Un estruendo de aplausos hizo vibrar todo el recinto. Aquel había sido un gran concierto, era una lástima habérselo perdido. Esperaba que hubiese sido por una buena causa, pero seguía bloqueado, sin ideas. Su teléfono sonó, era Eric. Le colgó.

Notó algo más de espacio a su alrededor. La gente de atrás había dejado de empujar. Pero nadie se marchaba, esperando a los bises. Aunque el público estaba algo más cansado, seguía eufórico. Él también tenía la adrenalina por las nubes, pero no estaba precisamente contento. Eric volvió a llamarle y él volvió a colgarle. No pudo evitar apretar la mandíbula cuando vio a Wences apoyar las manos en la barandilla, dejando a Bea atrapada entre ellas. Le decía algo al oído. Ella sonreía, pero no le miraba. Se lo estaba poniendo difícil. Para Hugo, las señales de ella eran muy claras: «Ahora no». Eso le daba tiempo, pero también significaba que el momento adecuado no tardaría en llegar. El teléfono volvió a sonar. Estaba tan centrado en la mano que Wences acababa de poner en la cadera de Bea que, en vez de colgar, contestó.

—Tío —Eric sonaba molesto—, ¿te has dado de baja en Netflix?

—¿Qué? —Hugo miró el teléfono arrepentido por haber descolgado—. ¿Netflix?

Le había escuchado perfectamente, la música había parado hacía un rato. Pero no se creía que ese fuera el motivo de la llamada.

—Sí. Estamos sin Netflix, cabrón.

—¿Me llamas para eso? —gruñó Hugo, incrédulo.

—Claro que te llamo para eso... —Eric estaba indignado.

—Estoy en medio del puto concierto.

—No oigo música. —Su compañero de piso empezaba a impacientarse.

—Han parado, faltan los bises. No es buen momento.

—Me la suda, he hecho palomitas y no...

—Tío —Hugo trató de mantener la calma—, te llamo en un rato.

—Cuelga y cambio la cerradura.

Hugo resopló. Aquella era la amenaza favorita de Eric, y la reacción favorita de Hugo a aquella amenaza era ignorarla. O al menos así era hasta que una tarde, hacía cuatro meses, llegó a casa y no pudo entrar.

—Tío —tragó saliva—, ahora no puedo.

Eric guardó silencio unos segundos.

—Pareces agobiado ¿qué pasa?

—Joder... —A Hugo le resultó imposible encontrar una explicación corta—. ¿Qué no pasa...?

—Dame salseo y pago yo Netflix.

—Eric, tío...

—Como quieras —dijo Eric comprensivo. Las palomitas se estaban enfriando, pero nunca había oído a Hugo tan preocupado.

—Vale. Trato hecho. —Hugo suspiró algo aliviado

—Al final acabaremos siendo amigos.

—O quizá algo más. —Hugo bromeó por inercia, pero no tenía ganas de reír.

—Cuenta.

—Estoy en un grupo de WhatsApp con los colegas de un amigo. El típico en el que comparten memes guarros y fotos de tías en el metro. No sé si fue por un regalo o porque quedamos a echar un partido, o algo así. Salí con ellos un par de veces. En esa época tuve una movida tocha con Be en internet y uno de ellos compartió fotos de ella en ese grupo.

—¿Quién es Be?

—Bea. La tía que vino ayer a casa.

—Ah, ¿ya te ha mandado a la mierda?

—Pues anoche me lie con ella.

Hugo había dejado atrás la época de presumir de ligues, pero aún le dolía el siete con seis.

—A saber cómo la embaucaste.

—Siendo yo mismo.

—Tú nunca eres tú mismo.

—Pues no lo sabía, pero es bastante efectivo. Tengo que explotar eso. Y tú tienes que revisar ese siete con seis.

—Que esa chica tenga mal gusto no...

—Céntrate. Uno de los tíos de ese grupo, Wences, ruló unas fotos de Be desnuda que un ex suyo compartió hace años. Supongo que trataba de caerme bien, impresionarme o alguna mierda de esas.

Hugo pegó la oreja aún más al teléfono, receloso.

—¿Estás comiendo palomitas mientras te hablo? —protestó.

—Tú sigue.

Hugo vio algo de movimiento en el escenario y pasó por alto lo de las palomitas. Se estaba quedando sin tiempo.

—Pues ese tío se la está haciendo. En mi cara. Ahora mismo le está comiendo la oreja y creo que ella va a caer.

—¿Por qué no te la estás haciendo tú?

—Porque creo... Creía que a Mart ella le interesaba y puse distancia.

—Que la cagaste, ¿no?

—Ese no es el tema. El tema es que ese grupo de WhatsApp llevaba muerto meses. Pero el tío ha escrito presumiendo de que se la va a tirar. Diciendo lo que piensa hacerle, diciendo dónde la ha tocado, prometiendo fotos... —Tuvo que parar antes de perder el control—. Es un asqueroso hijo de puta.

—Y lo pone en el grupo porque hacerse a la tía de las fotos le hará quedar como un campeón delante de los cavernícolas que estáis dentro, ¿no? —adivinó Eric.

Hugo no contestó, pero se le oía respirar fuerte.

—Pártele la cara.

—No me faltan ganas. —Apretó los puños—. Pero eso solo haría que ella se pusiera de su lado.

—Bueno, dile la verdad. Enséñale el WhatsApp.

—No. —Hugo no pudo sonar más tajante.

—¿Dijiste algo tú?

—No. Cuando me preguntaron por la bronca, la llamé feminazi o algo así, pero pasé de comentar las fotos. Creía que me había salido del grupo después de aquello, pero se me debió pasar porque estaba muerto.

—Sigo sin entender por qué no le enseñas el WhatsApp.

—Be no... —Hugo tragó saliva—. Ella no puede volver a oír hablar de ese tema. No puede enfrentarse a lo que hay en ese grupo. No puede leer lo que dicen de ella, cómo hablan de ella. —El recuerdo de ella llorando sobre su hombro le distrajo—. Le haría polvo.

—Te importa de verdad, ¿eh? —Se podía oír a Eric sonreír al otro lado del teléfono. Incluso había disminuido el ritmo al que comía palomitas.

Hugo tardó unos segundos en contestar.

—Ya sabes que solo me importas tú, amor. —Quiso seguir bromeando, pero volvió a girarse para verla. Bea miraba distraída hacia el escenario—. No puede leer eso. Además —apretó los puños de nuevo y contó hasta tres para asegurarse de que no perdía el control—, estoy convencido de que ella cree que solo hay dos fotos, las que subieron a internet..., no creo que sepa que hay más. No creo que sepa que hay un vídeo. Eso la destrozaría, eso la...

Eric había dejado de masticar al otro lado de la línea.

—Si no la hubiera cagado tanto con ella —maldijo Hugo—, si no hubiese..., no sé. Ella me escucharía, le diría que ese tío es un cabrón y con eso bastaría. Pero si le digo algo así, ahora pensará que solo son celos.

—¿Y si se lo dice otro? ¿No ibais con más gente?

—Están lejos y a ella se le ha jodido el teléfono y...

Vio como Wences trataba de besar a Bea y ella se apartaba.

—Tengo que sacarla de ahí.

—¿Y a qué esperas? —dijo Eric cargando su voz de dramatismo—. No entiendo qué te detiene. ¿Cuándo has tenido problemas para levantarle la chica a alguien? Sé un cabrón embaucador, es tu superpoder.

La sonrisa volvió poco a poco a la cara de Hugo. Una sonrisa maliciosa. Había dejado de estar tan pálido. Sabía que para convencer a Bea de que se alejara de Wences tenía que ser honesto. Pero ahora solo se trataba de separarlos, podía hacer trampas. Ya improvisaría después. No esperó ni un segundo más, echó a andar hacia ellos.

—¿Ese silencio significa que tu perversa mente está trabajando? —Eric volvía a comer palomitas.

—Exactamente. Disfruta de tu peli.

Colgó.

37

El escenario estaba en penumbra. Los enormes focos iluminaban al público. La noche era cerrada y soplaba una brisa fría que solo notaban los que estaban detrás de todo. Pero al público le daba igual la temperatura, estaba ansioso por escuchar más, por rebañar todo lo que pudieran de aquel concierto.

Bea no era una excepción. Trataba de adivinar movimientos sobre el escenario. Se moría de ganas de que empezaran los bises. Deseó que sus amigos estuvieran allí. Los conciertos la llevaban a otro nivel, enloquecía y los disfrutaba al límite; este, además, estaba sonando de miedo y el *setlist* era perfecto. Pero esos momentos se disfrutaban más si podía desafinar con sus amigos.

Quedaban unas tres canciones. Las dos últimas estaban casi anunciadas, todos sabían cuáles eran y se moría de ganas de oírlas. Habían sido las mismas durante toda la gira. Para la primera no estaba segura de si quería que tocaran «Whiskey in the Jar» o prefería que la sorprendieran con otra canción. Sintió la mano de Wences acariciando distraídamente su brazo. Su aliento aproximándose a su nuca. De nuevo volvía a la carga.

Cada vez que lo sentía cerca no podía evitar desear que fuese Hugo. No lograba quitárselo de la cabeza y no quería ser deshonesta con Wences. Tenía que encontrar el momento para decirle o insinuarle que tenía la cabeza en otra parte. En otra persona. A Wences probablemente eso le daría igual. Era obvio que ella solo le interesaba para echar un polvo. Para Bea eso no era un problema, al contrario, ella buscaba lo mismo aquella noche. Pero tenía que ser después del concierto. Wences no parecía captar aquella condición en frases como «Me encanta esta canción», «Esto no me lo quiero perder», «Me gusta prestar atención en los conciertos», así que tuvo que recurrir a algo más directo: «Ahora no».

Nada le detuvo. Había buscado su boca. Insistiendo una y otra vez a lo largo del concierto, como un ariete en la puerta de un castillo. Aquello anunciaba un polvo decepcionante. No esperaba fuegos artificiales con un tío que no entendía, o no quería entender, su idioma. Las luces que iluminaban al público se apagaron.

Wences cargó con todo lo que tenía. Pegó su cuerpo contra el de Bea, aprisionándola contra la valla.

Hugo, a escasos metros, se obligó a detenerse. Veía los labios de él recorrer el cuello de Bea. Sus asquerosas manos invadiendo su cintura, subiendo por sus costillas. La sangre le hervía.

La única idea que flotaba en su cabeza, en ese momento, era servirle una ensalada de puños a Wences. Una idea terrible, que solo empeoraría las cosas y que no surgía del deseo de ayudar a una amiga. Surgía de un innecesario y destructivo impulso primario: los celos.

Necesitaba ser más listo, necesitaba estar calmado si quería ayudarla.

Se obligó a contar hasta tres.

Vio a Bea intentar resistirse y a Wences obligarla a darse la vuelta, agarrándola con más fuerza. Ella esquivó su beso. Su sentido común le decía que no necesitaba un caballero andante que la salvara. Necesitaba un amigo con la cabeza fría. Pero su lado primario solo veía a una dama en apuros. Hugo se obligó a contar hasta lo que hiciera falta. Con habilidad pasmosa, Bea se deshizo de las manos y la cercanía de Wences. Sin ser brusca, sin dejar de sonreír. Agachándose, girando y haciendo lo que quiso con las manos de aquel hombre. Como una artista del escape.

Hugo estaba admirado de la clase que tenía Bea. Si se lo hubiera hecho a él, quizá la habría aplaudido.

Se notaba que la paciencia de Bea llegaba a su límite. Seguía sonriendo, pero su sonrisa contenía una advertencia.

Entonces Wences rompió el juego. Bastó medio segundo para tirar a la basura sus opciones con Bea. Medio segundo en el que hizo algo aparentemente inofensivo: puso los ojos en blanco, fastidiado.

Hugo estuvo a punto de sentir lástima por él, lo había echado todo a perder por un error de principiante.

Él sabía que, cuando estás intentando algo con una chica, si muestras enfado o frustración cuando tus avances no obtienen la respuesta que esperas, estás haciendo ver a la otra persona que te crees con derecho sobre ella. Le estás diciendo que recibir tu atención le obliga a corresponderte. El cortejo deja de ser un juego divertido para ser una obligación, y nadie sale un sábado por la noche a buscar obligaciones. Efectivamente, la sonrisa de Bea se había desvanecido. Dejó de mirarle y se cruzó de brazos, cortando todas las comunicaciones. Si no se había ido, era porque quería ver el concierto. Hugo estaba tan seguro de cómo funcionaba el juego, tan seguro de saber leer a su amiga que se dispuso a marcharse. Ya no era necesario, Bea se alejaría solita de aquel cerdo.

No pudo, justo antes de darse la vuelta, sus miradas se encontraron. Ella le miraba incrédula. Entrecerró los ojos tratando de afinar la vista. Agitó la cabeza como si no se creyera lo que estaba viendo.

—¿Hugo? —dijo ella aún perpleja.

Al oír esto, Wences se dio la vuelta y también le vio. Esbozó una sonrisa de orgullo y cogió a Bea por la cintura, como si se tratase de un trofeo. Ella no trató de zafarse, estaba ocupada intentando entender qué hacía Hugo allí.

Él caminó hacia ellos, abriéndose paso entre la gente. Por fuera parecía sereno, por dentro su cabeza iba a mil por hora. Ella podía estar enfadada con Wences, pero más lo estaba con él. Para ser objetivos, él había sido un cabrón aquella mañana y había herido su orgullo. Quizá verlo ahí la arrojaría de nuevo a los brazos de aquel depravado, por puro despecho. Tenía que actuar y tenía que jugar una carta segura. Era demasiado lo que estaba en juego como para ponerse creativo.

—Es Valeria —dijo Hugo, sin aire, cuando llegó junto a Bea—. Necesitamos que vengas, Be.

—¿Qué ha pasado? —preguntó ella.

—Ella está... está... —Parecía estar realmente agobiado, miró a Wences y luego a Bea—. Solo te va a escuchar a ti.

—Pero ¿qué ha pasado? —intervino Wences, escéptico.

Su expresión, su reacción dieron una idea a Hugo.

—¿Dónde está? —Bea estaba agobiada.

—Por allí. —Hugo señaló hacia atrás, como si tuviera localizada la zona.

—Vamos —dijo Bea, olvidándose de la primera fila y del concierto.

—Átate los cordones, va a estar complicado salir. —Hugo señaló una de sus zapatillas nuevas.

Bea no veía nada, se puso en cuclillas.

Las luces del público volvieron a encenderse.

La preocupación desapareció del rostro de Hugo y fue sustituida por una sonrisa burlona. Cogió a Wences por el hombro, lo acercó a él y le mostró el móvil. Tenía el grupo de WhatsApp abierto.

—Ve avisando a tus fans de que esta noche solo te vas a follar a tu mano —le dijo antes de soltarle.

La cara del chico era un poema. Sus ojos seguían incrédulos, pero las comisuras de los labios le temblaban de la ira.

La cara de Hugo volvía a mostrar preocupación.

—Estaban atadas. ¿Vamos? —dijo Bea volviendo a su altura.

—No vas a ningún sitio. —Wences la agarró por el brazo.

Aquella noche, Hugo solo dormiría tranquilo sintiendo escozor en los nudillos. Teniéndolos en carne viva.

—¿Perdona? —Ahora Bea estaba cabreada.

—Este tío te está mintiendo. ¿No te das cuenta? —Wences se dirigía a ella, pero miraba a Hugo.

—Tío, no te rayes. —Hugo le miraba mostrándose conciliador. Sabía que eso encendería aún más a Wences—. Solo es un momento. Be, no quería interrumpir nada. Ven después, ¿vale? Estaremos en las tiendas, supongo. Pero pásate, por favor.

Era un farol. Sabía perfectamente que Bea lo dejaría todo si sabía que un amigo suyo tenía problemas. Cuando ella se giró hacia Wences, Hugo volvió a mostrar su sonrisa, dándose aires de superioridad. Le dedicó un afectado gesto de despedida al otro chico.

—Nos vemos luego. —Bea puso una mano sobre el hombro de Wences para tranquilizarle.

—Y una mierda. No te enteras de nada —le gritó él.

—¿Qué? —Bea estaba flipando.

—¿Cómo puedes ser tan retrasada para creerte a este salido? —gruñó Wences—. No parecías ser de esas que pierden el culo cuando aparece un guaperas.

Hugo, aprovechando que Bea seguía sin mirarle, movió los labios diciendo «gracias» y lanzó un beso a Wences. Bea se había quedado sin palabras, de su boca salían incoherencias que delataban su confusión mental. Hugo decidió echarle un cable.

—No me quiero meter. —Se puso la mano en el pecho, solemne, mirando a Wences. Estaba demostrando ser un gran actor—. Pero no tienes derecho a hablarle así.

Bea no necesitaba que él la defendiera, pero aquello la había pillado tan desprevenida que no sabía cómo reaccionar, si ofenderse o no. Las palabras de Hugo terminaron de convencerla y la volvieron contra Wences.

—¿De qué coño vas?

Wences torció el gesto mirando a Hugo.

Ya estaba casi. Hugo solo necesitaba que aquel tío diera el primer golpe. Era tan simple como eso, y podría desatar la rabia que escondía tras su socarrona sonrisa. Podría partirle la cara a aquel cerdo. Así que siguió provocándole. Le resultaba muy fácil; si algo sabía hacer Hugo, era ganarse un buen puñetazo.

Bea trataba de hablar con Wences, le pedía que se disculpara. Haciendo gala de un nivel de paciencia sobrehumano, ella aún no le había dado por perdido. Él no le contestó. No apartaba la mirada de Hugo. Le desafiaba. Cada vez que Bea se giraba hacia Hugo, él dibujaba un gesto preocupado en su cara, pero el resto del tiempo levantaba la barbilla y se reía de Wences. Cuando este fue por fin hacia Hugo, apartó a Bea de un manotazo. Estuvo a punto de tirarla al suelo. Hugo la vio perder el equilibrio y apretó los puños. Trató de controlar su adrenalina.

—Tío, ¿qué coño te pasa? —gritó Bea. Wences no le contestó—. ¿Sabes qué? Me piro.

Se giró de nuevo hacia ella, dándole la espalda a Hugo. Fue entonces cuando los amigos de Wences se percataron de lo que estaba pasando y se acercaron a ellos.

—No pensé que una puta como tú pudiera ser tan calientapollas —dijo antes de darle otro empujón aún más fuerte que el anterior.

A la mierda el autocontrol. Hugo le iba a partir la cara.

Pero Wences cayó al suelo antes de que pudiera hacer nada. En menos de un segundo, Bea le había dado dos puñetazos: uno con la izquierda para marcarle y otro con la derecha, que le dio de lleno en la cara y le tumbó.

La intro de «Fight Fire with Fire» empezó a sonar. El escenario seguía en penumbra. Las luces que lo iluminaban se apagaron y el público se vino arriba, gritando con más energía aún que antes. Wences estaba en el suelo sangrando por la nariz. Sus amigos se miraban entre sí, decidiendo qué hacer. A Hugo no le importaba demasiado que le partieran la cara, ya la tenía mal. Además, no iban a ser tan estúpidos como para pegar a una chica en primera fila, ¿o sí?

Metallica volvían a estar sobre el escenario, sus guitarras rugían y columnas de fuego se alzaban a su alrededor. Hugo aprovechó el momento para coger la mano de Bea y alejarla de allí lo más rápido posible.

Atravesaron la multitud a duras penas. La lógica podría indicar que alejarse de un escenario sería más fácil que acercarse a él, pero el público estaba enloquecido, tratando de aprovechar al máximo los últimos momentos del concierto, y era complicado avanzar hacia el fondo.

Hugo miró atrás. Afortunadamente, los amigos de Wences no los siguieron, y tardaron poco en perderlos de vista. Bea le seguía, agarrada a su mano. Estaba tan aturdida que se habría dejado llevar a donde fuese. Miraba al suelo y parecía terriblemente frágil. Hugo reprimió las ganas de abrazarla. Después de todo el manoseo de Wences, no era lo que ella necesitaba. Tiró de ella para que siguiera avanzando, pero ella se detuvo en seco.

—¿Dónde está Valeria? ¿Qué le pasa? —dijo por encima de la música, obligando a Hugo a parar. Seguían rodeados de gente.

Él se había olvidado por completo de aquello. Se acarició la cara, preparándose para recibir él también un puñetazo.

—Nada. No le pasa nada. —No tenía sentido seguir con aquello.

—¿Qué? —gritó Bea pensando que no le había oído bien.

—Tenía que... —Tragó saliva. Había demasiadas cosas que no quería o no sabía explicarle. Decidió optar por la ambigüedad—. Tenía que sacarte de ahí. Val está bien.

La canción se acabó y la luz los iluminó un par de segundos antes de que el público se pusiera a aplaudir y gritar. Bea le soltó la mano. Se debatía entre estar confusa y estar cabreada.

—Me has mentido.

—Sí.

—¿Qué cojones pasa, Hugo?

38

Valeria lo había entendido.

Todo aquel caos, todo aquel ruido y aquella multitud, que en un principio le habían resultado tan marcianas, ahora tenían sentido para ella. No se trataba solo de la música. De los *riffs* pegadizos, de la velocidad de algunos temas, de la tralla. De canciones que habrían sido pura épica si no tuvieran aquel toque sucio, aquella rabia, aquel sonido que hacía crujir los amplificadores. Apenas pudo entender las letras, y lo poco que distinguió no tenía demasiado sentido para ella. Germán le aclaró de qué trataban algunas de las canciones. Pero para Valeria significaban otra cosa. Para Valeria hablaban de rabia. De rebelarse con furia y fuerza contra los golpes de la vida.

Por otro lado, estaba el público. Cientos de personas totalmente entregadas a ese sonido, al mensaje que cada uno recibía. Recordando los momentos que habían vivido escuchando aquella música. Cantaban y tarareaban juntos. Conocían todas y cada una de las canciones. Se le ponían los pelos de punta al escuchar todas aquellas voces roncas, desafinando, sucias, pero cantando al unísono. Alzando los brazos, saltando, disfrutando.

Entendió por qué era tan importante para sus nuevos amigos llegar a ese concierto. Podían escuchar la música en su casa, más cómodos y con mejor sonido. Pero no se trataba de la música. Se trataba de probarla desde su fuente, de oírla de sus creadores y de compartirla. Se trataba de sentir la energía del público, que era euforia pura. Le dejó de importar estar de pie, los empujones y el sudor. Empezó a sentir aquella energía, dejó que la transformara. Se dejó llevar. Sintió esa furia y esa fuerza, y todo en su interior se revolvió.

No podía distinguir bien qué pensaba o qué sentía mientras su interior bullía en un caos salvaje. Todo eran sensaciones y a la vez no sentía nada. Ese muro de sonido la protegió, hizo que todas las voces que intentaban regir en su interior se callaran. Por primera vez se pudo escuchar a sí misma y lo que descubrió fue que estaba harta de que todo el mundo le dijera lo que tenía que hacer. Su familia, su entorno y su sociedad lo dictaminaban todo. Lo que debía estudiar, lo que debía probar, lo que debía hacer, lo que debía sentir ¿Dónde estaba Valeria en aquella ecuación? ¿Qué era lo que ella quería hacer? ¿Cómo quería ser?

No sintió tristeza, sintió euforia. Se sentía libre. Se sentía capaz de cualquier cosa. Cuando paró la música y el grupo se bajó del escenario, Iker, Germán y Martín se dedicaron a comentar lo bien que había estado el concierto, las canciones que les habría gustado oír, las que los sorprendieron. También comentaron lo idiotas que les parecían Bea y Hugo por irse a guarrear con desconocidos en lugar de disfrutar de aquello. Hasta que vieron la cara de felicidad de Valeria. Les sorprendió gratamente y la conversación derivó en lo jevi que ella se acababa de volver y en cómo eso cambiaría su vida. Valeria lo pasaba un poco mal siendo el centro de atención, así que agradeció muchísimo que los bises empezaran. En parte para que dejaran de hablar de ella y en parte porque pensaba que el concierto había acabado y que hubiera más la enloqueció. Hasta que empezó el segundo tema y todo se vino abajo. Que sonara «Nothing Else Matters» la descolocó. No era lo que necesitaba. Irónicamente era la única canción que conocía, pero la hacía sentir rara. Ella necesitaba tralla, necesitaba saltar y gritar. Esa canción la hacía sentir vulnerable. No sabía cómo lidiar con esa emoción en aquel momento, y mucho menos multiplicada por los cientos de personas que los rodeaban. El público la conocía al dedillo y cantaba cada verso. Se dio la vuelta y hasta Germán y Martín, que estaban unos metros por detrás, coreaban entre risas. Se preguntó cuánto duraría aquello, necesitaba algo más cañero urgentemente.

—¿Estás bien? —preguntó Iker acercándose—. ¿Te preocupa el examen?

¿Cómo le iba a preocupar el examen en ese momento? Iker era buen tío, un gran amigo, pero era muy malo adivinando lo que a ella se le pasaba por la cabeza. Le sonrió con ternura, y evitó reírse.

Solo con mirarle ya se sintió menos perdida. Se acercó a él y se apoyó en su hombro. Aquel hombro que aquella noche era para ella. Él la envolvió de nuevo con su brazo. Se balanceaban ligeramente al ritmo de la canción, al igual que hacía el resto del público. Se volvió a sentir relajada. Envuelta en una nube, feliz. Movió la cabeza ligeramente para mirar al frente y sintió la camiseta de Iker acariciando su mejilla. Hasta eso era más agradable que lo habitual.

Lo miró. Él tenía la vista fija en el escenario mientras la sujetaba con fuerza. Le acarició la barba. Él le dedicó una breve sonrisa antes de volverse de nuevo hacia delante. Le gustó demasiado esa sonrisa, necesitaba otra. Tiró suavemente de su barba hasta que Iker la miró y volvió a sonreír.

Algo había cambiado en él. No sabía exactamente el qué, y no entendía por qué, pero no podía dejar de pensar en besarle. Miró sus labios, rodeados de aquella indómita barba negra. Se preguntó si le pincharía. Casi de manera automática acercó su cara a la de él, pero se detuvo, no sabía qué hacer. Hacía unos años se había dado un par de besos tontos con un vecino, nada más. Tenía miedo de hacerlo mal, tenía miedo de que él notara que no tenía ni idea de lo que hacía. Cerró los ojos un segundo y se concentró en la mano de Iker sobre su cintura, y la seguridad que le daba. Eso ayudó, pero cuando los abrió la pelota de inseguridad volvió y se fue haciendo más y más grande. ¿Y si ya no se sentía atraído por ella? ¿Y si pensaba que solo era una cría tonta? ¿Y si ella le daba asco? ¿Y si estaba enfadado por lo de la noche anterior?

Se moría de miedo, pero también de ganas. Se humedeció los labios intentando reunir el valor suficiente y se obligó a acercarse un poco más a él. Vio cómo se dibujaba una leve sonrisa en la boca de Iker y frenó en seco. ¿Y si se estaba riendo de ella? No pudo pensar más. Él recorrió la escasa distancia que les separaba y la besó.

Fue una sensación extraña. Su barba le hacía cosquillas en la cara, sus labios estaban algo húmedos. Era raro. Estuvo a punto de apartarle cuando un escalofrío le recorrió todo el cuerpo al sentir los labios de Iker acariciar los suyos. Eso sí le gustaba. Probó a hacerlo ella, despacio, con suavidad, dándole suaves besos como lo había hecho él.

Iker respondió atrayéndola aún más con el brazo y besándola con más ganas. Valeria notó su lengua acariciándole los labios. Siempre había imaginado que eso sería asqueroso, pero le estaba gustando, le estaba gustando demasiado. Ella siguió su ritmo y se dejó llevar.

—Por fin. —Germán le dio un codazo a Martín y señaló a donde estaban Iker y Valeria.

Estaba oscuro y no se les veía bien, pero la luz del escenario dibujaba sus siluetas.

—Qué bueno. Creo que anoche no pilló, ¿verdad?

—No. ¿Sabes por qué lo sé? —Germán se giró hacia Martín—. Porque el Iker, cuando pilla, al día siguiente canta...

—Blind Melon —completó Martín.

Ambos rieron. Martín miró de reojo como Iker rodeaba a Valeria con los brazos. Empezó a sentir vértigo anticipando el dolor que volvía a él, los recuerdos que le podía traer esa canción.

—Si no pasaba ahora, no iba a pasar nunca. Es infalible. —Germán interrumpió sus pensamientos.

—¿Lo dices por la canción?

—Sí, el legado jevi le debe mucho a esta canción. Metallica cumple la cuota con una sola canción.

—¿Cómo?

—Ya sabes. La cuota que el concilio jevi impone a todos los grupos. El jevi por ley natural no lo tiene fácil con las mujeres. Antes de que Odín creara las *power ballads*, los jevis morían con los huevos morados. Pero no solo de Bon Jovi o Def Leppard vive el jevi. Por eso se creó la cuota que obliga a todos los grupos a tener temas moñas.

—Ahm. —Martín apretó los labios para no reír. Habría pagado por leer una *Historia del heavy metal* escrita por Germán.

—Metallica, al principio, fracasó estrepitosamente. Pocas mujeres se ponían tiernas con «Fade to Black». —Germán lo contaba con solemnidad, como si él mismo hubiese formado parte del «concilio jevi».

Ahora sí que Martín no pudo evitar reír.

—¿Qué persona se pondría tierna con una canción que habla sobre el suicidio?

—Alguna hay... —Germán sonrió para sus adentros. A Lu le encantaba «Fade to Black»—. El caso es que no es casi efectiva. Así que el concilio se reunió y acordaron que Metallica escribiría una canción moñas. No una canción, sino La Canción. Una canción para que los jevis pillaran. La canción definitiva para que las hordas vírgenes jevis mojaran y así salvar a la humanidad. Dieron a escoger al grupo entre dos opciones: o escribían la canción de la que hablaba la leyenda o se les negaría la entrada al Valhalla, y no podrían reunirse con Cliff. Por supuesto que a las pocas semanas habían escrito este tema.

—«Nothing Else Matters» no es una canción de amor.

—¿Funciona la canción o no funciona? —dijo Germán ofendido.

—Funciona, funciona —se apresuró a decir Martín aguantando la risa.

—No vuelvas a poner en duda la sabiduría del concilio jevi. Este tema está bendecido por los dioses de *metal*, por la mismísima Freya. Claro que funciona.

Martín rio. Lo que había funcionado era la estrategia de Germán para que él no se viniera abajo en ese momento.

La canción terminó y el público aplaudió. Como si se hubiese disipado un hechizo, Valeria e Iker dejaron de besarse. Ella tardó en abrir los ojos y apretó los labios, disfrutando de esa sensación que le recorría el cuerpo. Se miraron. Valeria se puso algo nerviosa, no sabía qué decir. Iker le sonrió y ella no pudo evitar sonreír también, bajando la vista mientras las mejillas se le encendían.

39

—¿Qué cojones pasa, Hugo?

Hugo no tenía escapatoria, no podía ni darse la vuelta, no había espacio. Estaba pegado a ella. Tomó aire.

—Mira, conozco a ese tío. Te vi con él y... —Miró al suelo—. Be, es un hijo de puta.

—Ya. —Bea miró hacia el escenario y no pudo disimular la cara de asco. Se giró hacia él—. ¿Por qué me has mentido?

—Si hubiese aparecido y te hubiese dicho que te alejaras de él, ¿me habrías hecho caso? ¿O habrías pensado que solo estaba celoso?

—¿Celoso? —Bea rio con la boca cerrada, eso le resultaba absurdo.

No estaba de humor para los juegos de Hugo. Se dio la vuelta y siguió alejándose del escenario. Las palabras de Wences aún sonaban en su cabeza, machacándola y reabriendo heridas.

¿Por qué un desconocido la había tratado así? ¿Por qué se había tomado esas confianzas? ¿De qué se reían sus amigos? ¿Por qué ese enfado desproporcionado? ¿Por qué la había llamado puta? Estaba convencida de que Wences había visto sus fotos. La misma idea volvía una y otra vez a su cabeza. Trataba de rebatirla, pero resistía a cualquier lógica. No tenía pruebas, pero de algún modo tenía esa certeza. No podía verbalizarlo, no podía decírselo a Hugo porque no soportaría que él también la llamara paranoica.

Durante más de un año, cada vez que le presentaban a un chico, si la miraba demasiado o si evitaba mirarla, se preguntaba si habría visto o no las fotos. Sospechó de tres o cuatro. Pero, aunque por dentro se moría de ganas de gritarles para que confesaran haberlo hecho, nunca lo hizo. Sabía que era pura paranoia, que no tenía pruebas.

Wences había ido más allá. La empujó, la trató con desprecio, la insultó y al final ella perdió el control. No se arrepentía de haberle golpeado, le habría dado unos cuantos puñetazos más, pero no quería ser esa chica. No quería ser la chica que se comía la cabeza cada vez que alguien se acercaba, cada vez que alguien la miraba. No quería venirse abajo cada vez que salía el tema. Quería ser la chica fuerte que fingía ser, la chica a la que aquello le resbalaba. No quería que la cruel venganza de un exnovio definiera quién era. Que sonara «Nothing Else Matters» en aquel momento no ayudaba precisamente a levantarle el ánimo.

Se detuvo. En esa zona ya había suficiente espacio para moverse sin tener que tocar a nadie. Hugo la había seguido.

—Be, él...

—No quiero saberlo. No quiero hablar de él, no... —Bea daba pequeñas patadas al suelo—. No me acercaré al tío ese, ¿vale? —Tenía los ojos fijos en el escenario, aunque probablemente solo veía la espalda del chico que tenía delante—. Puedes irte si quieres.

Una parte de ella quería perder de vista a Hugo. Que se liara con Erica o con quien fuese y no volver a verle. La otra parte le habría suplicado que se quedara, le necesitaba a su lado. Ahora mismo todo daba vueltas a su alrededor y estaba muy confusa. Él normalmente la desestabilizaba, pero en ese momento era lo más parecido a un amigo que tenía cerca.

Hugo agradeció aquella respuesta. No le habría hecho gracia tener que decidir si contarle o no la verdad, o hasta dónde contarle. No la conocía lo suficiente, él no era la persona más adecuada para tomar esa decisión. Meses atrás, después de pelearse con Bea por lo de las fotos, y de que Martín le echara la bronca por haberlo hecho, trató de sacarle más información a su amigo sobre ese tema. Quería entender si Bea sabía que había más fotos y si las necesitaba. Martín le explicó que ella nunca hablaba de ese tema, y que no quiso denunciar, salvo para que borraran sus fotos de un par de webs, porque quería pasar página lo antes posible. En aquella época, Hugo pensó que era una cobarde, y que su falta de valor para denunciar era gran parte del problema. Ahora entendía por qué no lo había hecho.

Bea seguía mirando al infinito, ausente. Hugo podía hacer conjeturas, pero no estaba seguro de en qué estaba pensando ella en ese instante. Por su expresión parecía que iba a empezar a salirle humo de la cabeza. Por momentos daba la impresión de que iba a liarse a dar puñetazos, y al cabo de unos segundos se había venido abajo como la noche anterior. Él no podía hacer mucho, salvo dejarle espacio y estar a su lado.

Algo pareció cambiar dentro de ella cuando empezó a sonar «Enter Sandman». Tan solo con oír el punteo del principio, el incansable público llegó a niveles desconocidos de locura. Bea salió por un momento de su ensimismamiento. Se puso un segundo de puntillas tratando inútilmente de ver algo. Se rindió enseguida. Volvió a apagarse y a mirar al suelo. Hugo la miraba con preocupación. Tenía que aprovechar esa oportunidad para sacarla de ese estado.

—Beatriz —le dijo al oído, haciendo que su voz sonara más grave, de esa manera que solía ponerla nerviosa—, voy a meterme entre tus piernas.

—¿Qué? —Bea pensó que no le había entendido hasta que giró la cabeza y vio su expresión traviesa—. No.

—No era una pregunta. —Hugo trató de sonar serio, pero la cara de Bea le hacía demasiada gracia—. Abre las piernas.

Ella no pudo evitar reírse ante lo absurdo de la petición. Hasta que sintió un golpe seco en su pie que la obligó a separar las piernas. De inmediato notó unas manos agarrando sus rodillas y algo peludo rozando el interior de sus muslos. Cuando se quiso dar cuenta, se había elevado por encima del resto del público. Sentada sobre los hombros de Hugo.

Quiso enfadarse y bajar de inmediato, hasta que miró al frente. Estaba arriba, disfrutando de una vista privilegiada del público y del escenario. Un mar de manos alzadas se extendía frente a ella. Era gente que saltaba, que respondía a todos y cada uno de los cambios de la canción, cuyos móviles brillaban formando un hipnótico baile. Aquella era una visión impresionante.

Sobre el escenario, el grupo lo estaba dando todo y fuegos artificiales iluminaron la noche. Por unos segundos solo se oyó al público cantar al unísono. Aquella atmósfera contagió a Bea. Se olvidó de todo, levantó los brazos y coreó ese estribillo que tanto conocía. Ya no recordaba ni por qué estaba disgustada. Disfrutó como una cría, como no lo había hecho en primera fila. Se entregó por completo a aquella euforia que la embriagaba. A mitad de canción, cuando el grupo empezaba a alargar algunos fragmentos y repetirlos para estirar el directo, indicó a Hugo con un gesto que la bajara. Él la ayudó a bajar con cuidado.

—Roja, sofocada y sonriente. Se nota que he estado entre tus muslos.

Ella estaba de demasiado buen humor para responder a esa provocación.

—He visto fuegos artificiales, literalmente. —Bea le guiñó un ojo.

Hugo se dio un beso en las puntas de los dedos y luego llevó los dedos a su propia mejilla. Ella sonrió poniendo los ojos en blanco.

—Voy a aprovechar para salir ahora, antes de que se colapse la salida —dijo Bea echando a andar y despidiéndose con la mano—. Nos vemos luego.

—¿A dónde vas? —Hugo caminó a su lado.

—Voy a coger algo para abrigarme.

Aquella noche estaba refrescando. No lo habían notado antes al estar protegidos por el calor del resto del público. Hugo la miró de soslayo, desconfiado.

—¿Tienes algo para abrigarte?

Bea cerró los ojos fastidiada. No había caído en la cuenta. Su mochila era un completo desastre, no tenía absolutamente nada para protegerse del frío.

—No.

Hugo chasqueó la lengua, se cruzó de brazos y negó con la cabeza.

—Eres un desastre, Beatriz.

—Llamaré a Val y le preguntaré si puedo cogerle algo.

—¿Con qué teléfono?

—Pues me compraré una sudadera en el puesto de *merchandising.* —Empezaba a molestarle perder así en este juego.

—¿Llevas dinero encima?

Como el recinto del concierto estaba cerca del camping, Bea lo había dejado todo en la tienda. Se llevó las manos a la cara.

No tuvieron problema en salir del recinto y llegar al camping. El aparcamiento no estaba demasiado bien iluminado, pero se podía ver el suelo.

—Voy un momento a coger una cosa de la furgo. —Hugo se desvió del camino.

—Monovolumen.

—Furgoneta de pasajeros. —Señaló el montón de barro que había detrás del vehículo—. Por favor, abstente de revolcarte en el barro como un gorrino.

Bea pisó con cuidado el barro. Aún era algo peligroso, pero estaba mucho más duro que por la mañana.

—¿Nostálgica? —Hugo señaló el antiguo lodazal.

—Un poco, la verdad —dijo ella compungida—. Era mi hogar y está muriendo.

Los fuegos artificiales del final del concierto estallaron en el cielo, se veían bien desde allí. También se oía la música y sobre todo al público gritar. Bea casi perdió el equilibrio en el barro de la impresión.

La plaza que había al lado de la furgoneta se había quedado libre y, aunque seguía sintiendo morriña, Bea prefirió moverse a ese terreno más estable. Se apoyó en el lado de la furgoneta. Hugo abrió el maletero y sacó una manta de avión.

—Ven y levanta los brazos.

—¿Así? —preguntó ella poniendo los brazos en cruz.

—Perfecto.

Hugo la envolvió con la manta, colocándosela como si fuera un pareo. Bea levantó una ceja, atónita, no se movía. Después sacó del maletero el chaleco reflectante reglamentario, de color amarillo fosforito, se lo puso y le pidió que bajara los brazos. Le quedaba ridículamente grande.

—Falta algo. —Le puso el triángulo de emergencia en el brazo derecho e hizo que lo doblara.

—Ah, claro, los complementos —dijo Bea, totalmente entregada a aquella locura.

—Perfecta.

—Hugo —Bea le habló con ternura, como si hablara con un niño pequeño—, amor, ¿qué es esto?

—Esta es la escena en la que te consigo ropa bonita y te enamoras de mí.

—¿En qué película? ¿*Mad Max*?

—Este es el estilo que sueles llevar.

—¿Suelo vestir como una mendiga loca?

—Sí, pero me vuelves loco igualmente. —Hugo la miraba de arriba abajo como si llevase puesto un conjunto de lencería.

Bea entrecerró los ojos, molesta.

—¿Así vestida?

—Vestida, desnuda, con una bolsa de plástico en la cabeza, me vale todo, gatita... Espera.

Hugo sacó una bolsa de plástico del maletero. Era de Mercadona. La sacudió para que se hinchara bien y con mucho cuidado, de forma casi ceremonial, se la colocó a Bea encima de la cabeza. Puso un asa en cada oreja. La examinó. Le sujetó la cara haciendo que girara para la derecha y luego para la izquierda.

—Jamás en mi vida vi nada más bello —dijo levantándole la barbilla para verla mejor.

—Lo sé.

—Se me está poniendo de cemento.

—Lo noto, algo vibra cerca de mi pierna.

El móvil de Hugo llevaba un rato vibrando, pero él lo ignoró.

—Es mi corazón.

—¿Tan abajo?

—Justo donde más se necesita.

Bea le miró a los ojos apretando los labios para no reírse. Hizo un ademán de quitarse el triángulo de emergencia.

—¿Puedo...?

—Déjame a mí —Hugo la detuvo—, esto es alta costura.

Le quitó el triángulo y lo arrojó en el maletero. Después, con algo más de cuidado, le quitó la bolsa de la cabeza y también la guardó. Se acercó a ella hasta quedar a pocos centímetros y la miró a los ojos. Metió con cuidado los dedos por debajo de la tela del chaleco reflectante. Hizo que se deslizara por los hombros de Bea muy lentamente. Luego lo bajó por sus brazos. La vibración del móvil estropeó un poco el momento, pero a ella se le había puesto la piel de gallina.

—¿Te importa? —dijo Hugo haciendo que ella pusiera de nuevo los brazos en cruz.

Acercándose más a ella, empezó a quitarle muy despacio la manta. La atmósfera se había vuelto demasiado íntima, pero ninguno de los dos quiso apartar la mirada. Pasó los brazos por detrás de ella para desenvolver la parte de atrás. Bea notó su aliento en el cuello la primera vez que tuvo que rodearla. La segunda notó el roce de sus labios, pero no la besó. Cuando tuvo la manta en la mano, Hugo fue a dejarla sobre el capó. Bea estaba entre él y la furgo, así que acabó atrapada entre la fría carrocería y el cuerpo de Hugo, que emanaba un calor demasiado tentador.

—Ya casi está —dijo él con voz ronca.

Esta vez él acercó sus labios a escasos centímetros de los de Bea. Ella notó sus dedos acariciando los costados de sus muslos hasta llegar a la camiseta. Fue subiéndolos poco a poco, hasta que hubo suficiente piel al descubierto y apoyó la mano entera. Siguió subiendo. Bea cerró los ojos y suspiró, casi jadeó, deseando que él no notara cómo le temblaban las piernas. El móvil vibró. Hugo se detuvo un par de segundos antes de seguir deslizando su mano. Sus labios se rozaron, ninguno hizo nada. Ambos se morían de ganas de besarse, pero ninguno quería perder aquel juego. El móvil volvió a vibrar.

—Cógelo, por favor, me está poniendo nerviosa.

—Seguro que es por el móvil.

Hugo le aguantó la mirada mientras sacaba el teléfono y lo desbloqueaba. Nadie le había llamado. Le habían llegado un montón de mensajes de WhatsApp. Todos de la misma persona.

40

—¿Quién es? —preguntó Bea.

—La tarada de mi hermana —contestó Hugo mirando los mensajes por encima.

Mentiras, mentiras, mentiras.

—Hugo, ¿es algo malo? Se te ha puesto mala cara. —Bea le miró con desconfianza.

—Porque me pones malo. —Cambió su gesto preocupado por uno más pícaro.

Ella resopló.

—La que se va a poner mala soy yo. De frío —dijo impaciente.

—Vamos a las tiendas y te hago entrar en calor.

Sus palabras no se correspondían con su actitud. Ni siquiera la miró, tenía los ojos fijos en el móvil. Bea se cruzó de brazos.

—Te presto una sudadera, la he dejado en la mochila. Ponte esto mientras. —Hugo le acercó la manta de avión.

Salieron del estacionamiento y entraron en la zona del camping peor iluminada. Había faroles en el camino principal, pero para llegar a las tiendas tuvieron que usar la linterna del móvil de Hugo. Él estuvo muy callado todo el camino. Bea se olía que pasaba algo, pero no insistió. Cuando llegaron, cada uno buscó ropa de abrigo por su lado.

—Con lo caros que estaban los minis, no entiendo cómo me ha podido caer tanto alcohol encima —protestó Hugo al salir de su tienda—. Esta camiseta vale por lo menos cuarenta euros en alcohol. Voy al baño y a cambiarme.

—Te acompaño —le dijo Bea.

—Las cosas que haces con tal de ver mi torso desnudo.

—No me hace falta más que chasquear los dedos para desnudarte, flipado. —Se cruzó de brazos—. Pero si quieres privacidad, no tienes más que decirlo.

Él le entregó una sudadera gris y se quedó con una camiseta limpia en la mano.

—¿No tendrás un piti por ahí?

Bea buscó en la tienda. Encontró el paquete, solo le quedaban tres y no sabía si podría conseguir más aquella noche. Le ofreció uno. Eso no lo habría hecho ni por la mejor de sus amigas. Mientras contemplaba los dos solitarios cigarros que le quedaban, volvió a decirse a sí misma que tenía que dejar de fumar.

—Eres la mejor. —Hugo le dio un amistoso beso en la mejilla.

Se encendió el cigarro y se alejó, dejando atrás a una solitaria Bea. En cuanto pudo, dejó de usar la linterna del móvil. Examinó los mensajes mientras se dirigía al baño, tratando de mantener la cabeza fría. Wences no solo no sabía respetar a las mujeres, sino que tampoco sabía perder. Se había vuelto loco y, al no tener el móvil de Bea, le había enviado a él una cantidad alarmante de mensajes. Eran insultos y amenazas que iban dedicados sobre todo a ella.

Era interesante, desde el punto de vista semántico, cómo aquel tipo era capaz de criticarla por tener demasiada actividad sexual y no la suficiente, en la misma frase. En su opinión, a Wences se le iba la fuerza por la boca. No se preocupó lo más mínimo por las amenazas físicas. No se planteó buscar a sus amigos para estar más respaldado. Ni siquiera le preocupó que Bea estuviese sola. Era otra de las amenazas la que le alarmaba. Demasiado fácil de ejecutar, y un idiota como Wences la podía cumplir en cualquier momento.

Sintió vértigo al caer en la cuenta de lo vulnerable que era Bea en aquella situación. En lo fácil que fue para el perdedor de su ex arruinarle la vida, en cómo otros hombres se aprovecharon de eso, en lo sencillo que era para Wences perpetuar aquella pesadilla que llevaba años torturándola. Tenía que hacer algo.

Se apoyó en una barandilla que había cerca de los baños y dio una calada larga mirando al horizonte. Se tomó unos segundos hasta que estuvo todo lo calmado que podía estar, dadas las circunstancias. Sacó el móvil y marcó. Un tono. Habría preferido verle cara a cara. Pero eso le costaría tiempo y quizá esta vez el autocontrol le fallara. Dos tonos.

—¿Qué? ¿La zorra esa ya se ha acojonado? —bramó Wences.

—Hola, Wenceslao. —Hugo trató de sonar neutral, aburrido.

—No me toques los huevos. Pensaba que eras legal, pero eso que acabas de hacer es de mal amigo. ¿Qué digo...? Es de ser un hijo de puta. ¿Y por qué? ¿Por una zorra? ¿Jodes a un colega por una puta loca que se ha follado a medio Malasaña?

—Vaya... —Hugo se obligó a sonreír para que no se le notara en la voz que su interior ardía. Ardía como si alguien hubiera volcado un tanque de gasolina en el infierno.

—Más le vale pedirme perdón, porque la voy a joder. La voy a joder bien jodida. Van a conocerla en todo internet. No va a volver a poder salir a la puta calle.

—Tío, sí que te ha sentado mal. —Hugo apretó con fuerza la barandilla con la mano libre, hasta hacerse daño.

—No quiero excusas. Que mueva el puto culo y venga arrastrándose. Entonces quizá no haga lo que he dicho.

—Verás, hay un problema con eso. —La sonrisa de Hugo fue genuina esta vez, imaginando cómo reaccionaría Bea si supiera que Wences exigía que se disculpara—. Ella no se va a disculpar. Si se arrepiente de algo, es de no haberte partido la cara antes.

—¿Me has llamado para vacilarme?

—No, no. Te he llamado porque eres colega, para decirte que tengas cuidado al subir las fotos de Be a internet.

—Tendré el cuidado que me salga de la polla.

—Eso está claro. Es solo que era arriesgado que enviaras esas fotos a un grupo privado..., es delito pero, bueno, tus colegas no te van a denunciar. Pero subirlas a una página pública... ya es jugársela. Sobre todo porque Be se hizo esas fotos siendo menor —mintió Hugo.

—¿Qué? —exclamó Wences.

—Yo sé que tu intención no era distribuir pornografía infantil. Pero no sé qué pensará un juez.

—Mira, Hugo...

—Tengo que andar con cuidado. —Hugo empezaba a disfrutar de aquella llamada—. No vaya a ser que un día me despiste y mi móvil acabe en manos de la policía.

—¿Me estás amenazando? —Wences estaba furioso.

—¿Yo? No —dijo sonriendo, con la voz relajada—. Eres tú el que la ha amenazado a ella. Por escrito, además. A ver... —Hugo apartó el móvil, abrió WhatsApp y leyó algunos fragmentos en voz alta—: «Voy a subir el vídeo en el que blablablá y las fotos para que unos putos *incels* la encuentren y le destruyan la vida», «Su vida va a ser un infierno», «Va a desear estar muerta», «Voy a joder a esa puta», «Como la vea, le reviento la cara». La verdad, tío —hizo una pausa—, veo jodido que puedas justificar esto delante de un juez.

Se hizo el silencio al otro lado de la línea. Hugo esperó con paciencia, imaginando el miedo que debía de estar pasando aquel hombre.

—Si esto se sabe, a ti también te salpicará la mierda —dijo Wences.

—¿Ah, sí? ¿Y cómo es eso?

—El grupo...

—¿El grupo en el que no escribí desde que enviaste las fotos? ¿Las fotos que no he reenviado a nadie porque soy un cabrón, pero tengo mis límites?

Hugo guardó silencio. Sabía que Wences lo estaba comprobando. Casi pudo oírle tragar fuerte al otro lado de la línea.

—¿Me escuchas?

—Sí. —La voz de Wences apenas se le oía.

—Mira, esto es lo que va a pasar. —Hugo se puso serio. Su voz sonaba más grave—. La vas a dejar en paz. No te volverás a acercar a ella. No va a volver a ver tu puta cara. Esto sí es una amenaza, aunque no deje constancia por escrito como haces tú, puto inútil. Porque si te vuelvo a ver cerca de ella, si me entero de que has hablado con ella, si me entero de que has jodido a otra chica, si se filtra cualquiera de las fotos, me va a dar igual que hayas sido tú u otro degenerado como tú, será tu vida la que va a ser un puto infierno.

Colgó, se acercó al pequeño edificio de los baños y le dio un puñetazo a una pared. La pared apenas se descascarilló un poco. Él se hizo daño.

Guardó el móvil y se metió en los baños. Estaban vacíos. Fuera estaba tan oscuro que tardó unos segundos en acostumbrarse a la luz fluorescente.

Abrió el grifo de uno de los lavabos que había en la pared. Se mojó las manos. Cayó algo de sangre por el lavabo, se había raspado los nudillos. Se quitó la camiseta y se aseó. Metió incluso la cabeza debajo del grifo. Eso, sumado al frío, le ayudó a calmarse.

A poco que Wences tuviera media neurona, no cumpliría su amenaza. Pero eso no lograba disminuir las ganas que tenía de partirle la cara. Apoyó las manos en el lavabo y se miró en el espejo. Sintió náuseas al recordar cómo era antes. Sintió vértigo al pensar que había estado muy cerca de convertirse en un ser tan despreciable como el tipo al que acababa de amenazar. Le habría venido bien esperar algo más de tiempo para tranquilizarse, pero tenía que verla.

Se puso la camiseta limpia que había cogido y fue rápido hacia donde la había dejado, casi convencido de que ella ya no estaría.

Pero seguía allí.

Estaba de pie, frente a una de las tiendas. Tenía la cabeza echada hacia atrás, miraba al cielo ensimismada. La luz de las estrellas iluminaba su cara. Su sudadera le quedaba demasiado grande, pero para él estaba preciosa. Estaba cansado de las interrupciones, de los problemas y de los demás. La necesitaba, la necesitaba cerca. Se habían acabado los juegos. Caminó con decisión hacia ella.

—Hugo, ¿estás bien...?

Tomó su cara entre las manos y la besó.

La besó con urgencia, con ansia, como si se hubiese estado ahogando y solo pudiese respirar en sus labios. Ella había leído en sus ojos lo que iba a hacer porque le recibió con los labios entreabiertos. Fue un beso apasionado, húmedo. Bea le rodeó por la cintura y le atrajo hacia ella.

Cuando separaron sus labios, Hugo la abrazó con fuerza y le susurró al oído.

—Ahora sí.

41

Volvieron a besarse. Hugo enredó una mano en el pelo de Bea. La otra mano se perdió en su cadera. Hábilmente fue subiéndole el vestido y la sudadera hasta llegar a su piel. Subió por su desnuda cintura y sus costillas hasta llegar a su pecho. Su lengua reclamó la de ella. Bea sintió que se derretía. Les rodeaba la oscuridad, pero la estaba desnudando en medio del camping, así que apartó su mano, fingiendo estar indignada. Hugo la rodeó por la cintura, impidiendo que se alejara.

—Ni siquiera me has invitado a una copa —protestó Bea.

—No hace falta, te mueres de ganas de que te dé un poco de masculinidad tóxica.

—¿Ah, sí? —ronroneó ella juguetona—. ¿Por un ocho? Quizá, ¿por un nueve? Desde luego. Pero por un siete con seis..., «morirme de ganas» no es la expresión adecuada.

Se quedó congelada y mandó callar a Hugo antes de que este le contestara. Abrió mucho los ojos, fijándose en un punto en la oscuridad. Como un conejo al que han dado las largas. No veía bien por la noche, pero tenía un oído muy fino.

—Viene Mart.

—¿Qué? —Hugo frunció el ceño.

Bea se metió corriendo en la tienda de campaña roja, la más cercana. Cuando estuvo dentro, tiró de Hugo para que entrara y se puso un dedo en la boca para pedirle que guardara silencio. Él contenía la risa mientras ella cerraba con cuidado la cremallera de la tienda. Escucharon la voz de Martín mientras se acercaban. Había alguien más con él, una chica.

—¿Por qué nos escondemos? —Hugo trató de acomodarse en el estrecho espacio.

Se encorvó. Si se sentaba con la espalda recta, se daba en la cabeza con el techo. Habían elegido una de las tiendas pequeñas.

—No lo sé —susurró ella muy bajito.

—Has sido tú la que me ha metido aquí.

Bea analizó su reacción.

—No quiero que Mart piense que tú y yo...

—Pues ya verás lo que va a pensar cuando nos pille aquí dentro. Escondidos. Tú desnuda.

—No estoy desnuda.

—Aún.

Bea se sintió abrumada por cómo su cuerpo reaccionó a esa palabra, por lo poco que habían hecho y lo lista que estaba para él. Tuvo que quitarse la sudadera para aliviar el calor. Entonces se encendió un foco en el exterior, no muy lejos, su luz atravesó la tela roja de la tienda e inundó todo el interior de aquel color. Hugo se movió y la tienda crujió.

—Deja de hacer ruido o nos pillará —susurró Bea.

—¿Por qué te preocupa lo que piense Mart?

—Bueno...

—¿Qué? —Hugo trató de no parecer alarmado.

—Pues que, Hugo. Llevo meses... —se interrumpió, insegura—. No eras precisamente mi persona favorita, puedes llegar a ser increíblemente odioso.

—Mi esfuerzo me cuesta.

—Me he pasado meses dándole la turra a Mart con que eres un cabrón, que me caes fatal, que no te aguanto. —Bea se acariciaba la nuca mirando al suelo de la tienda. Él alzó las cejas, divertido—. Si me pilla ahora liándome con su amigo...

Hugo no estaba del todo convencido. Cayó en la cuenta de algo que no había aclarado cuando habló con Martín y quiso salir de dudas.

—¿Y no tiene nada que ver con que te besara esta mañana?

—¿Valeria? —susurró Bea confusa.

—¿Cómo? —Hugo estaba aún más confuso.

—Has dicho si tenía algo que ver con el beso de esta mañana...

—Te besó esta mañana.

—¿Cómo lo sabes?

—Te oí hablar por teléfono.

—¿Y qué tiene que ver con Mart?

—¿No fue él?

Ella movió los hombros sacudiéndose un escalofrío. La expresión en su cara era de repulsión. Hugo no terminaba de entender que Bea y Martín fueran tan amigos y se dieran tanto asco a la vez.

—Fue Valeria. Ella me besó. Pero fue una chorrada, no se lo cuentes a nadie —murmuró Bea.

En la mente de Hugo aquello no era en absoluto una chorrada. Era una imagen preciosa.

—Pero... ¿cómo?

—No lo sé, estábamos hablando en la cama y se abalanzó sobre mí.

—¿Y tú qué le habías dicho?

—Yo qué sé. La oí llorar cuando salí de la ducha, y ella... Estaba hecha un lío.

—¿Y llevabas solo la toalla?

—Sí, claro. —Bea arrugó la nariz—. Pero...

—¿Y ella qué llevaba puesto?

Bea entrecerró los ojos y apretó los labios. Le hizo un gesto de desprecio y se recostó sobre la colchoneta de la tienda. Hugo se tumbó a su lado, apoyándose en un codo. Aprovechó que ella estaba de brazos cruzados para acariciar su cintura.

—Eres un guarro y un depravado.

—Tú te has encerrado en una tienda con un depravado, ¿en qué te convierte eso?

Bea sonrió y se humedeció los labios de forma sugerente. Él negó con la cabeza, se echó sobre ella y empezó a besar su cuello. Ella tuvo que ahogar un jadeo y le detuvo.

—No quiero que nadie nos oiga —susurró.

—No nos oirán.

—Solo besos, ¿vale?

—Vale. —Hugo sabía que eso no se lo creía ni ella.

—¿No te importa? —Bea le miró de reojo.

—Qué va. Además, no quiero hacer nada contigo, Beatriz. Me repugnas.

—¿Te repugno? —Sonrió y se mordió el labio inferior, traviesa. Buscó la erección de Hugo y la apretó con fuerza—. ¿Y esto?

—Eso —carraspeó y trató de hablar con normalidad— es que estoy siendo educado.

La sujetó y la atrajo hacia él con firmeza, pegando su cuerpo contra el de ella. Sus cálidos labios la besaron con suavidad unos segundos, antes de que su lengua cobrara protagonismo y el beso se volviera más sucio y más intenso. Él sabía a fresco y un poco a ron, olía a jabón de manos y a él. A Bea le encantaba su olor. Notó cómo su mano libre volvía de nuevo a acariciar su piel por debajo del vestido. Llegó hasta uno de sus pechos, lo acarició, lo agarró, y ella tuvo que apretar los labios para evitar jadear. Le miró frunciendo el ceño.

—Esto no hace ningún ruido. —Hugo se hizo el inocente.

Bea puso los ojos en blanco antes de volver a centrarse en ese beso que le hacía perder la fuerza en las piernas. Ella también quiso jugar, así que bajó las manos y recorrió su torso hasta encontrar el límite de su ropa.

—Esto tampoco hace ruido —susurró levantándole la camiseta y guiándole para que se la quitara.

Él la complació, obediente, y ella se tomó un momento para contemplarle. Su torso, iluminado por la luz roja de la tienda, era perfecto. Se notaba que le gustaba cuidarse, pero no parecía intimidante o artificial. Sus brazos eran largos y fuertes, se moría por volver a estar entre ellos, y le resultaba imposible contemplar su pecho, sus hombros tan bien definidos sin ponerse aún más nerviosa. En el pasado le había criticado por ser tan vanidoso y dedicar tanto esfuerzo a cuidarse, pero ahora lo agradecía. Vaya que si lo agradecía. Recorrió hipnotizada cada rincón con los ojos y con las yemas de los dedos.

Hugo se dejó hacer mientras contemplaba la luz roja de la tienda colorear la tentadora piel de Bea. Apenas llevaba encima un trozo de tela, pero le empezaba a estorbar. Su mano se deslizó con suavidad sobre su desnuda columna, aprovechando la abertura de la camiseta. Fue hacia ella y empezó a besarle el cuello. Ella sintió un escalofrío en el vientre.

—No puedo dejar de pensar en clavártela desde que te vi al mediodía con este vestido puesto. Me vuelve loco.

—Entonces será mejor que me lo quite enseguida para no provocarte. —Bea se incorporó.

—Buena idea.

Cuando terminó de quitarse el vestido por la cabeza, le dejó sin aliento encontrarse con la expresión hambrienta con la que Hugo la miraba.

—Joder, eres perfecta —exclamó en voz baja.

Bea le habría enumerado los motivos por los que ella no creía serlo, pero él había perdido el control y se había abalanzado sobre ella, haciendo que se tumbara. Besando sus labios, su cuello. Bajando por su clavícula, sus pechos y su vientre. Manoseaba todo su cuerpo con avidez, como si no quisiera dejarse nada por tocar. A Bea se le escapó un gemido.

—Más despacio. No quiero que me oiga —jadeó.

Hugo respiró profundamente, recuperando el control, se tumbó a su lado y volvió a sus labios. La besó con ternura, con suavidad. Ella se distrajo con aquel beso. Notaba las puntas de sus dedos recorrer su vientre, sus muslos, trazando perezosos círculos, pero no les hizo caso hasta que se perdieron debajo de sus bragas.

—No pasa nada porque haga esto, ¿verdad? —ronroneó él—. Lo puedes aguantar calladita.

Bea no contestó. Se limitó a morderse los labios mientras la temperatura de su piel aumentaba. Él deslizó la mano y la siguió besando. Ella dio un respingo cuando rozó su zona más sensible. Él pasó de largo. Era pronto. Notó cómo introducía dos dedos y tuvo que hundir la cara en el cuello de Hugo para ahogar un jadeo.

—Joder, Be —gruñó él gratamente sorprendido—. Tú también estás siendo muy educada.

Bea sonrió, tratando de acostumbrarse a aquella sensación. Intentando volver a recuperar el control de su respiración. Pensando que la impresión pasaría pronto. En su experiencia, los hombres no eran muy hábiles a la hora de dar placer a tientas en zonas tan sensibles. Pero la experta mano de Hugo fue la excepción, y además no tuvo piedad. Se pegó a ella y tuvo que taparle la boca porque su respiración se convirtió en jadeos que cada vez eran más altos. Bea trató de quitarse la ropa interior sin mucho éxito, había perdido la fuerza en las manos. De un tirón, él se la bajó hasta las rodillas, y cuando volvió a tocarla, a ella le empezaron a temblar las piernas.

No le dio tiempo de pensar en si aquello le gustaba o por qué lo hacía. La diestra mano de Hugo no se detuvo y usó el pulgar para estimular la zona que antes había pasado por alto. Bea sintió el calor y el placer inundándola y se dejó ir. Dejó de respirar unos segundos hasta alcanzar el orgasmo y deshacerse en un gemido contra el pecho de Hugo. Él la sujetó con fuerza hasta que dejó de moverse.

—Muy muy educada.

La abrazó y acarició hasta que ella recuperó el aliento.

Oyeron a Martín fuera de la tienda dar las buenas noches a alguien. Después, el sonido de una cremallera les confirmó que se había metido en otra tienda.

Bea se concedió unos momentos para disfrutar de aquella sensación, pero necesitaba más, lo necesitaba todo y en cuanto su pulso volvió a ser firme acarició la entrepierna de Hugo mientras le miraba a los ojos. Empezó a desabrocharle los vaqueros.

—Hugo... No te sientas obligado a acostarte conmigo, ¿vale?

Él se rio en voz baja por lo absurdo de la frase.

—Be, me vuelves loco. Me vas a hacer estallar. Ahora mismo no me echaría para atrás ni aunque tuvieras dientes ahí abajo.

—De verdad, Hugo. No tienes que hacerlo si no quieres. —Tuvo que mirar a otro lado para seguir pareciendo seria, porque la cara de sorpresa de Hugo era demasiado divertida—. Soy consciente de que intimido bastante. Tengo mi experiencia y soy muy exigente. Entiendo que te asuste no estar a la altura.

Nunca habría vacilado así a un hombre en una situación como esa, pero él era distinto. Sabía que él no se iba a achantar y eso le encantaba. Hugo sonreía con la boca muy abierta.

—¿Me asusta no estar a la altura?

—No pasa nada —dijo ella acariciando distraídamente el bulto que aún seguía en sus vaqueros.

—Vamos a ver, Beatriz —la voz de Hugo nunca había sonado tan oscura—. Voy a ser bueno porque creo que no eres consciente del lío en el que estás metida. Me da igual lo estrecho que sea esto, me da igual lo incómoda que estés, me da igual que no quieras que tus amigos nos oigan. Voy a follarte hasta que se te olvide tu nombre. Voy a follarte tan bien que seguirás acordándote de mi polla en tu lecho de muerte.

Su tentadora boca entreabierta, sus ojos fijos en él, devorándole. Ella tampoco se achantaba. Hugo se acercó a su oído.

—Prepárate para los mejores veinte segundos de tu vida.

Bea rio con la boca cerrada y, mientras Hugo besaba y acariciaba su piel, ella le desnudó lo mejor que pudo en ese espacio tan pequeño. Cuando tuvo por fin su pene entre las manos, lo apretó con firmeza, lamió lentamente los labios de Hugo, alterando su respiración y notando cómo se endurecía aún más en su mano. Y entonces comenzó a bajar, besando su cuello, su pecho, sus abdominales. Hugo la detuvo.

—Llevamos todo el día dando vueltas. No es buena idea.

Ella asintió, algo mohína. Él la atrajo y dio un beso en la mejilla y otro en los labios, para luego buscar algo en sus pantalones. Bea escuchó en la oscuridad cómo él rasgaba el envoltorio del condón. Ese leve sonido tan familiar le puso los pelos de punta, le hacía anticiparse a lo que venía a continuación. Al placer, al éxtasis, pero también a la despedida. Y no estaba preparada para eso.

Había empezado a conocerle de verdad, se había asomado debajo de todas esas capas de sarcasmo y le gustaba lo que había descubierto, quería saber más de él. Además de seducirla, Hugo había sido encantador con ella. La había cuidado, la había hecho reír, se había abierto con ella y la había hecho sentir especial y preciosa. Ella sabía que todo eso tenía un único fin: seducirla. Sabía que después no habría nada más. No habría más persecución, más cariño, más atenciones. Más besos. Más abrazos. Tendría que conformarse con un frío saludo de cortesía cada vez que se cruzaran. Lo había sabido hacía dos días, lo había sabido aquella mañana. Lo sabía ahora y lo había sabido siempre. Ese era el juego y ella no era ajena a las reglas. Sin embargo, no podía evitar sentirse tremendamente triste, porque en aquel proceso ella se había vuelto adicta a él. Notó un nudo en la garganta cuando sus ojos se encontraron.

—¿Qué te pasa? —preguntó Hugo preocupado.

Se había puesto ya el condón, pero se quedó sentado sobre sus talones. Agachando la cabeza para no tocar el techo de la tienda.

—Nada. —Ella forzó la sonrisa y trató de tirar de él.

—Be, ¿qué pasa? Dímelo —sonaba como una orden.

—Ven.

—No hasta que no me digas qué te pasa. —Hugo no disimuló su preocupación.

El nudo en su garganta se estrechó y sintió cómo las lágrimas invadían sus ojos. Se incorporó de golpe, disimulando. Se sentó sobre el regazo de Hugo, le abrazó y se forzó en concentrarse en la dureza de sus músculos, en su olor, en las ganas que tenía de volver a sentir sus besos. Pegó su cuerpo al de él, respirando contra su cuello.

—Me pasa que te necesito dentro de mí —dijo haciendo que su voz sonara salvaje y terriblemente sucia. Con una mano deslizó los dedos por su pelo e hizo que inclinara la cabeza. Con la otra agarró su pene y empezó a masturbarle.

Hugo trató de protestar, pero ella se acercó a su boca y mordió con suavidad su labio inferior, mientras se movía sensualmente sobre su regazo.

—Fóllame.

A él se le olvidó por qué se había detenido. Esas palabras, la voz rota, ardiente y profunda de Bea, sus delicadas pero firmes manos, eran lo único en lo que podía pensar en ese momento. La agarró por la cintura e hizo que se tumbara. Se colocó entre sus piernas y se inclinó sobre ella. Una voz en su interior le advirtió que ya la había besado demasiado, que aquello empezaba a ser demasiado íntimo, pero él la ignoró y la besó de nuevo.

Se apoyó en uno de sus brazos y deslizó el otro por el pecho de Bea. Sus costillas. Su vientre. La oyó ahogar un gemido de anticipación. Le encantaba volver a tener el control sobre ella, sobre su respiración. Movió las rodillas para hacer que separara más las piernas y entró en ella poco a poco, disfrutando de cómo sus ojos suplicaban tenerle más adentro. Cuando estuvo totalmente dentro de ella, cerró los ojos durante un instante, tratando de controlar aquella sensación. El placer era demasiado intenso. No se imaginaba que fuera a sentirse tan bien. Bea estaba muy caliente y húmeda, y él la había deseado demasiado tiempo.

Empezó a empujar y sus respiraciones no tardaron en sincronizarse. Ella le miró a los ojos y él aguantó su mirada. Hizo que entrara más profundo y Bea tuvo que llevarse la mano a la boca para callar sus propios jadeos. Él le apartó la mano y la sustituyó por su boca, invadiéndola con su lengua. No podían estar más cerca, más unidos. Aquello iba contra las reglas.

Hugo trató de acelerar el ritmo, pero la tienda se empezó a tambalear y cualquiera que pasara cerca podría notar lo que allí estaba pasando. Trató de cambiar de postura. De alejarse un poco de ella para tener más espacio de maniobra, y sobre todo para aliviar aquella intimidad. Pero la tienda era demasiado baja y la colchoneta demasiado inestable. Se adaptó a las circunstancias y ajustó el ritmo. No empujaba más rápido, lo hacía más fuerte.

Cuando Bea notó los problemas logísticos que les limitaban, al principio se decepcionó. Luego lo empezó a sentir. Aquel ritmo la obligaba a sentir todos y cada uno de los centímetros que entraban y salían de ella, cada vez.

—Joder... —protestó con la voz entrecortada. Sintiendo que perdía el control.

Reclamó su boca, exigente. Respirando con dificultad.

A él le encantaba verla así. Despojada de toda voluntad y control. La tentación de someterla, de jugar con eso era demasiado fuerte. Se detuvo y, sin salir de ella, repartió besos suaves por su mandíbula. Ella empujó desde abajo, pidiéndole con su cuerpo que siguiera, pero él no lo hizo.

—Hugo.

—Shhh. ¿No decías que no querías hacer ruido?

—Te odio.

Él sonrió con malicia, pero no se movió ni un centímetro. Ella trató de empujar desde abajo, pero él se dejó caer sobre ella y la aprisionó contra la colchoneta. Bea lanzó una dentellada hacia la cara de Hugo, que él se apartó a tiempo. Rio.

—Pídemelo —le exigió.

Bea estuvo a punto de caer y suplicar. Dominó sus ganas y lo desafió con la mirada.

—No —le retó.

Sonrió traviesa. La luz roja que entraba en la tienda apenas les permitía verse, pero la piel de Bea se adivinaba muy muy sexy, sobre todo cuando empezó a respirar profundamente, con la boca húmeda y entreabierta, mientras que sus caderas hacían sutiles y sensuales movimientos debajo de él, sin dejar de mirarle. Alzó la cabeza, lamió sus labios y los chupó con ganas.

Hugo decidió que le daba igual perder aquel juego, iba a estallar si no se la follaba. Reanudó aquel implacable ritmo lento que la volvía loca y la sonrisa desapareció de la cara de Bea para deshacerse en un jadeo. Deslizó las manos sobre la espalda de él, notando cómo sus músculos quedaban marcados por la tensión de sostener su cuerpo. Se apretó contra él, hasta que perdió toda la fuerza y dejó caer los brazos. Hugo cogió sus manos y entrelazó sus dedos, apretándolas contra el suelo.

Volvió a besarla, a saborear sus jadeos. Ella sintió cómo el placer la inundaba, estaba muy cerca de llegar al orgasmo. Habría acelerado o le habría suplicado a él que lo hiciera, pero no podían, así que aquellos segundos de éxtasis se prolongaron haciendo que perdiera la fuerza, no podía ni besarle. Él se pegó aún más a ella y hundió la cara en su hombro. Bea le oía respirar, jadear sobre su oído, nunca había escuchado nada más sexy que aquello; hizo que se le erizara toda la piel. Él llevó su boca a su cuello. Quería sentir cómo temblaba cada vez que entraba en ella. Quería sentirlo todo. La agarró por la nuca y mantuvo la boca en su cuello sin dejar de empujar. Besando, lamiendo, mordiendo. Segundos después notó cómo ella estallaba. Trató de silenciarla con un beso, pero sus gemidos se escaparon volviéndole loco, mientras ella arqueaba la espalda y sus muslos le aprisionaban. Perdió el control y se clavó hasta el fondo unas cuantas veces más, antes de que todos sus músculos se tensaran. Ahogó un gruñido y cayó rendido sobre ella.

Notó cómo Bea trataba de recuperar el aliento debajo de él. Se incorporó sobre sus codos para mirarla. Tenía las mejillas rosadas, el pelo despeinado, algunos mechones pegados a la cara. Con los ojos muy abiertos, le miraba confusa. Estaba resplandeciente, estaba preciosa. Le acarició la mejilla con suavidad y ella se estremeció. Estaba muy sensible aún. Le gustó pensar en las posibilidades que eso le daba. A pesar de que él aún no había recuperado el aliento del todo, tenía la necesidad de besarla. De abrazarla. De decirle...

Salió bruscamente de ella.

Se quitó el condón y le hizo un nudo.

Aquello se les había ido de las manos. Eso no había sido un polvo. No era solo sexo. No sabía ponerle nombre, pero eso no era lo que él hacía. No era lo que se suponía que tenía que pasar.

42

Hugo se sentó al borde de la colchoneta, de espaldas a Bea, mirando hacia la entrada de la tienda. Empezó a vestirse.

Podía culpar a la adrenalina que había acumulado durante el concierto, podía culpar a la falta de espacio, a la luz roja que los iluminaba. Podía culpar a la angustia que había sentido cuando no sabía si la encontraría, podía culpar a lo que fuese que había sentido cuando por fin pudo abrazarla. Podía inventarse mil excusas, pero habían sido ellos, ellos dos. Se habían dejado llevar y aquello había sido demasiado intenso, demasiado íntimo.

—¿Va todo bien? —preguntó Bea. Pudo notar cierta angustia en su voz.

—Sí. Voy a deshacerme de esto y a mear —dijo sin mirarla.

Abrió la cremallera de la tienda y salió sin despedirse.

Bea no supo reaccionar durante unos segundos. Después se apresuró a cerrar de nuevo la cremallera de la entrada. Seguía desnuda, cubierta por su sudor. Su piel aún se erizaba al más mínimo roce. Sus labios aún ardían. Todavía estaba demasiado sensible y vulnerable. Se prohibió pensar en nada y sacar conclusiones.

Hugo tenía prisa. Punto.

Esperó unos minutos antes de vestirse. Empezaba a hacer frío. Así que se tapó también con la manta. No fue suficiente y echó mano de la chupa de cuero de Germán, que estaba en una esquina, sobre su mochila. Cuando la cogió, se dio cuenta de que la mochila estaba abierta y dentro asomaba una consola portátil. Al principio no la cogió, bastante abusaba de Germán usando su ropa. Pero estaba sin móvil y después de pasarse un rato mirando al techo, sin nada que hacer, la acabó encendiendo. Miró la hora en la consola: las doce y media. Tenía muchos juegos, así que probó un par de ellos, tratando de mantener la mente ocupada. Se le daba bastante bien, estaba en racha y el tiempo pasó rápido. Cuando volvió a mirar el reloj, vio que era la una menos cinco. No había habido señales de Hugo. El baño no estaba tan lejos. Era hora de que se enfrentara a la realidad: él no iba a volver. La había usado y la había dejado tirada. Como ella ya sabía que pasaría. Como hacía siempre.

Al principio se lo tomó con filosofía. Que Hugo, con la fama que tenía, la hubiera dejado tirada no debería ser una sorpresa para nadie. En realidad, era lo que ella esperaba, lo que ella buscaba en cierto modo. No quería confundirse con un tipo así, ni que él se encariñara de ella. Así que un polvo y cada uno por su lado era lo mejor que podía pasarles. Ella misma también lo hacía con los chicos con los que estaba. Siempre prefería ir a casa de ellos, nunca se quedaba a dormir. Si algo podía picarle, era que no le hubiera dado tiempo a ser ella la que se marchase. Le molestaba en el orgullo, solamente. Pero era difícil ser más rápida que Hugo, que se había ido antes de que a ella le diera tiempo a cerrar las piernas.

Mientras le daba vueltas, se mordía las uñas con ansiedad. Trató de justificar a Hugo y normalizar aquello hasta que se arrancó un padrastro y se hizo daño. Ya no pudo tranquilizarse, le escocía demasiado. Tuvo que morderse el dedo para parar el dolor. Entonces algo hizo clic en su cabeza y pasó de negar que aquello le afectaba a estar realmente cabreada. Hugo había sido un maleducado y un desconsiderado. Ella no tardaba en alejarse de sus amantes, pero nunca había dejado a nadie con la palabra en la boca. No se iba sin despedirse, sin un «Buenas noches, me lo he pasado bien». No estaba exigiendo que la invitara a cenar, solo quería un mínimo de educación. ¿Cómo podía ser tan frío como para pasar de estar tan cerca, piel con piel, cogiéndola de las manos, mirándola a los ojos, sintiendo su respiración..., a no poder ni siquiera mirarla? Y hablando de frío: se había llevado la sudadera que le había prestado. Estaba en su derecho, era suya, pero era un gesto feo.

Lo que más la alteraba era que la actitud de Hugo no había sido honesta. Eso no era nada nuevo, muchos hombres basaban su método de seducción en hacer creer a las mujeres que querían algo más que meterse entre sus piernas, que sentían algo, que ellas eran especiales. Eso la enfadaba. Ella nunca había dejado ver a un amante que quisiera algo más. Nunca había intimado emocionalmente con alguien antes de acostarse con él. Era cierto que había escuchado varias veces eso de «Quédate a dormir» y lo había rechazado. Más de uno se había plantado frente a ella pidiendo, rogando, que tuvieran algo más. Pero ella no lo había buscado. No les había hablado como Hugo le había hablado a ella, ni los había cuidado así, ni los había besado de esa manera.

Miró de nuevo la hora. La una y cuarto.

Estaba tan cabreada que había empezado a gruñir sin darse cuenta. Se quitó la manta, la chupa y salió corriendo de la tienda. Hugo tendría que volver en algún momento y no quería que la encontrara allí. No quería verle porque estaba tan alterada que le gritaría. Él daría la vuelta a sus palabras y ella quedaría como una «loca posesiva». «¿Qué pensabas? ¿Que iba a salir contigo después de esto?». Las palabras del primer chico con el que estuvo resonaban en su cabeza. No iba a volver a pasar por eso. Ya hablaría con Hugo, pero no podía verle hasta que no pudiese controlar su enfado.

Cogió la linterna y fue a la tienda grande. Con cuidado de no hacer ruido, buscó de nuevo algo en su mochila que la abrigara. Solo encontró calcetines limpios. Cogió la cartera y trató de salir sigilosamente.

—¿Be? ¿Estás bien? —La voz de Martín sonó somnolienta.

—Sí.

El chico se incorporó y la apuntó con la luz del móvil.

—Cuenta conmigo si necesitas hablar —Mart tenía tanto sueño que solo podía abrir un ojo— o cualquier cosa...

—A dormir.

Salió de allí casi corriendo en dirección al baño. No quería hablar con Martín. No quería su compasión, ni arriesgarse a ver medio gramo de condescendencia en su mirada. No quería ser otra pobre inconsciente que caía en las garras de Hugo. No lo era. Era una mujer que decidía con quién pasaba el rato y era plenamente consciente de cómo funcionaba el juego. Y si ahora le dolía, era... era...

No sabía por qué era.

Necesitaba contactar con sus amigas, pero estaba sin móvil. Cuando llegó a los baños, el milagro ocurrió. Vio a Iker. Estaba en la cola, abrazando a Valeria por la espalda. Ella sonreía, pero tenía mala cara. Se abrazaba el vientre.

—Qué bien encontraros —dijo poniéndose a su lado.

Una chica de la cola protestó porque Bea se pusiese con ellos. Bea le lanzó tal mirada que nadie más se atrevió a decirle nada.

—¿Qué tal la pasaste? ¿Viste a Wences? —preguntó Valeria.

—Al final no le vi. —Se había olvidado por completo de él y no le apetecía hablar del tema—. El concierto genial, ¿estás bien?

—Sííí. —La sonrisa de Valeria le ocupaba toda la cara, parecía muy feliz. Aunque se le marcaban un poco las ojeras—. Y no... Me duele la panza.

—¿Por algo que has comido?

—No lo sé. —Era el turno de Valeria de entrar al baño, se separó de Iker—. Luego te digo.

—¿Me dejas tu móvil para llamar a Camino? —preguntó Bea.

—Sí, claro. —Iker buscó el contacto de Camino, marcó y le entregó el móvil.

Bea se frotó los brazos para entrar en calor mientras esperaba a que cogieran la llamada.

—¿Hola? —Esperó a que contestaran al otro lado—. No, soy yo. —Trató de sonreír—. Bien. Sí, ha estado guay. ¿Os habéis ido ya? —Hizo una pausa—. No me jodas, Camino... —Bea miró al suelo—. Sí, quería apuntarme. —Escuchó—. No, no sé qué hora es porque estoy sin móvil. Da igual. Sí, quería salir con vosotras, pero da igual. No hace falta... ¿Sí? ¿En serio? Camino, eres la mejor. Me viene de puta madre salir de aquí y un mimo. —Se detuvo de nuevo a escuchar—. No, un mimo tuyo, paso de Lara. ¡Lara! ¿Me oyes? ¡Paso de ti! —Bea rio—. Bueno, acepto un mimo de Lara también, pero me tiene que prestar algo de abrigo. Voy prácticamente en bolas y aquí parece que ha empezado la sexta era glaciar. —Escuchó lo que decían al otro lado del teléfono—. Qué pesada con «verme con vestido», tía, no soy una Barbie. O me dais ropa o me caliento a base de chupitos de Jäger. Vale. ¿Quince minutos? ¿En la entrada? Vale. Y yo a ti más, perra.

Colgó el móvil y se lo entregó a Iker.

Se pegó a él en busca de calor humano y se dio cuenta de que estaba canturreando en voz baja.

—And I don't understand why I sleep all day...

Bea movió la cabeza al ritmo.

—Blind Melon... —Se giró hacia Iker sorprendida—. ¿Has pillado?

—¿Qué? —Él frunció el ceño—. Coño. Mart tiene razón. Es verdad que lo hago. Canto esa mierda cuando pillo.

—Lo haces... —Bea entrecerró los ojos examinándole—. ¿Val?

No hizo falta que Iker respondiera, su sonrisa le delató. A pesar de su mosqueo, Bea también sonrió.

—Qué bien. —Le abrazó. En parte porque se alegraba por él y en parte para robar otro poquito más de calor.

—Bueno. —Iker sonreía melancólico—. Hay que disfrutar mientras uno pueda, ¿no? —Ella asintió—. ¿Has visto a Hugo?

—Sí —Bea pensó rápido, no quería contarle nada, pero tampoco mentirle—, le vi por las tiendas hace casi una hora.

—Qué guay que ahora os llevéis bien.

Bea sacó a relucir la mejor cara de póker que tenía. No sabía si reír o llorar.

—Sí, supongo.

—Al principio me cabreé con Mart. Me pareció mal que os mintiera así, no sé. Podría haber salido fatal. Pero la verdad es que ha salido todo bien. Os habéis hecho amigos, y eso está de puta madre.

—¿De qué hablas? —Bea arrugó la frente.

—De lo que te dijo en El Ariel.

—¿Qué me dijo en El Ariel? —Bea sonó muy seria.

—Bueno, lo que te dijo de que Hugo estaba pillado por ti. Ya sabes, para que bajaras la guardia y no estuvieras tan a la defensiva con él.

—¿Era mentira?

Iker palideció.

—Joder —tardó en seguir hablando, se quedó mirando a Bea con los ojos brillantes—, pensaba que Mart ya había hablado contigo. Qué cagada. Oye, no lo hizo con mala intención, solo quería que pudieseis venir los dos al viaje.

El frío ayudó a mantener en calma el volcán en erupción que era la mente de Bea.

—Da igual. No me lo creí —mintió.

No se lo había creído en aquel momento, pero después de que Hugo se acercara ondeando una bandera blanca aquella noche, se lo quiso creer. Le gustó creérselo. Ahora tenía ganas de gritarle a Martín. Tenía ganas de despertarle a golpes. Tenía ganas de chillar a Iker por no haberle dicho nada antes. Se suponía que eran sus amigos. ¿Cómo podía haber sido tan estúpida? Apretó los labios. Las lágrimas inundaron sus ojos. Se dio la vuelta antes de que él las viera.

—Me voy, llego tarde —dijo echando a andar.

—Espera —gritó Valeria.

Bea se dio la vuelta. No había mucha luz y apenas vieron su expresión.

—Be. —Valeria se acercó a ella corriendo—. ¿Me prestas una compresa y algo para el dolor de regla?

Iker tenía tanta mala suerte que era complicado enfadarse con él.

—En mi mochila hay tampones y también ibuprofeno. —Bea giró la cara para que no la viera—. Abrígate la tripa. Me voy, que tengo prisa.

Desapareció tiritando en la oscuridad del camping.

—Monito...

—Ya lo he oído. Será mejor que busquemos una manta y te abrigues más.

—Lo siento —dijo Valeria con voz temblorosa.

—No digas tonterías. —Sonrió y le dio un beso suave—. Anda, vamos, que yo también tengo frío.

Le pasó un brazo por la cintura y fueron caminando hacia las tiendas. Tras unos cuantos metros escucharon a lo lejos la risa de Hugo. Se acercaron a ver. Estaba echándose unas risas con tres chicas que Iker no conocía. Los saludó y se acercó a ellos.

—Nos vamos a dormir, Val no se encuentra bien. —Iker achuchó más a Valeria. Ella levantó la mano estirando los dedos índice y corazón, pero tenía mala cara.

—Vaya, lo siento. ¿Dónde están los demás? —preguntó Hugo.

—Germán se ha encontrado con unos colegas, están aún en la zona del concierto. Mart dijo que se iba a dormir y Be va a bajar con sus amigas a la ciudad.

—Espero que le presten algo de abrigo porque se estaba congelando —dijo Valeria mientras se abrazaba la tripa.

—¿Hace cuánto que se fue? —preguntó Hugo algo nervioso.

—No sé, ¿cinco?, ¿diez minutos? —Iker se encogió de hombros—. Iban a recogerla en la entrada.

Hugo salió corriendo hacia la entrada del camping sin saber muy bien por qué. Cuando llegó, no había ni rastro de Bea.

Resopló cayendo en la cuenta de que debía estar furiosa con él. Solo Bea era lo suficientemente orgullosa como para congelarse con tal de no usar la sudadera que él le había prestado.

Tardó un par de segundos en darse cuenta de que él la llevaba puesta.

—Joder.

43

Hugo se restregó la cara con las manos y se cruzó de brazos.

Quedarse con la sudadera había sido un gesto feo. Pero lo había hecho de forma inconsciente, no había habido mala intención en ello y ya no podía hacer nada para solucionarlo. Además, Bea no le había dicho nada. También era más que posible que ella estuviese enfadada con él por haber desaparecido. Había pasado más de una hora fuera. ¿Qué esperaba? ¿Que él volviera? ¿Que se quedara a abrazarla? No tenían esa clase de relación y él no era de esa clase de personas. Aquel enfado era un asunto exclusivo de Bea. Si ella había asumido cosas, era su problema. Él no tenía que responder ante nadie. Si esperaba que fuese a buscarla, que intentara localizarla o que se disculpara, estaba muy equivocada.

Se apoyó en un poste y se metió las manos en los bolsillos. Se sintió como un imbécil cuando se dio cuenta de lo que estaba haciendo. Ni siquiera la había visto aún. Ni siquiera sabía si estaba enfadada o no, y ya estaba justificándose.

—¿Qué haces aquí tan solito, Judas? —Germán le dio con la palma de la mano en la espalda.

—Esperando a tu madre —le ladró Hugo.

—Un mal momento, ¿eh? —Le agarró por la nuca. Iban con dos amigos melenudos como él—. Anda, vente a tomar unas birras.

Levantó la otra mano, llevaba un *pack* de ocho cervezas.

Hugo accedió y los siguió hasta donde estaban acampados. No estaba de humor, pero necesitaba una cerveza. Antes, entró en la tienda para buscar algo para el dolor de cabeza que empezaba a molestarle. Era la que compartiría con Germán, la tienda donde había estado con Bea. Aún olía a lo que había pasado allí, aún olía a ella. Le asaltó el recuerdo de la suavidad de su piel, de sus suaves gemidos. Sintió una punzada en el pecho. Resopló enfadado.

Encontró el paquete de tabaco de Bea y se lo quedó antes de salir de la tienda. Se sentó con los demás y abrió una cerveza. Estaban hablando de videojuegos. Agradeció la generosidad de Germán, no solo por la bebida, sino por estar atento e intentar distraerle a pesar de lo que le había hecho años atrás. Trató de prestar atención a la conversación, pero tenía la cabeza en otra parte. No sabía qué pensar sobre lo que había pasado con Bea. No sabía lo que le esperaba cuando por fin la viera. No sabía por qué aquella situación le ponía tan nervioso. Que se hubiera ido sin avisar, sin buscarle y sin montar una escena le desconcertaba.

Encendió uno de los cigarros. Pensaba terminarse el paquete de tabaco. Eso la cabrearía, la cabrearía mucho. La necesitaba furiosa. Necesitaba que le gritara, que le chillara, que se volviera loca y le dijera de todo. Necesitaba echar gasolina a lo que fuera que estaba pasando y que todo ardiera.

Cuando todos se fueron a dormir, decidió meterse en la tienda de Martín, ocupando el lugar de Bea. Si ella aparecía, le despertaría y podrían hablar, discutir. Podría acabar con aquella espera. Le despertó a las pocas horas el tono del móvil de Martín. La tienda estaba iluminada. Ya había amanecido.

—¿Sí? —Martín contestó con voz somnolienta—. Hola. —Hugo notó cómo su amigo se incorporaba a su lado—. No pasa nada. Vale. ¿No puede venir ella? —El sonido que emitió estaba entre un resoplido y una leve risa—. Está en racha, ¿eh? Vale, voy. ¿En la entrada? Os veo en un minuto.

Escuchó a Martín soltar un enorme bostezo y frotarse los ojos.

—¿Qué pasa? —preguntó Hugo. Se había quedado un poco ronco.

—Era Camino. —Martín ahogó un bostezo—. Hay que ir a recoger a Be a la entrada.

Se quedó sentado mirando el infinito. Aún no se había despertado del todo.

—¿No puede venir ella?

Martín trató de mirarle de reojo, pero se le cerraban los ojos.

—No.

—Voy yo —se ofreció Hugo.

—¿No te importa?

—No.

—Que le follen a Iker. Tú eres mi mejor amigo.

Martín volvió a tumbarse de lado y a cerrar los ojos.

—Como te pases con ella, voy a tener que partirte la cara, otra vez. —No sonaba muy amenazador envuelto en aquella manta de camping.

No terminó de entender aquella amenaza. ¿A qué venía? ¿Habría hablado Bea con él?

El camping estaba desierto, no había nadie despierto a pesar de que había amanecido. La noche había sido fría, estaba nublado y una fina capa de rocío cubría las tiendas. Hugo fue hasta la entrada. Allí solo vio a Camino y a Lara, estaban apoyadas en un coche mal aparcado.

—¿Y Mart? —preguntó Camino.

—Le debía una —contestó Hugo buscando a Bea con la mirada. No la vio.

—¿Te ha contado cómo está? —Camino fue a su encuentro.

—No, pero me lo imagino. ¿Dónde está?

—En el coche. —Lara también se acercó a él—. Lo ha echado casi todo. Le hemos dado una ducha fría y se ha tomado un café. Solo falta ponerla a dormir. Yo no contaría con ella hasta la tarde.

—Cuando se recupere, dile que ella y Raquel se pueden ir a la mierda —gruñó Camino—. Que yo no soy la niñera de nadie.

Lara se rio. Quizá las otras dos chicas se habían excedido, pero Lara también se había tomado sus copas. Ninguna parecía molesta con él, Bea no les había dicho nada. Aquello le pareció muy raro.

—Ni tu niñera tampoco. —Camino apuntó con el dedo a Lara.

—Una buena noche, ¿eh? —Hugo se dirigió a Lara sonriendo. Carraspeó, aún tenía la voz ronca.

—Ha estado muy bien. —Lara le guiñó un ojo, se volvió hacia Camino—. Y no ha sido para tanto. Raquel en su línea. Be abrazando desconocidos, pero, oye, no se ha quitado la ropa.

—No, eso no. Por suerte. —Camino negó con la cabeza.

—Pues eso, ha estado tranquilo —continuó Lara.

—Olvidas la parte en la que Be ha salido corriendo hacia una especie de iglesia, se ha tirado sobre la puerta y ha empezado a llamar a gritos diciendo que, por favor, la dejaran entrar. Que se quería hacer monja.

Lara soltó una sonora carcajada. Tuvo que taparse la boca para que Camino no se enfadara al verla reír. Fue hacia la puerta del coche.

—No ha sido gracioso. Los vecinos han llamado a la policía. —Camino tenía el gesto torcido y se cruzó de brazos.

—Venga, Be. —Lara abrió la puerta—. Sal del coche.

—No —se oyó gruñir a Bea.

—Te llevan a un lugar mejor. Donde te podrás tumbar —dijo Lara con voz tentadora—. Está muy blandito y suave, y calentito, y a oscuras.

—¿Lo juras? —Bea vocalizaba con dificultad. No sonaba borracha, sino terriblemente cansada.

—Sí.

—Vale.

Salió del coche con los ojos cerrados, se sujetó al capó. Tenía muy mala cara y se tambaleaba. Llevaba una sudadera de Metallica y *leggins* negros. Le habían lavado la cara, pero aún tenía restos de delineador debajo de los ojos. Le daba un aspecto algo decadente.

Abrió un momento los ojos y vio a Hugo. Los volvió a cerrar y trató de entrar de nuevo en el coche. Lara le bloqueó la puerta.

—No. Con él no —protestó Bea en lo que ella creyó que era un susurro, pero todo el mundo pudo escuchar.

Se cruzó de brazos. Al dejar de sujetarse en el coche, perdió estabilidad y casi se cae. Lara la sujetó a tiempo y le hizo una señal a Hugo para que la ayudara. Él trató de agarrar a Bea. Ella forcejeó unos segundos, pero enseguida se cansó y pudo sujetarla bien.

—Aún hueles a Jäger —le dijo Hugo.

—Y tú hueles a giliculo. —Bea frunció el ceño sin abrir los ojos.

Hugo esperaba una brutal discusión con ella. Sabía que no iba a ser bonito. Le había dado vueltas una y otra vez a lo que le podía decir o echar en cara. Pero no se imaginó que se enfrentaría a ese nivel intelectual. No estaba preparado para argumentos como aquel.

—Siento colgarte el marrón. —Camino se despidió mientras Lara entraba en el coche. Miró a Bea con aprensión—. Que no coja frío. Que beba agua y no la dejéis demasiado rato sola.

Antes de que el coche se alejara, Hugo pudo ver a Raquel aplastando la cara contra una de las ventanillas de atrás. Estaba aún peor que Bea.

Pasó uno de los brazos de su perjudicada amiga por sus hombros. Empezó a caminar, tratando de hacer que entrara en el camping. Las piernas de Bea iban en todas las direcciones menos en la correcta. Hugo se detuvo.

—Yo puedo sola —gruñó ella.

Él estudió la situación y acabó cogiéndola en brazos.

—¡Yo puedo sola! —gritó Bea revolviéndose.

—Lo estás haciendo sola —dijo él con paciencia.

—Es verdad. —Bea cerró los ojos y apoyó la cabeza en su hombro.

Echó a andar hacia las tiendas. La miró de reojo. Estaba hecha un desastre. No entendía por qué tenía tantas ganas de abrazarla y besarla.

—Hoy Jäger, el otro día whisky con Red Bull. Alguien va a tener que enseñarte a beber bien —dijo mientras cargaba con ella. Cambió el tono por uno más suave—. Oye, Be. Anoche, cuando volví, ya te habías ido. Resulta que había mucha cola en el baño, luego me crucé con unos colegas que hacía tiempo que no veía. Unas amigas de hacía años. Las saludé y nos estuvimos poniendo al día. Ya sabes cómo son estos conciertos, siempre te andas cruzando con gente que conoces. Perdí totalmente la noción del tiempo, no me di cuenta de que había tardado tanto. —Hugo apretó los labios—. O quizá... —resopló y dejo de hablar durante medio minuto—. O quizá debería ser honesto por una vez y admitir que no quería volver. Anoche pasó algo. Nos pasó algo, yo lo sé, tú lo sabes. Se nos fue de las manos.

Estaban cerca de las tiendas, aminoró el paso.

—No espero que me perdones. Quiero que me grites y me pongas las cosas más fáciles. Que no me cueste tanto alejarme de ti —se acercó a su oído y le susurró—. Me haces perder la cabeza. Me gustas demasiado, y no creo que sea sano.

Sabía que Bea estaba dormida. Había empezado a oír pequeños ronquidos nada más empezar a disculparse.

—¿Be? —La zarandeó un poco para despertarla.

—Con él no. —Bea abrió los ojos un segundo y los volvió a cerrar.

A Hugo se le escapó una breve risa. Bea estaba totalmente a su merced.

—Beatriz —le siguió susurrando—, no sabes la suerte que tienes de que no tenga un rotulador y un bote de espuma a mano.

Llegó hasta las tiendas, y vio a Martín fuera.

—Sospecho que alguien echó alcohol en sus hielos —rio examinando a Bea.

—Ayúdame, anda —pidió Hugo.

Martín abrió la cremallera de la tienda para que pudiese meter a Bea. La acostaron y la envolvieron en la manta de avión. Hugo se esmeró para que estuviera abrigada y cómoda. Ella solo se movió para acurrucarse.

—¿No tendrás un bote de espuma? —Martín la miraba con la cabeza torcida.

—Ni se te ocurra —le advirtió Hugo.

—Como si tú no lo hubieras pensado.

—Para nada. Soy un adulto —mintió.

—¿Crees que estará bien para conducir?

Bea murmuró algo en sueños y se le escapó un pequeño eructo.

—No creo que podamos contar con ella hasta la tarde —dijo Hugo.

—Pues tenemos un problema. —Martín le miró alarmado—. Deberíamos salir pronto o nos comeremos un atasco tremendo para entrar a Madrid.

44

Recoger las tiendas no fue tarea fácil. No sabían ni por dónde empezar y el montaje no era precisamente sencillo. Valeria encontró las instrucciones en internet y entre los cinco lograron desmontarlas, aunque tuvieron que poner especial empeño y tardaron más de lo que esperaban. Organizaron la recogida de tal forma que Bea pudiera dormir el mayor tiempo posible. Cuando solo faltaba por desmontar la tienda grande, Hugo la llevó en brazos a la furgoneta para que siguiera durmiendo. El encargado le recordó entonces que tenían que dejar libre la plaza de aparcamiento al mediodía, solo la tenían reservada hasta esa hora. Bea no daba señales de despertar.

Hugo se reunió con los demás, que estaban terminando los últimos bocadillos de Delicia.

—Voy a sacar yo la furgo del camping —les explicó—. Podemos parar en un área de descanso que hay a cuatro kilómetros, y allí podemos esperar a que Bea se recupere. Ya sería mala suerte que me pararan en un tramo tan corto.

—¿Qué problema hay con que te paren, Judas? —dijo Germán mientras hacía girar el bocata que se estaba terminando.

—Estoy sin puntos.

—Pues la saco yo. —Germán se sacudió las migas.

—¿Tienes carnet?

—Claro.

—Joder. —Hugo le miró con los ojos muy abiertos—. ¿Y lo dices ahora?

—Nadie preguntó. Eh. —Germán frunció el ceño—. ¿Por eso no salimos? ¿Pensabais que la única que podía conducir era la Bella Durmiente?

Hugo asintió cansado. Se buscó las llaves de la furgo en el bolsillo y se las lanzó a Germán. Recogieron la comida y se subieron al vehículo. Germán conducía, con Martín de copiloto. Hugo se sentó al lado de Bea, haciendo que apoyara la cabeza en su regazo para que pudiera seguir durmiendo. Ella ni siquiera abrió los ojos. Estaban tan cansados que algunos aprovecharon para dormir un rato. Hicieron casi todo el camino en silencio. Después del accidentado viaje que habían tenido a Bilbao, la vuelta a Madrid fue sorprendentemente tranquila.

De forma inconsciente, la mano de Hugo se iba a la cara de Bea y la acariciaba con delicadeza. No dejaba de darle vueltas a lo que había pasado la noche anterior. Era difícil no hacerlo cuando tenía a aquella chica tan cerca, acurrucada a su lado. Lo que tenía tan claro por la noche, ahora estaba muy borroso. La idea de que Bea le perdonara, de poder prolongar aquello, le tentaba. No tenía claro qué debía hacer, tampoco tenía claro qué quería hacer. Seguía sin entender qué sentía.

Habían pasado casi tres horas de viaje cuando ella se despertó, terriblemente confusa. Tenía lagunas de la noche anterior y no se explicaba qué hacía en la furgoneta, durmiendo al lado de Hugo. Con su mano acariciando distraídamente su mejilla. Él miraba por la ventanilla, aún no se había dado cuenta de que ella se había despertado. El nítido recuerdo de la espalda desnuda de Hugo volvió a ella. Él vistiéndose, abriendo la tienda, marchándose sin despedirse. Se incorporó de golpe, como si le quemara tenerle cerca. Sintió una punzada en la sien al hacerlo, tan inesperada que soltó un quejido.

—Buenos días. —Martín, que iba en el asiento de copiloto, se dio la vuelta para saludarla—. ¿Cómo estás?

—Bueno, bien. —La cabeza le palpitaba, le dolían los ojos, la espalda y estaba mareada. Pero no quería mostrar ningún tipo de debilidad.

—¿Quieres un poco de agua? —preguntó Hugo.

Bea fingió no oírle.

—¿Qué te pasó anoche? —preguntó Valeria detrás de ella. Iba agarrada de la mano de Iker.

—Me debió de sentar mal la hamburguesa. —A Bea no se le ocurrió nada mejor que decir.

—Claro, seguro que fue eso. La hamburguesa que no cenaste —bromeó Iker.

—En realidad —Bea se restregó los ojos—, tuve que beberme algunos chupitos de Jäger para que Raquel no se emborrachara.

Bea les chistó cuando empezaron a reírse, apretándose el entrecejo con dos dedos. Hugo le puso la botella de agua delante junto a un blíster de ibuprofeno. Ella cogió ambas cosas sin mirarle, murmurando un obligado «gracias». Se dedicó a mirar durante un buen rato por la ventanilla. Casi había empezado a hacerle efecto la pastilla cuando Valeria rompió el silencio.

—Ahora que Be ya despertó —juntó las manos, nerviosa—, quería darles las gracias por dejarme venir. No los conocía y me han tratado como a una amiga más. Todos me dieron algo. Gracias a Martín por la entrada, a Hugo por dejarme subir en su furgoneta de pasajeros, a Be por darme consejos y por hacerme sentir como una de sus *besties*. A Germán por enseñarme tanto sobre su música. Y a Iker por... por ser Iker. —Sonrió mirándose las manos, no se atrevía a mirarle. Se había prometido no sonrojarse y ya estaba totalmente roja—. Porque si no se hubiese confundido de combustible no habría conocido a Santi y a Delicia, no habría probado las migas, no habría aprendido a pelar guisantes y no habría visto las estrellas con ustedes. Estoy muy feliz. —Fue consciente de lo tontas que sonaron estas últimas palabras, pero tuvo que seguir diciendo lo que llevaba pensando desde que dejaron el camping—. He ido a un concierto por primera vez, he probado el tabaco, aunque, bueno, no creo que lo vuelva a hacer. He visto más paisaje de España, he conseguido un máster en *heavy metal*. —Germán quitó una mano del volante para hacer la señal de los cuernos—. He visto a Be montar un escándalo y abofetear a Hugo como en una novela —sonrió—, he dormido en una tienda por primera vez, he jugado al «yo nunca» por primera vez. Me he reído mucho, lo he pasado muy bien. Y... y otras cosas que —el volumen de su voz se hizo casi inaudible— nunca voy a olvidar.

Todos la escuchaban con atención, no querían interrumpir.

—Me voy a llevar los más lindos recuerdos y experiencias que pensé que no me daría tiempo a vivir en España.

—¿Por qué dices que no te daría tiempo, pequeña aprendiz? —Germán la miró por el retrovisor—. Aún eres muy joven.

—Bueno, porque me regreso a Perú en menos de una semana.

—¿Te vas de vacaciones? —preguntó Martín—. Pero si estás de exámenes.

—No. Nos marchamos. Para siempre —tragó saliva—, de momento para siempre. Mi familia encontró un trabajo mejor para mi mamá. También otro para mí. Tuvimos problemas con los papeles y, bueno, es la decisión que tenía que tomar mi mamá.

Nadie supo qué decir. Se habían quedado de piedra.

—¿No te quedas a seguir estudiando? —Martín hizo la pregunta sin saber bien si podía o no hacerla.

—No puedo —contestó Valeria—. Ya continuaré en unos años. Allá no habrá problema.

—Pero tu vida, tu trabajo están aquí. —Martín no entendía por qué Iker no decía nada, quiso echar un cable a su amigo—. ¿Tú...? ¿Tú te quieres ir?

Todos la miraban fijamente, con preocupación. Germán lo hacía a través del retrovisor y Bea entornando los ojos para que no le molestara la luz.

A Valeria se le escapó una suave risa.

—Ya. No estén tristes —les riñó sonriendo—. Allá estaré con mi familia, mis tías y primos. Acá, en Madrid, no estamos bien. Mi mamá tiene dos trabajos, yo uno y no llegamos. Allá estaré bien. —Valeria se decía esto más a ella misma que a los demás.

No se quería ir. Había llorado noches enteras hasta quedarse dormida. Iba a echar de menos la universidad, a sus amigos, pasear por la Gran Vía y el sabor del agua. Se había echado a llorar una mañana en el metro abarrotado de gente sintiendo que también lo iba a echar de menos. También había llorado, y mucho, por Iker. Era su mejor amigo y ahora que eran algo más no quería pensar en cuánto le iba a extrañar. Pero la situación de su familia era muy precaria, y había visto a su madre dejarse la piel hasta enfermar, así que tuvo que tragarse las lágrimas y hacer de tripas corazón.

Todos miraron a Iker con más o menos disimulo. Germán se giró hacia Martín y comprobó que estaba tan sorprendido como él. Fue la primera vez en todo el día que Hugo y Bea se miraron.

—Germán, necesito un café. —Bea apretó los ojos—. ¿Puedes parar en la próxima gasolinera?

Germán tomó el primer desvío que vio a un área de descanso. Antes de llegar, el móvil de Valeria empezó a sonar. Lo cogió, era su madre. En cuanto aparcaron, Valeria se alejó de ellos para hablar sin que la oyeran. Los demás rodearon a Iker. Bea no fue a por el café, era solo una excusa para parar. El primero que se atrevió a hablar fue Hugo, pero no sabía bien qué decir.

—Tío...

—Ya lo sabía. —Iker suspiró esbozando una media sonrisa—. No me miréis así, no pasa nada. Hace dos semanas entregó la carta de renuncia. Su supervisor me lo dijo, y yo sabía que tenían problemas aquí. No han podido hacer nada. Ella no me dijo que se iba, supongo que para evitar que la mareara con el tema, que la tratara de forma distinta.

No pudo contarles más porque Valeria se acercó. Miraba directamente a Iker, como si fuera a decirle algo. El resto se alejó, dejándoles espacio. Iker observó a Valeria, esperó a que fuera ella la que hablara primero.

—Monito... —Val miraba al suelo. Bloqueada.

—¿Qué pasa, Val?

—Era mi mamá. Quería saber cómo estaba.

Guardó silencio unos segundos más, seguía sin poder mirarle.

—Sé que ha estado mal que no te lo dijera antes. Sobre todo, antes de lo de anoche... —dijo en un hilo de voz—. Quise, pero...

Iker dio un paso hacia ella y la calló con un dulce beso. Cuando ella trató de hablar, le dio otro.

—No pasa nada. —Le puso un dedo en los labios—. Lo sabía.

—¿Lo sabías? —Valeria le miró de reojo, comprobando que le estaba sonriendo.

—Sí. Ya te dije que puedo leer las mentes.

Ella sonrió. Tardó unos segundos en reunir el valor de mirarle a los ojos.

—Aunque me vaya, nosotros podemos... Tú y yo...

—Por dios, Val —Iker sonó tan serio que ella no pudo seguir

hablando—, tienes diecinueve años. No te puedes ir a Perú con novio. Eso no va a pasar, ¿lo entiendes?

Valeria asintió. Se secó las lágrimas antes de que cayeran y se lanzó sobre él, abrazándolo con fuerza. Estuvieron un rato abrazados, sin decir nada.

Los demás los miraban desde lejos, conmocionados. Martín se culpaba por haber estado tan centrado en su ruptura que no se dio cuenta de nada, pero Bea le recordó lo empeñado que estaba Iker en protegerle. Pasado un rato, Hugo trató de acercarse a Bea para hablar con ella, pero ella se agarró al brazo de Martín.

—Nos deberíamos mover. Venga, acabemos esto de la mejor manera posible. —Germán les hizo una seña para que le siguieran.

Fueron hacia donde estaban Iker y Valeria, Germán abrió los brazos como si fuera un oso y los abrazó a los dos a la vez. Aquello fue tan repentino que tras unos segundos Valeria empezó a reír a carcajadas.

El resto imitó a Germán, se unieron en un abrazo grupal y apretaron hasta que Valeria empezó a quejarse de que no podía respirar.

Mientras iban hacia la furgoneta, Germán enseñó a Valeria la última lección: la señal de los cuernos. Ella la aprendió al vuelo.

—Mart, ¿te importa que vaya yo delante? Me mareo estando detrás. —Bea le asaltó antes de que se subiera al coche.

Dejaba muy claro que quería evitar a toda costa cualquier tipo de conversación con Hugo.

Cuando todos se habían subido a la furgoneta, Germán carraspeó y habló con solemnidad.

—Val, el *metal* ya llegó a tu corazón y eso me satisface. No podría estar más orgulloso. El largo camino del metalero se extiende ante ti, y aunque tengas que recorrerlo sola, siempre puedo guiar tus pasos y pasarte *playlists* guapas.

—Nos tiene que devolver el favor. —Hugo se dio la vuelta y señaló el móvil de Valeria—. Es hora de que compartas tu música con nosotros.

Ella se sintió algo intimidada. Tardó en elegir una para empezar. Tras ver lo bien recibida que era la primera canción, se fue animando. Eligió canciones lentas, por respeto a la resaca de Bea, que ya estaba mejor porque fue quien subió el volumen. Casi todas las canciones eran nostálgicas o de amor, pero a Martín no pareció importarle.

Al entrar en Madrid les sorprendió una fuerte tormenta. El cielo estaba tan gris que pareció que había anochecido de golpe. Había un poco de atasco. La atmósfera se volvió triste, de domingo por la tarde. El lunes estaba a la vuelta de la esquina. De nuevo tenían que enfrentarse a sus problemas. Al alquiler que no dejaba de subir de precio. El sueldo que no les daba para pagar las facturas. El contrato por horas que no sabían si renovarían. La búsqueda de empleo. El tener que irse del país...

Ante ese panorama, Valeria tomó la sabia decisión de poner canciones de películas de Disney. Sorprendió a todos, les hizo cantar, sonreír y estiró la alegría de aquel inolvidable fin de semana.

Aquello duró hasta que la dejaron en su casa, despidiéndola entre besos y abrazos.

45

La siguiente parada fue cerca de una boca de metro que les venía bien a Germán y a Iker. Llovía mucho y cuando Iker estaba en la acera pasó otro coche que al pisar un charco le empapó.

—¡Así no me tengo que duchar! —bromeó despidiéndose de sus amigos.

Bea se montó en el asiento del conductor y minutos más tarde habían llegado a casa de Hugo. Encontraron un sitio para aparcar frente a la puerta.

—Bueno —suspiró Martín cuando el coche se detuvo—, es hora de enfrentarse a la realidad. La realidad de estar sin Paula.

—¿Estarás bien? —Bea sacó las llaves del contacto y le acarició el hombro.

—No, no lo estaré. —Martín sonrió con amargura mirando por la ventanilla—. Me queda mucha mierda por delante. Aún tengo que aprender a hacerlo todo sin ella. Aún tengo que aceptarlo. Aceptarlo de verdad y dejar de maquinar planes absurdos para recuperarla. Tengo por delante semanas muy duras. Golpes que encajar. —Puso la mano en la puerta de la furgoneta, pero no la abrió—. Algún día decidirá estar con otro y me tendré que comer esa mierda... Pero entonces —miró a Bea y le sonrió—, a partir de entonces empezaré a estar mejor.

Hugo, que iba sentado detrás, le puso la mano en el hombro y Bea le abrazó con tristeza, sin saber qué decir. Terminó apretándole fuerte, recordándole con ese gesto que quizá tendría que pasar por todo aquello, pero que no lo haría solo.

Bajaron deprisa, como si eso fuera a salvarles de acabar calados hasta los huesos. Bea sacó su mochila y cerró el maletero. Se acercó al portal, donde estaba Hugo resguardado bajo los soportales, para darle las llaves. Este aprovechó para sujetarla por el brazo.

—¿Vienes? —gritó Martín a Bea para que se le oyera debajo de la lluvia. Tenían que coger el mismo metro.

—No —dijo Hugo despidiéndose con la mano—. Adelántate tú.

—¿Be? —Martín esperó la aprobación de su amiga.

Bea le dedicó una mirada de protesta a Hugo, quien no la soltaba, y finalmente cedió.

—Hasta luego —se despidió de Martín.

Él no tardó en desaparecer tras la esquina de la calle.

—¿Qué haces, Hugo? —gruñó Bea cuando él soltó su brazo—. Es tarde, mañana curro. Me tengo que ir.

—¿Me vas a decir qué te pasa? Por favor.

—Tío. —Bea no se podía creer que le estuviera preguntando eso. Miraba hacia los coches que pasaban—. Me tengo que ir.

—Me gustaría que habláramos. —Trató de buscar su mirada—. Estás empapada; sube a casa, te secas, te tomas algo caliente...

—Tengo prisa. —Bea apenas aguantó mirarle unos segundos—. Gracias, pero me voy a casa.

—¿Qué te pasa? —Empezaba a sonar desesperado—. ¿Qué es lo que he hecho mal? ¿Es porque te dejé tirada anoche? ¿Es eso?

Ella guardó silencio mirando al suelo. Cuando él alargó la mano para acariciarle la cara, echó a andar bajo la lluvia.

—¿Qué quieres de mí, Hugo? —Bea habló por fin, deteniéndose en medio de la acera—. ¿Qué más quieres de mí?

—¿Que qué quiero? —Él fue hacia ella—. Que subas a casa.

—No, ¿qué más quieres de mí? No tengo nada más que ofrecerte. Lo que ves es lo que hay. —Bea se rompió.

—Be, de verdad, no sé de qué estás hablando. —Hugo le enseñó las palmas de las manos—. ¿Es por lo de anoche?

—Lo de anoche fue feo, pero no cambiaría nada que te hubieras quedado. Solo me hizo verlo antes.

—No entiendo nada.

Ella metió las manos por dentro de aquella enorme sudadera. Cerró los puños apretando el final de las mangas.

—Ya me has tenido. —Bea se encogió de hombros—. Ya puedes hacer una muesca más en el cabecero de tu cama. Logro completado: te has follado a la feminista. —Hugo resopló molesto. Fue a decir algo, pero ella se adelantó—. No te equivoques, yo quería tanto como tú. Estuvo bien —se le escapó una breve sonrisa y relajó el tono—, muy muy bien, nos divertimos. Fin de la historia. Valió la pena. Tanto que no me importa ser una más.

—Tú nunca serás «una más»... —Hugo fue hacia ella.

—¡Ya basta! —gritó Bea haciendo que se detuviera. Negó con la cabeza, bajando la voz—. Deja que me vaya. Hace frío, estoy mojada, estoy cansada y muerta de miedo. —Se arrepintió de pronunciar las últimas palabras.

—No entiendo una mierda —dijo Hugo—. ¿Miedo por qué?

Bea dio un paso atrás. El agua había empapado su ropa, haciéndola parecer más pequeña, más frágil. Trató inútilmente de secarse el agua de la cara con las mangas de la sudadera. Tragó saliva y reunió el valor para decirlo.

—Miedo de lo que me haces sentir. Tres días y me has puesto la cabeza patas arriba. Tengo miedo de lo que puedas hacer con cinco minutos más.

Hugo guardó silencio, estaba sorprendido. Aquello le pilló totalmente desprevenido y no supo qué decir porque no sabía qué pensar. Que fuera incapaz de decir nada enfadó a Bea.

—Si lo hubiese podido evitar, nunca jamás me habría colgado de alguien como tú, no soy idiota. Pero, siendo justos, tú tienes parte de culpa en esto. No has jugado limpio. No te has limitado a lo físico, a atraerme, has ido más allá. No solo estabas tonteando conmigo. Has dicho cosas..., has tocado cosas en mi cabeza que... —Se cruzó de brazos—. Me has hecho creer que te importaba...

—Be, me importas.

—... me has hecho creer que estaba pasando algo especial. —Ella le interrumpió—. ¿Sabes qué es lo peor? Que no hacía falta. —Le señaló con la mano abierta—. ¡Mírate! Si cuando te conocí hubieras sido mínimamente civilizado, solo te habría hecho falta decir hora y lugar y me habría bajado las bragas. Pero no, a ti no te basta con sexo, tú lo quieres todo. No te basta con conseguir que me abra de piernas, te gusta verme dudar, te gusta verme perder la cabeza, quieres romperme. ¿Para qué, Hugo? ¿Para medir tu fuerza y luego soltarme? ¿Como si fuera pesca deportiva? Pues en esta «pesca» yo soy el pez que acaba con la garganta rajada, el pez que ahora mismo está aterrado y siente que se ahoga.

—Be... —Hugo intervino molesto, aunque aún no sabía qué decir, aquello le sobrepasaba—. No sé si soy yo el que es muy simple o tú muy complicada. Me hablas de... no sé... y yo ni siquiera sé lo que quiero cenar hoy como para plantearme...

—Sé que tú ni te lo has planteado. —Bea le habló con más suavidad—. Tú solo te planteas lo que te va apeteciendo y eso te funciona. Pero a mí no me sirve, yo no puedo. —Se cruzó de brazos tratando de calentarse—. A ti solo te apetece jugar, te la suda cómo puedan sentirse los demás.

—Estás siendo muy injusta. —Él trató de acercarse de nuevo—. Estás asumiendo...

—Necesito irme —suplicó Bea—. Por favor, Hugo. —La lluvia camuflaba sus lágrimas, pero la comisura de los labios le empezaba a temblar.

Él estuvo a punto de darse la vuelta e irse. Pero necesitaba entender aquello.

—A ver, esto es ridículo. —Se le escapó una risa nerviosa—. Todo esto es muy exagerado, Be. Creo que te has montado una peli en tu cabeza bastante tocha.

—¿Que me he montado una peli? —Esbozó una sonrisa torcida mirando hacia el portal. Luego le miró—. Mira, me voy a montar tres pelis. En la primera juegas limpio, dejas de comerme la oreja, subo a tu casa, follamos y me mandas a dormir a mi casa. Follamos el finde que viene y quizá otro más hasta que te aburras. Para ti, genial, pero yo querré algo más y lo pasaré mal. En la segunda peli subo a tu casa, dejo que me sigas hablando como me hablas. Me pillo aún más, cedes, salimos y somos muy felices las dos semanas que quizá aguantes antes de guayonear con otras. Antes de los «Solo son amigas», «Me gusta salir solo», «Estás paranoica», «No puedes cortarme así las alas». Festival de peleas en el que me convertiré en otra «ex loca». Y luego está la tercera película, la de ciencia ficción fantástica. En la que subo a tu casa, me pillo, te pillas, cambias tu modo de vida y te encuentras dentro de tres años odiándome porque la vida monógama a la que te has «sometido» por amor te asfixia.

Hugo estaba boquiabierto, pasó un minuto y, aunque lo intentó, no pudo articular palabra.

—Dime que me equivoco, dime que no es así —le retó Bea mirándole directamente a los ojos. Dio un par de pasos hacia él—. Hugo, no estoy enfadada. Sé que no haces lo que haces por maldad, solo es tu forma de hacerlo. No quiero nada de ti. Solo irme a casa y salvarnos de lo que pasará si subo a tu piso.

Ella le observó. Su eterna expresión traviesa le había abandonado, sus cejas caían pesadas sobre sus ojos. Bajo la lluvia parecía realmente confundido y vulnerable. Quizá había sido muy dura con él, quizá le había acorralado sin darle opción a opinar. Quizá no estaba siendo justa. Sintió ganas de tirar por tierra lo que le decía el sentido común y abrazarle.

—Si me dices que no, si me dices que no es así y que estoy equivocada... —Bea relajó la expresión y bajó los brazos— dímelo y subo.

Hugo no abrió la boca. No podía contestar, no tenía argumentos para rebatir aquello. Tenía mil formas de convencerla para que subiera a su casa, mil mentiras. Pero no quería mentir, no a ella. Y tampoco sabía cuál era la verdad.

Bea le miró durante unos instantes con el corazón en un puño antes de obligarse a dar la vuelta y echar a andar. Giró la esquina y se metió en el metro.

Él entró en su portal de manera automática. Trató de dejar la mente en blanco mientras subía en el ascensor, apretando las llaves en el puño, observando cómo un charco de agua se formaba debajo de él. Bloqueando como pudo emociones a las que no estaba acostumbrado. Cada vez más convencido de que salir corriendo detrás de ella era una idea terrible.

Cuando abrió la puerta del piso, no se sorprendió de que Eric fuera corriendo a recibirle. Aunque habría esperado que apareciese cargado de toallas y dándole órdenes para que no manchara la entrada.

—¿Se libró tu amiga de acabar con el cabrón? —preguntó Eric ansioso.

Hugo rio amargamente.

—Eso parece.

46

Tres meses después del concierto

—Tenía cero esperanzas. Hasta que apareció corriendo detrás de mí. Me dijo que lo sentía. Nos liamos —sonrió embobada—, fuimos a su casa. No voy a describir lo que hicimos porque no es elegante, pero sabe hacer cosas de las que nunca había oído hablar. Increíble. Pasamos la siguiente semana sin salir de la cama.

Cuando terminó su relato, Camino se mordió los labios y esperó las reacciones de sus amigas. Era sábado por la noche y estaban casi todas reunidas por primera vez después de semanas. En la calle de El Ariel, sentadas frente al portal de siempre, bebiendo latas de cerveza, comiendo pipas y poniéndose al día sobre cómo habían pasado el verano.

—Ahórrate los detalles —gruñó Lara—. Llevo todo el verano a dos velas. Nada de hablar de comida delante del hambriento, ¿vale?

Camino apretó la boca y asintió, sonriendo.

—Eso incluye esa sonrisa de viciosa —le advirtió Lara.

—Bueno, ¿y qué pasó después? —preguntó Bea que comía pipas e iba echando las cáscaras en una improvisada bolsa de papel.

—Pues... después de interminables días y deliciosas noches de algo que ella describió como «el mejor sexo de su vida» —Camino hizo burla a Lara—, empezamos a hablar.

—Eso no ha sonado bien. —Cecilia negó con la cabeza.

—No tenemos nada en común. Nada. Conforme pasaban los días me iba cayendo peor. Es una clasista y una estirada. Así que... —suspiró Camino.

—Entonces ¿nada? —Bea se metió otra pipa en la boca.

—No. Tampoco me motivan las relaciones a distancia. —Camino negó con la cabeza—. Oye, ¿Eli no viene?

—Está con su novio, pasando de nuestro culo —gruñó Lara.

—Si no le hablaras como le hablas, él se animaría a venir más con nosotras y veríamos más a Eli —dijo Cecilia.

—Raquel tiene novio y está aquí. —Lara se encogió de hombros.

—Me voy en un rato, cuando Salva salga de currar. Hoy hacemos tres meses —intervino Raquel.

—¿Ya hace tres meses del concierto? —preguntó Bea.

—No puedes contar esa noche como «empezar a salir». Be y tú ibais tajadísimas. Al día siguiente no te acordabas ni de su nombre. —Camino colocó los brazos en jarra.

—Pero él sí del mío. —Raquel le sacó la lengua.

—En fin... —suspiró Camino poniendo los ojos en blanco—. Raquel sigue con su melenudo, Lara ya sabemos que nada, Be nada serio... ¿Ceci?

—Ceci sigue guardando celibato —dijo Lara.

—Cecibato —bromeó Cecilia.

—No me hace gracia. —Lara agitó los hombros como si hubiese sentido un escalofrío—. No bromees con eso, da mal karma. Todo el mundo se está echando pareja y yo llevo casi cuatro meses de sequía total. Todos están pillados, hasta el más tonto. Todos. Hasta el puerta del Estramonio tiene novia.

—¿En serio? —Raquel exclamó sorprendida.

—Sí. También el hermano de Nuria, el ex de Sonia, el amigo ese de Fran, Fran, el machistoso...

—¿Hugo? —interrumpió Camino incrédula.

—Sí. Pasa de tías por la noche, se ha quitado de Tinder. Vamos, que sale con alguien. Y yo a dos velas.

Cecilia miró de reojo a Bea que parecía haber dejado de respirar. Su mano se había quedado paralizada frente a su boca, con una pipa entre los dedos. Tenía los ojos muy abiertos. Cecilia, que era la única que sabía todo por lo que su amiga había pasado, puso la mano en la rodilla de Bea para distraerla.

—Raquel, tienes que elegir otra fecha de aniversario. Fue un concierto mediocre de un grupo sobrevalorado. Es mala fecha.

Bea despertó. Era de las pocas cosas por las que discutía con Cecilia. Ella era fan de Metallica y su amiga de Megadeth.

—Fue un bolazo, Ceci. Fue épico, hasta tú lo habrías flipado —dijo Bea.

—No estuvo nada mal para no ser un concierto de *power metal.* —Como si le acabaran de invocar, Germán había aparecido sin avisar junto con su novia, Lu. Las chicas se mostraron gratamente sorprendidas y se levantaron para saludarlos.

—Lo único que podría hacer épico un concierto de Metallica —explicó Cecilia tras abrazar a Lu— es que de repente apareciera Dave Mustaine sobre el escenario y todos los miembros de Metallica se arrodillaran ante él. Proclamándole el auténtico Señor del *thrash metal.* Y el músico más guapo de la historia.

—¿Dave Mustaine? Ni hablar. Jon Bon Jovi. —Raquel abrió mucho los ojos.

—Ni de coña. Es Chris Cornell, vamos, eso es más que oficial —afirmó Lara.

—No tenéis ni idea. Bruce Dickinson —interrumpió Lu.

—Joder, ¿quién es ese? —Lara miraba boquiabierta el final de la calle.

—El cantante de Iron Maiden. Por Dios, mujer —dijo Germán, indignado.

—No, ese. —Señaló con el dedo—. El caramelito que va con Martín.

—Es Iker. Se ha afeitado. —Bea examinó con interés la expresión de Lara.

—Joder con Iker. Qué callado se lo tenía. —Lara lo desnudaba con la mirada.

—Pero qué boca, qué mandíbula. ¿Desde cuándo tiene los ojos claros? —Raquel agarró el brazo de Lara.

—Tú quieta que tienes novio, no me jodas. —Lara la apartó.

Bea se levantó deprisa y fue a saludar a sus amigos. Había salido con ellos la noche anterior y se moría de ganas de saber cómo habían terminado.

—Hola, Iker. —Le dio dos besos antes de volverse impaciente hacia Martín—. ¿Qué tal con la del pelito corto con la que hablabas cuando me fui?

—Ni hola me dices —la regañó Martín.

—¿Qué tal fue? —insistió ella.

A Martín se le escapó una tímida sonrisa.

—Ah, lo sabía. La pillé mirándote varias veces. ¡Qué bien! ¿Vais a quedar? —Bea estaba entusiasmada.

—No te emociones. Solo fue un rollo de una noche. Nada serio —le advirtió él.

—Se acabó el luto. Por fin —le susurró Bea a Iker. Este asintió.

—Estoy delante. —Martín los saludó con la mano.

—¿Qué está pasando aquí? —Germán se acercó a saludar a los recién llegados—. ¿Qué os contáis?

—Estábamos comentando que se te ve el pelo un poco pobre últimamente, como sin brillo. —Martín se quedó mirando fijamente su cabellera.

—¿En serio? —Germán se cogió un mechón y lo examinó alarmado. Luego se dio cuenta de cómo se reían aquellos dos—. Arderéis en el infierno por esto, con el pelo no se juega. Por cierto, hablando de impresionante belleza masculina. Iker, pareces el chico sensible de una *boyband*. ¿Qué has hecho con tu barba de ermitaño loco?

—¿Verdad que está guapísimo? También se ha arreglado el pelo. —Bea le señaló con la mano, orgullosa.

—Y me he duchado... —Iker estaba algo incómodo con toda aquella atención.

—Está irreconociblemente bello —afirmó Germán.

—Y tanto. Val no puede hablar con él por cam —apuntó Martín.

—¿Qué sabéis de Valeria? ¿Le pusieron internet por fin? —preguntó Germán.

—Hace unos días. Se esconde si Iker se asoma por la cam cuando hablamos con ella —rio Martín—. Tiene que salir de plano para que a ella no le dé vergüenza, dice que no le reconoce sin barba.

—¿Y cómo le va por allí?

—Bueno, se va adaptando. La casa donde viven es bastante tocha, su abuela no para de hacerle comida y curra menos horas que aquí. Otras cosas le van costando más...

—Ha conocido a un chico que parece buena persona. La apoya mucho y está ayudándola a conseguir plaza en la universidad de allí —dijo Iker con la mirada perdida.

—Me alegro por ella. —Germán se volvió un momento hacia Lu, que le hacía señas para que fuera—. Nos vamos al Estramonio.

—¿No entráis un rato a El Ariel? —ofreció Martín.

—¿A escuchar música sin alma? Ni de coña. —Germán comenzó a andar hacia Lu—. Nos vamos a escuchar *metal* del bueno, del que complace a los dioses.

—Nosotros nos metemos ya. ¿Vienes? —preguntó Iker a Bea.

—En un rato —contestó ella.

Germán y Lu se alejaron subiendo la calle, y Martín e Iker se metieron en El Ariel.

Bea se quedó sola en medio de la acera, mirando a sus amigos ansiosa. Se había quedado con ganas de preguntar sobre la novia de Hugo. La mataba la curiosidad, pero también sabía que no le haría ningún bien conocer detalles sobre ella. En ningún caso la conversación acabaría con un «se llama Bea y eres tú». Rio amargamente por esta ocurrencia mientras volvía con sus amigas.

Aprovechó que Raquel se había levantado para sentarse en el escalón del portal, junto a Cecilia. Apenas había empezado a comer pipas de nuevo cuando su amiga le dio un codazo y le indicó que mirara hacia la esquina de la calle. Le dio un vuelco el corazón cuando vio aparecer a Hugo. Iba acompañado de una chica a la que agarraba por la cintura. Ella era casi tan alta como él, y tenía un precioso pelo dorado. Llevaba unos pantalones de cuero negro y una camiseta del mismo color que dejaba adivinar una impresionante figura. Venían charlando animadamente.

Bea se echó hacia atrás en su escalón, intentando desaparecer. Desde aquella tarde frente al portal de Hugo, bajo aquella tormenta de junio, no le había vuelto a ver. Le dedicó un «me gusta» cuando ella compartió el vídeo de unos perros nadando en una piscina. Era la única señal de vida que había tenido de Hugo en tres meses. Desde su improvisado escondite, observó cómo Hugo le decía algo al oído a aquella chica, a lo que ella respondió poniendo los ojos en blanco. Bea se atragantó con una pipa y empezó a toser. Hugo la localizó de inmediato y la saludó sonriente desde la distancia, cambiando la dirección para ir hacia ella. Bea se puso de pie y dio unos pasos hasta encontrarse con ellos. No quería tener a Lara cerca en ese momento.

—Hola, Hugo. Cuánto tiempo. —Se saludaron dándose dos besos.

—Sí. Traté de evitar agosto en Madrid, el calor es insoportable —dijo él.

—Ya, pero se aparca muy bien. —Bea se preguntó si podría haber dicho algo aún más anodino.

Ambos rieron casi sin ganas. La chica de los pantalones de cuero los miraba risueña. Bea se dio cuenta de que tenía cáscaras de pipas en la camiseta y se las sacudió como pudo, sintiéndose desaliñada y desastrosa. Deseó estar en su casa.

—Ah, esta es Laura. —Hugo las presentó—. Laura, esta es Bea. Be. La chica que nos llevó a ver a Metallica cuando yo estaba sin puntos —explicó.

—Eso no me lo has contado. —Laura frunció el entrecejo después de darse dos besos con Bea.

Su voz era algo grave, un poco rota. Definitivamente muy sexy.

—¿No? —Hugo parecía confuso.

—Lo de Be sí, lo de los puntos no.

—Ah, bueno. Pero ya los he recuperado, ¿eh? —Se rascó la nuca avergonzado.

—Yo le pediría que me los enseñara antes de subirme a su furgo. —Bea le guiñó un ojo a Laura.

Ambas rieron. Laura dijo algo, pero ni Hugo ni Bea la escucharon, sus miradas se habían cruzado y se trataban de leer el uno al otro. Fue él quien rompió el incómodo silencio.

—Bueno, vamos para dentro. Cuídate, Be.

Ella sintió como si un puñal le atravesara el corazón.

—Tú también. Encantada, Laura —dijo con un nudo en la garganta.

Los siguió con la mirada. Hugo abrió la puerta de El Ariel y la sujetó dejando que Laura pasara primero. Le puso una mano en la espalda antes de entrar detrás de ella.

Bea se acercó de nuevo a donde estaban sus amigas.

—Necesito un piti —les dijo.

—¿No habías dejado de fumar?

—¡Necesito un puto piti! —gritó Bea, molesta.

Lara se apresuró a darle uno. A Bea le temblaban las manos mientras se lo encendía. Tomó una calada muy profunda. Se apoyaba en una pierna distinta cada segundo.

—Yo solo digo que después de tres meses sin fu... —trató de decir Camino.

—Cállate, joder —le escupió Bea fulminándola con la mirada. La expresión de su amiga la ablandó—. Lo siento —dijo mientras se le llenaban los ojos de lágrimas.

Bea se alejó, bajando la calle deprisa para que no la vieran. Cecilia se apresuró a alcanzarla justo cuando doblaba la esquina. La abrazó y Bea se escondió en su hombro.

—Puedo soportar verle. —Su voz sonaba ahogada—. Puedo soportar que sea feliz con otra. Pero no entiendo por qué coño me tiene que llamar Be. ¿Por qué ya no soy su Beatriz?

Se rompió del todo. Cecilia se limitó a acariciarle la espalda y escuchar.

—Fueron tres días, Ceci —murmuró Bea entre lágrimas—. Tres putos días. —Al encontrar la mirada de su amiga no pudo evitar reír—. Soy idiota.

47

Dentro de El Ariel, la música aún no sonaba tan alta y el bar aún no estaba tan lleno, pero sí que había poca luz. Era temprano y llevaban poco más de media hora abiertos. Laura se disculpó y se fue a hablar con unas amigas. A Martín se le fueron los ojos detrás de ella. Hugo se dio cuenta.

—Te rompo los huevos —le amenazó.

—No te flipes. Me cae bien, pero no es tan guapa. —Martín le quitó importancia.

—Es una diosa. —Hugo le mantuvo la mirada unos segundos y luego cambió de tema—. ¿A que no sabéis con quién he hablado antes?

—¿Con Be? —Martín parecía muy interesado.

—Eh..., sí. —Hugo torció el gesto—. Pero no me refería a eso. Me ha escrito Santi.

—¿El chaval de la gasolinera? —preguntó Iker—. ¿Cómo está? ¿Y su abuela?

—Dice que bien, como siempre. Me ha contado qué tal le fue el verano. Y, bueno, un puto desastre. —Hugo rio—. ¿Os acordáis de que conoció a una chica cuando estuvimos allí?

—Sí. Sofía. Anda que no dio la brasa con eso. —Martín dio un trago a su mini.

—Empezaron a quedar y las chicas que antes se metían con él empezaron a hacerle caso. Como las cosas con Sofía iban despacio, Santi intentó algo con una de las otras. Sin éxito. Sofía se enteró y se ha pasado todo el verano solo, jugando al Fortnite.

—Joder, qué paquete —rio Martín.

—Me tenía que haber escrito antes —dijo Hugo.

—¿Qué le habrías dicho?

—Le habría dado tu teléfono para que le enseñases a no ser tan idiota como yo. —Hugo sonrió negando con la cabeza—. Pero, eh, voy mejorando. ¿Tercio? —Martín asintió, Hugo se giró hacia Iker—. ¿Tercio?

Fue a la barra y le pidió a Sami tres tercios de cerveza para invitar a sus amigos. Cuando volvió, Martín hizo que se acercara para preguntarle por encima de la música.

—Entonces, ¿has visto a Be? —Martín volvió a sacar el tema.

—Sí. ¿Por? —contestó Hugo algo incómodo.

Sintió una punzada en el estómago. Al final resultó que no estaba preparado para verla. Aún no.

Se había pasado las noches mirando las redes sociales de Bea. Hasta le había dado sin querer un «me gusta» en un vídeo que había compartido de unos perros nadando en una piscina. Esperaba que ella no se hubiera dado cuenta.

—¿Bien? ¿Buen rollo? —le interrogó Martín. Iker estaba muy atento.

—Sí... —Hugo habría preguntado a qué venía tanta insistencia, pero quería cambiar de tema lo antes posible.

—¿Ves cómo al final no fue tan mala idea? —Martín se volvió hacia Iker como si hubiesen estado hablando del tema antes.

—¿El qué exactamente? —preguntó Hugo

—Lo que os dije antes del viaje, a ti y a Be. No fue legal, pero salió bien —contestó Martín.

—¿A mí? ¿Qué me dijiste? —Hugo entornó los ojos.

—Sí, ya sabes. —Martín le puso una mano en el hombro, medio riendo—. Lo de que Be estaba pillada por ti y tú por ella. En fin. Iker diciendo que se iba a liar y, mira..., al final os lleváis bien.

La expresión de Hugo era de tal estupefacción que Martín fue consciente de inmediato del problema.

—Iker te lo dijo. Te dijo que era mentira, ¿verdad? —Martín sacudió a Hugo tratando de que reaccionara.

—No, a él no se lo dije —aclaró Iker, apurado—. Te dije que solo se lo había contado a Be. Justo después del concierto. Pensé que ella se lo contaría a Hugo. Aunque ahora que lo pienso, solo le conté que le habías mentido a ella, no a Hugo.

—¿Después del concierto? ¿Se lo dijiste después del concierto? —preguntó Martín alarmado.

—De todas las putas horas que tiene el día, ¿se lo tuviste que decir después del concierto? —Hugo reaccionó por fin.

—Cuando me acordé, joder. No es mi responsabilidad aclarar las mierdas que va soltando Mart. —Iker los miraba resentido.

Se hizo un silencio incómodo. Hugo miraba a Martín muy molesto, este miraba al suelo. Iker se giró cuando alguien le tocó la espalda.

—¿Te apetece una copa? —le ofreció Lara, que acababa de entrar en el local.

Iker aceptó la oferta, apuró su cerveza y se fue. Se despidió con un gesto de Hugo, quien no pudo evitar sonreír al ver la facilidad con la que Lara se lo había llevado. Se volvió hacia Martín y le hizo una señal con la cabeza para que le siguiera. Fueron a una zona del bar, junto a los baños, donde la música no sonaba tan alta.

—¿Qué cojones le dijiste?

—Que estabas pillado por ella. Que incluso lo estabas pasando mal —dijo Martín.

—Por eso había bajado la guardia —murmuró Hugo tensando la mandíbula—. Joder.

—Estuvo mal, lo siento. —Martín se cruzó de brazos—. Pero quería que vinierais los dos al concierto. No me lo poníais nada fácil.

—Da igual, tío. Ya está hecho. —Se cruzó de brazos y apretó los labios. Su gesto no se correspondía con sus palabras, no le daba igual.

—¿Sabes qué más te dije esa noche? Te pedí que fueras legal con ella. ¿Lo fuiste?

Hugo no contestó.

—Porque no es muy legal follártela y dejarla tirada —le escupió por fin.

—¿Te lo contó Be?

—Qué va. Ella nunca habla de sus movidas. Ni siquiera me ha echado en cara que le mintiera. Supongo que para evitar hablar del tema.

—¿Y cómo supiste...?

—Esos días estaba deprimido —Martín tomó un trago de su cerveza—, no sordo.

—¿Nos oíste?

—La verdad, no mucho, pero me lo acabas de confirmar. Creo que oí cómo te ibas y como una hora después ella entró en mi tienda a buscar algo. Solo tuve que verle la cara para saber que le habías hecho alguna mierda.

Hugo resopló y apuró su cerveza. No dijo nada, Martín tampoco esperaba que lo hiciera. De pronto recordó algo y se rio solo.

—Lo que le dije a ella no era del todo mentira. —Desbloqueó el móvil y empezó a buscar—. A ti ella te hacía gracia.

—¿Qué? —Aquello sonó tan absurdo a los oídos de Hugo que no pudo evitar reír a pesar de la tensión en el ambiente.

—Acabo de recordar que tengo un audio tuyo. De la noche del botellón donde os conocisteis.

—No recuerdo eso. Además, yo no mando audios.

—Iker me estaba mandando uno y tú le interrumpiste y le cogiste el teléfono. Escúchalo, anda.

Hugo cogió el teléfono que Martín le ofrecía y escuchó la grabación, tapándose el otro oído. Su dicción era lamentable.

«Mart, tío, me voy a frungir a tu amiga Be. Lo siento. Ve haciéndote a la idea porque va a pasar. Me he enamorado, es preciosa y voy a empotrarla contra el primer muro que tengamos cerca. Con amor. Es la mujer de mi vida y vamos a ser muy felices y tú y el Iker seréis las madrinas de nuestra boda. Las madrinas lesbianas. Y nosotros iremos a vuestra boda lesbiánica. Te quiero, tío, pero me la voy a follar hasta que se...».

Después daba una descripción excesivamente explícita de lo que pensaba hacerle a Bea si ella se dejaba. Hugo no recordaba nada, salvo quizá lo de Iker y Martín siendo madrinas.

Lo que sí recordó fue el chasco que se llevó la siguiente vez que vio a Bea, en el cumpleaños de Iker. Donde acabaron a gritos.

—Menudo pedo —fue lo único que alcanzó a decir Hugo.

—A ti sí te mentí, ella te odiaba.

—Lo sé. Si no hubieras dicho nada...

No habría accedido a hablar con él. No habrían tonteado en El Ariel. No habrían bajado juntos en ascensor. No se habrían peleado en la gasolinera de Santi. No habría habido conversación bajo las estrellas. No le habría llenado de barro. No la habría besado frente a la tienda de campaña. Probablemente, ni siquiera habría ido al concierto. Sonrió al recordar esos momentos.

Había contado con motivos de sobra para no llamarla aquel verano. De repente todos le parecieron nimios o absurdos. Le había dado muchas vueltas a lo que había sucedido durante los tres días del viaje con ella. Había sido demasiado rápido, demasiado intenso, demasiado irreal. Estaba convencido de que había idealizado a aquella chica, de que al verla se daría cuenta de que no era tan guapa, que no sentiría lo mismo y, después de haber pasado todo el verano comiéndose la cabeza, podría por fin pasar página y dejar de pensar en ella todas las noches antes de dormir.

Pero al verla aquella noche le había parecido aún más preciosa de lo que la recordaba, incluso con la camiseta llena de cáscaras de pipas. Y no podía seguir engañándose, sentía lo mismo que hacía tres meses, fuera lo que fuese. Después de haberla echado tanto de menos, quizá lo sentía con más intensidad. Se moría de ganas de hacerla rabiar, de hacerla reír, de tenerla entre sus brazos de nuevo. A pesar de no tener un plan, de saber que no debía hacerlo, le resultó imposible convencerse a sí mismo de no salir a la calle a buscarla.

—Dile a Laura que me tengo que ir. —Le devolvió el móvil a Martín—. Dile que lo siento mucho.

No sabía qué le diría, no sabía qué iba a hacer, pero no podía pasar ni un segundo más sin estar cerca de Bea. Necesitaba al menos intentarlo. Ya se preocuparía más adelante de averiguar qué significaba aquello.

Abrió la puerta de la calle solo para encontrar que Bea y sus amigas ya no estaban en el portal. Se habían marchado.

En otro garito, no muy lejos de allí, Germán y Lu cantaban a voz en grito «Pongamos que hablo de Madrid». Cecilia, Camino y el grupo de amigos de Germán cantaban con ellos. Bea trataba de integrarse, pero era incapaz de seguir la canción. Tenía la cabeza en otro lado.

—Voy a pillar algo —les dijo a las chicas alzando la voz—. ¿Qué queréis?

Sus amigas le enseñaron sus copas llenas. Acababan de volver de la barra, Bea se había olvidado por completo. Estaba distraída. Tenía sed, así que fue a por algo para ella. La barra estaba llena de gente. No estaba de humor para pelear por llegar a hasta el mostrador, ni para pasarse un rato intentando llamar la atención de algún camarero. Se fue al piso de abajo del bar, donde solía haber menos gente y había otra barra. En esa zona sonaba la misma música, pero el ambiente era distinto, más oscuro, con luces de colores que iban cambiando y girando. La camarera le hizo una señal para que esperara, tenía que ir a por hielos.

Bea se resignó apoyándose en la barra. No lograba desconectar y empezaba a plantearse si sería buena idea volver a casa temprano. Se dio la vuelta, girándose hacia el mostrador, cuando se dio cuenta de que había un grupo de chicos mirándola. No quería hablar con nadie.

—Eres preciosa, ¿lo sabías? —Un chico con el pelo largo rizado se había acercado a ella.

—Gracias —le dijo Bea tratando de no parecer demasiado hastiada—. Mira, no —suspiró cansada—. Lo siento.

—Vale. Pásalo bien —dijo el del pelo rizado sonriéndole.

Se sorprendió de lo bien que se lo había tomado. Así daba gusto. La camarera regresó y le sirvió. Justo cuando terminaba de pagar, Bea notó que otro hombre se apoyaba en la barra, a su lado, y le ponía la mano en la espalda. Esperaba que este fuese tan comprensivo como el anterior.

—¿Qué haces aquí tan sola?

—No estoy... —Bea se giró para mirarle—. Ah. Hola, Hugo.

Lo dijo pareciendo indiferente, pero por dentro sentía que el corazón le iba a explotar.

48

—Te estaba buscando. Lara me dijo que vendríais a este garito. Te tenía que contar un par de cosas. La primera es que me acabo de enterar de que Mart nos metió una bola a los dos antes del viaje. —Hugo miraba hacia la camarera, esperando a que le atendiera—. Me dijo que estabas loca por mí.

—¿A ti también? —Bea se quedó boquiabierta—. A mí me dijo...

—Lo sé.

Se sintió muy incómoda. El tema había salido a relucir demasiado pronto, aunque fuese de forma colateral. No quería hablar de lo que pasó entre ellos. Había dado por hecho que ninguno de los dos volvería a mencionarlo jamás. Solía ser parte del trato: nos acostamos, nos olvidamos y no se vuelve a hablar del tema.

Quizá era un buen momento para despedirse y volver con Cecilia y Camino. Hugo siguió hablando.

—Lo cual, viendo el resultado, no era del todo mentira —le guiñó un ojo, ella se puso aún más tensa—, pero eso él no lo sabía. Nos manipuló, Be. Se pasó tres pueblos.

Ella agradeció que Hugo hubiese centrado de nuevo el tema en Martín y no en ellos. Pero seguía alterada, estaba tan nerviosa que solo pensaba en marcharse corriendo de allí; aun así, se obligó a decir algo.

—Ya. Me jodió bastante, pero no le dije nada porque él estaba aún mal por lo de Paula.

Mientras Hugo pedía una copa, Bea miraba fijamente las botellas de alcohol que había en los estantes, al otro lado de la barra. Se preguntaba qué pensaría Hugo en realidad de todo eso. Se preguntaba si se habría fijado en ella si Martín no le hubiese dicho nada. Si en el fondo le agradecería a Martín aquella mentira que los llevó a tener algo. Se preguntaba si él pensaría en ellos, en lo que ella le dijo bajo la lluvia. Si se reiría de ella por haberse pillado de él. Se sintió ridícula.

Miró hacia abajo y vio una mano de Hugo muy cerca de la suya, a punto de tocarla.

—¿Estás pensando lo mismo que yo? —Le puso la mano en el hombro y la miró con complicidad.

Bea ya no sabía qué pensaba, le sudaban las manos. Si decía algo, solo saldrían balbuceos de su boca.

—Venganza —le susurró Hugo al oído.

Bea rio aliviada. Buena parte de la tensión se esfumó.

—Sí. Desde luego —asintió.

—Se merece un castigo ejemplar.

—¿En qué habías pensado?

—Nada, de momento. —Hugo sacudió la cabeza—. Por eso recurro a ti.

—¿Qué tal decirle a Iker que Martín está enamorado de él y viceversa?

—No creo que sea efectivo. Probablemente, ya se han declarado el uno al otro. Son como un matrimonio viejo.

—Ya. —Bea apretó los labios—. ¿Sabías que no tiene Tinder?

—¿Le hacemos una cuenta y arrastramos a la derecha a todas? Se la podemos liar bastante.

—Parece el argumento de una peli romántica. —Bea negó con la cabeza—. Después de mentirnos no creo que se merezca que encima le busquemos novia.

Se quedaron un rato pensativos. A Bea le ayudó a relajarse pensar en formas de vengarse, pero él solo podía pensar en acercarse a ella.

—¿Sabes qué? —Bea le agarró del brazo y le miró traviesa—. Tengo copia de las llaves del piso de Mart, y de momento está sin compañero.

—¿Traicionarías a tu mejor amigo para satisfacer tu sed de venganza? —Hugo se acercó a ella, retándola.

—Desde luego. —Bea no se echó para atrás.

—Me gusta. —Hugo le devolvió la sonrisa—. Eso nos da infinitas posibilidades.

—Podríamos sintonizar en todos los canales de la tele el canal de teletienda.

—O cambiar la sal por el azúcar.

—O poner tinte en el champú.

—Rajar su colchón, meter pescado crudo y volverlo a coser.

—Qué despiadado.

—Podríamos pintar todas las paredes de su habitación de color fucsia.

—¿Tú sabes la cantidad de capas de pintura que hay que dar para tapar ese color? —Los ojos de Bea brillaban, estaba entusiasmada—. Es una idea buenísima.

—Lo sé.

—Espera, espera. —Cogió a Hugo por los brazos emocionada—. Podríamos esconder unos altavoces en su habitación, conectarlos a nuestro teléfono y un día que le visitemos. ¡No! Mejor, durante una fiesta. Pedirle algo de su cuarto y cuando esté allí hacer que suene porno a todo volumen.

—Además su cuarto da al salón.

—Sí. —Una sonrisa cruel se dibujó en la cara de Bea.

—Eres tan malvada —dijo Hugo, y acarició su cintura—. Me encanta.

Volvía a hablar así, a mirarla así. Volvía a jugar. Y a pesar de saber cuál era el resultado de aquel juego, a pesar de las largas charlas con Cecilia y de las aún más largas noches de julio pensando en él... A pesar de que iba contra sus reglas tontear con el novio de otra, Bea no podía evitar desear que nunca dejara de mirarla así.

Todo su cuerpo reaccionó al calor de las manos de Hugo sobre su cintura, temió perder el control. Tenía que parar aquello antes de que empezara.

—Oye, ¿dónde está Laura? —Trató de ser sutil. Fingió que miraba algo del móvil para apartarse de él.

—Pasando de mí. Siempre dice que tenemos que quedar más, pero cuando viene a Madrid se va con sus amigos y se olvida de mí. —Se encogió de hombros.

—Vaya. —Bea jamás habría apostado por que Hugo tuviese una relación a distancia.

Se sorprendió a sí misma al sentirse contrariada en vez de alegrarse de que Hugo y Laura tuvieran problemas. Él por fin se había animado a tener una relación seria; aunque le doliera, se merecía que le fuera bien. Estaba muy confundida y trató de esconder su expresión bebiendo un trago. Hugo le restó importancia.

—Bah. No pongas esa cara, no es ninguna sorpresa. Mi hermana siempre ha sido así.

Bea se atragantó con su refresco. Se le fue por la nariz, pero ella sintió que se le iba al cerebro. Tosió tanto que Hugo le dio unas palmadas en la espalda, preocupado.

Probó la bebida de Bea.

—¿Coca-Cola? —Negó con la cabeza chasqueando la lengua—. Beatriz, no estás acostumbrada a los líquidos sin graduación, deberías beberlos más despacio.

—Gracias por el consejo —le dijo burlona—, Benedicto.

—No digas eso aquí —le suplicó él.

—Benedicto.

La cogió de la mano y la arrastró hasta una esquina oscura del local.

—Beatriz, aquí hay gente que me conoce, tengo una reputación.

—Bene...

Hugo le puso un dedo en los labios.

—Sé buena, Beatriz —le advirtió.

Ella le miró con rebeldía, fue a decir algo cuando se dio cuenta de que volvía a estar entre Hugo y una pared. Estaba tan cerca de él que podía sentir su respiración y el calor de todo su cuerpo. La música los envolvía. En esa zona estaban casi a oscuras, con tan solo una luz roja intermitente iluminándolos. Ella se sentía como un enfermo de vértigo cerca de un abismo. Estaba aterrada y a la vez sentía unas ganas irracionales de lanzarse al vacío.

Una parte de ella buscaba una excusa para volver con Cecilia y ponerse a salvo. Otra deseaba sentir los brazos de Hugo atrayéndola con fuerza, volver a probar sus labios.

Ninguno de los dos dijo nada, solo se miraban, se medían. Ambos sabían lo que estaba pasando y no tenía sentido intentar disimular entablando una conversación vacía. Bea apoyó la espalda contra la pared, ganando algo de espacio. Hugo llevaba la iniciativa, pero no iba deprisa, ella podía pararlo cuando quisiera, podía marcharse cuando quisiera, pero necesitaba más. Sintió cómo él acariciaba su cintura con las yemas de los dedos mientras clavaba su mirada en la tentadora línea de su boca. Se acercó despacio a ella hasta poder oler su pelo. Bajó la cabeza con lentitud y casi de forma inconsciente le dio un suave beso en el cuello. Eso bastó para romper la determinación de Bea, sabía que debía irse, pero necesitaba saber dónde sería el siguiente beso.

Le dio otro en la mandíbula. Uno más en la mejilla. El último beso quedó cerca de la comisura de los labios.

Ella no pudo soportar más aquella tensión y fueron sus húmedos labios los que buscaron los de Hugo. Él le devolvió el beso y, segundos después, se estaban devorando en aquella oscura esquina. Sus lenguas se buscaron y se atrajeron el uno al otro con hambre y desesperación. Cuando ella besaba su cuello, las palabras escaparon de la boca de Hugo.

—Joder, cómo te he echado de menos.

Bea volvió a besarle y se apretó contra él, sintiendo de nuevo la cercanía del cuerpo que había tenido sobre ella en aquella tienda de campaña. Se besaban como dos quinceañeros. No se daban tregua. Apenas respiraban, conscientes del frágil equilibrio en el que se encontraban. Ambos sabían que, en el momento en el que pararan, sus dudas, miedos o su sentido común detendrían aquella deliciosa locura.

Las manos de Hugo reclamaban las caderas y la cintura de Bea, ansiosas por llegar más lejos. Ella no supo si había pasado una hora o cinco minutos. No quería parar aquello, pero sintió que se mareaba.

—Vamos fuera. —Hugo cogió su mano cuando se dio cuenta.

Subieron las escaleras cogidos de la mano. Recorrieron la planta principal del bar hasta que pasaron cerca de Germán y las amigas de Bea. Ella soltó su mano de inmediato.

—Ahora salgo —dijo Bea yendo hacia sus amigas.

Hugo asintió y salió del local. Sintió cómo la brisa fresca de aquella noche de septiembre y el silencio de la calle le enfriaban de golpe.

Bea no salió detrás de él. Pasaron los minutos y Hugo empezó a impacientarse. Era posible que ella hubiese tirado de sentido común y no quisiera seguir con aquello. Él aún tenía algo más que decirle. Tamborileó con los dedos, impaciente, apoyándose en la pared. La puerta se abrió y salieron tres chicos con el pelo largo. Ni rastro de Bea.

Miró el reloj, habían pasado más de diez minutos. Quizá debería entrar a por ella, pero eso le haría parecer ansioso. Quizá debería irse y dejarla en paz. Quizá todo aquello había sido una mala idea.

La puerta volvió a abrirse y Bea salió con una expresión muy seria en la cara. Hugo se puso aún más nervioso.

Cuando le vio, sonrió de inmediato y fue a donde estaba.

—Perdona, tenía que despedirme —dijo Bea.

Él se moría de ganas de agarrarla con fuerza y besarla, pero tenía algo más importante que resolver antes. Y no recordaba haber estado tan nervioso en su vida.

—La segunda cosa que te tenía que decir es si te apetece ir a cenar mañana. —Hugo sonaba tranquilo y seguro de sí mismo, todo lo contrario a cómo se sentía realmente.

—¿A cenar? —Bea estaba sorprendida.

—Sí.

Ella notó cómo se le aceleraba el pulso. Se llevó la mano a los bolsillos. Al hacerlo encontró en uno de ellos el pañuelo que había usado aquella noche para secarse las lágrimas. Su sonrisa desapareció y sus ojos brillaron con inquietud. Tenía que protegerse.

—¿En qué plan?

—No sé. No he pensado sitio, pero...

—¿Cuál es el plan, Hugo?

—No entiendo...

—¿Qué es lo que quieres? ¿Quieres que nos acostemos o...?

—Quiero ir a cenar —dijo él, frustrado.

—Hugo... —la expresión de Bea era una súplica.

La miró unos instantes. No quería hacer esto, no quería explicarse, pero era incapaz de decir que no a cualquier cosa que le pidieran aquellos ojos.

—A ver, quiero cenar contigo. Y joder, sí, quiero follar contigo. Quiero hacerte gritar, hacerte de todo. —Agachó la cabeza unos segundos antes de volver a mirarla—. Y también quiero dormir contigo. Quiero que te enfurruñes, hacerte reír. No sé, averiguar qué te gusta hacer y hacerlo juntos. Podemos ir a la montaña, o ver una peli en casa, o putear a Mart... Me la suda el plan, solo quiero estar contigo.

Ella se quedó sin respiración unos segundos y luego sonrió nerviosa. Se habría sentido halagada si no estuviese muerta de miedo, si no le latiera así el corazón. No pudo contestarle, así que él siguió.

—Cuando te piraste aquel día, me dejaste la cabeza al revés. He estado estos tres meses pensando en ti, en esto, dándole vueltas y tenías razón. Todo lo que dijiste, todo, era verdad. No conozco otra forma de relacionarme. Y no es algo que tú o nadie pueda cambiar. Pero..., desde aquel fin de semana, no puedo ser el que era antes. Lo he intentado, pero ahora simplemente ya no me sale hacerlo, no me apetece. Tampoco me apetece seguir fingiendo que no siento nada por ti.

Por unos instantes, el siempre seguro de sí mismo Hugo bajó la mirada. Sus nervios le delataron y se mostró vulnerable. Carraspeó y sonrió, y luego trató de disimular usando su tono sarcástico:

—Demasiado intenso, ¿no?

Ella le calló con un beso, no iba a dejar que lo estropeara. Que él también estuviera asustado la tranquilizó. Que, a pesar de ello, quisiera intentarlo era algo con lo que ni en sus sueños más locos se había atrevido a fantasear. No estar sola frente a aquel sentimiento le dio el valor que necesitaba.

Hugo le devolvió el beso, pero en cuanto pudo lo cortó, se separó y la miró a los ojos. No sabía bien cómo funcionaban estas cosas y necesitaba una respuesta.

—Entonces ¿cena mañana?

—Sí.

El alivio fue tan grande que sintió ganas de gritar, pero en lugar de eso agarró a Bea, la atrajo hacia él y la besó con tanta desesperación que ella no pudo evitar gemir. Amasaba sus caderas, su trasero, hizo que su respiración se acelerara, y ella tuvo que esconderse en su cuello para ahogar un gemido. Poco les faltó para olvidar que estaban en medio de la calle.

—¿Vamos a algún sitio? —dijo ella tratando de recuperar el aliento.

Hugo le cogió la mano y echaron a andar en dirección al metro. Tenían prisa, pero a la vez necesitaban parar a besarse cada pocos metros.

—Sobre lo de Mart... —murmuró Bea pensativa cuando llevaban un rato andando—, quizá deberíamos esperar un tiempo. No sé, aunque acabe de romper el luto, aún está reciente...

—¿Ya ha pillado? ¿Cuándo? —Él se detuvo.

—Ayer por la noche, con una amiga de Nuria.

—Dame un segundo.

Hugo sacó el móvil y llamó a alguien.

—Hola, Laura. No, ya no estoy en El Ariel, me fui hace un rato. ¿Ves cómo pasas de mí? Oye, solo quería decirte que Mart tiene herpes genital. —Hizo una pausa—. ¿Que por qué? Creo que es una información que debes tener. Ah, y también llora después de correrse. Tú solo recuérdalo. Vale. —Escuchó un momento—. No, no voy a volver. Pasaré la noche con mi novia.

Colgó. Bea le miraba con el ceño arrugado y los brazos en jarra.

—¿Herpes genital?

—No me mires así —Hugo se encogió de hombros—, es mi hermana. Y Mart soltero...

Bea reprimió una sonrisa, tratando de seguir pareciendo seria.

—¿Novia?

—Sí. —La cogió por la cintura y la atrajo hacia él.

—Yo solo he aceptado una cena. —Bea apretó los labios para no sonreír.

—Beatriz, llevamos saliendo desde aquella noche en El Ariel. Ya te lo dije.

—No creo que...

Hugo la besó como no la había besado nadie. Se esmeró en hacer que suspirara. La devoró sin contemplaciones en medio de la calle. Bea se quedó sin aliento y sintió que le temblaban las piernas.

—¿Qué decías? —Su profunda voz y notar su aliento en el cuello no ayudaron a que se calmara.

—Si me vas a besar así cada vez que me niegue a ser tu novia, nunca te voy a decir que sí —dijo Bea algo atontada.

—Bah, acabarás cayendo. —Hugo la cogió de nuevo de la mano y siguieron andando.

—¿A dónde vamos?

—A mi casa. Eric no está y no creo que tengas en tu casa todo lo que vamos a necesitar.

—¿A necesitar para qué?

—Be, te he dicho que llevo tres meses pensando en ti.

—Pensaba que pensabas en mí de forma romántica.

—Algunas veces también era de forma romántica. Vamos, tenemos que recuperar el tiempo perdido.

—¿Desde junio?

—No, desde que cumpliste los dieciocho.

Se despertó en una cama que no era la suya. Completamente desnuda. Las sábanas eran de color azul marino, suaves, parecían caras. Recordó entonces que estaba en la habitación de Hugo. La almohada olía a él. Después de aquella noche estaba segura de que jamás se olvidaría del color de aquellas sábanas.

Estaba sola. Trató de moverse y sintió el cuerpo entumecido. Tenía agujetas hasta en lugares donde no recordaba que pudiese tenerlas. Se incorporó tapándose con la sábana y miró a su alrededor. Aquella desordenada y caótica habitación tenía poco que ver con el pulcro dormitorio en el que Hugo la había metido desnuda y en brazos la noche anterior.

Una amplia sonrisa se dibujó en su cara mientras contemplaba aquel desastre. Suspiró.

Hugo no estaba. Ni su ropa, ni su teléfono, ni sus llaves.

Se tumbó en la cama de nuevo. No podía ser. ¿Se la había vuelto a jugar?

Se acurrucó. Había vuelto a desaparecer, pero podía haber una buena explicación. Solo que su experiencia con Hugo no la tranquilizaba precisamente. Era demasiado temprano para comerse la cabeza, barajó la posibilidad de volver a quedarse dormida, desafortunadamente se estaba haciendo pis, y su organismo seguía sin tener la capacidad de reabsorber su orina.

Fue desnuda al baño porque no encontró ni una sola prenda suya en la habitación. Cuando salió, tuvo que llegar hasta el salón para empezar a encontrar prendas esparcidas. La mayoría de su ropa estaba en la entrada. No pudo mirar el sofá sin sonrojarse después de lo que había pasado allí. Escuchó a alguien abriendo la puerta y fue corriendo al dormitorio. Se sentó en la cama tratando de cubrirse de nuevo con las sábanas.

Hugo se asomó por la puerta de la habitación. Sonrió embobado mientras la miraba.

—Fui a por porras para desayunar.

—¿De verdad? —Bea sonrió ilusionada—. Te has acordado de que me gustaban.

—Nah, no soy tan detallista. Pero anoche quedó claro que eres muy de porras. —Le guiñó un ojo.

Bea puso los ojos en blanco y negó con la cabeza. Lo miró esperando que se disculpara por aquella zafia metáfora, pero él sonreía orgulloso de su poesía.

—Esto va a ser un desastre —dijo ella escondiendo la cara entre las manos.

Hugo se sentó a su lado, le apartó con cuidado las manos de la cara y la besó. Ella apretó los labios, en un intento inútil de resistirse, pero él le gustaba demasiado, se había vuelto adicta a sus labios y no tardó en ceder. La besó con ternura y con ganas, acariciando su nuca y haciendo que se le pusieran los pelos de punta.

No pudieron evitar sonreír.

Él cogió con delicadeza su mano y la besó con cariño mientras la miraba a los ojos.

—Esto va a ser la hostia.

Antes

Un año antes del concierto

—¿Te hace efecto? —preguntó Paula acariciando la espalda de su amiga.

—No, joder —gruñó Nuria agarrándose la barriga—. Odio la puta regla.

—Piensa que es peor no tenerla —bromeó Bea.

Las tres estaban en un parque de Madrid, sentadas sobre el respaldo de un banco de madera. Tenían los pies sobre el asiento. Trataban de no moverlos demasiado para no tirar la bolsa de hielo, los cartones de vino y las botellas de ron, vodka, Fanta y Coca-Cola que tenían entre sus pies.

Una farola arrojaba luz amarillenta sobre el rincón que habían escogido para hacer botellón. Le llamaban parque, pero apenas era una pequeña plaza con media docena de árboles solitarios, arena sucia mezclada con colillas y unos columpios oxidados. Había otros tres grupos de chicos haciendo botellón allí. Las papeleras ya estaban rebosantes de botellas vacías y no eran ni las diez de la noche.

—Me emparanoio mogollón si se me retrasa un solo día. —Nuria asintió con la cabeza.

—Yo igual —dijo Bea.

—Yo este mes seguro que no me rallo. —Paula frotó las manos contra los vaqueros.

Bea miró de reojo a su izquierda. A pocos metros de ellas estaban Iker, Marcos y la pareja de Paula, Martín. Se reían de algo mientras bebían en vasos de plástico. Martín debió notarlo porque se giró hacia ella e hizo un gesto de desprecio señalando a Iker, metiéndose con él. Iker le vio y le enseñó el dedo corazón a su amigo. Estaban haciendo el tonto, como siempre.

Bea se volvió de nuevo hacia Paula.

—¿Por qué dices eso? —le preguntó, aunque ya imaginaba la respuesta.

—Llevo demasiado tiempo sin echar un polvo —se quejó Paula.

—¿Y eso?

—Pues mis padres no salen ni para comprar el pan, y los de Mart igual. No tenemos sitio.

—Tía, ¿y un hostal? —propuso Bea.

—Son asquerosos y supercaros —intervino Nuria.

Bea se mordió las uñas recordando lo que había hecho en peores lugares.

—¿Y no os planteáis iros a vivir juntos? —preguntó—. Los dos tenéis curro ya.

Un escalofrío recorrió el cuerpo de Paula.

—¿Qué pasa? —Bea había visto su expresión aterrada—. Tía, esas cosas me agobian muchísimo. —Paula seguía con mal cuerpo—. Que, a ver, yo quiero mucho a Mart, pero, no sé, es como... mucho, ¿no? —Miraba a Bea buscando complicidad—. Y muy pronto. Llevamos un año y pico, pero..., no sé, yo acabo de terminar la carrera.

—Vale, vale. —Bea la interrumpió—. Lo entiendo.

—¿Tú la entiendes? —preguntó Nuria, escéptica.

—A mí me agobia quedar más de dos veces con el mismo tío, así que... —Bea se encogió de hombros y dio un sorbo a su mini de calimocho.

Bea no se lo pensó más.

—Anda tía, toma. —Sacó sus llaves de casa del bolsillo y se las dio—. La llave azul es la del portal, y la larga es la del piso. Ceci está de guardia esta noche, pero más me vale que no se entere de que os he dejado mi habitación, ¿vale? —le advirtió—. Me mataría... Os llamo cuando vaya a llegar. Dejad el móvil con sonido. Ceci vuelve sobre las ocho y pico de la mañana, yo llegaré antes.

Una sonrisa pícara se dibujó en el rostro de Paula. Dio las gracias a Bea, agarró las llaves con fuerza, saltó del banco y fue hacia Martín. Al verla, él sonrió embelesado, dio la espalda a sus amigos y la agarró por la cintura, dándole un dulce beso en los labios. Entonces Paula le enseñó las llaves y se lo debió contar, porque Martín abrió los ojos de golpe y miró a Bea con la mayor expresión de gratitud que ella jamás había visto.

No tardó en atraer a Paula hacia él con más fuerza aún y hundir la cara en su cuello, haciendo que ella se riera al principio, para después cerrar los ojos y morderse los labios.

—Ya verás las sábanas mañana... —Nuria arrugaba la nariz.

—Para eso está la lavadora. —Bea sonreía mirando al suelo, porque se había vuelto demasiado incómodo mirar a su pareja de amigos—. Son tan bobos, me encantan.

—Que disfruten mientras les dure —gruñó Nuria.

—Tía, no seas agorera. —Bea le dio un pequeño empujón con el hombro.

—¿Tú crees que eso tiene futuro?

—¿Qué dices? —dijo Bea sorprendida—. Eso que tienen es para siempre. Solo fíjate en cómo la mira Mart.

—Sí, lo veo. —Nuria asintió con la cabeza—. La mira justo como ella no le mira a él.

—Bueno, Paula es menos expresiva...

Bea dejó de hablar porque Paula había vuelto al banco.

—Quería que nos fuéramos ahora —dijo negando con la cabeza. Se había ruborizado—. Le he dicho que se espere a que llegue su amigo.

—Su amigo llega tarde. —Bea miró el móvil—. ¿No lo puede ver otro día?

—No, tía, no pienso esperar más, no puedo con esta tensión. —Paula cogió un vaso de plástico y se sirvió unos hielos con la mano—. No paran de hablar de él, y de lo mucho que odia a las novias de sus colegas. Quiero conocerle y caerle bien, o mal, o no sé... ¿Tú le conoces? —se volvió hacia Bea mientras abría la botella de ron.

—No. Debe llevar dos años fuera de Madrid. —Bea acercó el vaso a sus labios, pero no bebió—. Yo conocí a Mart poco después de que él se fuera. Y cuando ha venido a Madrid, no hemos coincidido.

Bea también estaba algo nerviosa. Se había hecho muy amiga de Martín e Iker. Casi todos los fines de semana salían los tres juntos.

Paula solía ir con sus amigas. De broma, Iker le había dicho a Bea que había ocupado el lugar de su amigo ausente.

Aunque fuera una tontería, estaba algo intranquila, le asustaba que aquel chico viniera con la idea de recuperar ese lugar.

Se levantó y fue a donde estaban los chicos.

—Joder, Be. —Mart le puso una mano en el hombro y se acercó a su oído—. Muchas gracias, eres la mejor.

—No es nada —mintió ella. Aún le preocupaba que Cecilia la pillara—. No te olvides de que soy la mejor cuando venga tu amigo.

—¿Por qué?

—Porque os vais a olvidar de mí. —Bea bromeó, fingiendo hacer un puchero. Se dirigió también a Iker, quien la miraba atentamente.

—Eso nunca —dijo Martín dándole un beso en la cabeza, encima de la oreja.

—Siempre logras que nos inviten a chupitos, Be. —Iker se acarició su nueva barba—. Eso es insuperable.

—Te van a olvidar igualmente —rio Marcos.

—¿Tienes un piti? —le preguntó Bea revelando el verdadero motivo por el que se les había acercado.

—¿Tú no habías dejado de fumar? —Marcos le ofreció su paquete de tabaco.

—Lo que ha dejado es de comprar —dijo Martín haciendo burla a su amiga.

—Cuidado, munipas —susurró una voz masculina a sus espaldas.

Los cuatro palidecieron y se giraron de golpe. Martín fue el primero en reaccionar, abrazando efusivamente al recién llegado. Bea le reconoció por las fotos.

La primera impresión que tuvo de aquel chico fue que no era tan guapo. Desde que conocía a Martín y a Iker no había parado de oír hablar de lo atractivo que era y la increíble habilidad que tenía con las mujeres. Ahora que le veía en persona no le pareció para tanto.

Se fijó mejor. Era innegable que era muy guapo, pero no hacía justicia a las historias que contaban Martín y los demás.

Aunque le gustó mucho ver cómo abrazaba con fuerza a sus

amigos. Se les veía genuinamente contentos y era obvio que se tenían mucho cariño.

—¿Paula? —le preguntó el recién llegado sacándola de su trance.

—No. —Bea sonrió.

—Ella es Be —aclaró Martín—. Paula está en ese banco.

—Ah, mi «sustituta». —El recién llegado la miró con recelo. Era más alto que ella; la retaba desde arriba levantando la barbilla. Aguantó poco antes de cambiar aquel gesto por una sonrisa amable—. Soy Hugo. He oído hablar mucho de ti.

—Y yo de ti —afirmó ella dándole dos besos. Tuvo que ponerse de puntillas—, constantemente. Estos dos no han dejado de mencionarte. Yo que tú tendría cuidado —bromeó—, es obsesivo.

—Ah, no te preocupes. —Hugo sonrió mirando a sus amigos y se volvió para guiñarle un ojo a Bea—. Es mutuo. —Se inclinó hacia ella—. No lo entiendes porque a ti no te quieren tanto.

A Bea se le ocurrió una respuesta ingeniosa demasiado tarde. Hugo ya se había alejado y estaba presentándose a Nuria y Paula. Los chicos le siguieron. Nuria se acercó a ella con el inconfundible brillo cómplice en los ojos que indicaba que quería cotillear.

—Perro de raza —susurró Nuria—, como diría tu amiga Lara.

—¿Perro de raza?

—Sí, Hugo.

—¿Qué quieres decir?

—Ya sabes, aunque te los encuentres por la calle, los perros de raza tienen dueña seguro.

Bea puso los ojos en blanco, indignada.

—Tienes que dejar de aprender esas mierdas de Lara. Son ofensivas.

—Al menos admite que no es un chucho al que no quiere nadie —le pidió Nuria entre risas.

—Prefiero los chuchos —dijo Bea entregándose a esa metáfora—, suelen ser más nobles.

Oyeron a Martín y a Marcos gritar desde el banco. Iker estaba pálido, con la bolsa de hielos en la mano, vacía, y un montón de hielos a sus pies rebozados en arena. Se le habían caído todos.

—No pasa nada, voy a por más —se ofreció Hugo.

Bea le siguió con la mirada esperando que se perdiera en alguna calle buscando alguna tienda de alimentación que vendiera hielos. No lo hizo, cogió un vaso de mini vacío y se acercó a un grupo de chicas, bastante más jóvenes que ellos, que hacían botellón dos bancos más lejos.

El pobre llevaba tanto tiempo fuera que no debía de acordarse de cómo funcionaba un botellón. Los hielos son el bien más preciado.

Entonces le vio en acción. Mientras iba hacia las chicas, cambió su postura y su gesto, así que, cuando llegó hasta ellas, ya le miraban con interés.

Rebosaba carisma. Gestos de timidez perfectamente calculados, miradas que delataban interés, pero que las dejaba con ganas de más; todo eso respaldado por una abrumadora confianza en sí mismo. Sabía a qué chica sonreír, a cuál mirar serio y a cuál ignorar. Hizo que le prestaran atención, las hizo reír y alguna se atusaba el pelo, nerviosa.

Consiguió dos minis con hielos, una lata de cerveza y un cigarro.

Se reunieron todos alrededor del banco. Bea rellenó su mini de calimocho, haciendo caso omiso de las burlas de Martín, Marcos y Nuria. El resto se preparó una copa.

—¿Me das un poco? —le preguntó Hugo.

Ella le ofreció su bebida, él cogió el vaso y probó aquella mezcla de vino con Coca-Cola mientras la miraba a los ojos. Cuando terminó de beber, fue el primero que apartó la mirada. Bea se preguntó si realmente era tímido o estaba fingiendo.

Charlaron sobre música y conciertos un buen rato. Hugo resultó ser bastante simpático y divertido, y lo mejor de todo, tenía información jugosa acerca del pasado de Martín y sus gustos musicales, así que se echaron unas cuantas risas a su costa. Martín contraatacó confesando que con quince años Hugo, él y otro amigo habían montado un grupo de punk muy malo. Esta historia también acabó volviéndose en su contra. Al parecer, Hugo y el otro chico perdieron todo el interés en la música cuando el grupo cumplió el objetivo que se habían marcado: ligar con chicas. Pero el pobre Martín siguió un buen tiempo intentando convencerlos de que las terribles canciones que habían compuesto merecían seguir siendo tocadas.

—Bueno, nosotros nos tenemos que ir ya —anunció Martín que cogía a Paula de la mano—. Pasadlo bien.

—¿Ya? —protestó Hugo—, si acabo de llegar.

—Hora y media tarde —dijo Martín.

Mientras se despedían, algo debió explicarle Martín a Hugo porque este cambió su mirada de reproche por una más cómplice, y le dedicó a Bea una mirada de aprobación.

—¡Mart, no hagas nada que no haría yo! —le gritó Hugo cuando se alejaban.

Martín usó la derecha para enseñarle el dedo corazón mientras con la izquierda caminaba agarrado de la cintura de Paula.

—Chicos —dijo Bea dando un paso para alejarse de los demás—, yo también me voy.

—No, Be. No te vayas tú —pidió Iker.

—Eli pincha hoy en un garito de Argüelles —explicó—. Si no me paso, aunque sea un rato, estas me van a matar.

—¿A los bajos? —gruñó Nuria—. Pero si a ti te mola más Malasaña.

—Ya, pero...

—Solo una más. —Hugo le pasó el brazo por los hombros y este gesto hizo que Bea diera un par de pasos hasta donde estaban los demás.

Bea se mordió el labio inferior. Se sintió tentada. Podía tomarse una copa con ellos y aún le daría tiempo de coger el metro e ir a ver a sus amigas.

Hugo insistió.

—Venga, Marta, quédate.

Apretó los labios mirando a Hugo a los ojos, frenando una condescendiente sonrisa. Se sintió decepcionada y aliviada a la vez. Él la soltó al darse cuenta de su error.

—Es Be, idiota —dijo Marcos.

Iker y Nuria rieron.

—Hasta luego. —Bea se adelantó a lo que fuera que Hugo iba a decir, y echó a andar hacia el metro—. Si las convenzo de venir, os doy un toque.

Bea ni siquiera se lo mencionó a sus amigas.

Horas después, cuando habían cerrado todos los bares, Iker y Hugo se metieron en el metro. Las luces de la estación los deslumbraron al bajar las escaleras. Después de aquella noche, llena de rincones oscuros y bares con poca luz, los colores chillones y las brillantes luces de la estación de metro creaban un ambiente irreal, como si hubieran entrado en otra dimensión. Faltaban veinte minutos para que pasara el primer tren y había ya bastantes personas esperando en el andén. Todas en un estado tan lamentable como el suyo o incluso peor. Gente envolviéndose en sus finas chaquetas, muchos con la mirada perdida, algunos se paseaban por el andén mirando con desesperación el túnel, tratando de intuir, impacientes, si el metro estaba llegando o no. Algunas chicas con los tacones en la mano, otras disfrutando del placer de salir de fiesta con zapatillas. Casi ninguna con el maquillaje en su sitio.

Una pareja se comía a besos, aprovechando esos últimos minutos de tenerse antes de que cada uno cogiera un tren distinto. A pesar de lo tarde (o temprano, según como se mire) que era, resultaba evidente que se tenían muchas ganas. No debieron de haber tenido la suerte de Martín y Paula, ni se habrían atrevido a encontrar un portal abierto o un baño que no oliera demasiado a pis.

—Tengo que encontrar piso —dijo Hugo mirándolos de reojo. Apenas podía mantener los ojos abiertos.

—¿Estás buscando?

Se habían sentado en el suelo, apoyando la espalda contra la pared.

—Sí, algo compartido —asintió, pero pareció que se le había caído la cabeza hacia delante—. Mi única condición es que ninguno de mis compañeros de piso sea más guapo que yo.

—Entonces lo vas a tener jodido —bromeó Iker.

Hugo rio con los ojos cerrados.

—¿Qué te ha parecido Paula? —preguntó Iker al cabo de un rato.

—No le vendrían mal más tetas.

—Me refiero a qué te parece que esté con Mart.

—Me la suda. —Hugo hizo una pausa—. ¿Por?

—Porque siempre eres supercrítico con las novias de tus colegas.

—Ya, elegís fatal. Pero, bueno, si Mart está ocupado, dejará de pensar en mi hermana.

—Desde que está con ella no se ha metido en ninguna movida.

Hugo se sorprendió lo suficiente como para abrir un ojo.

—¿Ninguna?

—Ninguna —aseguró Iker categóricamente.

Hugo cerró los ojos. Estuvo a punto de quedarse dormido, pero algo pareció animarle.

—La que me pone brutísimo es la canija. No es como la imaginaba para nada.

—¿Be?

—Sí.

—¿Y cómo la imaginabas?

—Pues más fea que un pie.

—¿Por qué iba a ser fea?

—Porque no habéis intentado nada con ella.

—Bueno, es Be. Es nuestra amiga, sería raro.

—Iker, escúchame. No sé qué mierdas feminazis te ha metido Mart en la cabeza, pero los tíos y las tías no pueden ser amigos.

—Lo que tú digas.

—No lo digo yo. Lo dice la ciencia. —Le costó trabajo pronunciar la última palabra, que sonó más bien como «cencia».

—Tú olvídate de Be, ¿vale? A Mart no le hará gracia y para ti solo sería una más.

—No sería una más —dijo Hugo con toda la seriedad que su pedo le permitía.

—¿Ah, no?

—Sería una menos. —Se rio de la expresión sorprendida de Iker.

—Capullo.

—Me pienso comer a todas las princesas de Madrid —afirmó Hugo. Aunque en ese momento no podía ni mantener los ojos abiertos.

—Joder, has vuelto peor que antes.

—He vuelto mejor que antes.

Hugo era algo consciente de que su dicción fallaba y recalcó la palabra «mejor» para que se entendiera bien.

Emitió otros balbuceos que Iker no llegó a entender. Decidió que debía acompañarlo hasta su casa. En este estado dudaba que fuera a llegar de una pieza. Miró en sus bolsillos buscando su abono de transporte y encontró también el de Martín, que se lo había prestado aquella tarde.

Martín debía de estar preocupado ya que vivía lejos y el abono que usaba para viajar en transporte público era bastante caro. Decidió enviarle un mensaje de voz para tranquilizarlo.

—Oye, Mart, tengo yo tu abono, por si lo estás buscando y...

Hugo le arrebató el teléfono.

—Mart, tío, me voy a frungir a tu amiga Be. Lo siento. —Iker trató de recuperar el teléfono y Hugo se puso de pie para esquivarle. Tuvo que apoyarse en una pared para no perder el equilibrio—. Ve haciéndote a la idea, porque va a pasar. Me he enamorado, es preciosa y voy a empotrarla contra el primer muro que tengamos cerca. Con amor. —Se volvió hacia Iker—. Es la mujer de mi vida y vamos a ser muy felices y tú y el Iker seréis las madrinas de nuestra boda. Las madrinas lesbianas. Y nosotros iremos a vuestra boda lesbiánica. Te quiero, tío, pero me la voy a...

Iker se restregó la cara con las manos mientras Hugo seguía diciendo barbaridades.

Una semana más tarde Bea preparaba los regalos que le había comprado a Iker por su cumpleaños: una camiseta de Alice in Chains y un peine de barba. Para el poco tiempo que Iker llevaba dejándosela crecer, empezaba a estar demasiado salvaje.

Los envolvió usando un papel de Frozen que le había sobrado del cumpleaños de Martín. Se vistió y cogió el móvil para comprobar si habían quedado en el metro o directamente en el bar.

Abrió Instagram para ver sus notificaciones y lo primero que vio fue una foto de Martín, Hugo e Iker con el texto: Dos años después. Iker salía haciendo el payaso, Martín miraba a Hugo y este sonreía. Bea examinó la foto más tiempo del que debía: le gustaba demasiado aquella sonrisa.

Se miró en el espejo de su armario y le asaltaron las dudas. Llevaba puesto unos *leggins* con una camiseta rota de Metallica. Hasta hacía un momento esa ropa le resultaba comodísima, ahora sentía que tenía un aspecto muy descuidado.

Sacó del fondo del armario un vestido negro que se le ceñía a la cintura. Se lo probó sin *leggins*. Se sintió desnuda, aquel vestido no iba para nada con su personalidad y lo iban a notar. Se lo probó con *leggins*, con tacones, con botas, con deportivas. Volvió a probarse la camiseta de Metallica y otras cuatro más.

Se recogió el pelo, se lo soltó y se lo volvió a recoger. Se pintó los labios, los desmaquilló, se lavó la cara entera.

Al final se le hizo tarde, y con las prisas se decidió por unos vaqueros y una camiseta de manga tres cuartos de color rojo. No estaba segura de si era lo que mejor le quedaba, pero sin duda era el conjunto que menos dudas le generaba.

Se echó un último vistazo en el ascensor, el pelo era un poco desastre, pero el tiempo que había empleado en maquillarse había merecido la pena. Su aspecto era muy natural, apenas parecía estar maquillada. Estaba bastante guapa.

Llegó al irlandés donde Iker celebraba su cumpleaños. No le costó encontrar la mesa en la que estaban todos sus amigos. Su boca dibujó una leve sonrisa al darse cuenta de que Hugo la había visto entrar. Él le devolvió la sonrisa y no le quitó un ojo de encima hasta que se acercó a la mesa.

Cuando estuvo más cerca, Bea se dio cuenta de que algo iba mal.

Hugo la miraba de arriba abajo torciendo el gesto.

—Con lo guapa que eres, ya podrías arreglarte un poco —le dijo—. No entiendo por qué vas tan tapada en junio.

Hicieron falta menos de veinte palabras para pasar de parecerle un tipo interesante a ser un completo gilipollas.

El resto de aquella noche, en la que acabaron a gritos y convirtiéndose en enemigos jurados, es historia.

Después

Cuatro meses después del concierto

—No la conocéis. —Hugo se encogió de hombros y terminó su bebida de un trago.

Bea suspiró aliviada y apoyó la espalda en la silla. Por un momento, había temido que Hugo se fuera de la lengua y confesara que ella era la chica con la que estaba saliendo.

Levantó la mano y llamó al camarero para que los atendiera. Los cuatro estaban sentados alrededor de una pequeña mesa en la terraza de un bar. Acababa de anochecer y la luz amarillenta de las farolas de aquella calle peatonal los iluminaba. Septiembre estaba a punto de terminar y la temperatura era especialmente agradable.

Frente a Bea estaba sentado Hugo, el chico al que tanto había detestado y con el que llevaba semanas liándose en secreto. Ni Iker ni Martín, dos de sus mejores amigos, sentados a la mesa con ellos, sabían que estaban juntos. Eso sí, el cambio en Hugo, quien parecía más feliz y había abandonado sus costumbres de mujeriego depredador, les hizo sospechar que estaba quedando con una chica. Así que se habían dedicado a interrogarle sobre el tema desde que pidieron la primera ronda.

Hugo no les contaría nada, o al menos eso era lo que le había prometido aquella tarde, mientras recuperaban el aliento y se vestían. Bea le hizo jurar que no abriría la boca, que mantendría su relación en secreto. Incluso aparecieron en el bar por separado. Él no le veía ningún sentido a esperar, pero ella consideraba que aún era demasiado pronto. Hugo le siguió la corriente porque, aunque no estaba de acuerdo, era incapaz de decirle que no.

El camarero se acercó y todos le pidieron una caña, salvo Hugo, que pidió un Aquarius.

—Tengo que reponer líquidos después de la sesión de esta tarde. He hecho mucho ejercicio —resopló, teatralizando su cansancio.

—¿Has ido al gimnasio un viernes por la tarde? —preguntó Iker incrédulo.

Hugo sonrió con malicia.

—No. Quedé con esta chica y me ha hecho polvo. Es insaciable.

Bea apretó los labios y le dio una discreta pero certera patada por debajo de la mesa.

—Joder, sí que os va bien. Aprovecha —dijo Martín sin molestarse en ocultar su envidia.

—¿La conoces del curro? ¿De Tinder? —Iker reanudó el interrogatorio.

—Es amiga de unos colegas.

La «amiga de unos colegas» puso los ojos en blanco. Hugo arriesgaba demasiado con esas pistas, les iban a acabar pillando.

—¿Y cómo es? —preguntó Iker.

—Probablemente sorda —se burló Bea.

—¿Sorda? —Iker la miró confundido.

—Solo una chica incapaz de escuchar sus bobadas quedaría más de un día con Hugo —explicó Bea.

—Una chica sorda podría leerme los labios. Soy muy bueno con ellos, Beatriz. —Le guiñó el ojo y ella gruñó.

—¿De qué curra? —Iker trató de reencauzar la conversación.

—Es modelo de lencería —afirmó Hugo con una amplia sonrisa.

Afortunadamente, el camarero llegó con las bebidas porque Bea necesitaba refrescarse la garganta. Se le había quedado seca al recordar la reacción de Hugo cuando la vio por primera vez en lencería y todo lo que habían hecho después. A pesar de que una suave brisa soplaba en aquella pequeña calle, le estaba entrando calor.

—Eres un cliché, tío. Con una modelo.

—Oye, que sea modelo no significa que sea tonta. —Hugo se defendió.

—No, pero, si está contigo, muy lista no es...

Hugo se hizo el indignado y el resto rieron a carcajadas. Las más sonoras fueron las de Bea.

—Bah, no tenéis ni idea. Es una diosa. —Hugo agitó la mano en un gesto de desprecio.

—Enséñanos su insta —pidió Iker.

—Menudo pervertido estás hecho. —Hugo le sonrió con complicidad.

—Que no, joder, es por si la conozco.

—Ya la veréis cuando os la presente, no quiero estropear la sorpresa. Además, luego vais de profundos y solo os interesa ver su físico.

—No es eso —protestó Iker.

—No me habéis preguntado por su personalidad.

—A ver, ¿cómo es su personalidad? —Iker se armó de paciencia.

—Pues es preciosa, tiene un culo de diez. Está tremenda. —Hugo sonreía mirando de reojo a Bea, que se cruzó de brazos.

—Hugo el Profundo —dijo Martín.

—Es muy inteligente, eso me gusta mucho de ella. Es una chica brillante. Se nota porque siente adoración por mí, le gusta todo lo que digo, me da siempre la razón. —Puso voz aguda—. Dice: «Oh, por favor, Hugo, opina de cosas, que lo haces muy bien».

Bea apretó la mandíbula, le enseñó discretamente el dedo corazón y le dio otra pequeña patada.

—Permíteme dudarlo —rio Martín.

—¿Y vais en serio? —preguntó Iker.

—Espero que sí.

Hugo sonrió embobado dando vueltas a su refresco.

—Joder, menuda cara de idiota se te ha puesto. Estás pilladísimo, ¿eh? —Martín estaba entusiasmado.

—Puede ser. —Hugo torció la cabeza y levantó las cejas, haciéndose el interesante.

—¡Y no lo niega! Te ha pillado bien, ¿eh? El cazador cazado.

Hugo asintió con la cabeza sin dejar de sonreír.

—Joder, parece grave. No parece un simple cuelgue.

—Le hemos perdido.

—A ver, Hugo, ¿estás pillado o la quieres? —preguntó Martín, subiendo la apuesta.

—Pero ¿qué clase de pregunta chorra es esa? ¿He quedado con adultos o con niñas de once años? —intervino Bea tratando de parar aquello.

—Con niñas de once años —respondió Martín, y se volvió hacia su amigo—. Contesta, Hugo.

Que los otros dos chicos empezaran a jalear a Hugo para que respondiera fue la salvación de Bea. Estaban tan ocupados tratando de incomodar al siempre seguro Hugo que no repararon en cómo sus mejillas se encendían.

No habían hablado del tema y no era una conversación que quisiera tener aún. No estaba preparada. Ella sentía algo, pero no quería ponerle nombre. Aquel sentimiento sin nombre hacía que no pudiera dejar de pensar en él y cuando estaban juntos era incapaz de despegarse de su lado. En esos momentos, la pequeña mesa que los separaba en la terraza le parecía demasiado grande.

Aquella situación la ponía nerviosa. No tenía ni idea de qué diría Hugo porque siempre que se ponían tiernos ella esquivaba el tema. ¿Y si él no sentía lo mismo? Clavó los ojos en su bebida y, de forma automática, se llevó la mano a la boca para morderse las uñas. Bajó la mano de golpe al darse cuenta de que ese gesto podría delatarla. Al alejar su mano, calculó mal y golpeó la mesa. A punto estuvo de derramar la cerveza. Su corazón se aceleró aún más.

Se obligó a respirar despacio, con calma. Hugo aún no había respondido. Seguro que les daría alguna contestación obscena. Levantó los ojos y se atrevió a buscar los del chico que la volvía loca. Entonces se dio cuenta de la trampa: Hugo no estaba esperando a que sus amigos se aburrieran y le dejaran en paz, no se estaba haciendo el interesante ni buscando una frase ingeniosa. Estaba esperando a que ella alzara la vista para poder decirlo mirándola a los ojos.

—La quiero, joder. Claro que la quiero.

Agradecimientos

Un millón de gracias a mis lectoras de Wattpad por darme una oportunidad. Por vuestros comentarios, memes y por todo vuestro apoyo. Gracias por recomendar esta historia, por creer en ella y convertirme en escritora.

A Carlota, mi primera lectora, gracias por tu generosidad, por guiarme cuando estaba tan perdida en Wattpad y en la vida. Ojalá todas las autoras que empiezan puedan encontrar a alguien como tú.

A las comunidades de Booktw, Booktok y Bookstagram, gracias por vuestro apoyo y por dar la oportunidad a libros a los que nadie más se la da.

A MC, Estefanía, Cova, Nia, Jimena, Alba y al equipo de Penguin, gracias por vuestro trabajo, talento y por ayudarme a hacer que esta novela brille.

Gracias a mis compañeras de Wattpad por abrir camino, por vuestro amor, vuestros consejos y por hacerme sentir siempre una más. Gaby, Grace, Bianca y las demás: gracias por ser como hermanas para mí.

A mi familia, especialmente a mi madre, gracias por todo vuestro cariño. Por favor, saltaros las escenas que os dije.

A mis colegas, a mis amigos, gracias por las noches de rock hasta las seis, por los botellones, los conciertos y los festivales, por las risas y las resacas. Gracias por dejarme contar pedazos de nuestra historia.

Gracias a Dani, por ser mi lector beta/macho alfa. Por ayudarme a rebañar tiempo para poder escribir, por escuchar mis rayadas con paciencia, por creer en mí cuando nadie, ni siquiera yo, lo hacía.

Y por dejar que te robara frases que eran solo de los dos.

Si me dices que no de Ava Draw
se terminó de imprimir en abril de 2022
en los talleres de
Impresora Tauro, S.A. de C.V.
Av. Año de Juárez 343, col. Granjas San Antonio,
Ciudad de México